中國科學院敘事

郑千里 著

科学出版社
北京

图书在版编目（CIP）数据

中国科学院叙事/郑千里著．—北京：科学出版社，2011．4
ISBN 978-7-03-030459-9

Ⅰ．①中…　Ⅱ．①郑…　Ⅲ．①新闻通讯-作品集-中国-当代
Ⅳ．①I253

中国版本图书馆 CIP 数据核字（2011）第 035849 号

责任编辑：侯俊琳　张　凡　黄承佳/责任校对：刘小梅
责任印制：徐晓晨/封面设计：无极书装
编辑部电话：010-64035853
E-mail：houjunlin@ mail. sciencep. com

科学出版社出版
北京东黄城根北街 16 号
邮政编码：100717
http://www.sciencep.com
北京凌奇印刷有限责任公司印刷
科学出版社发行　各地新华书店经销
*
2011 年 4 月第　一　版　开本：B5（720×1000）
2020 年 3 月第四次印刷　印张：20 1/2
字数：350 000
定价：88.00 元
（如有印装质量问题，我社负责调换）

序 Preface

20世纪以来，科学技术迅猛发展，不仅极大地影响了工业绩效、经济增长、国家安全、环境保护等各个方面，而且极大和深远地拓展了人类的能力。同时，科学技术与公众的健康以及日常生活息息相关，且越来越广泛地渗透到社会生活的方方面面。由此，科学、技术与社会之间形成了日益密切的互动关系。无论是为使科学技术知识更好地为公众所掌握，以使其真正造福于人类，还是为获得纳税人的支持，以使科学技术自身更好地得到发展，都必须让公众理解科学。而在科学技术与公众之间，科技新闻工作者具有不可替代的作用。

在我负责中国科学院宣传工作的这些年中，我亲眼看到，广大科技新闻工作者积极投身于建设创新型国家的伟大事业，奔波于科研现场，奋笔于书桌案头，写出大量的优秀科技新闻作品，及时报道重大科技事件和重要科学研究成果；宣传科技人物，讴歌广大科技工作者热爱祖国、献身科学的崇高精神；传播科学知识，倡导科学方法，为社会公众送去了高品质的精神食粮；同时，及时反映公众对科学知识的需求以及对科技界的质疑、批评与建议。对于他们的工作和奉献，我从心底表示由衷的敬意。

千里老师正是科技新闻工作者的优秀代表之一。《中国科学院叙事》一书，是他从事新闻工作近30年来的第4本新闻通讯选，也是他继《走进中国科学院》、《中国科学院记事》之后的第3本有关中国科学院的新闻通讯选。他所撰写的中国科学院的多篇新闻通讯作品，已经连续5次获得了“科星新闻奖”一等奖；收入《中国科学院叙事》这本书中的《但求慈航心中渡——记中国科学院上海神经科学研究所所长蒲慕明》等长篇通讯，也得到了众多科教界人士和读者的好评。他的作品的鲜明特色在于，不仅介绍科学技术成果和相关的知识，而且注重宣传科学精神和科学方法；不仅描述科技工作者的工作状况，而且注重开掘他们的人生态度、行为准则乃至价值观，同时文笔生动，有较强的可读性。

千里老师能够有如此多的好的作品问世，源于多方面的原因，其中很重要的方面一是坚持与专注，二是善于学习，三是乐于和科学家交朋友。他常说，做科研要积累，不能急于求成、急功近利；做科技新闻、科学新闻，也要有马拉松长跑的心理素质和思想准备，有马拉松长跑的勇气和毅力，持之以恒、锲而不舍。在过去的十几年中，他基本上是目无旁骛，只写中国科学院的新闻，在这一过程中，逐步形成了相应的积累，包括素材的积累、知识的积累、人脉的积累，以至失败和挫折的积累。也正是在这一过程中，他对中国科学院和中国科学院人有了较为深刻的认识，有了与这个“家庭”中的所有成员如同兄弟姐妹一样的“骨肉亲情”的感觉。由于科学技术涉及的领域宽广，且科学技术的发展日新月异，若想和被采访的对象——科学家进行有效沟通，科技新闻工作者就必须善于学习。千里老师非常注意学习新的科学技术知识，特别是向被采访的对象学习，将他们看做是自己“授业的良师”，在采访中有不懂的专业知识，绝不不懂装懂，而是虚心求教。正是真诚与谦虚，使他和许多科技工作者成为好朋友，也得到了更多第一手的真实的信息。

千里老师以其出色的科技新闻通讯，得到了广大科技工作者的认可。《中国科学院叙事》文集的出版，既是他对前段工作的总结，更是新的创作高峰到来的前站。我祝贺该文集的出版，期待千里老师有更多好作品问世，也期望更多优秀的新闻工作者参与科技新闻报道，弘扬科学精神，成为公众与科技之间沟通的桥梁。

方　新
全国人大常委会委员
中国科学院党组副书记
2010 年 9 月

目　录 Contents

遥感灾区冷热　杜鹃来春绽放[①]

——中国科学院慰问团赴四川地震灾区纪实

彻夜兼程：遥感地图送交前线指挥部

一阵狂风卷起了满天的沙尘，紧接着，豆大的雨点噼里啪啦地降落下来，就像扣动了的机枪在作着密集的扫射。“我现在已经到了什邡，就站在这里的马路边上，你能看到我吗?”无暇顾及雨点的白春礼持着手机急切地问到。

这是2008年5月18日凌晨1点。中国科学院（简称中科院）抗震救灾工作领导小组组长、常务副院长、党组副书记白春礼到达成都不久，在与前线指挥部的同志取得联系后，带着中科院对地观测中心主任郭华东一行，急速驱车几百公里，先是追到了彭州，紧接着又追到了什邡。

很快，中共中央办公厅（简称中办）的同志出来了，白春礼和郭华东从汽车后备箱里取出最新获得的地震灾区航空遥感地图长卷，为了不让遥感图卷被淋湿，用唯一的雨伞小心翼翼地将其遮掩住，连存有遥感资料的电脑一起交到了中办同志的手里，并向他详细解释了遥感图像所提供的信息。

看到中办的同志拿着遥感资料在夜幕里消失的背影，大家才轻舒了一口气。知道胡锦涛总书记在四川抗震救灾前线辗转多地，深夜都还没有休息，大家内心的崇敬之情油然而生。

白春礼一行返回成都时已将近凌晨4点，见住处大门口还有人没回房间，一问才知道，大约在凌晨2点，震中又发生了6.0级的余震，因为回程的车辆是在震后坑坑洼洼的公路上行进，大家在不停地颠簸中，竟然没有发觉到这次

① 本文发表于2008年5月21日。

余震。

白春礼一行从5月17日晚8时乘飞机到达成都，此时已经连续奔波工作了8个小时，几乎彻夜未眠。

慰问探视：天灾无情人有深情

5月17日午后，中科院抗震救灾工作领导小组扩大会议一结束，白春礼就直接率领中科院办公厅主任蒋协助、计财局局长孔力、监审局局长沈颖、老干部局局长孙建国、对地观测中心主任郭华东、心理研究所所长张侃，以及一部分参加科技抗震救灾工作的院属单位领导飞往成都。

"我代表全国人大常委会副委员长、中科院院长路甬祥和院党组来看望你们，希望你们节哀、保重!"当晚8时，白春礼一行出了双流机场，就在中科院成都分院院长彭宇行、党组书记彭玉水等人陪同下，直奔成都生物所家属楼，慰问成都生物所地震中在绵竹遇难的职工家属，并送上了慰问金。

遇难职工家属在悲痛之余却通情达理，白春礼握着家属的手说："天灾无情人有深情，院党组会帮助你们克服困难的!"

随后，白春礼一行奔赴华西医院、武警医院，看望中科院驻蓉单位在地震中的受伤人员，希望他们安心养伤，祝愿他们早日康复。

白春礼一行还考察了成都分院教育基地宿舍楼，看望并与研究生们谈心。看到研究生们在大楼堂口打的地铺，白春礼勉励他们要在困难中锻炼自己，积极投身抗震救灾工作，培养应对各种艰苦环境的能力。他说："你们有着较高的学历，懂得在危难时刻的心理调节，所以还要当好'种子'，能够对当地受灾群众进行心理辅导，帮助那些需要帮助的人一起共度难关!"

考察灾情：当务之急是确保人身安全

5月18日清晨，只休息了两三个小时的白春礼，接着驱车前往慰问中科院的受灾单位、职工和青年学生。

位于成都市双流县的光电技术研究所是职工宿舍遭受地震破坏最为严重的一个单位。白春礼走进住宅区已经拉起警戒线的宿舍，挨家挨户地了解灾情、慰问职工，看着墙壁上触目惊心的地震裂缝，白春礼对光电技术研究所的领导殷切叮嘱："当务之急是确保余震之后的人身安全，我们要赶紧帮助职工找到临时的周转房，同时尽快请那些有资质的建筑设计部门来，对职工受损的房屋进行质量评估！”

在中科唯实科技园区、中科院成都化学公司等单位，白春礼实地察看了灾情，关切地询问了大家的生活情况和困难，鼓励大家要齐心协力度过暂时的难关，并要求领导干部发挥带头作用，时刻站在抗震救灾的一线。

来到成都分院内的新加坡森温国际幼儿园，得知因为幼儿园平时也有消防演习，故此在地震时没有产生慌乱，也没有人员伤亡，而且小朋友明天就可以重新入园，白春礼欣慰地对幼儿园园长说：“感谢你们付出的辛劳，减少了分院职工的后顾之忧，可以全力投入科研和抗震救灾工作！”

视频动员：为抗震救灾提供科技支撑

受路甬祥的委托，5 月 18 日上午 10 点，白春礼在成都主持召开中科院创新为民科技救灾视频动员会议，强调要进一步动员全院各个单位，把跨所、跨学科的大协作精神发扬光大，为当前的抗震救灾提供科技支撑。

白春礼指出，地震灾情发生以来，中科院相关研究所迅速调集力量，利用已有知识积累，围绕抗震救灾及灾后重建组织了多个项目，包括及时派出遥感飞机进行监测与评估分析，进行次生灾害预测，利用无人机技术对不易到达的地区进行超低空遥感数据获取，对城镇灾后重建的关键技术进行研究，支援架设宽带无线应急通信技术系统，以及开展灾后“心灵重建”和疾病、疫情防治等抗震救灾工作，发挥了科技国家队应有的积极作用。

白春礼强调，当前抗震救灾是组织项目工作的重中之重，一定要从优、从快给予支持，同时在工作部署当中，还应着眼长远，做到未雨绸缪、科学规划。

在视频动员会后，白春礼还现场接通灾区北川希望小学校长的电话，当得知中科院援建的北川希望小学新楼还在，该校塌陷的只是一座旧楼，在新楼中的师生都没有伤亡，他如释重负，长吁了一口气。放下电话，白春礼扭头对《科学时报》记者说：“看来，我们当年捐赠的希望小学房屋质量很好！灾后我们还要继续支持这所希望小学的建设！”

遥感汇报：指挥部同此“冷热”

鼠标在轻轻地滑动，光笔在缓缓地移动。会议室的投影屏幕上，汶川、茂县、北川、什邡、都江堰……四川地震灾区的山丘、河谷、公路、堤坝等，逐一显露出了其真实面目，甚至连在灾区草坡乡一处房顶上的“SOS 700”的字样也清晰可见。

5月18日下午，白春礼一行来到四川省抗震救灾指挥部。“我们的遥感飞机可以接收国内外16颗卫星的实时数据，数据覆盖面积为亚洲的70%!”郭华东用最新遥感影像和数据，向指挥部汇报了对四川地震遥感监测与灾情评估的情况。

“环球同此冷热”。借助现代化的遥感图像，指挥部在现场也感受到了地震灾区的“冷热”：动态遥感图显示出一条126米宽的泥石流直接冲击水库大坝，显示出在S302公路北川县城到禹里乡段被泥石流冲垮的灾情等。四川省委常委、政法委书记王怀臣正坐镇省抗震救灾指挥部，他和指挥部的同志高度重视，目不转睛地看着投影屏幕上的遥感图，认真地在笔记本上做记录，对中科院能够迅速及时地提供高技术灾情监测资料，表示了由衷的敬佩。

白春礼详细介绍了中科院科技救灾的项目，表示中科院将倾全院科技力量支援灾区。他说，我们是“科技子弟兵”，完全有责任和义务帮助灾区开展抗震救灾和灾后重建工作，中科院驻川机构在四川省委省政府的领导下，正积极利用科技优势为灾区提供支持。中科院的两架遥感飞机已于5月14日对灾区进行遥感监测和灾情评估工作，提供遥感数据；微系统与信息研究所等中科院所属研究所，也正在参与一线抗震救灾工作。希望指挥部根据抗震救灾进展及时提出需求，中科院将倾全院科技力量支援灾区。

王怀臣代表四川省委和省抗震救灾指挥部，向中科院一行的专程到来表示感谢，他说：“建立了更加密切的信息沟通渠道，今后我们直接热线联系!”

杜鹃绽放：祖国的明天将会更美好

“感谢你们在地震发生时的快速反应、果断处理，能够及时将废墟里的人员抢救出来，也将一些植物标本和档案抢救出来。你们和研究生能够在这里坚持工作的精神，对中科院的所有同志包括研究生都是一种鼓舞和激励!”白春礼握住中科院华西亚高山植物园主任庄平的手说。

“我们一定竭尽全力，做好震后的重建工作!”已经在废墟上连续驻守了几天几夜的庄平，因为睡眠严重不足脸色显得憔悴而苍白，但语气却沉着而坚定。在废墟边上支起的帐篷里，可以看到他们抢救出来的一些植物资料档案。

在中科院华西亚高山植物园，自然分布的植物类群多达2000余种。它是中国杜鹃花面积最大的一个科研基地，也是我国引种幅度最大的一个植物园。它还因为拥有几千公顷的自然生境，以及溪流、湖泊、湿地等优美的自然景观，成为中外游客在都江堰游览和休闲的一个绝佳去处。

白春礼一行踏过震后遍地的瓦砾，迈过地面的断沟裂坎，冒着余震的危险，查看了灾后已经满目疮痍的华西植物园。

抢救、保全科技档案和珍稀资源，是植物园恢复和重建的关键。瘦削的庄平语气平和却难掩内心的忧虑：这些档案保存了野外采集的原始记录，极其重要，要永远存下来；如果档案受损，就意味着植物园20多年的野外工作积累付诸东流。

白春礼说："对华西植物园来说，第一阶段抢救幸存人员的工作已基本结束，目前要全面转入抢救科研标本资料及档案的阶段，在这期间你们要特别注意安全、注意休息，以便今后更好地工作！"

"你们在这里工作多年，过去有很好的科研积累，非常难得。第三阶段的灾后重建工作中科院会统筹考虑。"白春礼说："你们也要和地方政府多联系、多沟通，按照当地政府的统一部署开展工作！"

地震带来的严重破坏，虽然使华西植物园的许多建筑物沦为废墟，但是，无论是白春礼一行，还是华西植物园的同志都坚信：有党中央、国务院的英明领导，有全国人民的共同支持，科技人员的坚定信念是摧不垮的！随着植物园标本和档案的抢救，以及今后植物园的生态修复和重建，在来年的春天，这里的杜鹃花将更加艳丽地绽放，祖国的明天也将会更美好！

“知识创新工程经验要向全国推广”①

——刘延东在中国科学院暨奥运科技园区视察侧记

2008年5月21日下午，中共中央政治局委员、国务委员刘延东，在全国人大常委会副委员长、中国科学院院长路甬祥，以及中科院常务副院长白春礼等中科院领导的陪同下，到中科院位于北京北郊的奥运科技园区视察，她说：“中科院正在实施的知识创新工程积累了丰富的经验，这些宝贵的经验要向全国科研单位推广；中科院也要继续发扬光荣的传统，为建设创新型国家作出更大的贡献!”

研究所：与科学家面对面交流

刘延东首先视察了遗传与发育研究所。中科院院士李振声在他的实验室里，向刘延东详细介绍了先进农业科技的研发与应用。他说，为确保我国农业持续发展，应该从保耕地面积、攻粮食单产、节饮食消费3个方面开展工作。刘延东认为李振声的这3点建议非常好。

李振声还以黄淮海地区水资源评价与挖粮食增产潜力为典型范例，向刘延东介绍了如何提高我国水土资源利用效率的思路。

接着，李振声介绍了我国肥料利用现状和节肥增效潜力，阐述了提高肥料利用效率的科学理念。刘延东询问了我国氮肥用量及氮肥效率变化的趋势，在李振声详细作了介绍后，她微笑着对这位2006年度国家最高科技奖获得者坦言：“我以前就是做合成氨出来的。”

刘延东来到国家天文台的地面应用系统控制中心。在中心宽敞的大厅里，

① 本文发表于2008年5月22日，与张巧玲合作。

国家天文台台长严俊借助大屏幕投影，向刘延东汇报了国家天文台知识创新的情况，包括正在建设的LAMOST和FAST两项国家大科学工程等。

刘延东说，国家天文台建立以来，紧紧围绕空间技术、国家安全等战略高技术的需求，在开展基础研究和应用研究等方面已经取得了很大成绩，希望大家在已有基础上再接再厉，为我国航天员将来能顺利登上月球，以及探索宇宙空间等未知领域作出更大贡献。

刘延东来到对地观测与数字地球科学中心，中心主任郭华东重点介绍了当前开展的对汶川等地区地震灾害的遥感监测与灾害评估工作。

看了航空遥感地震灾情监测与评估工作组对地震灾害遥感与灾情评估专报，刘延东在北川县航空遥感灾情监测图、汶川草坪乡地震灾后影像图等一幅幅遥感图前查看良久，从这些遥感的三维立体图像中，她对灾区的情况有了更新、更直观的了解，说：“你们制作出来的图像非常清晰!”并仔细地询问了遥感三维立体图像的获取及其数据处理情况。

路甬祥插话说：“通过遥感获得的实时数据以及图像，对可能发生的地震次灾害的预报非常有效，为救灾指挥部提供了非常有效的科学决策依据。”刘延东点头表示认可，转身对在场的科研人员说：“你们开展的遥感科研工作，为抗震救灾作出了独特的重要贡献，非常感谢大家！现在灾区还不断有一些余震，我们要考虑更好地应用现代的科技手段，减小次生灾害的影响!”

刘延东来到地理与资源研究所。在大厅一幅幅的展板和挂图前，该所所长刘毅汇报了研究所知识创新的最新进展，陆大道院士及相关科研人员汇报了研究所承担的全国主体功能区域规划等科研工作。

刘延东说：“中国人居环境适宜地区的面积比较有限，你们开展全国主体功能区域规划，这对以后城市规划和发展非常有用!”路甬祥补充说：“科学家还是要站出来说话!”

科研人员还用“四川汶川地震灾害遥感解译”、“主要承灾体数量及直接损失预估”、“基于GIS的汶川地震灾情分析报告”等图表，向刘延东汇报了目前本所投入的科技救灾工作。

“地震来临时我们能做些什么?”当知道该研究所出版的《国家地理》杂志闻风而动，马上要出版一期抗震救灾专号，刘延东欣然为该杂志选择了其中一个设计图案作为封面，说：“我认为这更能够反映科学家的精神风貌，勇于探索地震的科学机理!”

会议室：创新汇报与科技情结

“我早年在清华大学学习化学，现在虽然没有成为一名科学家，但隐藏在我的内心之中，总有一种难以割舍的科技情结。”在奥运科技园区的大会议室里，中科院常务副院长白春礼就科技创新能力、人才基地建设、未来发展思路等5个方面的情况，向刘延东作了中科院总体工作情况的汇报；中科院党组副书记方新以《创新为民、科技救灾》为主旨，向刘延东汇报了中科院抗震救灾的情况，之后，刘延东作了这样的开场白。

刘延东对中科院的改革发展和知识创新工程给予了充分肯定和高度评价，她站在我国经济社会发展的战略高度，阐明了我国未来科技工作的重点和目标，对中科院当前的工作和长远发展提出了明确要求。

刘延东说：“新中国成立以来，我国科技领域的许多‘第一’，都是在中科院率先诞生的，特别是1998年党中央批准中科院实施知识创新工程以来，中科院坚持面向国家战略需求、面向世界科学前沿，锐意改革，勇于创新，各方面工作都取得了重要进展，为我国科技发展和自主创新作出了突出的贡献。其中特别突出的有4个方面，一是重大创新成果不断涌现，二是科研体制和机制改革取得显著进展，三是科技成果转化能力显著提高，四是优秀科技人才辈出。”

刘延东认为，中科院实施知识创新工程，为引领我国的自主创新积累了丰富的经验。主要有3点宝贵的经验值得总结：一是面向国家战略需求，面向世界科学前沿，加强原始科学创新，加强关键技术创新与集成，攀登世界科技高峰，不断提高自主创新的能力；二是坚持科技与现实生产力的紧密结合，推动科技转移转化和高新技术产业规模化；三是调整机构布局，优化资源配置，培养创新人才，进一步激发了广大科技工作者的自主创新能力。

最后，刘延东对中科院的全体同志提出了4点希望，并将此概括为“学习”、“总结”、“调研”、“落实”8个字。

刘延东希望中科院的广大科技人员一要加强学习，把思想和行动统一到党的十七大精神和中央的战略部署上来。要全面把握科学发展观的内涵和实质，不断增强服务国家战略需求的意识，在转变观念中不断创新，在大胆实践中破解难题，通过思想的新解放和改革的新突破，实现科技事业的新发展。二要深入总结，进一步掌握科技工作和科技事业发展的规律。中科院要立足国家经济社会发展的大局，总结新中国成立以来、建院以来，特别是改革开放30年以来，我国科技进步和中科院自身发展的经验，深入总结知识创新工程的经验，加快中国特色创新体系建设的步伐。三要广泛调研，进一步解放思想、深化改革，开创改革发展的新局面，立足当前，着眼未来，更好地发挥中科院作为科技国家队、国家思想库的作用。四要狠抓落实，确保将党中央、国务院有关科技工作的战略部署真正落到实处，特别是对重大专项的实施，要着力解决好基础性、战略性、前瞻性的问题，在相关领域取得突破。

大智之中还需大勇[①]

——记中国科学院宽带无线应急通信系统在地震灾区显神威

名字就像为这次抗震救灾而起

“今天一早我就得上飞机，我们还可以用电子邮件和 MSN 再联络，我们的应急通信手段是地震也震不垮的！”卜智勇向本报记者挥手再见。

记者不由地下意识地看了一下办公室的挂钟，这是 2008 年 5 月 28 日的子夜，新的一天已经开始了。

这是卜智勇第三次奔赴四川地震前线。

卜智勇绝对没有想到，他参与研发的宽带无线应急通信技术，首次实际使用竟然是在四川地震灾区。他或许可能想到的是，作为中国科学院上海微系统与信息研究所（简称中科院微系统所）组织的专家救援队队长，大智之中还需要大勇。他的名字几乎像是为这次抗震救灾而起。

在北川第一站初试锋芒

汶川大地震使四川一些重灾区顿时成为“信息孤岛”，中科院微系统所所长封松林和同仁们以最快的速度主动请缨，经与绵阳市政府紧急磋商，5 月 16 日，中科院上海微系统所组织了一支通信专家救援队前往北川县，队长是该所研究员卜智勇。

卜智勇今年 38 岁，他作为博士后从芬兰的诺基亚公司归国后，很快就加盟

① 本文发表于 2008 年 5 月 30 日。

中科院微系统所，曾先后从事第三代移动通信标准的开发、主持中国第一款CDMA2000手机的研制、国家“863”计划等多项重大课题，并参与了欧盟第六框架科技发展计划相关项目，还率先在国内开发出了拥有自主知识产权、兼容国际标准的宽带无线接入系统。

5月17日凌晨3点多，卜智勇等15名科研人员抵达北川，立即着手寻找基站的架设位置。他们驻扎在北川中学，距离选定架设基站的山头将近5千米，从上海带来的设备重达1吨，包括5套基站、30个移动终端，都需要翻山越岭地自己扛上去。

灾区没有电动设备，基站要打地桩、架天线只能靠铲子和铁锹。他们终于把基站牢牢竖在了山头上。

系统架网成功后，北川县救灾指挥部指挥长宋民“霸”住一个终端，在第一时间了解到民政部等部门联合制定的《“5·12”地震遇难人员遗体处理意见》，并整整看了2个小时的网络信息。他激动地紧紧抓住专家队队员的手，说：“你们真是帮了我们的大忙啊!”

北川的新老城区、日本救援队挖掘现场、北川一中挖掘现场……通过他们的宽带无线应急通信系统，将视频传送到了现场指挥部的34英寸的液晶显示器上，指挥部可以现场直观快速地了解情况；在北川参加救援的卫生检疫、武警、军队、消防等单位都通过该系统回传了业务资料和现场照片等信息。

救援队首先架起的10余个接入点前面，许多单位在排队通宵使用，以至于上海市相关领导到微系统所，想通过视频连线慰问一下前方的他们时，卜智勇无奈地说：大家都在排队，我们怎么忍心自己用呢?

专家救援队一行战胜了余震、决堤等灾害的威胁。当5月22日，面对重重困难、重重危险，也已奔赴北川灾区的微系统所所长封松林决定要带一些连日疲劳工作的人员回上海休整，另外再派一些人员来灾区替换他们时，队员们都不愿意。僵持之下，封松林不得不作出了“硬性”决定：让年轻的单身汉继续留下来，几位新婚的、家中孩子幼小、父母年迈的队员先回上海休整。

“‘男儿正是报国时’，我为我们团队的这些兄弟感到骄傲!”卜智勇说。

在青川6.4级余震中经受通信考验

5月24日，在上海充当奥运接力火炬手之后，卜智勇再度出发，带着另一批专家队员进入四川灾区。

25日中午，卜智勇等到达青川后，顾不上吃饭便投入搭建宽带无线应急通信系统的工作，仅用了2个多小时便完成了站址勘测、基站架设和系统调试的任务，使得无线信号能够覆盖青川县城。

“截至目前，我们已为青川县武装部、关庄片区总指挥部、解放军161医院、济南猛虎师、总后勤部、疾控中心及新闻媒体等多家单位配备了宽带无线应急通信终端设备，保证了它们的应急指挥和外界的信息交互畅通。”卜智勇说。

25日下午4时21分，青川又突然发生6.4级余震，所有的手机通信都被中断，大家心急如焚。刚刚架设完毕的宽带无线应急通信系统及时发挥了作用。

身处青川震中的卜智勇第一时间通过系统与上海进行了视频连线，描述了余震造成的山体滑坡、泥石流和房屋倒塌状况。

6.4级的余震过后，差不多每个把小时就有一次轻微余震。救援专家队员从营地前往架设在半山腰的基站检查设备，周边不断有巨石从山上滚下，泥石流也随处可见。队员们为保证这条唯一畅通的信息传输生命线不中断，冒着危险爬到基站架设点加固安装设备。

记者看到，卜智勇的胳膊上，有一片麻疹样的红色斑点。卜智勇告诉记者，“我也不知道这是因为在灾区曝晒还是别的什么缘故，我们团队中的好几位兄弟都这样”。

“余震对移动通信造成影响，修复需要一些时间，会出现无法使用的情况，但我们的宽带无线应急通信系统却始终保持稳定。”卜智勇自有他自己的“兴奋点”，他说：“青川县的关庄镇受灾比较严重，通信一直不顺畅，当指挥部的一位干部看到，在我们架设的终端上闪出‘新浪’、‘搜狐’的字样，眼睛都为之发亮，说他自地震发生这么多天来，没有见到过如此通畅的网络！”

系统为何有这样的“神通”？

先让我们看一下宽带无线应急通信系统的具体技术指标。

广覆盖面：单个基站可覆盖100平方千米；高数据率：单个基站可支持70兆位/秒；高移动速度：可支持120千米/时的移动速度；可组网、可切换：能够组建大到覆盖一整个地区，小到一个村庄的不同规模网络；一般情况下1～2个小时可架设完成；可配备于单兵、车载、无人机等多种载体。

具体的技术指标或许有些枯燥乏味，卜智勇对记者作了这样的解说：宽带无线应急通信系统的组成主要分基站和终端两个部分，基站比通常的PC机体积小，终端体积只有电话机的一半。一个终端则可以带8台电脑。因为每个基站的覆盖面广，可用于城域网范围；每个基站的高数据率，不仅能够“听”，还能够解决一般难以实现的“看”的问题。“过去普遍使用的2.5G无线通信网络，只能支持通话，如果要看实时视频，带宽就显得过于狭窄。而我们这一系统应用了最新自主研发的4G核心技术，能把无线带宽拓宽到几十兆、甚至上百兆，使‘实况转播’成为了可能。”

“它比较轻巧，一个人就可以直接背在身上。由于它的可移动性，无论是在高速行驶的列车上，还是在在天空盘旋的直升机上，都可以在移动的状态下随时开展工作。”

宽带无线应急通信系统的建立，使北川、平武、青川的抗震救灾工作明显受益，也让它在各路救援大军中有了广泛知名度。该系统带来的好处主要有3个方面：

其一，它在一线抗震救灾人员、前方指挥中心和后方总指挥中心之间搭建了一条“直观通道”，让指挥部能看清救援队伍在做什么，以便测评决断、及时调配和增补救援的力量。

其二，方便各类救灾机构开展工作。很多时候话音、手机短信不能直观反映问题，必须通过图片、视频和大量文字才能说清问题，而这些信息的传递必须通过宽带网络。如远程实施治疗和救灾指导，富有经验的医生可通过该系统传过来的实时语音视频，同时指挥多个救灾地点对伤残人员进行诊治；能让建筑和水利专家与尽可能多的救援队员进行现场沟通，使专业知识与救援行动紧密结合。

其三，它能让灾区用上互联网。因为地震造成的通信瘫痪，不能上网、看不到新闻，导致当地一些领导对救灾局势缺乏了解。互联网上网民们的感人话语，也无法传递给灾区百姓。如今，这个应急平台随时随地接入了互联网服务，不仅使指挥部能及时了解全国救灾局势，还解决了众多媒体在当地无法发稿的苦恼。

“之前，在北川的媒体记者每天都要前往绵阳发稿，然后再回到北川，把宝贵的时间浪费在路途上。现在，记者在我们提供的所有终端上都能迅速便捷地发稿。5月20日中午，一名受困多日的妇女被救出的消息，就是通过这一平台传送出去后，由中央电视台播出的。”“平武南坝的系统因为使用单位十分之多，发挥了重要作用，四川信产厅主任李建疆前往考察时大加赞赏，并亲自协调解决各种配套问题，现中央电视台也使用南坝系统传稿。”封松林在先后发给本报记者的两条手机短信中说。

抗震救灾是最好的验收鉴定

卜智勇告诉记者，此次他们在四川地震灾区架起的宽带无线应急通信系统，采用的是最新的4G核心技术。该项目的成功研制既是研究所调整学科方向的一个重大举措，也是目前正在进行的国家“十一五”重大专项——“新一代宽带无线移动通信网”的重点支持方向之一。

为了迅速攻克该技术并实现产业化，中科院微系统所联合高校和上海市的相关力量，专门成立了一家产业化公司——上海瀚讯无线技术有限公司。机制创新取得的最新科研攻关成果MiWAVE宽带无线多媒体系统技术，是多方研究力量的综合展示，中科院声学研究所、计算所、微电子中心也在协同作战。

“本来我们和杭州市签订了合同，系统正在杭州市试验运行，如果在整个大杭州城域网应用，需要300个基站。”卜智勇介绍说：“想不到这个试验运行都还没有完成，更没有来得及作什么验收或成果鉴定，就突然爆发了大地震。封松林所长当机立断，同时在杭州市的大力支持下，临时拆掉了杭州的一些基站，赶快用它们来支援四川灾区了。”

在这次抗震救灾的很多应用领域中，宽带无线应急通信系统发挥了不可替代的作用。中科院的一位领导同志说：它在灾区投入实际运用所获得的成功，是一次最好的“成果”鉴定，也是一次最好的项目验收！

我们有信心投入全面应用

微系统所联合声学所、计算所、“863”Future计划专家组、东南大学等，5月29日向中科院等有关部委呈报了宽带无线应急通信系统在四川救灾的具体应用情况，并提出了以通信手段实现科技救灾的进一步思考：

(1) 进一步扩大战果，争取建立覆盖范围更大的应急无线宽带网络。

(2) 希望能在四川地震应急的基础上，加强系统的环境适应性和可靠性研究，研制能够适应快速响应的宽带无线应急通信系统配系和体系结构，改进和完善为宽带无线移动多媒体开发的通信体制和协议。

(3) 本次地震应急小范围组网的成功应用，说明前期已开始预研的宽带无线移动多媒体的中科院重大项目基本思路和设备考虑基本正确，希望中科院能与杭州市共同支持，建立杭州宽带无线多媒体城域网，推进我国下一代移动通信协议的宽带无线多媒体通信协议的完善，及国家宽带无线多媒体标准的制定等。

“此次宽带无线应急通信系统在灾区首次投入实际使用，不仅是我们的一次‘亮剑’，相信也能推动我国宽带无线通信产业的进一步发展。”卜智勇说。宽带无线应急通信系统除了已经在北川、平武、青川应用，他希望紧接着还能够在包括茂县、理县、映秀、汶川等区域的600千米地震带上得到全面的应用。“汶川映秀镇听说我们有这样的‘宝贝’，当地救灾总指挥电话打来时都快哭了，要求我们立刻支援！那么多的解放军战士在灾区都往前冲了，我们同样要往前冲!”

“地震毕竟是一个突发事件，你们有足够的建站人员、基站和终端设备吗?”记者问。

卜智勇毫不犹豫地说：“没问题。我们有这样的信心，也有这样的能力!”一如救灾前线解放军战士的坚定回答。

就在这时，卜智勇又收到救灾前线给他发来的一条手机短信：青川又发生了一次余震。“弟兄们都还在前方，我今天一定要赶回去。好在我们对这些余震都司空见惯了。”

“还是要注意安全啊!”记者真诚地祝福卜智勇和他带领的前方团队，祝福他们和灾区的人民群众平安!

与知识创新工程风雨同行[①]

——记中国科学院自动化所研究员王飞跃10年人生之路

“果子要结在中国的大树上”

1995年，美国亚利桑那大学副教授王飞跃到清华大学讲学，拜访了时任中国科学院副院长的路甬祥。路甬祥对王飞跃提起了中科院的“百人计划”，希望他能到中科院工作。王飞跃坦诚地回答，从出国留学的那一天起，他就打算要回国工作，但他不想给人一个印象，说自己在美国混不下去了，所以他要在美国当上正教授后才回国工作。

王飞跃还在浙江大学读硕士时，就对路甬祥从德国学成归来的事迹钦佩不已，后来王飞跃到美国留学，也熟知已经成为浙江大学校长的路甬祥在《人民日报·海外版》上的一句话：“果子要结在中国的大树上。”留学要看到中国的光明前景，路甬祥对出国或即将出国的同学这样殷切寄语。

1997年，美国圣地亚哥智能试验车演示之后，亚利桑那州的一位州议员大感兴趣，花重金将之请到亚利桑那州的Phoenix演示，并建议将来在州的两个主要城市Tucson和Phoenix之间建一条双向的智能车快速道。在酷热的沙漠腹地，王飞跃“赤膊上阵”，挥汗如雨，承接了研制智能原型VISTA的工程项目。

参加这个工程项目的人员几乎全来自中国大陆，要在沙漠上盖车库，王飞跃甚至在顶棚上敲钉子都是自己动手，为助手和学生率先垂范。

这一年，王飞跃成为亚利桑那州大学的正教授。他始终没有忘记路甬祥院长“果子要结在中国的大树上”的叮咛，没有忘记自己当初出国求学的初衷。

---

① 本文发表于2008年6月12日。

感知三里河办公大楼弥漫的气息

1997年10月，王飞跃再次回国，到中科院拜会了路甬祥院长。

路甬祥把高技术局的桂文庄局长和自动化所所长马颂德也请到了办公室，协调王飞跃以“百人计划”名义回国的事情。

1997年10月，在中科院北京三里河的办公大楼，弥漫着一场重大战役马上就要打响的气息，这是旷古未有的感人气息。“当时，我最为深刻的感受，是中科院开始要以全新的思路发展，国家对科技的重视和支持也将前所未有。”

这个时候，中科院正在组织起草给中央的《迎接知识经济时代，建设国家创新体系》研究报告。这个研究报告后来广为人知，它决定了中科院未来多年的正确走向，但王飞跃暂时还不知道；这个时候，中科院正在酝酿着要“先走一步”，作为国家科技队实施知识创新工程，王飞跃暂时也还不知道。但王飞跃不仅从与路甬祥的谈话中已完全领略，也从三里河办公大楼弥漫的气息中得到感召：中科院干大事情的时候到了，自己回国的时候到了！

1998年年初，王飞跃终于在亚利桑那州的沙漠了完成了智能汽车VISTA的实验，并在Phoenix的51号高速公路上进行了公众演示，他生平第一次接受了现场的电视采访，成了当地各路媒体的“明星”。

1997年前后，王飞跃在美国的工程应用项目，有通过因特网实时做试验的网上实验室WAVES和智能车VISTA等4个，仅仅智能车研制过程之柳暗花明、引人入胜，就完全可以写一部传奇。但他还是希望自己到中科院工作，因为知识创新工程这部更为厚重的书，正等着他和众多的科研人员一起书写。

实验室“小实体，大网络”

因一时无法从原工作单位调出个人档案，一直拖到1999年7月，王飞跃才完全落实了回国事宜。此时，中科院的“百人计划”也已进一步演变成为“海外杰出人才引进计划”，王飞跃实现了自己回归的心愿。

2000年，由王飞跃牵头组织，中科院自动化所、广东科龙公司与亚利桑那大学合作，成立了中美联合智能控制研发中心，在人民大会堂举行的仪式上，王飞跃即兴演讲，自然又提到了“果子要结在中国的大树上”。这是他念念不忘的一句话。

回国投身知识创新工程，最使王飞跃欣慰的，就是自己所在的中科院自动化研究所，实验室和人才队伍不断发展壮大。1999年他只身一人创立智能控制与系统工程中心，到了2002年夏天，在中科院1998年度和1999年度“百人计划”和“海外杰出人才引进计划”终期评估中，该中心被评为优秀，并获得了100万元经费的后继支持。“实际上，在这几年中我争取到的国内外合作项目，经费比这要多得多，但这100万元的意义特别重大，它是对智能控制与系统工程中心科研成绩的充分肯定，也是国内同行对我的接受和认可。”王飞跃说。

2002年年底，智能控制与系统工程中心与自动化所的其他实验室整合，成为中科院复杂系统与智能科学重点实验室，工作人员和研究生已达300多人，并顺利参加了国家重点实验室的评估。为了准备实验室的评估，王飞跃参观访问了30多个大学里的国家重点实验室，除了大开眼界并学到了许多宝贵的经验之外，对于科研的艰辛、评价的扭曲、行为的浮躁，也有了第一手的感知。

王飞跃成为整合后该实验室的主任。他说：“这次评估，使我对国家重点实验室体制有了刻骨铭心的认识，我为实验室同事们上下齐心、对自己的支持、对未来的信心感到由衷的高兴。实验室要按‘小实体，大网络’的思路发展，争取早日成为一个对国家建设有重大贡献、世界一流的研发中心。这个目标也意味着任重道远，需要我们一步一个脚印地扎实工作和不懈努力。”

“关键是我想为中国赢一次”

王飞跃2005年担任了国际IEEE ITS（智能交通）学会的主席，他说：“我是从会员、理事、秘书长、副主席、主席，一步一个脚印走过来的，就像当初我在旅美华人科协，也是从会员、分会长、总会副主席、总会主席，一步步走过来的。”

王飞跃不喜欢“坐直升机”，他更倾心于一步一个脚印。

ITS学会包括王飞跃在内，共有25位理事。2005年10月在美国华盛顿选举时，3位主席竞选者，有两位是美国人，其中一个做过前任主席，另一个也做了好多年副主席，王飞跃是3个竞选者中最年轻的一个。

一般参与竞选者都是说，如果自己竞选不上，也愿意担任别的什么职务，而王飞跃在每人5分钟的竞选发言中却恰反其道，说只考虑主席这个职位，其他的职务都不接受。言外之意就是主席若不能当上，就不参与该组织的管理活动。

这当然只是王飞跃参加竞选时的一个策略。但他竞选时说的这句话还真发挥了作用。因为其他两位参与竞选的理事不做主席，还有学会其他的领导工作可以做、愿意做。“那也是IEEE智能交通学会成立以来竞争最为厉害的一次。其实主席这个位置也只是做义务性劳动的工作，关键是我想为中国赢一次，自己也可以为这个学会作更大的贡献。”

经选举，王飞跃当上IEEE智能交通学会主席，也是IEEE自成立以来第一位来自中国大陆的华人学会主席。后来他还推荐了两位在美国的中国留学人员在智能交通学会做副会长，并且后来把这两位副会长都介绍到中科院自动化所来工作。其中曾大军是亚利桑那大学的副教授、智能系统与决策实验室主任，2007年年初通过中科院“百人计划”，到中科院自动化研究所任研究员；耿征原来在美国开办一家公司，被引进到自动化所之后，开辟了三维显示的一个新领域。

现在，王飞跃既是IEEE ITS学会的主席，也参加IEEE的理事会，每年仅仅这个国际组织的活动，就有九次会议需要他参加。王飞跃乐此不疲，他说：“国际合作对中科院、对自动化研究所都十分重要，因为作为一个国立研究所，一定要有广阔的国际视野。别忘了我们现在是住在地球村里，面对的是全‘村’的竞争。”

“发达国家也非常重视与我们的合作与交流，毕竟中科院通过这些年的知识创新，已经大大增强了与发达国家科学家在同一个水平上的对话能力。”王飞跃说，“我有时甚至觉得，我现在一年在北京见到的美国同事，比我在美20年里见到的还要多”。

那空中不绝的缕缕云思

王飞跃在近10年间上百次穿越太平洋飞行，不知道已经绕地球转了多少圈，如果按照从地球到月球的路程计算，现在也该从月球返回地球了。但王飞跃还必须坚定地继续“飞”下去。不是因为在太平洋的彼岸有他的妻女，而是频繁的国际学术交流使然。

既是了解中国特色国情的需要，也是开展技术辐射工作的需要，这些年来，王飞跃几乎走遍了全国所有的省、直辖市和特别行政区，从香港到台湾，从广东到江浙，从甘肃到云贵，王飞跃既感受到祖国版图的博大，也感受到创新心律的脉动，他见过为防小偷而同牛一起住在洞穴中的农民，也曾与为帮助失学儿童奔走的机关干部共商良策。

因为经常来回的奔波，王飞跃的许多科研工作是在旅途中完成的，为此也带出了他的“副产品”，在旅途中写出了许多杂感，既有对我国科研体制改革的积极建议，也有如何当好研究生导师的随想，既有对美好大自然的颂咏，也有对如烟往事的回想，并由此编辑成了一本《空中云思》的文集，他自谦“其实就是坐在飞机上的胡思乱想之雅称而已”。

“十年的知识创新工程给了我参与国家发展的最佳时机，也使我亲身感受了知识创新工程给国家、特别是给中科院带来的前所未有的巨大变化，许多激动，几分担忧，就有了这个文集。”王飞跃说。

祖国的明天会更美好

王飞跃作为独立完成人，他完成的“智能控制系统理论与方法”，荣获了2007年度国家自然科学奖二等奖。

多年来王飞跃致力于智能控制理论与方法的研究，系统地建立了一套关于智能控制的理论与算法体系，并在工程项目中得到验证和应用。该研究成果得到广泛应用，包括大型装载挖掘车自动化、铜萃取的网络化智控和管理、智能汽车和数字高速公路系、基于因特网的远程教学实验室、嵌入式汽车电子平台、城市交通智控系统、智能家居系统等国内外科研项目，解决了一系列技术难题，社会和经济效益显著。他本人也因在该领域所作出的杰出贡献，被国际同行公认为智能控制的开拓者和重要研究者之一。

王飞跃从1997年正式考虑从美国来到中科院，到1999年归来工作，现在成为中科院自动化研究所的副所长，可以说是中科院知识创新工程的一位亲历者、见证者。与知识创新工程风雨同行，也使他对中国的科技发展有了更实际的感受，从刚开始还只是归国服务作贡献的心态，到现在已经认识到，国家的欣欣向荣，也在为每一位科学家的事业发展提供广阔平台和人生机会。

10年光阴弹指一挥间，正如王飞跃在一篇文章里所说，自己虽然不是一个预言家，不能预测未来到底怎样，但心中的一个信念是不变的：祖国的明天会更美好。

我国SOI技术产业化的火炬接力[①]

——记王曦及其团队发展历程

2008年5月24日，新傲公司的技术总监张苗博士作为火炬手，参加了2008年北京奥运火炬上海站的传递，现为中国科学院上海微系统所党委书记兼新傲公司董事长的王曦说："微系统所从早年SOI技术的研究开发，到后来发起成立新傲公司，将知识变成真正的财富，在高新技术成果转化的产业链上，也如同这火炬接力，要一棒接一棒地传递，中科院10年来的知识创新工程亦然。"

中科院就要干大事情了

无须屈指，王曦从德国回来刚好10周年——因为他回国的第二天，是1998年6月28日——研究所70周年所庆的日子。

那一天王曦坐出租车到所里，他上车就系上了安全带，司机见状就问："你是刚从国外回来的吧?"那时，国内的人乘车基本上都没有系安全带的概念。

王曦的小孩1998年3月在德国出生，回国时才3个月，这么小的婴儿是否合适乘坐国际航班，王曦为此还专门咨询了德国医生，最后，婴儿是放在摇篮车上乘飞机回来的。

其实王曦无需这么早挈妇将雏回国，他当时被中科院上海冶金研究所（微系统与信息研究所的前身）公派到德国做洪堡访问学者，离回国的期限还有一年。但在1997年秋天，研究所的同志给他打电话，说研究所所长江绵恒要来德国，希望能在莱茵河畔的Koblenz小镇上与他见面。江绵恒与他见面，透露出

① 本文发表于2008年6月13日，与张巧玲合作。

一个重大的信息：中科院就要干大事情了，就要有大发展了，也更需要人才了。

当然，王曦也领悟出来：研究所他的二导师、离子束国家重点实验室的主任柳襄怀马上要退休，江绵恒在某种意义上是要面试他，看他是否合适回研究所当这个实验室的主任。

做SOI就要不断“打脑子”

王曦庆幸：1998年6月9日中央批准中科院实施知识创新工程，自己刚好踩上这个点回到祖国。

1998年冶金研究所凝练科研目标，从将近100个项目里筛选出了7个，SOI成为其中一个。江绵恒以及研究所的领导看到：1998年IBM大规模开展SOI技术的民用化，正带动国际上一批著名的跨国公司进入这项技术的开发领域，此时加大我国SOI技术的应用研究力度，进而达到日后实现工业化和商业化的目的，可谓恰逢其时。

何谓SOI？它是英文silicon on insulator的缩写，是“绝缘层上的硅”的意思。国际上公认，SOI是21世纪的微电子新技术之一和新一代的硅基材料，在低压、低功耗电路、耐高温电路、微机械传感器、光电集成等方面，都具有重要应用，是微电子和光电子领域发展的前沿。

为了打破国外多年对SOI技术的封锁和禁运，填补我国SOI材料领域的空白，冶金研究所从国家需求出发，在“863”、“973”等重大研究计划的支持下，历经多年的努力，在SOI的研发上已有了一系列重大创新成果的积累。

然而，“行百里，半九十”，在SOI的关键技术上，我国还有待于进一步的突破，要实现产业化，更有待于研究力量和队伍的整合，需要领军人物的慧眼和胆识。江绵恒看好了回国不久的王曦。

回国竞聘上岗，王曦成为离子束国家重点实验室主任，但要当SOI项目的负责人，王曦同样还要参加竞聘。与竞聘实验室主任一样，江绵恒问王曦的hobby（爱好）是什么，王曦如实说，他的爱好是基础研究。

江绵恒对王曦晓之以理：根据中科院在国家创新体系中的定位，以及研究所的发展定位，首先是要做满足国家战略需求的事情，现在开展SOI基础研究工作，必须考虑到今后的工程化和产业化，所以，仅仅爱好SOI的纯基础研究还不行。如果个人的爱好仅仅是作那些自由探索的基础研究，可能去高校当教授更合适。

江绵恒再一次为王曦“洗脑”，上海方言是“打脑子”。

正因为江绵恒等领导的前瞻性布局谋篇，不断地为王曦及他带领的团队经常“打脑子”，才“打”出了日后我国SOI产业的一片新天地。

“事非经过不知难”

SOI技术的产业化迫在眉睫，研究所虽然正式将它提到了议事日程，但生产SIMOX（注氧隔离）技术产品的关键性设备——氧离子注入机的引进，却如镜花水月，可望而不可即。

世界上生产这一设备的只有日本的日立公司和美国的IBIS公司，最初王曦写信给这两家公司联络购买设备事宜，但都石沉大海。

究其原因，一是发达国家本身对该设备实行禁运政策，二是制造该设备的公司以为这是开国际玩笑，中国根本就不具备SOI的生产能力，干脆就置之不理。

得知2000年8月IBIS公司的副总裁要到台湾，王曦希望他们顺道来上海看看，他们带着疑虑的口吻说：“你们没有自己的SOI生产能力，怎么可能购买我们这套价值几百万美元的设备呢?”

美国代表在研究所走了一圈，当他们了解到，研究所的SOI团队在SOI技术方面研究的历史已经超过他们公司，并在SOI关键技术上取得一系列重大创新成果，切实打下了很好的研究开发基础，立马刮目相看。后来成为新傲公司副总经理的李玮话虽然说得有点冲，但确实有着自己的底气：“难道你以为中国人只能生产衬衣和袜子吗?”

购买离子注入机的谈判正式开始，犹如一场比赛毅力的马拉松长跑，直到2001年夏天，美商务部才通过了离子注入机的出口许可。然而此后美国发生了“9·11”事件，又使设备引进的谈判一度陷入僵局。

“事非经过不知难”，中科院院长路甬祥过后知悉其中的一波三折，不由发出这样的感叹。

新发于硎　傲然不群

与此同时，公司的注册成立也在紧锣密鼓地进行。

他们取了一个响亮的名字：英文是SIMGUI，中文是“新傲”。其中，SIM是上海冶金所的缩写，谐音为“新”，也有《庖丁解牛》中“新发于硎”的寓意；“傲”，则因为公司拥有的一项技术叫SIMOX，取“OX”的谐音“傲”，寓意“傲然不群”。

2001年7月25日，由微系统研究所率先发起，联合北京盈富泰克投资发展有限公司和上海中科高科技工业园发展有限公司等，成立了上海新傲科技有限公司。微系统所除了将自己近20年积累的具有自主知识产权的SOI专有技术投入，特别令人们眼睛为之一亮的是，在王曦的带领下，研究所SOI课题组主要技术骨干全部进入了该公司，我国SOI技术研究的元老级人物林成鲁也欣然加盟。俞跃辉、张苗、张峰、陈猛、李炜等6位青年博士，加上这位元老级的研究员集体创业，成为沪上的一道亮丽风景线。

2001年10月12日，新傲公司历经艰难，最终与美国IBIS公司签订大束流氧离子注入机的引进合同。陈猛和张苗等以最快的速度飞赴大洋彼岸接收设备，12月18日，离子注入机顺利运抵上海。

国际SOI技术与产业领域竞争激烈，本来就是一个群雄逐鹿之地，中国人要拥有自己应有的份额，就需要“新发于硎”，需要“傲然不群”，“新傲”在合适时机的登台亮相，正顺应了国际竞争的潮流。

“我们今后都不再吃麻饼！”

在建立的生产线上最初做出来的SOI硅片，上面有许多如麻点般的瑕疵。如果把SOI材料像麻饼似的一片片做出来，肯定在国际市场上卖不出去。王曦为此开玩笑说：“难道是因为我们喜欢吃上海的麻饼，才会有这样的结果？干脆我们今后都不再吃麻饼！”

经过SOI团队昼夜奋战，过去的“麻饼”不见了，取而代之的，是一个个光润无瑕、晶莹剔透的圆片。2002年7月2日，新傲公司第一批SOI圆片试生产成功。这一惊人之举，令世界同行不由地发出赞叹，美国硅谷的《半导体商业新闻》载文惊呼：中国“突然”（suddenly）冒出了一个现代化的SOI圆片工厂。

独门秘技的“小笼包”

随着对国际市场的深入了解，新傲公司发现，高端的SIMOX技术虽备受关注，但市场份额较小，而键合技术却有着广阔的市场需求，诸如汽车电子芯片、平板显示器驱动高压电路等需要键合SOI硅片，而SOI材料的供应商却寥寥无几。看到了深含其中的商机，新傲公司决定攻打这一国际市场。以陈猛和张苗博士领衔，很快开发出了XYZ新工艺，并结合键合技术，自主研发出了一项SOI新技术——simbond，并申请了国际专利。这个全新的SOI拳头产品的出现，立刻在国际市场上引起了轰动。与飞利浦一联系，对方便要求下月就供货。紧接着，新傲公司又打开了日本、俄罗斯、韩国、新加坡等地市场，成为英特尔、三星等国际知名公司和品牌的供应商。

新傲自成立以来，已先后承担了包括国家“863”计划微电子配套材料重大专项、信息产业部电子发展基金重大项目等政府重大的研发和产业化项目，其中申请国家发明专利32项，并已获得授权16项。

目前在国内，新傲所拥有的高端硅基片技术，仍然堪称“独门秘技”。他们做的这种硅片如同特制的上海小笼包，“小笼包”的皮特薄、馅特少：它是在0.5毫米厚的硅片，距表面100纳米以下，嵌一层200纳米厚的二氧化硅的“馅”。

只支持　不干预

“高端硅基SOI材料研发和产业化”获得了2006年度国家科技进步奖一等奖，这是中科院微系统所和新傲公司共同的荣誉。

6个博士在一个课题组工作不稀奇，但是集体从研究所出来创业，并且取得成功的不多。全国人大常委会副委员长、中科院院长路甬祥由衷评价说：“SOI项目的成功是微系统所长期知识创新积累，面向国家急需，面向该领域技术前沿，集成国内外优势，在短时期内走出产业化的典范，也是通过知识创新、技术创新，在高技术领域走社会化道路完成价值链循环的重要一环，充分体现新时期中科院办院方针和‘三性’贡献的典范。”

新傲公司在用人机制上，除了让中科院微系统所原有SOI项目组的技术骨干全部进入，为公司提供强有力的技术保障，公司的其他员工，包括经营管理、市场营销、工程技术人员等全部面向社会招聘。微系统所即使面临机构改革和人员分流的巨大压力，也没有要求新傲公司接收任何一位分流人员。

新傲公司没有选择在微系统所的市区本部建厂，而是在嘉定区中科高科技工业园内租地新建。对公司这种“物理上隔断”的商业化做法，微系统所予以了充分的理解和支持。

目前，微系统所是公司的第一大股东，也是公司的技术源头，微系统所近30名博士后、研究生在进行SOI相关技术的前沿研究工作。

微系统所所长封松林在接受本报记者采访时说，对新傲公司的发展，我们历来遵循一个原则，那就是：只支持，不干预。

对未来的美丽梦想

如今，新傲公司作为目前国内唯一、国际屈指可数的SOI生产基地，不仅拥有国内唯一的SOI生产线，而且总资产也由7年前的1300万元，发展到超过3亿元。

谁说SOI技术离我们还很遥远？SOI的产业化离我们还很遥远？实施知识创新工程10年，中科院微系统研究所开展科研目标凝练，现在已经成为的现实，证明了决策者当年选择SOI的远见卓识。

王曦认为自己这辈子有两件事情非常关键，一件是10年前选择了回国，另一件是7年前选择了创业新傲。

王曦说，2006年11月，美国推出了基于SOI技术的世界最快芯片CELL-PS3游戏机，为了购买这款游戏机，许多美国人排队长达10天，这样的激情空前绝后，即使在太平洋战争爆发、珍珠港被偷袭的时候，他们也未曾这样排长队去银行兑换现金、抢购生活品。我相信SOI技术和应用SOI技术的这款游戏机，将可能带来一场数码时代的革命。

王曦介绍，今年新傲做出了一个重要决定，新购置安排了87亩地，将建设公司的两家工厂，目标是建成亚洲除日本以外的第一大外延加工厂，同时为承接国家中长期科技发展规划集成电路重大专项SOI项目做好准备。通过这个动作以及下一步的上市募集资金，将公司真正发展成为亚太地区极具竞争力的高端集成电路材料供应商。

新傲公司的形象标志是一个外形很像硅片的紫红色的圆，公司所有的玻璃窗上，都有这样紫红色的圆。

正是一个一个紫红色的圆，组成了新傲公司对未来的美丽梦想。那是他们已规划出的远景：致力于发展多元化高端硅基材料产业；成为中国最好的外延服务商；成为全球特定尺寸SOI主要供应商。

科研布局调整中“美丽转身”①

——记中国科学院上海微系统与信息技术研究所10年知识创新

一次生动展示和汇报

6月11日，在中国科学院上海微系统与信息技术研究所，全国人大常委会副委员长、中科院院长路甬祥神采奕奕，听取了该所所长封松林关于研究所总体发展情况的汇报，以及近年来前瞻性部署的两个创新项目得到成功应用的专题汇报：其一是MiWAVE宽带无线应急通信系统，在奔赴抗震救灾第一线中初试锋芒；二是双向TDD_OFDM多用户高速移动中程多媒体传感器网络，在奥运火炬接力上海、宁波、嘉兴段传递中展示威力。路甬祥对微系统所开展的出色工作给予充分肯定。

路甬祥说，“5·12”汶川大地震爆发以后，微系统所主动请缨，组织科技力量并联合兄弟单位，迅速有效地实施抗震救灾科技行动，为抗震救灾作出了突出贡献，为中科院争了光，为中国科技界争了光，贯彻了胡锦涛总书记对抗震救灾的总体要求，体现了中科院创新为民、科技救灾的要求。

路甬祥特别指出，微系统所在10年的时间里，完成了科研布局的重大调整，研究所成功转型，实现了“美丽的转身”，为全院树立了典范，这份凝结研究所领导班子和广大科技人员心血的宝贵经验值得认真总结。

地震曾使得灾区的通信一度全部中断，5月16日，微系统所急速赶到的科技救援队伍如神兵出现，架起宽带无线应急通信系统，使得北川、平武、青川、唐家山堰塞湖等救灾现场，都可以通过这一应急通信系统，将视频传送到相关

① 本文发表于2008年6月23日，与张巧玲合作。

指挥部，让指挥部直观快速地了解情况；参加救援的卫生检疫、武警、军队、消防等许多单位，也都便捷地通过该系统，回传了业务资料和现场照片等信息。

水利部部长陈雷专门批示：微系统所在处置唐家山堰塞湖风险的过程中，及时准确地显示了现场及全过程的影像，为科学决策、夺取工程排险全面胜利提供了主要的高科技支撑和保障，为确保下游人民的生命安全作出了重要贡献！

封松林告诉记者，在抗震救灾中加以应用并得到实践检验的这一最新技术，是微系统所10年知识创新的重要成果之一。

1998年6月9日，国务院科教领导小组批准由中科院进行知识创新工程试点。微系统所作为上海高技术研究发展基地的成员，被列入首批启动单位之一，从此走上知识创新的征途，进入创新发展、持续发展、飞跃发展的新阶段。在这次抗震救灾中显示的不凡身手，就是他们对国家和人民的一次生动展示和汇报。

改革中的蝉蜕蝶化

1997年7月，留学美国多年回来的江绵恒，出任了上海冶金所（微系统所前身）所长，制定了行政领导班子四年任期的总目标：通过改革调整，基本建成科研、开发、产业三个互相联系、有机结合的基地，及一个精干高效的管理支撑系统的研究所框架，基本形成在所的定位方向上为国家战略需求和经济发展作出“三性”贡献的竞争能力。

江绵恒出任所长后一件重要的事情，就是按中科院党组的部署，开展建所以来最大一次规模的学科方向调整。

“当时我们一共有1000多名正式职工，但大部分人员不是工作在科研第一线的，而是在后勤部门或者工厂，我们的科研题目越做越小，越做越分散，在这种状态下，研究课题很难上规模和档次、做满足国家战略需求的大事。所以，进行科研体制与机制的改革刻不容缓，势在必行。”在接受本报记者采访时，江绵恒回忆起了当年研究所改革的情景。

“我当时跟大家说，必要的人员分流，是为了研究所的更好发展，如果硬要将所有人员捏在一块，那么大家都必死无疑。”

江绵恒举了一个例子：当时，上海冶金所的一家工厂，开工一天成本就是1万元钱，但研究所连科研经费都少得可怜，一些急需布局的前瞻性项目都无法顾及。

“最为重要的是，重新确定研究所的战略定位。”江绵恒说。

“那时我们在思想观念上很模糊，到底研究所的科研目标是什么？其存在的意义是什么？感觉上不着天、下不着地。”微系统所副所长齐鸣说。

为了确定战略定位，所领导班子花了两个多月的时间，深入到各研究室、中心（部）、公司、管理中心等部门调查研究，了解情况。先后与130多位部门领导以及科研骨干进行了座谈。同时，还组织人员开展调研，邀请了IBM、惠普等公司的高级管理人员，为研究所中层管理干部、副高级以上科研人员讲课，学习经济学等方面的基本知识。

江绵恒组织全所职工分析国家战略需求，最后经职工代表大会和干部大会讨论，一致通过了研究所的战略定位方案。

根据该战略定位方案，确定上海冶金所的性质是以高技术研究和发展为主的科研基地型综合性研究所，把原来以材料学科为主的研究方向调整到信息与微系统领域。其基本框架为有机联系的研究、开发与产业三个基地和一个高效、精干的管理支撑系统。

研究所原有的14个研究室按新的学科方向调整为5个；10个管理部门精简为6个，撤销了机电部和中试部。

针对不同部门、编制、人员等情况，研究所制定了转岗分流政策，按先行政、后工厂和研究室，先干部、后工人和科技人员的步骤，分步实施研究所的结构调整。1998～2001年，全所涉及转岗分流的人员共达370多人，约占全所职工的44%，另有65名曾从事有毒有害气体特殊工种的职工办理了提前退休手续。

历史遗留下来的几个老大难问题，研究所如壮士断腕，彻底解决。

在改革的阵痛中，研究所蝉蜕蝶化。

“洗脑”后的觉悟和清醒

“必须把我们的研究目标放到世界科技发展的大趋势下以及中国经济发展的大背景下，与之密切联系起来，考虑研究所未来的定位。再也不能仅凭自己的hobby（兴趣）搞科研，做一些可有可无的研究，再也不能把发表文章作为科研工作的主要形式，再也不能把获得奖项作为评价科研成果的主要标志，再也不能把晋升研究员、当院士作为我们追求的唯一目标。”

在研究所内的一次讲话中，江绵恒一口气说了三个“再也不能”，由此可见他破旧立新的决心。

说来让人难以想象，当时的研究所零零碎碎，居然有将近100个研究项目，它们如散沙落地，既串不成线，也攥不拢拳。

更何况，许多科研人员还封闭于“象牙塔”之中，仅凭个人的 hobby（兴趣）搞科研，孤芳自赏。

“hobby（兴趣）是什么呢?”江绵恒问从德国回来的洪堡访问学者、当时刚出任离子束国家重点实验室主任的王曦。对研究所的其他科研骨干，江绵恒也问过与之相同的问题，像是在对他们做“开卷考试”。

江绵恒一次次为王曦“打脑子”（上海方言，意为“洗脑”），也一次次为研究所的科研骨干“打脑子”。

带着“洗脑”后的觉悟和清醒，研究所将近 100 个研究项目最终凝练成 6 个知识创新项目，即“存储转发通信小卫星”、“微光机电系统”（DNA 芯片）、“微结构材料与器件”、“SOI 材料与器件”、“汽车电子”和“镍氢车用动力电池”。后来的实践证明，这 6 个项目的选择具有明显的基础性、战略性和前瞻性。

2001 年 11 月，研究所更名为“微系统与信息技术研究所”。这是它自 1928 年成立以来的第七次更名。

“名不正，言不顺”，客观形势需要研究所不断变革，“名不更，业难顺”。从最初的“国立中央研究院工程研究所”，以冶金、陶瓷、玻璃三大领域研究为主，一路走到了今天，学科转型，差别可谓天翻地覆。

“路甬祥院长亲自为我们定下来的名字。”江绵恒说，“这个名字取得很好。以系统为牵引，系统带动器件，器件带动材料，把我们所有的工作都贯穿起来，形成了一条完整的价值链。”

2001 年 7 月，江绵恒在其离任的述职报告中说，在科技目标凝练、重点项目部署的基础上，研究所“基本上改变了科研活动领域散、课题小、竞争能力弱的状况，并逐步把科研活动转移到当前高新技术领域中最活跃的信息等方向，把研究所的活动范围调整到了以材料制备技术为基础、着重发展器件、系统及相关的新技术。同时，已取得的成果中有望发展出一两个具有本所自主知识产权和核心技术的高技术产业”。

学术生命的风险投资

江绵恒从 1999 年年底升任中科院副院长就开始物色所长的继任者，既从所内部考察，也不放过选拔所外的优秀人才。

封松林出身军人家庭，他高大俊朗，看上去就有一股英武之气。少年时代随父亲在军营的生活，锤炼了他军人般的沉着和刚毅，也熏陶出他“服从命令听指挥”的秉性。

1992年，在法国巴黎第七大学做博士后研究的封松林回到中科院半导体研究所工作。上中小学时都没有不放心、都没有亲自到学校接送他的父亲，竟然专门从外地赶到北京，送他到半导体所的领导那里报到。“我儿子公派出国，现在我把他送回来，是要让组织放心。”这位军阶不算低的老军人说。

封松林历任半导体所超晶格国家重点实验室主任、副所长。2000年9月，中科院在上海举办微系统技术研讨会，已是中科院副院长的江绵恒点名要封松林参加。会后，江绵恒和另一位中科院副院长严义埙一起与封松林谈话，希望他到上海微系统所担起重任。

封松林到上海微系统所当副所长一段时间后，2002年5月任所长。相对微系统所的其他人，他是十足的“外来户”。

“2001年，我们所在争取国家项目方面创出历史新高，人们开始认可了我这位所长，认可了我在北京等地到处跑，是在跑信息、跑项目。”封松林说。也正是在这种情况下，研究所的几个重要方向拿到了第一桶金，打下了良好的基础。

封松林坦言，虽然研究所已经凝练出6个试点项目，但并不是所有的项目都做得很顺利。像传感技术国家重点实验室主任李昕欣，最初决定要做的加速度传感器就是如此。“所以，要考虑研究所未来的长远发展，当所长的就要有献身精神，敢于拿自己的学术生命作重大战略决策的风险投资。”

李昕欣原在日本仙台东北大学做研究员，2001年1月，微系统所以“百人计划”的名义将他招聘回国。

“开始李昕欣找人家争取加速度传感器的项目，很多人不相信中科院能做这事，也就没有什么积极性。李昕欣几经波折都没有退却，用户终于被感动了，答应让我们试试，但是我们必须给他们提供试验费，而且必须随叫随到。通过多年的磨合，现在我们跟这个用户关系非常好，后来我们还拿到了一些其他项目。”封松林介绍。

封松林的经验总结是：研究所争取项目，不成功的往往都是项目负责人不积极，成功的往往是研究员自己积极去干，“因为人家不会真正深入地跟你讲他的需求”。

“研究所的用户‘市场’也是循序渐进地打开的，关键在于要找到自己的定位，做到锲而不舍。”封松林说，“工业部门的那些研究所往往不愿意承揽那些市场份额较小、技术门槛要求却很高的项目，而国家科技队却可以前瞻性布局，瞄准一些较为长远的方向进行技术储备，一旦国家有了需求，随时都能够拿得出手，这也正是中科院的优势所在。”

“对我们这样一个有着几十年悠久历史的老所，最难做到的就是学科的转型。”封松林坦陈他的肺腑之言。

微系统所进入知识创新工程二期以后，进一步调整到“电子科学与技术、信息与通信工程”两大学科领域，学科方向进一步凝练为无线信息系统及网络、微系统、信息功能材料与器件、微型与新型能源等，确定了“系统带器件，器件带材料”的发展战略。

封松林学术生命的“风险投资”没有付诸东流。最近出版的国家自然科学基金委员会2007年度报告，对国家杰出青年科学基金获得者及创新研究群体学术带头人作了评述，称封松林“善于将国家重大需求和技术前沿有机结合，确立了面向应用的无线传感网发展路线，领导研制出满足多种需求的系列基站、端机和网络构架。成果已在若干重要领域得到试用，为推动我国无线传感网技术的发展作出了重要贡献”。

云从龙腾　风从虎啸

知识创新工程不断推进，使微系统所人才辈出。从2001年至今，岗位聘任的固定人员从157人增长到近300人，其中硕士以上学历的近200人，创新岗位聘任的高级科研人员近120人。特别是，“973”项目首席科学家2人次，4人获国家杰出青年基金。

微系统所现任副所长刘海涛，就是和知识创新工程一起成长起来的杰出人才之一。

1998年，微系统所开展创新重大项目存储转发通信小卫星的研制，四处延揽人才。春节前的一个下雪天，刘海涛带了10份求职简历，从位于合肥的中国科技大学赶来，随手在上海的人才招聘会上发了9份，剩下最后一份简历，他问要不要学计算机和电子的，就这样，走进了中科院小卫星工程部。

“我们在面试时很坦率地对刘海涛说，别看我们现在条件相对差，待遇不是很高，但我们要做小卫星，中科院独自开展卫星研制这是第一次，你来了就可以独当一面，把计算机的担子挑起来。”原副所长杨根庆说。

刘海涛一上手，就成为小卫星计算机的主任设计师。通过“创新一号”小卫星工程实践的锻造，他工作一年多就晋升为副研究员，2003年又破例晋升为正研究员。可以说，当初刘海涛是被小卫星工程的魅力吸引，而小卫星工程也成就了刘海涛的今天。

现在，对于已成为微系统所副所长的刘海涛而言，无线传感网的魅力同样吸引着他施展才华。

“为招揽更多优秀的人才，研究所通过各种措施吸引人才。”齐鸣介绍。

对此，李昕欣很有感触。李昕欣告诉记者，他当时其实是为了家庭回国的。到上海微系统所以后，所长助理王跃林给了他很多帮助，甚至连公寓里的褥子、拖鞋、锅等这样的生活用品配备都考虑得很周全。“当时真有点回家的感觉。”李昕欣说，“实验室没有助手，王跃林主动把他的一些研究人员调动过来”。

现在，李昕欣是传感技术国家重点实验室主任，他带领的研究队伍所做的工作卓有成效。在2004年“百人计划”入选者的终期评估中，李昕欣被评为优秀，成为微系统所继王跃林之后，第二位在“百人计划”评估中获得优秀者。在同一个实验室里，两位“百人计划”入选者互相支持，先后都被评估为优秀，成为感人的佳话。

卜智勇曾在芬兰的诺基亚公司做博士后研究，归国后，作为引进的优秀人才，他也欣然加盟微系统所。此次专家救援队前往四川地震灾区，就是卜智勇带队架设了宽带无线应急通信系统，并使之在救灾抢险中得到了广泛的应用。

“当时国家正在部署下一代的移动通信项目，‘863’设立了一个重大专项，我们正在作积极的筹划，卜智勇的到来恰逢其时，为研究所开辟了一个新领域。”封松林介绍说。

“我来微系统所工作不是考虑待遇问题，而是考虑未来的发展舞台。”卜智勇在接受采访时快人快语。

2004年夏天，桅樯林立的芬兰湾碧波荡漾，在去往赫尔辛基的一条邮轮上，封松林无暇浏览异国的绮丽风光，他让船上服务员专门开启一个咖啡屋作为策划会谈之地。在这里，他与东南大学移动通信国家重点实验室主任尤肖虎教授，以及诺基亚公司的有识之士，达成了合作图谋发展的共识。

微系统所在恰当的时机，找到了关键人才，选好了突破口，又有合适的组织机制保障，才打开了今天的新局面。

云从龙腾，风从虎啸。既有封松林作为学术带头人的亲和力和凝聚力，也有卜智勇一定的人脉关系，微系统所通过广泛外引内联，在无线通信方面建起了国际化的合作平台，已迅速地带起了一支队伍。

短短几年间，年仅38岁的卜智勇就先后从事了第三代移动通信标准的开发、主持中国第一款CDMA2000手机的研制、国家“863”计划等多项重大课题，并参与了欧盟第六框架科技发展计划相关项目，还率先在国内开发出了拥有自主知识产权、兼容国际标准的宽带无线接入系统。

无线传感网“撒豆成兵”

在微系统所无线传感网中心，记者从实验室墙面上抒写的只言片语，也能领略到知识创新体现出的文化氛围，感受到科研人员内心对事业的挚爱。

产品事业部的心声是，“无限传感，感动世界，传递新知”；综合管理保障处的自勉是，“平凡成就大事业”；网络协议专业组的畅想是，“无限网络，无限未来”；结构设计专业组的信条是，“设计看得见的微网”；控制专业组的理念是，“守望襄助，控制无悔”。

墙面上更大的一幅标语，则是“传感无处不在”。

我们不妨用“撒豆成兵”来描述无线传感网。一个个小巧玲珑的无线传感器，可以“撒”在道路、机场、港口等任何需要监测的场所。这些智能的传感器相互呼应，自动组成网络，能将收集到的信息系统处理，通过无线网络传回控制中心。

无线传感网络横空出世，被人们称为“21 世纪人类的远程神经末梢”。2001 年，以封松林为首的研究所领导，以自己敏感的科学神经末梢，迅速感应到未来信息领域的这一重大变革。

研究所进行人力资源调配部署，由已经完成“创新一号”小卫星工程任务的刘海涛担纲，负责无线传感网络课题的具体组织。

在向中科院提出重大课题申请的同时，研究所自筹几十万元经费，与国内信息领域的佼佼者中兴通讯合作，迈出了我国在该领域探索的第一步。

2003 年年底，宁波北仑区区长俞雷和封松林的手握在一起。北仑区率先应用我国自主研发的无线传感技术，“动态北仑”很快成为我国自行搭建的第一张智能监测网，打开“动态北仑”的网站，高速公路收费口、水库大坝等实时情况一目了然。

紧接着，微系统所为嘉兴打造了一条高科技的“数字航道”。嘉兴港航局运用无线传感网，在水上指挥中心坐镇就可以全程掌控整个航道的动态信息，还可以进行水下探测，对船舶的超载情况了如指掌。

随着无线传感网技术的进一步推广，在长江三角洲一带不断扩大的用户需求以及人才加盟，犹如百鸟翔集，凤凰来仪。

“此项目对新时期安全生产、公共安全、战时战场信息以及医疗、环境监护等均十分重要，是信息社会的基础技术之一。”2006 年 11 月 2 日，中科院院长路甬祥对微系统所研发应用的无线传感网做出重要批示：“要抓紧、抓实、抓好，面向重大战略需求和市场，研发基础器件和系统集成，在适用性、可靠性和价格上下工夫，并适时转换体制和机制，形成高水平的基础研发，和一批面向市场有竞争力的企业。”

洞察未来，把握方向，“撒豆成兵”，无线传感网这个新兴学科的调整布局，就这样在微系统所日臻成熟。

管理是科学也是哲学

“1998年知识创新工程启动后，引起的最大震动就是人员的安排问题，真可谓一石激起千层浪。”微系统所所长助理赵建龙感慨。

对于改革中的研究所来说，管理也是一个重要环节。

正是从创新工程开始，微系统所开始一步步地摸索、并且推行新的管理方式。全员聘用制就是其中之一。

赵建龙介绍说，当时研究所并没有一下子实行全员聘用制，而是采用评聘结合的过渡方式。

“这种方式对科研人员影响不是很大，但是对行政人员的震动很大。”赵建龙回忆，所有的人按年龄一刀切，仅行政部门的处长就下来了五六个。为了稳定民心，研究所对“切”下来的人员实行离岗安置。

齐鸣告诉记者，从知识创新工程开始，微系统所便开始实行三元工资制，即员工收入由基本工资、岗位工资和绩效三部分组成，目的是让员工收入和效益挂钩。对于创新工程中确定的创新项目则实行项目经理负责制。

“知识创新工作中面临两个问题，一是要改善科研人员的待遇，二是要有利于稳定人才和吸引、引进人才。”齐鸣说。

为了让研究所的管理更加科学，从2004年开始，微系统所在管理方案上，特意聘请了国家行政学院干部考核中心的廖昆明教授参加设计。

最初，微系统所按照不同的岗位，对各类人员实行每月工资“打包”，例如，研究员是8000元左右，副研是5000～7000元，助研是2000～5000元，范围由研究所宏观控制。具体到每个人，则由项目负责人定项目所属人员的工资，然后报研究所批准。

经过一年的讨论，2006年，微系统所的工资体系再次进行调整。人员收入和全所的工资总额挂钩。“管理是科学，也是哲学。我们把占有的资源进一步细化，多少设备、科研经费等，然后进行核算，不是领导拍脑袋想干啥就干啥，而是要让大家有新的前进方向，研究所有新的效益。”封松林说。

微系统所还实行轮流换岗的方式，加强管理。“领导长期分管一个处室很容易形成利益集团。”齐鸣说。

2007年，上海微系统所还出台了《关于鼓励科研人员从事管理岗位的办法》，其主要目的是解决科研人员从事管理与科研工作之间的矛盾，也消除了科研人员从事几年管理工作以后返回科研岗位的后顾之忧。

封松林说，通过鼓励科研人员从事管理工作，研究所的管理效率大大提升，管理人员和科研人员之间的关系也变得十分融洽。“现在，通过条例的形式把这种做法规范化，也是提升管理效率的一种方式。”

他们心中的“奥运圣火”

5月23日，奥运圣火传递到上海，全国人民通过电视观看到了圣火传递那清晰的图像、鲜亮的色彩。传输圣火接力画面的无线传感系统，就是由微系统所传感器网络团队研发的，该设备实现了动态图像的实时无缝传输。

此次在上海布设的18个基站，无缝覆盖了上海奥运火炬传递的全路线。

为防止“藏独”等敌对势力的蓄意骚扰和破坏，确保奥运圣火安全传递，公安部、中科院、上海市有关领导汇集在上海市公安局应急指挥大厅，通过微系统所研制的多媒体传感器网络平台，观看火炬接力全程清晰的场景，坐镇指挥；在上海市科学技术委员会的支持下，刘海涛、张宏俊带领微系统所技术团队全力以赴，确保了设备的正常工作，确保了奥运圣火传递现场场景的直播和安全指挥，被公安部认为是迄今圣火传递过程中图像最清晰的传输系统。

除在上海外，在此次奥运火炬传递的宁波、嘉兴段，该系统也得到了成功应用。

上海市公安局高度重视上海应急指挥的移动图传。2006年，鉴于当初的技术条件，市公安局曾引进一台卫星“动中通”通信应急指挥车，但上海城市摩天大楼林立、高架道路纵横，通过试验测试，“动中通”无法实现动态图像的移动无缝传输，也难以保证数据的保密。确保奥运圣火传递现场的直播和安全指挥，成为令上海市公安局等政府部门头疼的难题。

时任上海市公安局局长的吴志明，召集微系统所和上海市公安局科技处等相关部门一起讨论解决办法，封松林就技术方案和研究基础所作的报告得到了市公安局领导和用户的支持。

经过一个月的紧张论证，上海市公安局与微系统所签订了设备采购合同。

时间短、难度高，无论是作为研制方的微系统所，还是具体用户上海市公安局科技处，都深感压力巨大。

就在此时，上海市科学技术委员会也给予大力支持，在很短的时间内，“上海城市公共安全MESH传感网的关键技术攻关和应用示范”就得到论证，快速立项，确保了充足的科研经费。

课题进行半年多，研制出一套中间样机，上海市公安局科技处提出，要以此为基础，紧急研制工程样机，用于上海特奥会国家元首车队的跟踪保卫。这意味着，课题组必须付出额外的人、财、物以及宝贵的时间。微系统所研制团队通力协作，按时完成了这一额外的临时任务，在特奥会的安全保卫中成功应用，得到了公安部、武警总部等部委领导的高度肯定。

无线传感网团队与相关人员共同组成的课题组，前后历经两年，攻克了一道又一道技术难关，终于研制出高效简洁的无线多媒体传感网平台。

服务国家的需求，保障人民的安康，就是他们心中的“奥运圣火”，熊熊燃烧，永不熄灭。

知识创新的神韵功力

“我们从早年建所开始，就是一个应用性很强的研究所。”封松林说，近10年来，微系统所更是始终把解决国家、社会发展需求作为科研发展的主要目标。在知识创新工程三期，微系统所结合研究所的发展战略，积极主动地与国内用户建立科研合作关系，共同制定科研发展目标。

现在，微系统所与上海市、浙江省和江苏省等地方的高校和企业已建立起良性互动的友好合作关系，以满足国家和地方需求为目标，共建了多个工程中心和联合实验室，包括中科院微小卫星联合重点实验室、上海无线通信研究中心、中科院上海微系统所嘉兴分中心、无线传感网工程中心、上海生物芯片有限公司暨生物芯片上海国家工程研究中心、智能交通系统（ITS）联合实验室等。

上海市为世博会安全购进了三架警用直升机，急需支持大于500千米/小时的高速移动机载图传设备，这对OFDM（正交频分复用技术）的无线系统而言，挑战性极大，并要求与已有系统兼容。在科技部上海世博会支撑计划专项的支持下，微系统所目前已完成关键技术攻关和工程样机的制造，该系统的基带算法、高线性度RF单元、控制策略、组网协议、图像压缩等方面具有自主知识产权。

据披露，这一无线传感网新技术预计年底可投入使用。届时，随着多媒体传感器网络图传平台的建立，将实现上海市空地一体化的应急指挥。

10年知识创新，微系统所进行科研布局重大调整，实现成功转型，路甬祥用“美丽的转身”这一隽永的比喻，来鼓励和鞭策微系统所全体员工。

他们“美丽的转身”，如冰上芭蕾，在柔曼旋舞里，继续挥洒着艺术家难以言传的神韵；

他们“美丽的转身”，若花样跳水，在疾迅滚翻中，不断迸发出运动员张弛有度的功力。

建设创新型国家中奏响雄浑乐章[1]

——记中国科学院实施知识创新工程10年

从一个突发事件看危难时刻大显身手

5月12日汶川大地震发生后不久，中国科学院对地观测与数字地球科学中心就开始接收四川灾区的卫星遥感数据。5月14日，该中心所属的两架遥感飞机抵达重庆江北机场，开始每天起飞，对灾区实施同步监测，并传回数据。

5月17日，一幅颇为奇特的遥感图片送到该中心主任郭华东手中。这幅图片上的一角清晰地写着：SOS 700。SOS表明：有人在求救！判读分析求救点为汶川县的草坡乡！中科院将这一信息迅速报告给了抗震救灾指挥部。

中国最高空间分辨率的机载雷达遥感技术在中科院，抗震救灾中，对地观测与数字地球科学中心和微电子所、遥感所等协同作战，及时向中央和国家有关部委送交了多份《灾情摘报》，为高层决策提供了权威的科学依据。

地震曾使灾区通信一度全部中断，5月16日，中科院微系统与信息技术所赶到的科技救援队伍，冒着余震的危险，迅速架起了宽带无线应急通信系统，使得北川、平武、青川、唐家山堰塞湖等救灾现场，都可以通过这一应急通信系统将视频传送到相关指挥部，让指挥部直观快速地了解情况；参加救援的许多单位，也都便捷地通过该系统回传了业务资料和现场照片等信息。6月3日早上，温家宝总理在中南海通过远程通信系统观看了多路唐家山堰塞湖的视频监控画面，他对视频监控图像的质量表示了赞许。

---

① 本文发表于2008年7月8日。

该系统是正在进行的国家“十一五”重大专项——“新一代宽带无线移动通信网”的重点支持方向之一，它在灾区投入实际运用所获得的成功，是一次最好的“科技成果”鉴定，也是一次最好的项目验收。

位于成都的中科院山地灾害与环境研究所，在地震爆发之日就紧急行动起来，在开展次生灾害的防治、灾后重建等领域发挥重要作用。他们卓有成效的工作得到了国际著名学术刊物《科学》杂志异乎寻常的关注。《科学》杂志先后两次撰文指出：科学家们不顾余震和崩塌滑坡威胁，徒步冒险进入地震重灾区现场考察和测量，为震后救灾和预防地震次生地质灾害（特别是堰塞湖）提供基础数据；山地所的科学家对地震形成的30多个较大的堰塞湖进行了危险性评估，政府已对高危险性和中危险性的堰塞湖实施排险，科学家们对地震形成的可能诱发泥石流并威胁村镇以及群众临时安置点的大量小型堵塞坝进行遥感分析和研究，为政府灾后恢复重建提供了相关研究报告。

中科院急国家所急，急群众所急，如同2003年面对SARS，在今年地震突然爆发的危难时刻，能够发挥全院多个单位学科交叉、综合集成的优势，开展跨所、跨学科大协作，为全国抗震救灾工作提供了强有力的科技支撑，在危难时刻真正体现了国家科技队的作用。

从一个研究所更名看学科布局调整

1998年，江绵恒在出任中科院上海冶金所所长后不久，开展的一件重要工作就是按中科院党组的部署，进行建所以来最大规模的学科方向调整。

研究所如壮士断腕，将原来所里的近100个研究项目凝练成6个知识创新项目，包括“存储转发通信小卫星”、“SOI材料与器件”、“微光机电系统”（DNA芯片）、“微结构材料与器件”等。后来的实践证明，这6个项目的选择具有明显的基础性、战略性和前瞻性。其中，“创新一号”存储转发通信小卫星已于2003年10月21日发射入轨，对我国微小卫星的研究发展起到了重要作用，我国发展微小卫星事业的新局面也从此打开。“SOI材料与器件”得到广泛应用，赢得了海内外的市场，获得了2006年度的国家科技进步奖一等奖。此外，相继部署的无线传感网、下一代移动通信等，也已成为在国内领先一步的新的学科生长点。

微系统所在10年的时间里，完成了科研布局的重大调整，成功转型，全国人大常委会副委员长、中科院院长路甬祥最近指出：微系统所实现的“美丽的转身”，为全院树立了典范，这份凝结研究所领导班子和广大科技人员心血的宝贵经验值得认真总结。

微系统所的成功转型，只是中科院10年来实施知识创新工程的一个缩影。

在微系统所更名前后，还有5个研究所更名，包括长沙农业现代化研究所更名为亚热带农业生态所、化工冶金研究所更名为过程工程研究所。

中科院进行的有史以来最大规模的学科布局调整，将原有121个研究所整合为89个研究所，除了一些技术开发型的研究所实现成功转制，最早进入知识创新工程序列的大连化物所、计算所等堪称“实力增强型”研究所；数学与系统科学研究院、上海生命科学研究院、国家天文台、合肥物质研究院等堪称“合并强壮型”研究所；长沙亚热带农业生态所则堪称“后来居上型”研究所。

实力增强，大连化物所万吨级甲醇制烯烃工业化应用等取得了重大突破；计算所“龙芯”和“曙光”等最新成果在商业化应用中不断推出。

合并强壮，国家天文台承担嫦娥探测工程地面应用系统和VLBI分系统任务等获得巨大成功；合肥物质研究院EAST超导托卡马克核聚变实验装置等在世界领先。

后来居上，长沙亚热带农业生态所创建的广西喀斯特生态系统观测站，在很短的几年里就成为国家级台站，起到了独树一帜的不可替代作用。

中科院进行的大规模的学科布局调整，使得学科交叉不断扩展，集成能力大幅增强，新的科技增长点不断形成。

知识创新工程中，研究所就好像是手指，只有这些“手指”攥起来，才能形成中科院这有力的“拳头”。

从一位科学家的成长看优秀人才的脱颖而出

1999年夏天，相里斌在中科院西安光机所还是一位普通的年轻研究员，他得到科学院公派出国进修的指标，接受同行专家、美国佛罗里达空间技术中心首席科学家Rafert教授的邀请，已经准备收拾行装。但此时正逢中科院西安光机所领导班子换届，中科院副院长严义埙带队下来考察，在民意调查和交谈中看好相里斌，就动员他接掌光机所帅印。

因已与Rafert有约在先，加之自己年仅32岁，正值科研创新的旺盛时期，相里斌的第一反应是推辞，但严义埙先后两次与他长谈：“去美国对你个人专业上能够有所发展，固然是件好事；但如果你能带领所里的1000多号人共同发展，对国家和中科院的贡献将会更大！希望你能迎接这一新的挑战。”最终说服了相里斌。

1999 年 7 月，相里斌出任西安光机所主持工作的常务副所长，成为当时中科院最年轻的研究所领导。后来，相里斌历任西安光机所所长、中科院高技术研究与发展局局长、西安分院院长等职，在不同的管理岗位上尽心尽职。与此同时，他一直没有放弃科研工作，在前瞻性探索和工程研制等方面取得了突出成绩。2007 年，相里斌获得了中国青年“五四奖章标兵”荣誉称号。

“科学院和西光所培养了我，在他们最需要我的时候，我不能只考虑自己。虽然放弃到本专业最领先的实验室进修有些遗憾，但我不后悔自己当初的选择。今天，我在国内同样做出了国际同行认可的结果。”相里斌说。

相里斌对国外出现的空间调制傅里叶变换光谱成像技术进行系统研究，在“百人计划”、创新方向性项目以及国家“863”计划等的支持下，刻苦钻研自主创新，终于研制成功了工程样机，获得了机载飞行试验结果。之后，相里斌负责完成了一系列国家重大科研任务，空间调制傅里叶变换光谱成像技术已经成功应用于我国“嫦娥一号”探月卫星，同时，我国环境与灾害监测小卫星的主要有效载荷超光谱成像仪即将发射。

1996 年前后，相里斌提出了“大孔径静态光谱成像仪 LASIS”创新原理，使静态光谱成像仪的探测灵敏度提高了两个数量级，在国家“863”计划支持下，他率领团队研制成功了 LASIS 样机，在国际上率先获得了较好的实验结果，得到了国际同行的认可。目前，该技术已作为我国新型遥感卫星的有效载荷开展了研制工作。十多年来，相里斌和他的科研团队瞄准国际光谱成像技术前沿，对各类新型光谱成像技术展开研究，完成了多种原理创新和样机研制，有力推动了我国光学遥感事业的发展。

迄今为止，中科院的国家杰出青年基金获得者共有 642 名，约占全国的 35%；创新团队 80 个，占全国的 47%。2007 年年底，所级领导干部平均年龄为 47 岁。涌现出张亚平、封松林、徐涛、胡志红等一批“60 后”的优秀研究所所长。2008 年年初，1963 年出生的阴和俊还成为中科院的副院长。

中科院不拘一格用人才，作为“70 后”成长起来的年轻研究员，仅在沈阳金属研究所就有张健、张哲峰等好几位。而生物物理所的孙飞因为突出的科研建树，在 26 岁博士刚毕业时就通过研究所专家委员会的评审，被破格聘为研究员。

知识创新 10 年来，中科院通过一系列的人事制度改革，形成了公平公正、有效激励、竞争择优、和谐合作、流动有序、动态优化的用人新机制；实现了人员能进能出、职务能上能下、待遇能高能低，显著增强了科技人员的竞争意识，有效激励了科技人员的创新积极性，为优秀人才脱颖而出创造了良好的制度环境，也为科研事业单位人事制度改革提供了经验。

从一项科研成果看与社会创新要素结合

2007年8月16日，年产20万吨乙二醇项目在内蒙古通辽经济开发区开工奠基，这项煤制乙二醇新技术，由中科院福建物质结构研究所研究，联合上海金煤化工新技术有限公司开发成功。

全球第一套以褐煤为原料生产乙二醇的大工业装置在通辽的建设开工，标志着这一成套工程技术已进入工业化实施和应用阶段。它不仅拥有我国自主知识产权，工艺技术也完全符合我国以煤为主的资源特点和褐煤利用亟待开发的实际情况，特别适合于褐煤储量非常丰富的地区。该工艺的成功实施，可实现以煤或天然气替代石油乙烯合成乙二醇的战略目标，将对我国的能源和化工产业产生重大影响。

该项目分两期建设，一期总投资15亿元，计划2008年年底前投产。建成达产后，年销售收入可达16亿元。福建物质结构研究所所长洪茂椿在接受采访时说："这一套技术装置的推出，标志着我国在该领域的科技水平已走在了世界的前列，它得益于知识创新工程的实施、中科院创新能力的大幅度提升，也得益于我们与创新价值链中各个社会要素的结合。"

在国家大背景下，国家创新体系是"拳头"，作为科研国家队的中科院则是"大拇哥"。但即便是"大拇哥"，也必须和其他的"手指"形成合力，才能更好地"出拳"。如何加强与大学、企业、地方的协调合作，在国家创新体系中发挥骨干和引领作用，是中科院在知识创新工程中始终强调并注重的问题。

中科院正是因为注重了与创新价值链中各个社会要素的结合，才使得在知识创新中各项重大成果不断涌现。

在神舟载人航天工程中，95%的有效载荷由中科院研制完成；在配套材料与设备、空间环境保障、空间科学研究等方面做了大量开创性工作；高质量完成了神舟系列载人航天工程应用系统总体及配套任务。

2008年6月24日，中科院计算技术研究所、中国服务器领先品牌曙光和上海超级计算中心在北京联合举行曙光5000落户上海签约仪式，这标志着中国用户开始拥有国产品牌的百万亿次超级计算机。

2006年9月，中科院在青岛、烟台、深圳、苏州、厦门筹备新建了5个研究所，此前建立的广州生物医药与健康研究院、宁波材料技术与工程研究所也已经全面运行。

与以往完全不同的是，无论是被称为“双胞胎”的后两个研究所，还是被称为“五胞胎”的前五个研究所，都是与地方合作共建的。这些新建的研究所积极吸纳社会创新要素，正在为发展我国的区域经济迸发出无限生机。

作为促进中国高技术产业发展的基地，中科院在10年知识创新工程中，技术转移和技术辐射也取得了巨大的收效。2007年，中科院院所两级持股企业营业收入为1756亿元，利润总额为65.9亿元，较1998年分别增长6.6倍和4.5倍；经营性国有资产权益为121.8亿元，为社会提供就业机会7.5万个；该年度的院地合作项目近2700项，使合作企业实现销售收入623亿元。

胡锦涛总书记在2004年年底视察中科院时，希望中科院建设成为具有“一流的成果、一流的效益、一流的管理、一流的人才”的国家科研机构，如今，在实施知识创新工程10年之际，中科院以创新为民、科教兴国的科技价值观作为统领，正在建设创新型国家的宏伟事业中协奏出铿锵雄浑的乐章！

兰州重离子加速器冷却储存环建设意义重大[①]

——项目负责人、中国科学院副院长詹文龙答本报记者问

7月30日，国家重大科学工程兰州重离子加速器冷却储存环成功通过了国家验收，本报记者就此访问了中国科学院副院长、兰州重离子加速器冷却储存环项目负责人詹文龙。

记者：兰州重离子加速器冷却储存环（HIRFL-CSR）项目工程的科学目标是什么？

詹文龙：兰州重离子加速器冷却储存环是一项主攻基础科学研究、同时兼顾应用科学研究的重大科学工程，其科学目标是：为我国开展强子物质相互作用、极端条件下原子核性质特别是放射性束物理、高离化态高Z原子物理、高能量密度物理（重离子驱动惯性约束核聚变新能源前期研究）等基础研究，以及为重离子束在生命科学、材料科学、航天科学等交叉领域的应用研究提供先进的实验条件和新的科学机遇，取得一批具有国际先进水平的成果，促进我国相关战略高技术的发展，使我国在重离子物理及其交叉学科国际前沿领域的激烈竞争中继续占有一席之地，并实现跨越式发展。

记者：能否介绍一下该工程建设有什么科学背景？

詹文龙：1988年，中科院近代物理研究所建成了我国第一台大型重离子研究装置——兰州重离子加速器（HIRFL），不仅为我国的中能重离子物理基础研究和应用研究提供了重要的实验条件，而且标志着我国的回旋加速器技术已经进入了国际先进行列。该装置1992年获国家科技进步奖一等奖。1992年成立兰州重离子加速器国家实验室，向国内外开放。

该装置建成后，运行效率不断提高，最近几年每年运行6000个小时左右。

① 本文发表于2008年7月31日。

20 年间，来自全国多家科研单位、高等院校以及国外实验室的科学家，利用该装置提供的多种不同种类和不同能量的重离子束流，完成了数百项物理实验，取得了以新核素合成和研究为代表的具有国际先进水平的重要成果，显著提高了我国在国际核物理学界的学术地位，并在其前沿领域的激烈竞争中占有了一席之地。

为使我国中能重离子物理研究继续在部分前沿领域保持国际先进性，同时深入开展重离子治癌等应用研究，近代物理研究所和兰州重离子加速器国家实验室经过 5 年多的预研及反复论证，并结合我国国情，提出了在 HIRFL 上扩建多用途重离子冷却储存环（CSR），即建设 HIRFL-CSR 工程的计划。经过多次论证，HIRFL-CSR 作为国家“九五”重大科学工程，于 1997 年 6 月经国务院科技领导小组审议通过，2000 年 4 月国家发改委批准开工建设。

记者：能否举一些实例说明工程建设的科学意义？

詹文龙：放射性束及核物质性质研究——物质的基本结构和束缚机制是什么？恒星的演化和命运是什么？我们每天消耗的能量从哪里来？这些重要的、看似毫不相关的问题都和原子核密切相关。在实验室，寻找这些问题答案的唯一途径就是核—核碰撞。HIRFL-CSR 是国际上研究这些问题为数不多的装置之一，它所提供的束流种类、能量和强度可以为人类了解核子之微和宇宙之巨提供良好的实验条件。

高精度质量测量——质量是物质最基本的性质。原子核质量的精确测量，能提供核结构的本质信息，深化人们对核物质的了解，对自然科学各领域都有重要意义。实验环（CSRe）既是一个冷却储存环，也是一个超高灵敏度、高精度磁谱仪，精确测量原子核（特别是短寿命的放射性核素）的质量是其主要设计目的之一。2007 年年底，在 CSRe 上已经实现了等时性模式下的质量测量，使兰州重离子加速器国家实验室成为国际上继德国重离子研究中心（GSI）之后第二家具备这种能力的实验室。

重离子治癌——与常规射线相比，重离子束在物理学、生物学和医学上具有一系列独特的优势，适宜于治疗未扩散的局部肿瘤，在国际上被誉为 21 世纪最理想的放疗用射线。

HIRFL-CSR 的建成，大大提高了我国先进离子加速器物理及技术和核物理及相关学科的国际地位，使兰州重离子加速器国家实验室成为国际上重要的重离子研究中心，增强了我国在重离子物理及其交叉学科国际前沿领域的竞争力。

记者：能否简要介绍一下该工程主要具有哪些创新点？

詹文龙：HIRFL-CSR 是我国自行设计建造的第一台规模最大、能量最高、加速粒子种类最多的重离子同步加速器冷却储存环系统。其突出的创新点是，高品质同步环和大接受度实验环双环运行，并配以空心电子束冷却，大幅度提高了束流累积效率、重离子束的能量、流强和束流品质，使一些极端条件下的高精度测量成为可能。工程建设者们攻克了一系列技术难关，采用独特的技术路线，创造性地实现了变谐波同步加速和双回旋加双冷却储存环的组合运行模式；在世界上首次研制成功空心电子束冷却装置，实现了空心电子束对重离子束的冷却；成功产生了放射性次级束，注入实验环进行了高精度质量测量。工程建设坚持自主创新，自行研制的设备超过70%，其中，10～12毫巴大型超高真空系统、高性能网络数字化控制系统和纳秒量级大功率Kicker电源等高难度系统的主要性能达到了世界同类装置的先进水平，形成了一系列具有自主知识产权的高新技术储备，促进了我国相关高新技术的发展。

记者：这台装置在国际上占什么位置？国际同行如何评价该装置呢？

詹文龙：HIRFL-CSR与德国GSI的重离子冷却储存环同属于世界级的大型核物理实验装置。

HIRFL-CSR工程所取得的成就引起了国际同行的极大关注。德国GSI主管加速器的前任所长、HIRFL-CSR工程国际顾问委员会主任N. Angert先生高度赞扬CSRe在短时间内实现了等时性模式次级束质量测量，并说，GSI的ESR是在工程验收几年之后才试验了这种等时性模式；美国阿贡实验室的邓昌黎先生说，HIRFL-CSR是一个高难度的包括电子冷却的全离子加速器装置，完成得非常漂亮；GSI鉴于HIRFL-CSR的成功建造，邀请近代物理所承担其总投资约12亿欧元的重大国际合作项目——国际反质子与离子加速器（FAIR）大科学工程磁铁、真空、注入引出系统大批设备的研制任务。

记者：该工程投资及其性价比如何？它的建设对国内高技术发展有哪些带动作用？

詹文龙：HIRFL-CSR工程国家投资约2.9亿元。毫不夸张地说，该工程建设以很少的投资，创造了国际同类装置的最高性价比。

这项工程为实现我国大型先进医疗装置——重离子治癌专用加速器的产业化奠定了坚实的技术基础。工程建设中用70%的经费自行研制出的绝大部分设备都在国内加工，绝大部分由西部企业承担，推动了我国特别是西部企业的技术进步，培养和造就了一支勇于和善于创新的高素质人才队伍。

记者：你原来是该工程项目的总负责人，2007年12月你出任了中科院副院长，其中包括分管大科学装置工程等工作，能否介绍一下目前中科院还有哪些在建或将承建的国家重大科技基础设施建设项目？

詹文龙：在国家发改委的支持下，中科院先后承担建设了北京正负电子对撞机等多项国家重大科技基础设施。经过近20年的建设与运行，中科院已经形成了一支老中青结合，以青年科技骨干为主的高水平的大科学工程建设与运行管理队伍，在依托大科学装置开展科学研究方面已取得了若干具有重大国际影响的成果。

中科院在组织承担国家大科学工程建设过程中，始终坚持需求导向，充分体现战略性和前瞻性，既着眼于近期国民经济、社会发展和国家安全对科技进步的急迫需要，也考虑国家长远发展和科技进步的需求。国家战略需求导向和科技创新需求相结合，自主建设与国际合作相结合，设施建设与科研工作及人才培养相结合。

中科院在建国家大科学工程项目包括：大天区面积多目标光纤光谱天文望远镜（LAMOST），承建单位为国家天文台，开工时间为2000年；北京正负电子对撞机二期工程（BEPC II），承建单位为高能物理研究所，开工时间为2004年5月；上海同步辐射光源（SSRF），承建单位为上海应用物理研究所，开工时间为2004年12月；中国西南野生生物种质资源库，承建单位为昆明植物研究所，开工时间为2004年12月；武汉国家生物安全实验室（P4），承建单位为武汉病毒研究所，开工时间为2005年5月；东半球空间环境地基综合监测子午链（子午工程），承建单位为空间科学与应用研究中心，开工时间为2008年1月；强磁场实验装置，承建单位为合肥物质科学研究院，开工时间为2008年5月。

中科院拟承建的国家大科学工程项目包括：航空遥感系统，拟承建单位为电子学研究所；2500米口径球面射电望远镜（FAST），拟承建单位为国家天文台；海洋科学综合考察船，拟承建单位为海洋研究所；蛋白质科学研究设施，拟承建单位为上海生命科学研究院；散裂中子源，拟承建单位为高能物理研究所。

生命的另一种阅读和解析[①]

——蛋白质科学国家实验室筹建拾贝采珠

50 年义无反顾的 105 岁寿星

一位慈眉善目的老人，语气平和、思路清晰。

“生物物理研究所走过了半个世纪。作为亲历者，我深知，是以 50 年义无反顾坚持学科交叉、坚持服从国家需要、理论联系实际和赶超世界先进水平的办所方针，换来了生物物理所今日的蓬勃发展。”

“当年，对于生物物理学是否为一门独立的学科，异议和反对意见还不绝于耳。而我们竟在中国科学院建立了一个专门的生物物理所，又在中国科技大学建立了生物物理学系，面临的非议和压力可想而知，坚持下来很不容易。”

说这话的老人是贝时璋。贝先生是目前健在的年龄最大的中科院院士，今年 10 月 10 日将度过 105 岁诞辰。我国生物物理学科的诞生和蓬勃发展，与他的名字紧密联系在一起。

半个世纪前，贝时璋亲手创建了我国生物物理学研究和教学的机构，设计了中国生物物理学的框架，随之而来，也培养和造就了我国蛋白质科学一支高水平的研究队伍。如今，由他创建的中科院生物物理所迎来 50 华诞，这位老寿星抚今追昔，写下《50 年义无反顾》一文，对正在筹建中的蛋白质科学国家实验室关心备至，对我国开展的生命科学研究殷切寄语，给予我们凝重而深沉的思考。

① 本文发表于 2008 年 5 月 22 日。

时值金秋，让我们到生物物理所以及正在筹建中的蛋白质科学国家实验室寻访，进行生命的另一种阅读和解析吧！

奠基者一份丰厚的思想财富

“生物物理所无论过去还是现在，在中国生命科学，特别是蛋白质科学研究领域起到了一些引领作用，总结其经验和规律，大致可以归纳为学科交叉、立足前沿、结合应用、技术创新等几点。”梁栋材院士对记者如是说。

“贝时璋先生本身既不是学物理的，也不是搞技术的，却能以敏锐的科学洞察力，在人们怀疑的目光和质疑的声音中，多年持之以恒地加以倡导和推进，这非常难能可贵。立足学科交叉的前沿，既抓住了基础，又抓住了应用，科研密切联系了国家需求，直至今天，研究所这两者也结合得很好。”

20 世纪 80 年代中期，梁栋材主持生物物理所工作期间，与邹承鲁、杨福愉几位先生一起，花了大量精力对生物物理学的内涵做了探讨和学习。“入门考试让我很好地了解了生物物理学，特别是它的学科交叉特性。”

回顾研究所 50 年来取得辉煌成就的历程，杨福愉院士总结的经验与梁栋材院士的观点大致相同：研究所多学科交叉的指导思想十分明确；组建一支进行交叉科学研究的多“兵种”队伍；处理好基础研究与国家重大任务的关系；精心组织、积极协调。

“研究所多年来一直重视技术方法的创新，重视仪器设备的自主研制，”生物物理所如今正“值班”的当家人、第六任所长徐涛作了并非闲笔的点评，“今天国家越来越重视科研仪器的自主研制和技术方法的创新，回过头来看当年贝老的决定，不禁感叹贝老的高瞻远瞩。”

“三驾马车”牵引生物大分子

建立在生物物理所的生物大分子国家重点实验室，是 20 世纪 80 年代中期，由邹承鲁、梁栋材和杨福愉三位先生联手，共同组织策划，将分子酶学、结构生物学、膜生物学结合在一起，向国家申请，于 1989 年正式成立的。多年来，该实验室在国家多次综合评估中均保持领先，连续三次评估为“优秀”，2006 年被免评为“优秀”，成为国内外有影响的实验室。

“三驾马车”形成的合力，始终牵引着实验室的朝向。邹承鲁院士领衔的分子酶学研究发展到蛋白质的折叠原理，梁栋材院士牵头的生物大分子研究发展到蛋白质复合体的三维结构，杨福愉院士为首的线粒体研究发展到生物膜，这三部分在实验室的研究中，始终代表着战略国家队强劲的实力。

2003年5月，北京，SARS在肆虐，刚上任的生物物理所所长饶子和在研究所和清华大学之间来回奔波，带领精锐攻关小组，全力以赴开展对SARS病毒的研究。7月底，研究论文发表在*PNAS*上，研究速度之快，全球为之侧目。这个全球首次解析出的SARS病毒主要蛋白酶及其抑制剂复合物的晶体结构，为抗SARS药物的研究开发奠定了重要的结构基础。

“正因为我们实验室早有知识储备、具备攻克世界尖端科研难题的实力，所以才能在SARS爆发的短短几个月内取得研究成果。”饶子和这样回首往事。

如今，这个实验室不仅取得了一批丰硕的研究成果，还培养凝聚了一批优秀人才，除了王志新、王志珍、饶子和、王大成、常文瑞、陈润生等已经成为中科院院士外，还有国家重大项目首席科学家9名，国家杰出青年基金获得者7名，“百人计划”成员26名。

在世界科学高峰的攀登中，爬不到“6000米大本营”就勿谈冲击顶峰。王志珍2001年当选为院士，她今天取得的科研成就，很大程度上得益于邹承鲁等老一辈科学家的言传身教。并且在生物大分子国家重点实验室这个“6000米的大本营”的多年工作，使她得以向蛋白质折叠的世界科学高峰发起冲击。

“邹承鲁、梁栋材、杨福愉三位先生的贡献巨大而不可磨灭，他们无论搞科研、带队伍，起到的人梯作用有目共睹。”王志珍说，“在实验室里工作，只要人们叫一声‘老师’，我就感到非常的温馨和满足。”

由一位“老师”成为参政议政的国家领导人，这个变化大概连王志珍自己也始料未及；不过，除了全国政协一些必要的会议和调研，她的身影还是经常出现在实验室里，一如既往地在科苑忙碌耕耘。在国家“十一五”重大科学研究蛋白质研究计划中，王志珍领衔承担的是“重要功能蛋白质复合体的功能与结构研究”。

明知山有虎却向虎山行

中科院1998年开始实施的知识创新工程，为生物物理所的发展带来了新的机遇，尤其是在2003年之后，饶子和及杨星科的登场，将研究所带到了一个全新的起点。

饶子和2003年3月竞聘生物物理所所长。对属虎的他而言，显然这个位置是更能施展自身才华的舞台；对中科院而言，首开先河在全球范围内公开招聘生物物理所的所长，对该所未来发展的希冀和良苦用心也足见一斑。

饶子和对应聘所做的报告显然胸有成竹。他在报告中说，若自己成为生物物理所的所长，要在任期内引进招聘 30 位“百人计划”人才。用“语惊四座”形容这一发言一点也不为过：参加所长应聘答辩的人员，除了有领导和专家组成的强大阵容外，旁听的还有研究所近百名“各路神仙”。饶子和话音未落，就遭到了旁听者的嘘声，连个别评委也怀疑他是在“忽悠”。

好在评委对饶子和的领军能力和“施政纲领”有着基本的肯定，他被称为“过于胆大”的这一举，后来也有中科院党组在给他撑着腰杆：曾任中科院动物所党委书记和中科院人教局主要领导的杨星科，随即被派到生物物理所任党委书记，成为饶子和的得力搭档。

生物物理所基础研究与国家需求并重，科学与技术相互融合。早年把小狗“送上天”，为如今我国的载人航天奠定了宇宙生物学的坚实基础；早年为国家的核爆炸试验提供环境安全保障，对全国各种辐射源的辐射问题交付出满意答卷；在“探索生命奥秘、创造人类幸福”的过程中，生物物理所也参与了诸如人工合成牛胰岛素等研究工作，同行们把它比作“与诺贝尔奖擦肩而过”……这种标杆作用，奠定了生物物理所在我国生命科学领域的重要地位。

“中科院党组对生物物理所未来发展期望非常之高，路甬祥院长为此专门和我谈话，他对 21 世纪蛋白质科学研究的敏锐的科学洞察眼光，我有所体会。明知山有虎，却向虎山行，我只有‘以身饲虎’。”“揭秘”当年自己履新的这段小插曲，杨星科感慨万千。

研究所两位新任领导配合默契，率先做出中科院所属系统少见的人才招聘举措：2003 年 7 月，在国际顶尖学术刊物《科学》、《自然》刊登招聘广告，广揽高端人才加盟。“我们不仅要取得实际的招聘效果，还要看潜在的心理影响：生物物理所有广揽天下贤人的气魄和能力，而能够在《科学》和《自然》上看人才招聘广告的科学家，他们的段位起点都不会太低。”饶子和自信地对杨星科说。

果然不出饶子和所料，凭生物物理所这坛“好酒”在海外的知名度，再加上盛情又热切的高声“吆喝”，很快就有一批海外俊杰闻讯报名应聘。

研究所筑巢引凤，不失时机地推出一系列机制改革的举措，2004 年年底至 2005 年上半年，更是迎来了海外杰出人才入选“百人计划”、并且能够全时到岗的人才回归和积聚高峰。

在中科院领导的肯定下，“百人计划”尝试研究所“自费”、推行“项目聘用”……如此这般吸引人才回归和积聚的举措，生物物理所在中科院系统率先作出了一些大胆的探索。

生物膜世界标杆上显示的应有高度

膜蛋白质的结构解析，一直被各国科学家公认是难度极高的工作，一个有代表性的膜蛋白质的结构解析，就像奥运会上运动员要跳过的一个新高度。在“饶杨组合”有声有色地将研究所的各项工作向前推进之时，由本所常文瑞领衔并联合兄弟单位的中国团组，率先成功破解了参与光合作用的膜蛋白晶体结构之谜。2004 年 3 月出版的《自然》介绍了这一突破性成就，其测定的 2.72 分辨率的晶体结构彩图成为当期杂志的封面，“重磅特写”的说明语惊四座，称其愿景旨在开创未来的“能源工厂”。

常文瑞感谢梁栋材先生在他 1997 年回国时，交给他这项具有高难度、高挑战性的研究课题。全体同事 6 年多艰苦奋斗，终于取得成果的突破，“在度过了兴奋、激动和一番忙碌后，平凡而又单调的探索和追求又在重复着，继续着……日复一日，年复一年，只是肩上多了些责任，脸上多了些苍老，心里多了些宽慰”。

2005 年 7 月，饶子和的团组拿到了生物膜研究的第二个奖牌。饶子和线牵生物物理所和清华大学两头的联合研究小组，在世界上率先解析出线粒体上一个和呼吸氧化作用密切相关的膜蛋白质复合体，证实了该膜蛋白质复合体是“穿膜蛋白复合物”，而不是传统教科书中所描述的“外周膜蛋白质”。

生物物理所的徐建兴研究员长期从事线粒体功能研究，2002 年初，徐建兴希望与当时在清华大学的饶子和合作，进行与呼吸相关的膜蛋白复合物Ⅱ晶体结构研究。饶子和以自己的眼力看出项目“很有意思”，“完全值得一试”，便将课题接手过来，并安排给博士研究生孙飞等人来做。两年过去，结晶的探索却没有太多眉目。饶子和鼓励学生一旦看准方向就要紧咬不放：科学研究贵在持之以恒，往往就是要将今天不可能的事情变成明天可能的事情。

饶子和领衔的团组解析出的这第二个膜蛋白质，也标志着我国的结构生物学研究厚积薄发，已经进入世界先进之列。

命门：还是学科交叉

我国近年来非常重视蛋白质科学的研究，不断加大科研经费投入，除了国家制定的中长期科学发展规划中有具体描述，科技部也部署了蛋白质研究计划。

与国家的相关研究计划呼应并衔接，2004 年 3 月，中科院也迅速启动了蛋白质科学研究平台建设。第一期的研究平台建设各项总投入在 8000 万元以上。

在更高的国家层面，选择一个国立科研机构作为支撑体，筹建蛋白质科学国家实验室的暖风也在频吹，生物物理所作为最具竞争力的实力派，当然也在政府决策者的视野之内。

贝时璋 50 年前成功创建生物物理所，得益于学科交叉；现在，要让生物物理所在新世纪更上一层楼，并为国家实验室花落自家门庭奠定基础，更要大力推进学科间的交叉与融合。

研究所以前的学科布局，一直是在围绕“结构与功能”做文章。饶子和当所长后，新领导班子根据世界蛋白质科学研究的发展必然走向，听取学术委员会的意见，审时度势地调整了学科布局，将顺序改为“功能与结构”。

“别看这是个字面顺序上的微小变化，其实着力点完全不同。”徐涛对记者介绍。

以往研究所结构生物学的力量虽然很强，但在一定程度上缺乏学科发展的自主性、主动性，要跟着人家的发展方向走，看着人家的脸色行事，“这样我们要起到科研国家队的引领作用就很难；再者，生命科学研究的世界潮流也在起变化，特别是人类基因组测序以后，蛋白质功能研究本身也越来越凸显出非同寻常的重要作用”。

“所以，我们确定把‘功能’放在‘结构’的前面，用‘功能’导向‘结构’。由此也带来人力资源、特别是 PI 及其团队配置的变化，2/3 的人要做‘功能’，只有 1/3 的人做‘结构’，这是非常重大的人才结构上的调整。”徐涛说，研究所要大量引进“功能”方面的人才，向这方面倾斜。而感染免疫学科的敲定，就是考虑到国家战略需求，要针对一些新生及重大的传染病（如 SARS、乙肝等）开展研究。

研究所众志成城，从 2003 年到现在，大幅度提升了蛋白质三维结构与功能、生物膜与膜蛋白、蛋白质翻译与折叠等八大学科交叉的研究实力。

严谨中或多或少有点儿“酷”

徐涛在中科院 2003 年初的公开招聘中，作为教育部“长江学者奖励计划”特聘教授，从华中理工大学应聘到生物物理所任副所长、研究员。

徐涛谈起当年应聘的初衷：“我对生物物理所一直情有独钟。它是我国生命科学领域里非常重视科学仪器研究的一个所，也是我国生物物理学科发展最好的一个科研机构，更接近国际相关领域的先进水平。所以我抓住了这个应聘的机会。”

“我国体育已经在本届奥运会上得了金牌总数第一，我国科研也应该在众多领域拿到金牌，生物物理所多年形成的科研积累、文化氛围，让科学家们拿金牌的可能性更大了。”

2004 年，年仅 34 岁的徐涛，担任了国家“973”项目“生物膜和膜蛋白的结构与功能”的首席科学家。这个国家“973”支持的第一个生物膜研究项目，目前已经取得了囊泡转运与分泌研究等一系列重要成果。

2007 年 4 月，因饶子和已经调任南开大学校长，徐涛众望所归地出任生物物理所所长。

徐涛以自己走过的这些年的科研成长道路和亲身经历体会到，科研环境对人才非常重要。“实际上我 2003 年来生物物理所应聘，也不是冲着副所长的位置而来，我本质上还是个科研人员，希望能做出国际一流的科研工作。现在让我当所长，我更感觉到自己身上的责任，要为这个研究所的发展贡献更多力量。”

徐涛无论 33 岁当副所长，还是 37 岁当所长，都是当时中科院系统内最年轻的之一。这位“少帅”和党委书记杨星科搭档，继续带领着研究所阔步前进。

徐涛喜欢一边在电脑上工作，一边听流行歌曲，比起他在科研上的严谨，这或多或少有点儿“酷”。

战略！战略！战略！

2005 年年底，生物物理所已经完成了中科院蛋白质科学研究平台的一期建设，通过两年多的运行，平台一期装备普遍运行良好，先后为院内外 150 多单位提供了服务。

机遇和挑战往往并存。在生物物理所一路高歌猛进时，且不说国际一些著名的科研机构在蛋白质科学研究领域成果迭出，不断绽放出学科交叉带来的诸如获得诺贝尔生物和医学奖的奇花异葩，单是国内一些著名的研究型大学、体制改革中催生的新型科研机构，在生命科学领域内的各路研究力量也异军突起。生物物理所未来发展之路漫漫，将走向何方？

战略！战略！战略！在知识创新工程中，中科院把战略研究提升到前所未有的高度，对生物物理所而言，其战略研究的重要性、紧迫性又何尝不是如此？

2006 年 7 月，香山科学会议召开。这个主题为“蛋白质研究”的学术讨论会，生物物理所既是倡仪者，也是最大的受益者——讨论会深入分析了国内外蛋白质科学的发展态势和最新进展，研讨了我国蛋白质研究领域的实施战略。

2006 年 12 月，科技部第二批国家实验室建设启动，确定生物物理研究所负责蛋白质科学国家实验室的建设，这是近期即将启动的 10 个国家实验室之一，筹建国家实验室的工作紧锣密鼓地展开。

2007 年 4 月，中科院召开结构生物学战略研讨会，同样是为生物物理所进一步明确国家实验室的筹建目标、凝练研究方向搭台：来自海内外的近 40 位知名专家参会，围绕中国结构生物学的发展现状和发展战略进行了深入的研讨，而且通过构建结构生物学海外团队以及与海外学者商谈回国工作意向，实质性推进了实验室高层次人才引进的进程。

2008 年 7 月中旬，在烟台召开的发展战略研讨会，徐涛提出实验室发展要将国家需求与国际前沿相结合、团队攻关与自由探索相结合、科学研究与技术创新相结合。参会的杨福愉院士发表自己意见：“我们的学科交叉一定要有勇气，团队协作一定要有胸怀。”他说这话尤其显得语重心长。

战略！战略！战略！它牵动着生物物理所老中青三代科学家敏感的神经，无不为之殚精竭虑。

“只要我努力去做了，就问心无愧”

在以上几个战略研讨会上，一位或许将对未来的生物物理所以及筹建中的蛋白质国家实验室起到举足轻重影响作用的人闪亮登场，他就是来自美国冷泉港实验室的教授许瑞明。

许瑞明这样描述他和生物物理所的渊源：“我以前一直搞理论物理，1993 年纽约州立大学石溪分校博士后出站，到美国冷泉港实验室工作，科研方向才转到结构生物学。1997 年我回国时，通过朋友来生物物理所看了看，并应邀作了一场学术报告。那时大家争先恐后往国外跑，很少有科学家愿意回来工作。但有人告诉我，1996 年饶子和就已决定回清华大学。”

“生物物理所是中国研究结构生物学的大本营，2003 年饶子和当所长后，引进了很多国内外人才，我和研究所的沟通越来越多，和龚为民等研究员也有了更多的联系。”

“2007 年 4 月中科院组织了香山会议，当时我并不知道，实际上其中的一个内容，就是希望这些科学家中的一部分人能够回国，包括参加国家实验室的工作。也就是在这次会议上，我第一次认真地考虑回国的问题。”

“2007 年 4 月，时任中科院副院长的陈竺到美国，我们一起吃了顿饭，他回答了我的一些疑问。陈竺很真诚，从与他的这次交流中，我感觉到中国的变化和进步很大，未来会越来越好，最后促使我回到国内工作。”

2008 年 3 月 3 日，蛋白质科学国家实验室主任招聘答辩评议会召开，许瑞明着重阐述了他对未来国家实验室在建设目标、管理机制、文化建设等方面的理解，并提出了建设实验室的一些具体建议。

“你毕竟已经在美国生活了 25 年，现在回国工作，难道不担心自己可能水土不服，就像其他一些‘海归’那样?”许瑞明到任就意味着全时归来，这也是继生命科学领域的王晓东、饶毅等为数不多的正教授华裔科学家回到中国之后，又一位重量级的领军人物的回归。记者采访许瑞明时，不由有些疑惑地这么问他。

“别人做得如何不会对我产生太大影响，谁都会面临人生的第一次，包括第一次当国家实验室的领导。但事在人为，只要我努力去做了，就问心无愧，不在乎人家的评头论足。”

“我会不会三五年之后，后悔现在自己的这个抉择呢? 我想，或许我不是百分之百能够取得成功，但只要这是件有意义的事情，值得花心思认真去做，我就义无反顾。”

许瑞明的回答很沉稳。

人才回归“练南拳北腿的潜质”

各路人才迅速地聚集到了生物物理所的“高地”上。

梁伟回来了。2003 年年底，他从美国一回到生物物理研究所，就迅即参与率先组建国内蛋白质与多肽药物实验室，以恶性肿瘤和心脑血管疾病研究为主攻方向。梁伟和他带领的团队经过两年多的努力，成功发现了一种纳米尺度的输送载体，不仅能将化疗药物输送到肿瘤细胞之间，也可穿越细胞膜进入肿瘤细胞内部，更能在一定程度上识别细胞“好歹”，有效增强药物的抗肿瘤效果，并且降低药物的毒性。

国外同行对他的成果给予很高的评价，称这是个简单但能有效地将药物和合适的载体整合起来产生很好效果的例子。

梁伟的研究成果被评为我国 2007 年的十大科技进展之一。2008 年年初，国内某著名纳米医药公司和中科院相关单位一拍即合，签署了数份合作合同范本，目前正在进一步协商推进产业化合作事宜。

梁伟对记者说："感谢研究所为我提供的发展平台，研究所的国际性、包容性都很强。所领导是我们实验室的后勤，我则是实验室的后勤。"

哈佛大学医学院的范祖森全时回来了，"研究所领导在我决定要回来时说，回来就会给我一个课题组账号，马上就能投入研究，缩短回国适应期。"范祖森对记者谈他回来的体会，"有研究所的领导给我们撑腰，我们的前进方向就不会摇摆。"

唐宏在病毒感染的天然免疫机制等研究领域多有建树，他的科学眼光比较独到，但对科研环境的选择也很"挑剔"，但2004年年底他还是选择了到生物物理所工作，出任研究所新成立的感染与免疫中心主任。

在973计划等的支持下，唐宏与合作者的T细胞抑制天然免疫细胞炎症反应的研究取得了突破性进展，文章在线发表于2007年9月的《自然医学》杂志。随后，唐宏与合作者在《美国科学院院刊》发表的关于新生小鼠病毒性肝炎重要研究成果的论文，第一次阐述了天然免疫系统发生与进化的新观点，受到了国际的广泛关注。2008年8月，《自然中国》发表评论文章对此进行专门评述。

刘志杰2005年10月作为被引进的海外杰出人才回来了。他是美国东南区结构基因组研究中心Crystallomics实验室主任，曾提出并构建了该中心的基因到结构的高效流水线。目前他正作为首席科学家主持"863"重大项目"关于肝脏代谢及肝病相关蛋白质的三维结构研究"。

刘志杰对记者讲述了回国的小插曲："2005年3月，我给以前就有过许多接触的饶子和所长打电话联系，他在电话里大着嗓门对我说：'你还不赶快回来呀？我们非常欢迎你加盟，'但是'过了这村可就没了这店'！于是一星期之后我就赶到研究所，做了应聘'百人计划'的报告。到2006年10月就全时回来了。"

"在海外几年，生物物理所就像一条无形的线，始终在牵着我，拽着我。"刘志杰对记者笑曰，"回来就要好好做些事情，我绝对不会像买股票似的，过几年后悔自己买错了。何况生物物理所还是绩优股、潜力股！"

王江云以用新型分子探针研究化学生物学见长，2007年从美国伊利斯诺Scripps研究所博士后出站，本已拿到香港某著名大学的职位，但最终还是选择了生物物理所，因为这里更有利于学科的交叉。当他提出研究所搞化学合成的条件还不太具备，研究所就为他专门搭建了化学合成实验室。他在科学网上建立了自己的博客，张贴了一幅出生不久的爱子在啃脚趾头的照片，网友对此调侃曰："哇噻，了不起！有练南拳北腿的潜质！"或许，研究所之所以看上王江云，王江云之所以看上研究所，也是因为各种学科的交叉中“有练南拳北腿的潜质”。

知识创新需要“流程再造”

杨福全加盟生物物理所，更堪称是“南拳北腿”交汇融合的经典。

2003年秋天，在美国NIH工作却有心回国的杨福全在网上了解到，生物物理所虽然在蛋白质结构的解析方面享有国际声誉，但却没有质谱这一块的高端人才，就毛遂自荐，给饶子和写信：“我多年从事生物质谱的技术研究，希望能够为研究所建立生物质谱平台尽绵薄之力。”饶子和快速反应，回信说：“研究所正需要像你这样的人才!”

2004年年初，徐涛借到美国开会之机专程到了NIH，与杨福全谈了研究所蛋白质科学研究平台的预算，以及首先要购买哪些仪器设备的事宜。徐涛十分坦诚地告诉记者，“我见到他，第一印象就觉得他已完全把我当‘自己人’，将所里加强技术创新和技术支撑、建设平台的计划全盘托出，没有丝毫要试探我、考核我的意思。”

2004年6月7日杨福全刚回到北京，第二天研究所的电话就打来了。蛋白质科学研究平台一期建设，所有的仪器都已进入招标阶段，杨福全作为专家委员会成员迅速进入了角色，“经过大家讨论，将两台质谱仪器、两台蛋白质斑点处理工作站基本的型号确定下来，我根据实际情况做一些调整”。

“生命科学研究需要很多检测技术和方法，它是一门定量的科学，而不只是一门定性的科学，我们应该综合应用各种先进的技术手段。”徐涛对记者说，“国立研究所必须要有一支稳定的技术支撑队伍。比如蛋白质研究要做质谱分析，像杨福全这样既有科学研究背景、又有技术绝活的高端人才，我们就必须挖空心思地引进来，发挥其应有的作用。”

研究所给了杨福全“百人计划”的待遇，头衔是蛋白质科学研究平台的质谱首席技术专家。“待遇对我只是一个方面，关键是研究所建好了研究的技术平台，我也有了一个实现自我的平台。”杨福全如是说。

贝时璋先生在生物物理所建所初期就重视技术创新，技术创新队伍共开发了100多个生物物理仪器，涉及辐射、空间、仿生、分离提纯、光谱、波谱、图像分析、医疗诊断等广泛领域，为基础研究和国家需求提供了有力的保障。江丕栋是技术创新队伍的一名优秀代表，他数十年如一日，兢兢业业地从事科研仪器的研制工作。“饶（子和）杨（星科）组合”、“徐（涛）杨（星科）组合”，更把技术创新为基础研究提供强有力的支撑推向了一个新的高度。

年过七旬的技术专家王秀春、林波海、逯建英老当益壮，回到研究所发挥余热，为蛋白质科学研究平台维修了不计其数的仪器设备。“平台的仪器设备只要人家能够造得出来，我们就都能够修！研究所今天更加兴旺发达了，我们老同志的心里也都更加舒坦！”王秀春的这话堪称经典。

徐涛本人也是技术创新的一把好手。由他领衔的课题组，承担了科技部和中科院支持的“激光全内反射荧光成像装置”、“单分子荧光成像装置”研制的课题，“通过集成创新和技术创新，研制新的装置系统，可以更精确地确认蛋白质在活体中的定位和功能！”

“当今，科学家和工程师彼此的作用不可替代，这需要重新审视我们现有的体制，需要我们在知识创新的价值链上，对科学家和工程师的作用重新认识。实际上，生物物理所50年的科研成果，对国家社会和经济发展的影响和贡献，也应该包括向社会的技术转移和辐射。前些年发起成立、至今还在控股的，包括中生北控生物科技公司，以及北京百奥药业公司等。”杨星科说。

“攀登科学高峰我们固然要得世界‘金牌’，但技术的支撑作用也至关紧要，有了技术舵手的‘保驾领航’，科学之舟才能顺利地到达彼岸。”杨星科继续点题，“对于从事基础研究和技术支撑这两种不同工作的人员队伍，应该制定出不同的考评体系。我最近一直在提‘流程再造’。生物物理所虽然主要搞的是基础研究，但倡导科学家要尽可能掌握和应用现代先进技术，工程师要最大限度地为基础研究提供支撑作用。大家都能在各自的节点上找到最合适的位置，尽善尽美地完成知识创新的全‘流程’。”

生命需要传承　精神需要传承

“这个孩子提的问题吓出了我一身冷汗，我甚至不知道自己的回答是否正确。”美国俄勒冈大学分子生物学系教授Dale E. Tronrud说，“他们的提问都很尖锐，我常常被尖锐的提问包围。尽管如此，我还是喜欢这里的孩子”。

Dale E. Tronrud教授说的这个“孩子”是生物物理所的博士生周小宏。

2008年初夏，冷泉港实验室结构生物学中的X-射线晶体学研讨班在生物物理所举办。这个研讨班曾为世界各国培养出了一大批优秀的蛋白质晶体学家，毕业的学员中不乏国际结构生物学知名学者，如诺贝尔奖得主等。这次在中国举办的研讨班，是20年来第2次在除美国之外的国家举办。

和研讨班的讲师展开讨论，频频发起“攻击”的那位“孩子”周小宏，就是其中的一位学员。“通过这个学习班，我能够更好地了解国际主流‘行情’，视野开拓了许多”，周小宏说。

“这个研讨班对中国结构生物学领域的发展有着深远意义，可以说，参加本次研讨班的学员中，有些是有潜力成为未来中国结构生物学领域的领军人物的。”研讨班的组织者之一刘志杰断言。

X-射线晶体学研讨班组织者、美国冷泉港实验室教授Gary Gilliland更是不虚此行，他对自己过去的同事、现已出任蛋白质科学国家实验室主任的许瑞明说：“我通过这个研讨班孩子们的提问，通过对你所在研究所及实验室的深入了解，知道你为什么选择回中国了！”

高度重视对青年人才的培养和使用，是生物物理所的一个优良传统。

孙飞在2006年年仅26岁时，就“连破三格”，博士刚毕业就成为研究员，成为轰动一时的新闻人物。“如今，孙飞主持自己研究组的组会已经有板有眼，非常‘老到’。”研究所的所长助理孙命介绍说。

不到30岁就成为研究组长和研究员的，还有从德国回来的“海归”秦燕。如今她领导的小组，正在开展以体外重组蛋白质翻译体系为平台的核糖体延长因子的功能和结构研究。

青年，是未来的希望。只要有研究所的领导去看望贝时璋先生，他一个最主要的话题就是要问研究所对年轻人才的培养情况，问研究生的来源主要是哪些大学。

“我们要加大对自身青年人才的培养力度。江涛研究员就是我们所‘土生土长’起来的一个代表性人物，他带领的研究组近些年有许多很好的研究成果问世。”杨星科说。

生命需要传承，精神需要传承。科学事业也需要传承，需要一代更胜一代。

生命是什么?“阅读”贝时璋老人的百岁传奇故事，“阅读”生物物理所50年写就的辉煌长卷，我们不由地这样思考。

生命是什么?“解析”生物大分子国家重点实验室的成功之道、蛋白质国家实验室筹建中的人才聚集，“解析”生物物理所老中青三代科学家的人生追求，我们不由地这样发问。

报效祖国而不功利，但生命就这样得到了张扬；献身科学而不浮躁，但生命就这样得到了喧嚣。他们这些科学人，研究“生命”，也最懂得生命的真谛！

地震灾害链研究，让我们国际联手[①]

——中日两国科学家就地震减灾防灾论剑成都

“地震发生之后的6个小时，温家宝总理亲赴现场在一线指挥，国家领导人给予中国普通民众的鼓舞力量是非常宝贵的。”增子宏说，“两国民众在大震灾中有过痛苦的记忆，双方在抗震救灾领域应该有可期的合作。虽然双方在这一领域的相互了解还不深，但是通过这次会议，两国学界迈出了第一步，这是一个良好的开端”。

今夜，枕着地震入眠

10月10日，这已经是成都枕着地震入眠的第151个夜晚。据地震台网测定，凌晨0点29分，四川省自贡市大安区、内江市威远县交界发生4.1级地震，成都等地有震感。

从那个被历史永久性铭记的时刻开始，成都已经历了大小上百次有感余震。4.1级，这在四川人看来，实在有些微不足道——住在成都科华苑宾馆里的20多位日本地震专家同样是在第二天的报纸上看到余震的消息——在成都，似乎没有太多的人对这次余震在意。

日本是一个地震多发的国家，多年生命和鲜血得出的教训和经验，促使其防灾工作也做得比较周密和扎实。以高科技为支撑，日本已基本建立了一套地震防灾的应急体系，如建立了防灾系统的中枢——中央防灾无线网络体系，日本47个都、道、府、县设置的抗灾指挥部，都可以通过紧急联络用的线路确保电话或传真的畅通；以及建立包括利用卫星通信等先进科技手段的防震观测、

① 本文发表于2008年10月29日，与刘丹合作。

警报系统等。

代表了日本地震学和砂防学界最高水平的专家组团，亲赴四川震区，与中国地震学家和山地灾害学家直接交流对话，这在两国历史上，都是值得记录的第一次。

汶川地震后的6月10日，中国科学院和日本产业技术综合研究所联合举办的第三届中日科技高层圆桌会议在苏州召开。中科院院长路甬祥、日本原文部大臣有马朗人、日本产业技术综合研究所理事长吉川弘之等参加了这次会议。

路甬祥再次向日本政府、日本人民和日本科学家对四川地震表达的诚挚同情和提供的宝贵援助表示感谢，并倡议双方通过科技创新与合作，进一步认识自然、适应自然，提升自然灾害预警、防灾减灾、救助和恢复重建的能力。吉川弘之先生介绍说，日本产业技术综合研究所早在19世纪80年代就成立了地质调查所，在地震预测和灾后重建等方面开展了许多研究，并和中国国家地震局等单位长期保持了合作关系。他表示，日方愿意继续同中国科学家加强在应对地震等自然灾害对策方面的交流与合作。

在中日科技高层圆桌会议之后，中日两国相关部门就如何促进双边地震防灾减灾合作进行了协商，并促成了中日地震减灾防灾学术研讨会10月9日至10月11日在四川召开。

地震，5月祭

得益于中科院国际合作局和山地灾害与环境研究所的具体支持和促成，10月9日，《科学时报》记者随同中国和日本的专家团一行30多人，亲历了震后5个月的“前山断层带”。

汶川强震祸起龙门山断裂带，沿青藏高原东部，从南西向北东走向展开，分布着3条断裂带——汶川—茂汶龙门山后山断裂带、映秀—北川龙门山中央主断裂带、都江堰—安县龙门山山前断裂带。

中央主断裂带横穿震中的映秀、北川。无法抗拒的巨大地震破坏力倾覆了脆弱的山城。5个月过去，映秀和北川又开始经历另一场近乎残酷的考验——9月底，四川遭遇了一场百年一遇的雷暴雨，成都18个小时内遭遇2万多次雷电袭击，平均每3秒钟就有1次；通往重灾区的道路再次经历一次次泥石流的阻击。

“地震引发的次生山地灾害是大范围的，危害巨大，均为历史罕见。”中科院水利部成都山地灾害与环境研究所（简称山地所）研究员何思明如是说。何思明是在地震发生后第一批去灾区现场考察的人员之一。他指出：地震往复荷载作用导致岩土体结构损伤累积和裂纹的萌生与演化，直接诱发了大量的崩塌、滑坡等次生山地灾害，并以中断交通、砸毁车辆、掩埋乡镇、阻断河流等成灾方式危害灾区人民的生命财产安全，给灾区抗震救灾和灾后重建带来了巨大的困难，不仅加重了灾害本身，而且阻碍了救援队伍和工程机械进入灾区，严重延缓了救援进度。大量的崩塌和滑坡活动为泥石流形成提供了丰富的固体物质来源，在高强度降水情况下，发生大规模泥石流灾害的风险明显加大了。

由于新的崩塌严重堵塞了道路，专家团只好改变考察路线，最终选择了“都江堰—虹口—紫坪埔”一线。川西盘山路上，一面是碎石裸露的高峻山体，一面是水流湍急的深切河谷；路上随处可见山上滚落的巨大落石和正在作业的挖掘机；在一些高危路段，司机一方面要机智地观察山体上有没有飞石滚落，另一方面还要尽可能地快速驱车通过。

虹口镇深溪沟，原先著名的川西农家旅游景点，地震前靠种植猕猴桃、冷水鱼养殖等，村民的收入都不错。以旅游为主的农家乐，更是虹口的品牌。

如今这里被前山断层带横穿而过，断层过处，山体塌陷，房屋倾塌，桥梁断裂。其中一处地面陷落达 6 米——日本阪神大地震的时候地面陷落最深也就 2～3 米。“断层现场错动高达 5～6 米，这么大的错位，在日本历史上仅仅在 1901 年浓尾地震时才有过记录，我们从来没有到现场看过，很震惊!”日本防灾研究院理事长冈田义光告诉本报记者。

记者跟随中日专家徒步进村，目之所及，房屋尽毁，所有的大门都开着，所有的窗户都没关，绳子上还晾着衣服，灶台上还有淘洗好的蔬菜，还有一些人守在这里。

林国泰的家就坐落在一个地震断层上，地震前他们和村里的其他人家一样，以经营农家乐和种地为生。地震发生的那一瞬间，所幸他和家人都在地里干活儿，没有伤亡，只是他们去年刚刚盖好的两层楼房完全倾塌。“地震过后，房子下面一半的地基都塌下去五六米，房子的一半就悬空了。过了一个月，这个房子终于塌了下去。”林国泰说这话的时候表情平静。现在他和家人守着塌陷的房子在旁边搭起帐篷，不愿意搬进政府搭建的临时居所。“我们的家在这里，地在这里，所有的东西也都在这里，我们还要干活儿，还要生活。”

都江堰这个县级市在汶川地震中的损失，很难用某一个标准概括。就伤亡人员而言，都江堰显然低于汶川、北川、青川等重灾区。可就经济层面而言，根据官方公布的数字，2007 年都江堰的 GDP 达到 100 个亿。这个数字几乎可以抵得上整个阿坝州和10个北川县。作为一个以旅游业为龙头的城市，地震给都江堰的打击，远远不止那些看得见的危房。

记者在都江堰景区看见，这里大部分的宾馆和餐厅都处于停业状态。所幸，除了“鱼嘴”出现开裂、石碑损毁外，举世关注的都江堰水利工程在地震中未受多大损伤。这项应用至今的著名工程再次经受住了考验。不过，供奉着李冰父子的、与都江堰水利工程一起申报“国宝”的二王庙，在地震中却出现基础沉降和大面积倒塌。这也是这座兴建于民国时期的建筑在地震中遭受的最大破坏。

紫坪埔，这个地名在“后地震时期”频现报端，源于紫坪埔大型水库。这座水库究竟对这场大震有着怎样的影响，地震又给它带来了多大程度上的破坏，这些问题都尚无定论。

当地流传这样一个传说：当时有几个人正在水库边上钓鱼，大震发生时，水库水面忽然急剧下降，深达几十米，就像所有的水忽然消失了一样，然后又急剧升高，掀起一堵水墙，朝岸边的人卷砸下来，当场就有几人被卷入水墙，再也没有上来。

目前，在紫坪埔水库的坝上依旧有警车守卫。我们在获许进入的短短半个小时之内，水库工作人员向专家和记者一行介绍了水库的概况和受损情况。记者在现场看到，坝顶处有一条明显的裂缝，坝体部分出现受损，隆起变形，水库水位较低，这里整体上安稳而平静。

次生山地灾害的肆虐何时能了？何思明根据国外一些地震灾害的研究，结合现场考察情况分析，认为汶川大地震后受灾地区10～15年内都将是次生山地灾害频发的时段。他提出：震后次生山地灾害防治与监测预警将是灾区恢复重建必须长期面临的重大科学问题，必须引起我们的高度重视，要大力开展次生山地灾害风险评估、防治关键技术与监测预警的基础性研究，为灾后重建、居民安置、土地利用规划、道路管网、工业布局等基础设施建设提供技术支撑。

“我没想到，今生再次遇上大地震”

“没有想到我的人生中会再次经历一场这么大的地震。但遗憾的是，30年一代人，唐山地震却随着时间的逝去而湮没，我们没有从那场灾难中获得什么实质上的经验和教训。”在日本专家团中有一位华人学者，他叫郝宪生，1987年离开中国，算起来在海外已经待了21年，他没有料到，当他再次回到中国，居然是为了又一场相似的巨大灾难。

1976年郝宪生正在长春读书，专业是地震地质研究，毕业的那一年夏天，发生了唐山地震。他清楚地记得，震后第四天，他和学校的一卡车师生进入震区。“当时一共两部照相机，只有我手中那部照相机在拍摄，但是在照了7张相片之后，我就再也照不下去了。”他回忆起32年前唐山市区的一幕：水泥预制板压着人，露在外面的肢体肿胀得比人还粗；高温暴晒的天气下，被简单裹着的尸体，在路边堆了有两三层，腐烂后的尸水流到路中间，空气中是无法散去的腐臭；而宣传车的标语口号和报纸头条是“批邓反右抗震救灾”……“我们没有足够的食品准备来继续作实质性的调查，于是按指挥部的命令返回。”郝宪生说：“那个场景是我一生中不灭的印象。”

以《1976年唐山地震玉田地区低裂度异常的研究》作为东京工业大学的博士论文的郝宪生，在看到日本的7级地震也只有几十个人伤亡的同时，却再次目睹了出现在中国的又一次人间的巨大灾难。

5月12日，日本时间15点30分，汶川大地震发生的几分钟之后，代表了日本学界最高水平的防灾科学技术研究所强震监测室室长青井真，几乎是跑着过来通知郝宪生：“四川发生了7.9级大地震!”这个消息震动了这群和地震打了一辈子交道的科学家，生长在中国的郝宪生知道这个数字意味着什么，当时他对日本同行们说了一句话：“中国四川，有1亿人!”

尽管日本国立防灾科学技术研究所是世界上最先进的地震研究所之一，但他们掌握的中国四川的资料也相当有限——他们只能够从网上获取信息，他们在日本的google上看到的中国西南地图上，仅仅只标注着成都、重庆，不要说映秀镇、北川县，连德阳、绵阳这样的地级市都没有任何标注。

郝宪生当即放下手中的全部项目，从最原始的搜集信息的工作开始做起，把包括四川地震概况和破坏分布概况，尽可能详尽的地图、人口分布图、破坏比例、伤亡情况、已知的断层分布、卫星观测资料、堰塞湖告急等全部资料搜集统计出来，形成文章在5月26日的日本地球惑星联合大会发表。郝宪生等学者的文章在日本引起了从学界到媒体的高度关注。

此次地震后的中国媒体的开放性，使日本媒体史无前例地连续10天对中国地震进行头条报道关注。在日本积极推进对中国地震关注度的同时，郝宪生开始动用所有可能的关系，试图进入震区。有着丰富地震防灾经验的学者们都十分清楚地知道，震后进入调研，需要选择合适的时机——在日本，震后救人，首先要抢在震后6个小时，其次是3天之内；5天之后，将基本上失去救人时机——在震后头5日，他给中国的同行朋友们四处打电话，所有的朋友都告诉他：“上头有令很难办！调查以后再说吧。”

尽管阻力来自方方面面，郝宪生执意回国。6月初，部分震区开放之后，他和另一个华人同行，租了辆车并雇了一个司机就往震区跑。

6月4日，郝宪生进入四川，途经成都、都江堰、向娥乡、小鱼洞、红白镇、汉旺镇、擂鼓镇，绕行北川边缘，后又南下直至映秀，到15日结束为止，他们行程共1400千米，发现了“六七处很大的破裂地点，主要位于前山断层，遗憾的是，中央断层的中间地段始终无法进入”。

“我很羡慕中国学者，他们可以在震区自由出入，不会受到约束和限制。”这是郝宪生在接受记者采访的3个小时中重复最多的一句话。两个星期的考察中，吃住条件的艰苦在他们看来都不值得一提。

郝宪生说：“唐山地震断层较短，四川龙门山断层有500千米，我们必须准确地找出哪个断层在哪里有破坏，这是探讨防灾对策的根本起点。从理论模拟反演断层可以有无数解，但是客观上发生的地表地震断层如何分布只有一种形式，一定要先把这个断层搞清楚，这是一切工作的基础，这是基础的基础。”

郝宪生6月调研的数据尽管不甚完美，但7月份已经为日本《防灾科研新闻》所刊出，数据即刻就被日本地震学家利用作模拟研究。“日本人很关注中国汶川地震，没有为什么。地震今天发生在中国，明天可能发生在日本，所以也是全世界的大事情。”郝宪生说。

这次的中日防灾会议的举行，使得他终于得到正式的批准，多次从多地点反复调查了中央断层，确认了两条断层同时错动、各自最大错位达6米之巨的惊人事实。

怎样在重重的地质灾害中生存与建设?

汶川大地震过后，由于次生灾害的严重影响，好多乡镇和村落被崩塌、滑坡和泥石流危害着，人居安全受到空前挑战，包括重要的基础设施安全保障也令人担忧。10月10日的特邀会议报告人——中科院地质与地球物理研究所的王思敬院士在《工程场址的地震地质灾害评价》学术报告中，提出了工程地质工作的一个重要任务是探查相对稳定的场址，即寻找“安全岛”。

王思敬指出，中国在4000年前就有地震记录，而真正有历史记载的是公元前780年发生在陕西岐山的大于M7级的地震。通过统计，1900年以来中国发生M6级以上的地震800次，共75万人死于灾难性地震，占全球20世纪震灾死亡人数的60%。1949年以来，全国共计有22个省（区）受到100次破坏性地震的袭击，造成35万人死亡，占全国受灾死亡人数的65%。如此巨大的损失，证明地震及次生地质灾害是中国最大的自然灾害风险。那么，我们应怎样在这么复杂的地震灾害环境下安全生存？王思敬认为，深入地做好地震灾害评价和预测是十分必要的。

关于重要基础设施建设如水电站等，如何保障破坏性地震作用下大坝的安全？汶川地震中大量高坝表现如何？王思敬认为，这些都是高地震活动性地区水电建设必须搞清楚的重大问题，包括重要经验或教训。他提出，在水电规划中，重视坝址选择、高标准设计、高质量施工可保证大坝在强震下的安全。在这方面我们仍面临许多新的挑战。比如在极高地震活动带建设一批 200～300 米高拱坝是否有问题？而要解决这些极具挑战性的问题，国际交流和合作是很有益的。

据初步调查，“5·12”汶川大地震引发了 1.8 万多处的次生山地灾害点，这种危害将会长期影响灾区的恢复与重建。山地所研究员韦方强在会议上所作的报告指出，山地灾害预警报将成为震后山地灾害减灾的重要手段，亦是避免震后山地灾害造成重大人员伤亡的最经济有效的手段。由于强烈地震严重改变了山地灾害发育的下垫面条件，改变了山地灾害形成的物质条件和灾害形成的临界条件，现有预警报系统必须进一步改进。“为此，山地所与四川省气象局已联合申请项目，研究震区震后山地灾害预警报方法，以数值天气预报和新一代多普勒天气雷达为手段，研发不同时空尺度的震区山地灾害预警报应用，力争在明年汛期来临之前可以投入使用，为震区山地灾害减灾服务。”

“在东京，我们不怕大地震”

在实地考察之后第二天举行的中日地震防灾减灾学术研讨会上，日本文部科学省地震防灾研究课长、新闻发言人增子宏代表日本学者，再次对中国汶川地震中的 8 万受难者表示哀悼。

中日两国国民之于地震，有着相同的体验。中国人忘不了 32 年前的唐山，日本人忘不了 4 年前的新潟、13 年前的阪神和 85 年前的神奈川。就在汶川大地震之后一个月，日本东北部的岩手发生 7.2 级地震，造成 10 人死亡、12 人失踪——五位数和两位数之间的差距，足以让我们对这个岛国上的国民心存敬重。

在地震领域，日本研究水平相对于中国的优势，显然是毫无疑问的。在国内记者追着专家问“地震究竟能不能预测”之类的话题时，日本地震学家在忙着建立和改善他们的速报系统。

“无论遇到多么强烈的地震，尽量做到没有人员伤亡，这就是地震大国日本百十年来地震对策的最大目标。”增子宏在接受《科学时报》专访时说。

“日本十多年前就放弃了地震预测的努力，因为直到目前，预测完全没有理论基础，我们甚至都没有搞清楚地震发生的机理，谈何预测？”郝宪生说：“现在我们的目标仅仅是再多给人们一两秒钟的逃生时间。”

日本获得这样一个“务实”的认识，花了130年。

2008年6月14日清晨，东京的居民被一阵摇晃惊醒，所有的电视和广播中，播音员正拿着稿纸，语气急促地播报地震消息。电视屏幕上，一张日本地图，准确地标注了每一个区域具体的地震强度。

在此次地震中，日本气象厅在部分区域实现了发布地震预报。气象厅在8点43分51秒预测到地震，3秒钟后，就在电视上预报说：预计4秒后将发生5级地震。此时，震中区域已经开始摇晃了，但距离震中30千米以外的地方，在地震摇晃发生前10多秒时得到了预报。

“在东京，民众并不是十分惧怕大地震，因为我们知道，我们不会死。”增子宏对记者介绍：“日本每隔29千米就设置一个预报站，这些监测仪在全国平均分布，并且互联成网。这些密布全国的地震台构成了世界上第一套地震速报系统的基础。”

日本开发的这套世界领先的地震预警系统，准确地说，并不是为了预报地震，而应该称之为“地震速报系统”。它的原理是，在地震发生的第一时间，检测到地震的震源、震级等信息，并根据地震波传播需要一定时间的规律，利用地震发生后的纵波与横波时间差，可以在破坏力大的横波到来前几秒到十几秒发布地震警报，但是对于震中的人们作用不大。

地震速报的理念是美国人在1886年最先提出的。人们早就认识到，电波的速度比地震横波快，如果能够利用电报电话来提前通知教堂响钟，就可以提醒人们及时躲避。但这个想法过了100年才被日本人实现。1989年，这套速报系统最初被应用于日本高速列车系统中，高速列车一旦收到与其联网的地震检测仪发出的强震信号后会马上停车，以期将乘客伤亡及其他由此带来的损失降低到最低程度。

速报系统真正进入日本社会运作，是在2007年的1月。只要这些遍布全国的1000多台地震检测仪监测到烈度5度以上的地震信号，将自动向电台、电视台和卫星发射，不经过人的控制，信号将自动显示在电视字幕上，广播员即刻进行语音播报。同时，日本国民经过这之后一年多的训练，已更能够沉着应对突发情况。“在高速公路上开车的时候，日本国民能够在缓慢行驶后靠边停车。”

但是这套系统目前并非完美，有时也出现误报、延报等情况。2008年4月

28 日凌晨 2 点 32 分，冲绳县宫古岛发生了 4 级地震，日本气象厅初次发布了地震预报，但比地震发生迟了 5 秒。5 月 8 日，茨城发生 5 级地震，气象厅的预报比震中的摇晃迟了 40 秒。“但在此次岩手地震中，地震预报系统第一次发挥了作用。”增子宏说：“发布的速报由国家气象厅通过媒体向公众传播消息，但是这需要消耗宝贵的 1、2 秒时间。怎样争取这宝贵的一两秒钟，以及提高系统的预报准确率，都是我们下一步准备攻克的重要课题。”

针对速报系统对于震中的作用“盲点”，增子宏透露，日本正在研发一个新的设备装置，将在全国活动断层带中设置一些地震活动监测仪，监测在活动断层中的信号，一有信号就对周围百姓形成预警。“当然，这还十分困难!”

经验，复制还是学习?

中国人很难不将中日这两次相隔 32 天的地震放在一起比较，在早些时候的国新办新闻发布会上，有记者问甘肃省委常委、常务副省长冯健身这样的问题：“前几天日本也发生了强烈地震，虽然震级只有 7.2 级，但是由于震源浅，只有 10 公里，它的烈度应该和汶川地震相当。我想问的问题是，同样作为灾区，我们甘肃省省委、省政府是否与日本地震的情况作过比较，为什么日本地震的损失这么小，死亡人数是两位数，水电、通信都是有保障的。为什么这么轻？是因为他们的灾害意识强烈，还是因为提前的预报，还是基础设施好？作为地震灾害多发区，甘肃省委、省政府是否有计划派人到日本学习相关的经验?”

中国能否复制日本速报系统的成功经验?

日本学者认为，日本速报系统的基础在于平均分布于全国的 1000 多个地震检测台站，而中国国土面积大、地形多样、情况复杂、力量有限等客观因素，将可能影响速报系统在中国的建设。

“从技术上来说，如果中国能够自己建立或者引进该系统，那么照样可以发挥相同的功效。但是从可行性方面来讲，可能性则比较小——中国的国土面积太大了，如果没有足够的观测点，观测点分布过于稀疏，就不能稳定而快速地探知地震。”增子宏说。

郝宪生对中国的国情相对比较了解，所以，他提出的两个建议则比较务实。他认为中国应该向日本学习的第一条经验，就是地震信息应该在第一时间通过媒体发布。“努力做到 2 分钟之后能够上电视。这应该是个通过努力可以实现的目标。”郝宪生说，“这是一种公民教育，当地震信息就像天气预报、台风警报一样常见，能够很大程度上减少民众恐慌”。

第二条经验是中国应该进行防灾演习。“30年一代人，地震不应该随着人们的逝去而湮没。可惜的是，我们没有从唐山地震中吸取什么经验。今天不应该重复这样的错误。”郝宪生说：“日本的最宝贵的经验在于不管付出多大代价，都要找出失败的原因。日本将地震看成失败的事件，他们从失败学的原理上去总结教训，才能使下次对付这样的灾害更及时、更有力。”

汶川大地震发生两周后，日本引以为戒，开始大规模对全国学校进行校舍普查和加固修缮，他们需要从“现代化的建筑保存了下来、老建筑则大多倒塌，而我们看到的图片中，学校特别地多，尤其让人心痛”（日本《朝日新闻》，5月14日）这样的中国教训中吸取经验。

曾在日本京都大学获得博士学位并在日本从事砂防研究工作多年的山地所研究员欧国强认为，在震后灾区重建过程中，要认识地震后显在性灾害长期继续的问题，以及不稳定斜面的变形、土沙（石）的二次移动等潜在性灾害的显在化、扩大化问题。他强调，对地震次生山地灾害复杂机理的认识，还要通过必要的物理模拟实验去破解。因此，建立有中国特色的山地灾害动力过程模拟实验系统，更好地为防治山地灾害提供理论指导和技术支撑是十分必要的。中国急需这种防灾减灾的硬实力建设。

重建，在反思中前行

“日本从中国汶川地震引发校舍倒塌中吸取了教训，政府立即拨款，对全日本30%的校舍进行了加固。”增子宏介绍说，“日本需要把学校、医院这些地方建成地震中最安全的场所。”

日本的这一举措对许多中国学者的震动很大。“1976年唐山地震过后，我们没有很好地总结和吸取一些经验和教训。汶川的巨大灾难再次暴露出很多问题和不足，现在应该是我们进行反思的时候了——到底我们碰到哪些新问题、有哪些新需求，差距到底在什么地方?”北师大应急减灾研究院教授李京告诉记者。

在这次学术研讨中，日本京都大学防灾研究所教授林春南教授的报告，引起了许多与会中国学者的关注。林春南是一位具有国际知名度的学者，他是从社会学、经济学的独特视角研究自然灾害和灾后重建的专家。他对日本灾后重建的经验的介绍，使在场的许多中国学者深受启发。“日本人长期恢复、科学重建的经验是我们现在急需的观念。”李京说。

日本阪神地震至今已经13年，但是对震区的恢复重建工作并没有全部完成。日本对阪神地震的重建规划进行“化整为零”，细分到各个领域中作出详尽而细致的规划方案。“有些工程在一两年之内完成，有些用了5年，有些用了10年，还有些直到现在还没有完成。”李京介绍。

中国在6月1日宣布成立了国家汶川地震灾后重建规划组，计划“在3个月内完成灾后恢复重建总体规划，在3年内基本完成灾后重建任务”。

震后主要致力于国家应急管理体系建设的李京对此颇有感慨：“日本岩手地震后，政府规划花5年时间要求所有学校达到日本建筑抗震要求。在日本的经济技术实力比中国具有明显优势的情况下，仅仅为了完成这一项，政府给了5年时间。而中国的重建难道仅需3年就可以做到?”

水利水电科学研究院副总工程师程晓陶也有相同的担忧。“灾后重建是紧迫而长期的，我们不能只看到紧迫性，却忽视了长期恢复的理念。”程晓陶说：“目前在部分灾区的重建中，出现了眉毛胡子一把抓的现象，恢复重建越快越好，争取恢复重建3年之内完成——这种‘急风暴雨式’的灾后重建需要引起警惕。”

程晓陶从汶川大地震后就开始参与震区堰塞湖的排险调查。强震引发的次生灾害链造成的堰塞湖大规模形成——“区域很大，分布于好几个大水系，城镇多、情况复杂，每个湖的特点都不一样，并且都需要进行短期处置。”震后的道路不通，程晓陶和他的同事们曾扛着背着三维激光扫描仪，前后3次进入震区，对11个堰塞湖进行了地形扫描，做出了精细准确的三维地形图。这些地图在堰塞湖除险方案的决策中发挥了不可替代的作用。

“值得一提的是，在这次地震中我们十分注重高新技术的应用，如三维激光扫描仪就被用于堰塞湖排险。但值得反思的是，我们的弱点在于，那些常规数据，不用尖端技术就能获得的数据反而没有人去进行调查。”程晓陶告诉记者，由于地震期间情况相当严峻，时间也相当紧急，对震区水库险情的应急评估只能是通过专家的目测。专家组有时一天不得不查看4～5个水库，只能是走马观花。而基本上是以肉眼和经验所做的判断并没有足够的数据支撑——究竟地震造成的水库大坝裂缝有多长多深?渗漏有多大?流量多少?“这些常规数据是非常宝贵的资料，如果我们再不加强观测进行搜集，今后应对紧急情况时，很可能会再次出现数据不全的情况，造成判断失误。”

“一套先进防灾减灾体系并不是一朝一夕形成的，而是经过成百上千次灾难的锤炼逐渐摸索形成的，我们应急管理体系能力的提高需要一个逐步升级的过程，要依靠科技和管理的进步来逐渐实现。”

的确，日本今天高度开放和世界领先的防灾体系也并非朝夕建成。

13年前，日本阪神地震发生时，时任首相村山富市直到40分钟后才从电视新闻的现场直播里看到浓烟滚滚的神户灾区，自卫队救灾出动延后了整整半天，所有国际救援队都被政府拒之门外。

——这不是笑话，而是发生在13年前的日本的真实情况，“政府麻痹”成了当时日本流行的讽刺语。在13年后的中国，媒体在汶川大地震中竟然反应快过了某些行政领导部门。日本媒体曾发表言论称：“这在中国，或具有里程碑式的不同。”

“尽管巨灾充分暴露出诸多问题，但不可否认，汶川地震是中国历史上应急管理和救灾组织最好的一次，如何认识问题、吸取教训、在反思中前行，才是我们应该从大灾中获得的东西。”李京说。

“灾后重建是社会整体的持久战，必须有配套的改革议程，灾后重建才可能成功。全世界都会以灾区的重建质量，而非只是奥运会的金牌数来衡量中国。”林春南在报告的最后说。

面对地震，更多的是合作而非竞争

“正因为日本过去有许多的教训，所以，我们对四川大地震的救援工作很着急，希望海外的救助队和医疗队能够尽快地参与救灾工作。”尽管日本救援队成为最早进入震区的国际救援队之一，增子宏在与记者的言谈之间，依然流露出因其没有能够在震后头3日的黄金时间内就进入中国四川震区而感到些许遗憾。

震后，日本学界对汶川地震的极大关注，某种程度上甚至超过了许多中国学者的预期。“这从日本这20多位顶级学者组团亲赴中国就可见一斑。”郝宪生告诉记者，此次来川的日本学者几乎代表了日本地震防灾领域的最高水平，“组团集体参加研讨会，这在日本都是相当难得的。原因很简单，地震研究不仅仅属于中国，还属于全世界”。

“在地震防灾领域，日本与中国并不是一个竞争的机制，而是一个合作机制。”增子宏说。

据增子宏透露，日本可能将在明年3月正式通过一项防灾减灾十年计划。“在新的十年计划中，国际合作会是一项重要内容，而和中国的合作也将占据一个重要位置。”

日本于两年前投入巨资建成全球唯一的一个大型三维模拟地震震动台，它能晃动一栋6层高的楼房。这个“shaking table”（大震动台）面积达300平方米，可撼动一栋1.2万吨重的楼房。“用地震模拟器配合实物大小的建筑物做试验，能帮助工程师估算出不同地震强度下楼房结构的损坏程度，而这是用小模型根本无法做到的。”增子宏说。

对这个耗资450亿日元（约合3.94亿美元）建成的大型实验室，日本采取了开放的姿态。“日本将极乐意向中国开放这套装置，通过政府向中国提供帮助。”增子宏说：“在2008年7月份举行的7国国家首脑会议中，中国国家主席胡锦涛和时任日本首相的福田康夫谈到地震研究方面的合作时，曾就双方在地震野外考察方面达成一致的意见，下一步，我们将考虑和中国国家地震局和中科院进一步加大双方的交流与合作。”

日本学者对中国在巨灾之后表现出的巨大进步给予了高度的评价。

“地震发生之后的6个小时，温家宝总理亲赴现场在一线指挥，国家领导人给予中国普通民众的鼓舞力量是非常宝贵的。”增子宏说：“两国民众在大震灾中有过痛苦的记忆，双方在抗震救灾领域应该有可期的合作。虽然双方在这一领域的相互了解还不深，但是通过这次会议，两国学界迈出了第一步，这是一个良好的开端。”

灾难不只考验政府，也试炼着中国的科技力量。此次会议的承办者，山地所所长邓伟研究员对山区环境下的重建提出7点建议，这或将成为中国灾后重建的重要策略与中日学界合作的重要框架——一是明确重建中的主体功能定位，二是进行产业设计与城镇发展规划，三是大力建设生态产业体系，四是加强山区国土安全管理，五是发展职业技能教育、提高就业能力水平，六是加强基础设施配套建设和安全保障，七是适度人口聚集和进行山区人口管理。

邓伟致力于推动中日地震灾害链防灾减灾的学界交流与合作，在他看来，善用国际力量的协助，将为震区重建和山地科学的发展注入新鲜活力。

“也许价值观未必与中国的民意合拍，但是跨国合作的目的不只在救急与物资供应，而在于取信于国际与互相学习。”邓伟说：“中国需要这种软实力就像需要大飞机一样殷切。”

塔河中下游生态跨世纪保卫战[①]

挽救生态走廊

“我是土生土长的新疆人，出生在塔里木河河畔，对这条河有发自内心深处的独特情感。”这是记者见到中国科学院新疆生态与地理研究所研究员陈亚宁时，他自我介绍的第一句话。

流淌在塔克拉玛干沙漠北缘的塔里木河，在古突厥语中的意思是“沙中之水”，她蜿蜒流入沙漠深处，润泽、滋养、调理着南疆的肌理。

塔里木河是新疆人民的母亲河。千百年来，这条河流连接着丝绸之路上的重要城池——于闻、包兹、楼兰、尼雅、焉耆。南疆文明随着塔里木河的兴衰而生息脉动，千百年过去了，这个铁律依旧没有被打破。

如今，人们正在实施巨大的生态工程调水，挽救着塔里木河下游已经干涸断流了30多年的生态走廊。

自2001年起，国家开始对塔里木河流域进行综合治理，共计划投资107亿元，其中向下游生态输水是主要治理措施之一。

从2000年5月到2007年10月，塔里木河流域管理局已经先后9次向塔里木河下游实施生态输水。陈亚宁带领他的团队，针对塔里木河下游输水后的生态效应进行了连续9年的野外监测和科学实验。他们的研究结果表明，生态输水使河道附近地下水位提升，天然植被逐渐得到恢复，塔里木兔等野生动物开始出没在林地之间。塔里木河下游建群种已由输水前的17种增加到了目前的27

① 本文发表于2008年11月11日，与刘丹合作。

种，天然植被对输水的响应范围达 180 平方千米，植被盖度比输水前最高增长了 3～4 倍。他们的研究工作为这项巨大的绿色工程提供了科学依据。

今年 11 月初，新疆塔里木河流域管理局发布了一纸通告：鉴于塔里木河流域的旱情严重，为保证生产生活用水，今年暂不向下游应急生态输水。这也是塔里木河下游的生态输水工程实施 9 年来的第一次“暂停”。

消失的英苏村

由于塔里木河上中游大量引水及下游大西海子水库的修建，截蓄了河道的全部地表水，塔里木河下游下段 321 千米范围自 20 世纪 70 年代以来彻底断流。

记者 10 月下旬在塔里木河下游的英苏村看到，这里的塔里木河河床已完全干涸，没有一点水的痕迹。“这里只有在水库放水的时候才能有水，约 2 米高的水位。”中科院绿洲生态与荒漠环境重点实验室的陈亚鹏博士这样告诉记者。

英苏村是目前塔里木河下游唯一还有牧民定居的村子。牧民把这里叫做“新英苏”，这样称呼是因为在离河道 5 千米远的地方还有一个老英苏，那里才是真正的英苏。陈亚鹏说，新英苏村只剩下几户居民，而 20 世纪 70 年代的英苏村，是饲养着 20 万头牲畜的牧村。“塔里木河下游断流以后，人们从老英苏、喀尔达依等村子搬到新英苏。现在因为缺水，牧民差不多又从新英苏村搬走了。”而英苏距南疆重镇库尔勒仅有 300 千米左右。

陈亚鹏出生在新疆哈密，从读研究生开始就师从陈亚宁，2007 年毕业之后，他选择留在所里，“这就是我们的家，老师和同学亲如一家，相互的感情都很深”。

从 2000 年开始，每年塔里木河流域最热的 7 月，陈亚宁都要带领所有团队成员到塔里木河中下游的 24 个野外断面、84 个固定植物样地上做实验。同时，在至今的这 9 年里，陈亚宁团队的科研人员每年都要在 5 月到 10 月，带着大批国际上先进的野外便携式仪器设备监测植物生理变化。

英苏是需要观测的 9 个断面之一。陈亚鹏带着记者，从库尔勒驱车 4 个多小时来到英苏查看样地现场。

胡杨、柽柳、芦苇、骆驼刺，陈亚鹏对这里 50 米×50 米的实验样方内的每株植物如数家珍。“8 年了，每年夏季的 4 个月，每天早上 6 点天亮到 20 点天黑，我们都要来这里搞监测，监测这里的水、土以及植被变化。有些实验要求日夜不间断地监测，我们就在这里连续待上一个星期甚至一个月，搭帐篷，轮流值守。”

轮流住帐篷是他们每个人都有的经历。午餐是从兵团里定做的馕就咸菜，晚餐用砖块搭土灶，拣木头烧火，煮方便面就火腿肠，一天只能吃上一顿从几十公里之外的城镇上买来的蔬菜。

他们的“大本营”在离英苏断面30多千米的一间招待所里，10～20元钱一个床位。“有时人多不够住，我们就把房子让给女生，男生什么地方都住过，包括住在羊圈里，老鼠就在我们睡觉的头顶上窜来窜去。”

说起在野外的工作，陈亚鹏经常重复的一句话就是“习惯了，没什么”。风沙酷暑可以克服，他们最害怕的是戈壁里的疏林地。“夏天中午太阳很毒，我们也不敢睡在树下，男生都是把脑袋伸进乔木丛下面，可以勉强遮阳，身体就在外面，晒得人生疼。即便再炎热的天气，女生也不得不长袖长裤，把自己裹得严严实实。”

他们最害怕的东西叫做“草鳖子”，当地人谈之色变。一旦被这种虫子叮上皮肤，轻则肢体腐烂，重则可能危及生命。每次出野外的动员会上，陈亚宁老师都要提醒团队和学生们，一定要注意草鳖子，尤其是在喀尔达依和亚合浦玛汗断面上，更要学会在样地观测中保护好自己。“我们的一个小师妹郑丹，才读研二，由于她没有经验，第二次来到断面上做样方时，当时只觉得身上很痒，自己检查时没发现，后来回到招待所时才发现身上有一个草鳖子，趴在身上但还没有开始咬！”陈亚鹏回忆起当时的场景仍心有余悸，“万一真的被它咬伤了，千万不能揪它，因为它的头如果断在你身体内，反而就不好办了，必须拿烟头烫它”。

九年如一日，塔河的生态恢复和保护，就是从对塔里木河两岸的每一株植物的调查实验开始的。

无可替代的塔里木河

塔里木河下游的生态恢复，一年究竟需要多少水？什么季节调水最合适？“调水济塔”究竟有无科学依据？地下水位究竟要达到什么程度才能够恢复植被？塔里木河下游有些植被退化、消失而有些尚存是为什么？这里的物种多样性如何得到保护？这些问题多年来一直萦绕在政府决策者和新疆人民的心头。

“植被生态环境或许可以用肉眼观测判断，但真正的科研需要数据，需要通过采集样品，进行生理生态测试实验和分析，这才能有效解释合理生态水位的问题。”谈起10年如一日监测塔里木河中下游的每一片典型区域里的每一株植物的动因，陈亚宁这样对本报记者解释。

他们的研究首次将植物组织结构、生理和生态特性分析运用于揭示天然植被与地下水变化的关系，确立了胡杨、柽柳生存的合理地下水位与最低生态需水量问题，提出了塔里木河下游生态输水方案，为塔里木河下游生态恢复重建提供了重要依据，同时提出了塔里木河中游河道渠化后的生态闸合理灌溉单元与调控模式，为指导生态闸运行提供了理论依据。

近10年来，陈亚宁带着他的团队和学生，已经数不清多少次跑遍塔里木河的中下游。在这片长约780千米、面积约1020平方千米的范围内，他们建成了国内第一个1∶1生态水文过程原型监测断面，这在国际干旱区内陆河流域相关科学问题的实时监测研究中尚属首例。

他们目睹并见证了塔里木河两岸的胡杨林的悲欢与兴衰。

胡杨是沙漠上一种古老的物种，它的根系可以深入地下10米汲取地下水。“有塔里木河水的地方就有胡杨林。”陈亚宁告诉记者：“塔里木河断流的30年内，胡杨林死去了大半。”它们曾经是保护南疆绿洲和218国道的生态屏障，抵御着南疆两大沙漠（塔克拉玛干和库姆塔格沙漠）的合拢，而养育它们的塔里木河则是南疆西水东输、维系塔里木盆地东部生态的唯一水通道，也是南疆石油开发和西气东输的重要水源地。

“2000年，在没有向塔里木河下游生态输水之前，这里植被退化严重、沙地面积增加、沙尘天气增加。2000年5月开始第一次从博斯腾湖调水，到目前为止已经调了9次，输水之后植被生长状况明显好转，有个别已经实现更新。”

“如今，塔里木河的生态环境正在勉强地周旋在黄沙与绿洲之间。尽管调水需要面临各种技术细节，需要我们在经济发展与生态保护、各个流域与地区之间的利益间作出审慎、艰难的选择。但有一点，塔里木河尽管孱弱，我们不能失去她，因为塔里木河是无可替代的。”陈亚宁在回答记者的疑虑时目光如炬：“国家要做好这片土地的生态治理与保护，我们需要继续拿出更有说服力的科学数据，说它是塔里木河中下游的跨世纪保卫战一点也不过分。”

长年守望，以便更好地阻击[①]

——记中国科学院新疆生态所在“死亡之海”的治沙团队

从新疆首府乌鲁木齐到塔中油田，需要穿越被称为“死亡之海”的塔克拉玛干沙漠。

塔克拉玛干，在维语中的意思是“进得去出不来的地方”。千百年来，牵引驼队背载丝绸、瓷器的商旅，沿塔里木河、和田河河床，凭白骨引路穿越沙海时，他们万不能想到绝境也能变通途——1995 年 10 月 4 日，第一条沙漠公路直切沙海腹地，从此改写了塔克拉玛干的死亡表情。

2008 年 10 月底，《科学时报》记者从新疆首府乌鲁木齐市出发，一路向南，翻越天山，经库尔勒进入塔中。全长 562 千米的塔里木沙漠公路在脚下一路延展，南北纵贯，将塔克拉玛干一分为二。

常年在新疆广漠的土地上跑车的司机用不太流利的普通话告诉记者：“这是世界上最长的穿过流动沙漠的公路，吉尼斯世界纪录!”

塔里木沙漠公路的修通，堪称中外筑路史上的创举：沙漠是流动的，它一高兴，就随时可以把路埋掉。幸好自 1995 年公路开通至今 13 年，路况依旧如新。不是沙漠不再流动，而是沙漠里的又一个奇迹——伴随着沙漠公路一路延展的生态防护林将流沙牢牢锁住，为沙漠公路筑起一道绿色屏障。

“没有荒凉的人生”

记者的塔克拉玛干沙漠之行，大部分时间都是在沙漠公路上度过的，一直陪伴着的是路旁两侧由红柳、梭梭、沙拐枣构成的宽度在 70 米左右的防护林

① 本文发表于 2008 年 11 月 14 日，与刘丹合作。

带。时值深秋，绿意渐少，但你能感到沙漠不再死寂。

在塔里木公路建成之初，人们把这条路叫做“鬼路”——沙漠公路长直坡陡，一望无际，除了黄沙还是黄沙，视野十分单调，交通事故发生率高。“有了这些防护林，至少有点颜色了，起风时能见度也好点。”司机笑言：“这些防护林可是功德无量!”

新疆科技厅厅长兼中国科学院新疆分院院长张小雷说，塔里木沙漠公路绿化工程是一个伟大创举，其规模之大、环境之恶劣举世罕见。没有科学技术的支撑，就没有这条沙漠公路，也就没有这条绿色的长廊。这是塔里木石油人创造的奇迹，更是科技创新成就了这条绿色长廊。

塔克拉玛干沙漠年均降水量不足 20 毫米，年均蒸发量却能高达 3800 毫米。夏季气温最高达 43.2 摄氏度，地表温度则高达 70 摄氏度以上。“在沙漠里种活一棵树，比养活一个孩子还难!”这是塔里木沙漠公路防护林生态工程项目经理、塔里木油田党工委原副书记马振武发出的感慨。他说，为了绿化这条沙漠公路，科学家们付出的实在太多太多。

这项“功德无量”的沙漠公路防护林生态工程，于 2003 年正式启动，2006 年通过国家验收。中科院新疆生态与地理研究所研究员、沙漠工程设计所总工程师徐新文告诉我们，由于它的出现，令“死亡之海”塔克拉玛干沙漠出现了一条全长 436 千米、总面积达 3128 公顷的绿色走廊。不但保障了沙漠公路的长久安全运行，更为今后在沙漠地区大规模进行生态防护林建设提供了宝贵经验。

事实上，沙漠公路修建的同时，工程人员就已经考虑到流动沙丘对路面路基的损害侵蚀，当时的解决办法是建立机械防沙体系，用芦苇栅栏和草方格固定公路两侧的流沙。顺着沿线车道，眼前两侧的沙丘在 70～300 米内都被防沙的草方格填满，现在在沙漠公路的许多路段还能看到这些被风沙侵蚀殆尽的草方格。在塔里木沙漠公路旁的沙丘上，专门保留了一段以草方格固沙的景观，草方格上面竖立着 14 个醒目的大字：“只有荒凉的沙漠，没有荒凉的人生。”这句誓言让每个走进沙漠的人都会为之精神一振，这是塔里木科研人员激励自己、征服沙海的真实写照。

“机械防沙修建和维护的成本比较高，一般寿命在 3 到 5 年，使用年限比较短，我们一直在寻求建立更科学的防沙工程。”

在塔克拉玛干沙漠前后已经待了 18 年的徐新文告诉记者：“为了这 400 多公里的防护林，我们整整做了 10 多年科研。”

建造沙漠生态防护林，绝不仅仅是种树、抽水、拉管子、滴灌这么简单，相关技术攻关早在10多年前便已开始。

塔克拉玛干被公认为是全球同纬度地区降水量最少、蒸发量最大、最为干旱的地带。徐新文等和狂虐的沙漠进行对抗，展开了一场人和自然之间长达10多年的拉锯战。他们跑遍中国大西北，从全国各地引种，在塔克拉玛干沙漠里进行选种和植物耐盐、耐旱实验。沙漠里的沙暴是家常便饭，沙暴一过，他们刚刚种植的苗木就会被沙土掩埋，需要人们挖开沙土，重新栽种。“1994年春天，我们干了将近10天，挖了一个长达3000米的沟，刚把树种上了，一起大风，沙堆立刻把千辛万苦挖好的沟填埋上了。”徐新文说：“这也算是家常便饭了。”

植物再怎么耐盐、耐旱也需要水，在最缺水的沙漠里，只能靠从地下抽水滴灌，抽水的能源动力怎么解决？太阳能发电造价较高，在沙漠里拉高压线输电维护很困难，徐新文等提出的解决方案是靠柴油发电抽水——沙漠公路里，每隔4千米，人们便能看见一个红顶蓝墙的小屋，小屋里常年有人值守。工程沿线46号水井房，这里主人的工作就是浇水、拉毛管等。每年2月到11月，他们要守在这里，从这里牵引出4千米长的水管，将宝贵的地下水一滴一滴输送给沙漠里的生命。

“最要命的还是风沙。”徐新文回忆起建设阶段的困难时所言甚少。他轻描淡写地告诉记者，吃饭的时候，他们常常要在米饭里加水搅和，把沙子沉到碗底，吃上面的米粒，有时遇到特大沙尘暴天气根本无法开火做饭。他们住在地窝子里，起风时，沙子嗖嗖地从地面往里漏，早上起来时才发现，无论是枕头还是身上，到处落满黄沙！至于饮水，徐新文自己很少喝，要喝也是喝凉水，“在沙漠里待久了，我们都跟骆驼一样了”。

沙海后花园

塔中是“死亡之海”的腹地，人们很难想象，在这寸草不生的黄色沙海里，居然凭空造出了一座绿意盎然的植物园。

在塔中吃过晚饭，副站长李炳文带着记者参观了这个令人惊叹的植物园，还碰上不少来这里散步的油田职工。“10年前，在这里待上3个月，吃饭时看到的米粒都会变成黄色。现在，这里是他们的后花园。”李炳文说。

一项生态工程激活了一片沙漠。14年间，徐新文等向“死亡之海”引进了近300种耐干旱、耐盐碱的植物，目前在塔克拉玛干沙漠腹地存活的185种植物，栽种在植物园里，一棵一棵地浇灌，一亩一亩地建造，这块人造绿洲的面积逐年扩大，曾经的“生命禁区”，如今展现出402公顷的新绿洲，狐、兔、蛇的踪迹也渐渐稠密起来。

1997年，李炳文来到塔中的时候，孩子才刚刚一岁。“孩子现在已经12岁了，我每次回乌市的家，小孩就问，爸爸你什么时候走。特别是2001年开始到2006年，这五六年时间，我一年200多天都在沙漠里，家就成了‘旅馆’，家人对此都已经习惯了。”李炳文说。

硕士生严坤是听老师的介绍，才能感受到当年老师们在沙海中凭借双手建起绿洲的艰辛。“我今年8月刚到植物园，看到这么一大块绿油油的植物，感觉还蛮舒服的。”严坤告诉记者：“我们和开拓者的感觉不一样。刚来的时候我妈打电话问我，是不是搭了个小帐篷到沙漠里面，没有吃的？我说哪有那么艰苦啊，现在实验条件很好的。”

的确，如果不是随处可见的沙丘，你几乎很难相信是身处茫茫大漠的腹地。植物园里建了养殖基地和蔬菜园，我们的晚餐有城市里常见的瓜、果、蔬菜和蛋、奶、鱼、肉。植物园内，2003年建起了新房，这里有实验室、办公室、厨房、餐厅和3间宿舍，并已接上了宽带互联网。但这样条件的房子只有一幢，李炳文和学生们常常需要把仅有的几间宿舍让出来，给来访问考察的客人居住，他们自己还是要住到简陋的地窝子里。

李炳文等还有一项重要任务，就是照看3000多亩（1亩=0.000 666 67平方千米）的沙漠人参肉苁蓉生产基地。沙漠公路生态工程建成后，每年仅维护费用就高达1500万元，“这样的鲜肉苁蓉，每亩可卖到1000多元。如果我们在沙漠中的红柳、梭梭下大面积套种肉苁蓉，将收益用于沙漠公路维护，就可大大降低成本”。李炳文从地下挖出一棵粗壮的肉苁蓉，对记者说：“现在技术上已经问题不大，但就是看管不过来，当地盗挖苁蓉的人不少。”

李炳文等为了这些珍贵的药材费了不少心思。每年采挖苁蓉之后第一时间自己动手烘干加工，但是从内地买来的烘干机“水土不服”，在新疆风沙环境下极易出故障，一起风一扬沙，风扇就被沙粒磨损；而苁蓉如果不及时烘干容易发霉变质。“每年采挖苁蓉的时候是我最高兴但也是最犯愁的时候。”李炳文说：“这还仅仅是在这3000亩的基地里，如果把苁蓉种到400多公里的公路上去，更加看管不过来了！”

植物园和肉苁蓉基地的建设改变了塔中沙漠小气候环境，翻开塔中近10年的气象记录——2006年比1998年平均相对湿度提高了4%，大风天则减少了13天。2007年夏天，塔中地区降水达33天，远远高于往年的平均天数。

遥望撒哈拉

非洲北部，近乎原始的神秘撒哈拉正在把目光投向中国的塔克拉玛干。

长期以来，这片面积约900万平方公里、占非洲总面积的32%的世界最大沙漠，主要交通依旧靠骆驼队来往。在世界经济快速发展的今天，这一地区还是一个没有现代交通运输线路的空白区。为此，北非国家领导人已经决定修建一条纵贯西部撒哈拉沙漠地区的高速公路，这条穿越沙海的高速公路的生态防护也成为摆在北非各国面前的难题。

2006年10月，利比亚通过上海的一家企业找到了徐新文，这家致力于环保工程的企业老总直接把电话打到了徐新文办公室，邀请这位中国沙漠公路生态防护专家到杭州会商。当时，徐新文正忙着准备塔里木沙漠公路生态防护工程的全线验收，抽不出空。没想到，放下电话的两个小时后，上海方面通知他：他们已经买好了机票，准备第二天就飞到新疆，亲眼看看中国的绿色沙漠公路。“第一次接触，他们对我们的技术有底了。”

2006年12月，徐新文团队第一次来到利比亚——这个位于北非的国家，发展水平比较低，人口少，缺乏防沙治沙的专业人员。徐新文将中国的经验向利比亚农业部部长和环保部官员作了报告，“我们的技术打动了他们”。

2007年4月，中科院新疆生地所邀请利比亚方面的专家来到塔里木沙漠公路现场。这次商谈的结果是，利比亚邀请中国科研团队帮助他们建设利比亚国家荒漠化防治中心，同时先筹建4千米的公路防沙示范段，帮助他们培训40名基层技术人员。“我们目前的工作，主要是帮助他们建立国家荒漠化防治中心，待中心建成之后，我们还要帮助他们开展撒哈拉沙漠的荒漠化考察、荒漠植被考察，还可以建立一个植物基地，进行工程灾害防治和生态恢复。”

为什么中国的技术和经验这么受非洲国家欢迎？显然，中国塔里木沙漠公路经验已经具有世界性的声誉。徐新文说，中国与非洲有着非常相似的发展经历。中国尝到过以牺牲环境为代价发展经济的苦果，这份教训可以帮助经济刚刚起步的非洲少走很多弯路。中国经过长期摸索建立起一套符合发展中国家国情的环保体系，非洲借鉴起来容易得多。此外，中国的环保技术和设备还有价格上的优势。

“塔克拉玛干的沙是黄色，撒哈拉的沙是金色的，我这辈子花了18年做好了塔克拉玛干的工作。下一个18年，我希望到撒哈拉去，给非洲做一点工作。”徐新文说。

为了治沙防沙，虽然雷加强（中国科学院新疆生态与地理研究所副所长）和徐新文、李炳文等不懈努力，已经在塔克拉玛干沙漠工作了多年，但他们对沙漠的研究还远没有结束，还要带领自己的研究团队在这里驻守。他们不是简单的驻守，而是要对沙虐更好地进行阻击。当然，“科学无国界”，他们对沙害的阻击战役过些年可能要挺进到远在非洲的撒哈拉了。

咦，科学？怡，科学！[①]

——记青海湖自然保护区科研信息化建设项目示范作用

从禽流感开始破题

2008年8月，北京夏暑未消，青海湖的上万只候鸟却已开始了越冬的迁徙。数以千计的斑头雁振翅南飞，几十只鸬鹚排成“一”字掠过湖面——每年4个月的无霜期即将结束。这里，中国最大的咸水湖泊，将进入漫长的、气候寒冷多变的冬季。

“原先这里到处可见鸟群，现在天冷了，鸟群基本上都飞走了。”在青海湖自然保护区工作了23年的李英华告诉记者。3年前，他是第一个发现禽流感病鸟的人。

他对两年前那场灾难性的“爆发”记忆犹新。

2005年5月2日上午，李英华在对鸟岛的例常巡视中，突然发现一只斑头雁出现异常状况，随后死亡。尽管第一时间他就向上级汇报了情况，但事情的发展超出了所有人的想象——到第二天上午，竟有200多只斑头雁死亡！

尽管那些中国优秀的鸟类学家自第二天起就从全国各地赶到了青海湖，但24个小时之后，结果反馈到李英华手中时，他还是傻了——禽流感，这是他这位保护科主任从未遇到过的情况。面对青海湖野生候鸟从未发生过的暴发性禽流感，“当时我们真是束手无策！”

2005年5月14日，国家禽流感参考实验室从死鸟体内分离出H5N1亚型禽流感病毒。

---

① 本文发表于2009年1月9日，与刘丹合作。

这显然是个惊人的消息——青海湖作为全球候鸟迁徙中的一个重要中转站，仅斑头雁、棕头鸥、鸬鹚的总体数量就达40余万只以上，地位非常突出。如果候鸟会散播禽流感病毒的情况被确证，这可能意味着一场危及全球的自然灾难。

然而，目前中国对候鸟的研究还远远落后于发达国家，甚至连各种鸟类的迁徙路线都还没有建立完整的资料。青海湖，这个中国最重要的鸟类栖息地，在这里投入的科研力量还十分薄弱。

这给了阎保平和她的合作伙伴们选择青海湖、在青海湖作 e-Science 的理由。

咦，科学？

e-Science，这里的 e，最初来源于英文词汇 electronic，泛指“电子化或信息化”；Science 就是科学，二者合一，即“e-Science”，直译为“电子化科学研究”或“基于信息化的科学研究”。为了更好地体现 e-Science 的内涵，现在国内通常译为“科研活动信息化”。

最早提出 e-Science 概念的是英国科技部主任 John Taylor。1999 年，John Taylor 指出：“e-Science 是在重要科学领域中的全球性合作，以及使这种合作成为可能的下一代基础设施。”

很快，这一理念得到了全球科学家的认可。美国科学基金会的报告中明确指出，“e-Science 是一种新的科学研究环境，在这种新的研究环境中，研究人员能够通过高性能的网络进行先进计算、协同工作，实现数据获取和管理的服务”。目前，国内专家也认为，在科研发展方面，发达国家之所以能推出很多好的成果，其原因之一是它们能够成功获取标准化数据并实现数据共享。可以说，科学数据的共享是发达国家促进科技创新的有力举措。

阎保平是中国科学院计算机网络信息中心的总工程师。在阎保平这一批中国 e-Science 事业的开创者和实践者看来，e-Science 是学科领域科学家和 IT 技术人员在科研理念上的融合，同时，整个 e-Science 科研活动是个不断融合、相辅相成的过程，而非最后要达到的终极目标和结果。

“e-Science 使得一种崭新的从事科研活动的方法和模式成为可能，这种崭新的科研模式的特点是跨学科、大规模的科研合作，构造了一个跨越时间、空间、物理障碍的资源共享与协同工作的科研环境。”阎保平认为。

2005 年 6 月，阎保平已经做出快速反应，意欲在青海湖暴发的禽流感事件中发挥计算机网络信息科学家应有的作用，带领麾下的几个人直接扑到青海湖。开始，她没有对青海湖自然保护区相关部门直接表明来意，即进行“上门直销”

的游说，却替他们修好了几台电脑和因维护不当而中断通信的网络。这，不要说是对当时作为中科院计算机网络信息中心主任（2006 年 5 月届满卸任后任中科院计算机网络信息中心总工程师）的阎保平，哪怕是对阎保平的学生来说，实在都是再小儿科不过的事情。当然，自然保护区的这些基层工作人员，也不知道阎保平在中国乃至国际互联网业内的鼎鼎大名（她是国际互联网协会〈ISOC〉理事会的第一位中国理事），他们只知道这位女性态度和蔼，被她带来的助手们客客气气地称为阎老师。

就是靠维修电脑、接通网络（这活儿现在随便哪一位技工学校毕业的学生也能玩转），阎保平成功地敲开了与青海湖国家级自然保护区和青海省林业厅沟通的大门。西部边远地区的一般基层干部和群众就是这么实在。

2005 年 8 月，阎保平带领一行人员与青海湖自然保护区管理局局长张德海初次见面，经过一番交流沟通，碰撞出双方合作的思想火花：青海湖有的是鸟类等自然保护的“文章”，值得并且可以由中科院的科学家来做！

e-Science 这个陌生的英文词汇，对青海湖保护区的基层工作人员，包括那些也曾见识并接待过一些不同肤色老外的人员，显得拗口难辩：e-Science？“咦？科学？”

对他们一时的吃惊和暂时的疑虑，阎保平都能理解和接受。只要心灵的门户能打开，阳光终究能照射进来。2005 年 11 月，青海省林业局局长李三旦一行赴京考察，到中科院计算机网络信息中心、动物研究所、病毒研究所、微生物所、遥感研究所参观，仅视频座谈会上的“视频”这个“节目”本身，就让他们开阔了不少眼界：科技，原来还有可以这样“见面开会”的手段！

2005 年 12 月，中科院信息化办公室与青海省林业局签署《合作框架协议书》，计算机网络信息中心等 4 个研究所（中心）分别与张德海签署了合作协议。

“追逐翅膀的旅程”

3 年前的禽流感的确是青海湖的一场灾难，但不可否认，它同时也给了青海湖吸引科研力量的机会。中科院计算机网络信息中心与其合作伙伴将它们在国内首个基于 e-Science 环境的联合科研基地设立在青海湖畔。

北京奥运会闭幕那天，本报记者在青海湖科研基地见到了阎保平带领的团队。

从 2005 年 5 月开始，阎保平就积极投入到青海湖的科研项目中。这是一个特殊的团队，除了阎保平所在的中科院计算机网络信息中心外，还有来自中科院下属的动物研究所的雷富民，武汉病毒所的李天宪，微生物研究所的高福、马俊才，遥感研究所的郭杉，寒区旱区研究所的张耀南，西北高原生物研究所的李来兴等共 7 个科研院所的科学家和他们的科研团队，以及中科院的合作单位——青海湖国家级自然保护区管理局。记者在青海湖保护区见到他们时，他们刚刚完成了一次“追逐翅膀的旅程”。

一行 14 人，阎保平带队，杨涛、刘瑾、孔宁、欧阳欣来自网络中心，李永东是武汉病毒所的胡志红、李天宪的博士生，胡旭东是微生物所高福的博士生，崔鹏是动物所雷富民研究员的博士生，他们的专业领域分别是 IT、鸟类学、病毒学、植物学等；还有青海湖管理局局长星智这个保护区里“最大的官”亲自开路，保护区管理局主任王永年、保护科站长侯元生等及 3 位司机。用“成分复杂”来形容他们并不为过。

2008 年 8 月 13 号，团队从青海湖出发。第一站是位于青藏交界的玛多。古称“黄河沿”，藏语“黄河源头”。历史上是由内地进入西藏的一个驿站。

玛多是个十分奇异的地方。尽管这里海拔 4200 多米，在青藏高原上并不算难以承受的高度，但就算是长期居住于此的藏人都会有严重的高原反应。星智选择玛多作为第一站有着充分的考虑，如果谁在玛多出现严重高原反应就立刻送回青海湖，不能继续后期更艰难的进藏之旅。而这些科研人员却全部坚持下来，令星智这位藏族同胞叹服。

由玛多进藏，沿黄河沿、黑河、星星海；穿过玉树，治多；进入四川，停留德庆草原；夜宿雀儿山；翻越唐古拉，进入可可西里、三江源。他们一路追逐斑头雁的双翅。

在斑头雁向南迁徙的路径上，在这些斑头雁以高原草甸和湿地为共同特征的栖息地里，科研人员重复着复杂而细致的工作，利用卫星定位系统标注定位、观测统计，记录每个栖息地的鸟群种类和数量，观察描述主要植被、生态环境。

团队用车轮追逐飞翔的翅膀，12 天历经 4500 千米，他们聆听候鸟翅膀划破空气的声音，看它们的细羽在风中闪动、在雪中翻飞、在湿地扑振。

侯元生一路扛着照相机和摄像机，忙着记录这些难以用语言描述的风景。他有一个梦想：“最美的风景存在于恶劣的环境中。我在想能不能做个纪录片，展现青藏高原鸟的迁徙路线上的风貌。”

如同法国导演雅克·贝汉拍摄的那部轰动世界影坛的纪录片《鸟的迁徙》，中科院的科学家和在青海湖畔从事鸟类保护的人们，正在做一件同样有意义的事情——成立一个数字科技馆，名字就叫“迁徙的鸟”。“将来人们能够通过这个数字科技馆，看到青海湖鸟岛上候鸟进行繁殖的种种行为，可以体验对候鸟迁徙路径的实时跟踪。”阎保平和她的团队这样希望。

马拉松？接力赛？

旅程路线图的设计就是基于卫星跟踪技术——他们给斑头雁戴上有卫星定位装置的环志跟踪器，通过卫星定位系统跟踪监测斑头雁种群的迁徙路径。科研人员发现，从青海湖到西藏的迁徙路径上，鸟群停留 10 天以上的栖息地共有 19 个，而这些以高原草甸和湿地类型为主的地点，正是这个科研团队一一走过的地方。

从 2007 年 3 月开始，中科院和保护区合作，利用 GPS 技术对青海湖的主要夏候鸟——斑头雁、赤麻鸭、鱼鸥进行了 4 次跟踪，现在已基本掌握了这 3 种水鸟的迁徙路径。

根据实时监测得到的信息，大部分斑头雁的南迁从 8 月下旬或 9 月初开始，最远到达西藏雅鲁藏布江流域的墨竹工卡，主要集中在拉萨河谷、墨竹工卡、日喀则等地过冬，春季北迁路径与南飞路径相同。

青海湖繁殖的斑头雁还没有被发现飞越喜马拉雅山脉——这显然与传统观念相左。

此前科学家认为，青海湖斑头雁的南迁路线应该跨越喜马拉雅山脉，到达印度过冬。“此前我们也都相信，这些候鸟是从欧洲、青藏高原、非洲，从全球各地飞往北极，在北极这个主要聚集地混合时，通过粪便传播禽流感病毒，因此才会出现欧洲发现的禽流感病毒与中国发现的病毒相似的情况。”2005 年就开始介入青海湖禽流感调查的微生物所原所长高福，将这种长途旅程比作“斑头雁的马拉松”——“每只鸟都在跑马拉松，一群鸟也在跑马拉松。野鸟的马拉松比赛直接把病毒带到聚集地。”

最近对 6 只斑头雁的监测表明：青海湖斑头雁的迁徙呈现出 3 个路径——部分在青海与藏北往返；部分在藏北与藏南往返；部分将飞越过境，在藏南与印度之间往返。“斑头雁在小范围内转圈，而不是像此前人们所认为的那样，直接从非洲飞到了北极。”高福说：“这是我此前确实没有想到的！”

这就提出了一种假说，“现在的情况可能是‘接力赛’，这些种群之间虽然在各自转圈，但是种群之间都有共同的聚集地，这些不同种群的鸟在这些聚集地混合、传播病毒，这里可能就是‘接力赛’接棒的地方”。

究竟是“马拉松”还是“接力赛”？尽管科学家还需要时间来给出正确的答案，但“这个科学问题的提出，则是我们联合科研力量、推进学科交叉的成果”，高福接受本报独家专访时说。

通过青海湖项目，微生物所与西北高原生物所建立了密切的合作关系，高福把他的一个分支实验室“搬”到了西北高原生物所，让两个研究所的学生能方便地互换交流。“2006年我第一次去青海湖考察时，发现当地连基本的实验室都没有。西部研究所有需求和渴望。”高福说：“这也是打破所际界限、跨所合作的一次良好尝试。”

“我们搭台子，让他们唱戏”

对候鸟的跟踪和“迁徙的鸟”数字科技馆的建立，仅仅是阎保平对于e-Science青海湖项目构想的一个组成部分。

主要以鸟类保护为核心的青海湖的科研项目，涉及生物学、病毒学、遥感信息学、生态学等多方面的研究，却是由网络中心这些搞IT的人牵头进行，这是为何？

欧阳欣的解释十分直接：“我们就是为科研工作者搭一个台子，让他们唱戏。”他们搭的这个“台子”，囊括了网络视频监控系统（VMS）、候鸟迁徙跟踪系统（基于GPS）、野外科考数据采集系统（PDA、RFID）、青海湖基础数据库系统、联合科研基地协同工作环境以及青海湖网络科普平台等。

实时监控系统与“高级清洁工”

这些搞IT的人来青海湖搭的第一个“台子”，就是给鸟岛装上了实时监控系统。

青海湖是中国最大的鸟类保护区之一，但是此前对于鸟类活动的观测一直都在延续最原始的方法——深入鸟类栖息地，在恶劣的自然环境中手握望远镜就地观测。尽管青海湖保护区几年之前在鸟岛上安装了4部摄像头，初步实现了远程监控，但由于设备简陋，探头的监控效果不尽如人意。

孔宁清楚地记得，两年前他们扛着网络中心提供的监控探头到三块石上“破土动工”的情景。

三块石是青海湖最重要的鸟群栖息地之一，位于湖中，距离蛋岛20多千米，坐快艇上去需要半个多钟头。岛面全是裸露的岩石，想在这里装上探头，前提是必须打下水泥地基。2007 年 10 月，保护区管理局的吴永林和几位建筑工人以及网络中心博士王金一，带着几件工具和几桶淡水就上了岛。淡水不是用来喝的，而是用来搅拌水泥的——青海湖里盐度较高的咸水根本无法用于搅拌泥浆。他们在三块石、海星山两个岛上一住就是一周，完成了 9 个地基的砌建。

王金一是网络中心第一个在岛上住宿的技术人员，后被戏称为“经过野外生存考验”的人。

更困难的是无线网络的铺设和岛上设备的调试。2008 年 4 月份，青海湖管理局工作人员和网络中心的青年技术骨干们在三块石上搭起帐篷，开始联网部署监控探头。4 月的青海湖，天寒地冻，大雪能将帐篷湮没，刮大风时焊机根本无法工作。欧阳欣对当时的情景记忆犹新：“大家先是围成一圈，用身体为焊机挡风，冻得浑身发抖。后来找来硬纸板把焊机挡上，结果还是不行！”

他们到岛上开始施工时，发现淡水带得不够。侯元生回忆起他们冒着风雪在岛上施工的经历，轻描淡写地对记者说：“好在那天晚上下了一场大雪，我们是用融化的雪水铺成的地基。”由于三块石是岩石地表的无人区，连最基本的电能都无法提供，也无法铺设数据传输线网，网络中心为他们配备了太阳能供电的探头，同时打造了无线数据传输网络。

网络中心流传着一张“著名”的照片——阎保平举着拖把，正在费劲地擦拭太阳能电池板上的鸟粪，他们给这张照片取名为“高级清洁工”。尽管为监控探头供能的太阳能电池板在设计之初就考虑到了清洁问题，鸟类无法轻易地站立在上面，但青海湖上黑压压的鸟群还是给他们带来了麻烦。网络中心的青年技术骨干们没有退缩，在青海湖中央架起了青藏高原湖泊的第一个野生鸟网络视频监控系统。

3 年多来，网络中心在青藏高原 3200 米的极端环境下，建立起了第一个国家级自然保护区野生鸟视频监控系统，先后共安装了 10 个探头，其中包括两个红外探头，分布在蛋岛、鸟类救护中心、三块石，实现了微波、无/有线局域网、远程网等技术互连，在管理局和蛋岛设立了监控中心，并用最快速度完成了实施和测试。

正是因为有了这个“台子”，“我们这些以前需要经常出野外的人，现在可以坐在办公室里通过探头进行 24 小时监控”，鸟类研究博士崔鹏说。这个监控系统每天共有 30G 图像数据产生，鸟类研究者从中获得了许多不为人知的珍贵资料。

以前人们一直认为斑头雁由雌性孵卵，监控系统建立后，通过对斑头雁繁育过程全程不间断的观测，人们意外地发现，原来斑头雁是由雌雄轮替孵卵；

在孵卵过程中时有雌雄双双离巢觅食，它们用腹羽将窝掩盖起来；此间，常常发生雄性斑头雁对其他斑头雁的驱赶和争斗。

“这是一种开创性的工作，但原先我们并没有意识到。”侯元生说，在中科院的科研人员到来之前，青海湖保护区上原来装置的4个探头，主要是为了防止游客影响鸟类的“起居作息”，监控的对象主要是人，而不是鸟类本身。“和中科院合作之后，探头监控图像的质量大大改进，是实时、连贯、完整的，而此前是断续的、不完整的监控记录。这些先进技术手段的引入，给我们带来了监控和保护理念的改变，甚至完全是颠覆性的。”

保护区的计划是，明年青海湖上的探头将增加到20到25个，基本覆盖青海湖鸟类的集中孵化地和栖息地。观测的鸟类数量也将明显增多，从原来的斑头雁，增加到棕头鸥、鱼鸥、红脚鹬、普通燕鸥、普通鸬鹚等种群。

二代PDA之得陇望蜀

实时监控、数据传输系统的建立，仅仅是搭建e-Science平台的第一步，网络中心为青海湖设计开发了一套野外数据采集PDA系统，这是实现数据采集及处理、使用全程信息化的重要一环。

此前，科学家们在野外科考时，所有数据都是记录在表格上，他们在集中精力关注自己的测试时，还需要兼顾助手的记录是否准确无误。这种最传统的方法方式，效率较低、标准化程度不高，无法集成采集多信息源，如文本、图片、音频、视频等，同时不利于长期保存。

但是现在“鸟枪换炮”了，侯元生手里已经拿到了网络中心博士周园春和他的课题组为他们量身定做的一部基于PDA的野外数据采集器。他在野外可以直接将数据信息输入这个手机大小的掌上电脑，由于集成了GPS功能，可以直接用它来测定经纬度。回到办公室，他不需要像以往那样整理大量的表格数据然后再输入电脑，这部小机器可以直接连接数据库。对这个“记载本＋笔＋数码相机＋摄像机＋GPS”的小机器，侯元生觉得很满意。

还不甚满意的是网络中心的博士孔宁。他曾一天到晚地当“跟班”——跟着侯元生和其他保护区的工作人员出野外巡查，自己记录和输入所有数据，亲身体验这“第一代野外PDA”，并列了N条修改意见。第二代PDA在北京网络中心的实验室里准备新鲜出炉，侯元生他们得陇望蜀，“我们期待改进后的第二代机子更加方便实用!”

遥感科学家的第一手数据

“今天卫星过境，我们必须动作快一点，跟上卫星的‘脚步’。”这是中科院遥感应用研究所郭杉此行野外科考的内容之一，他需要在卫星过境时考察青海湖保护区中具有代表性的一些“样地”，测量记录实地科考数据，以便同遥感数据进行比对。郭杉和寒区旱区所研究员张耀南加入到这个团队，使原本仅限于生物领域的研究与生态环境学科相结合，为青海湖的科研工作开拓了更大的空间。

青海湖保护区范围内一共划出并设立了53片生态样地，“若每块样地都跑，那我们可就跑不过来，卫星早走了！”郭杉说：“只能尽量多跑一些地方，干脆午饭也别回去吃了，就让司机回去带点馒头、就点水，我们在野外啃一啃完事了！”

郭杉和本报记者一行6人驱车来到青海湖1号样地。

“记录：物地编号：001；测试时间：8月24日9点05分00秒；测试地点：湿地草洲；GPS测定经纬度：东经99度52分18秒8、北纬36度58分38秒3；定位编号：488号；地表温度：16摄氏度；湿度：估计60%至70%；景观描述：优势物种为蕨麻，株高3厘米。能见度好，东南风2至3级，能见度约10公里。”每到一块样地，郭杉和他的助手都需要详细记录，然后再取出热红外成像温度测试仪给刚刚测试过的样地“拍照”。

马不停蹄跑了10个样地，郭杉一边做这些细致的测量工作，一边提醒助手记录的准确性，一边给记者“科普”：“这台热红外成像温度测试仪，价值100多万元，没看我天天抱着、扛着，上飞机都要随身……看见野兔了吗？它们处于食物链下端，其数量多少也是当地生境的指标之一。”郭杉致力于中国生态环境保护和城市建设规划，在遥感研究领域不断深入的同时，他对植物学、动物学、生态学等都有较深的造诣。

这些一手数据经记录、整理后，将纳入网络中心的开放数据库中共享。按照郭杉的理解，数据库应当遵循“从数据库到信息库，再到专家库，最后到思想库”这样一条发展路径，“这才是我们的终极目的”。郭杉说：“现阶段还正在完成从数据库到信息库的进程，有部分已经进入到从信息库到专家库的跨越，显然，这一步是最为艰难的。”

融合，是这里的一个关键词

将所有的数据纳入一个开放性的数据库，使有志于青海湖科研的科学家都能利用，这是郭杉的梦想。

侯元生是军人出身，1987 年退伍后来到青海湖，一待就是 20 年。在保护区这样艰苦恶劣的自然环境里，许多工作人员和他一样都是退伍军人。皮肤是“高原红”，说着人们不甚明白的“青普”（青海普通话），都会几句藏语。他们的主要工作是保护鸟类，对保护区里的鸟兽、草木都如数家珍。他们一眼望去，几秒就能估算出鸟群的只数规模，这对他们只不过是小菜一碟。保护区这些大多只有大专学历的人，和几乎代表了中国最高科研水平的科学家们合作了 3 年之后，已经能够顺畅地与科学家对话了。孙建青陪同遥感学家郭杉考察样地，指着地表植被说：“这是岩地风毛菊，株高 3 厘米左右，是这片样地的优势物种。”——这是部队转业 3 年的小孙跟着搞植物的科学家学来的。而侯元生现在知晓的动物学、植物学、生态学、遥感学等学科知识也让记者折服。

融合，是这里的一个关键词。而这，也正是 e-Science 的核心。整合计算资源、整合数据资源、整合科研力量，都是 e-Science 的题中之意。

青海湖项目所要解决的科学问题十分复杂，其科学研究的对象已经不再是一个简单的孤立系统。“动物学不仅是动物学、植物学不仅是植物学，学科交叉、覆盖范围更大的科研问题摆在我们面前。”另外，科研过程中信息和数据的及时获取和处理显得越来越重要。“科学数据共享是发达国家促进科技创新的有力举措。”阎保平说。

建立以候鸟的迁徙路线数据为核心的数据库，囊括鸟类资源调查数据、保护区鸟类名录数据、鸟类栖息地环湖巡查数据、鸟类栖息地样线调查数据、环湖湿地植被调查数据、重点濒危物种监测数据、环湖生物多样性数据等。

“在青海湖区域逐步扩展数据资源的积累，搭建面向生物、生态环境等不同领域的基础数据平台和应用环境，支持科研活动的开展，是我们建立数据库的意义所在。”阎保平说。

阎保平的观点是，当前科学研究的过程逐步表现为科学数据生命周期的轮回。“青海湖的科学数据管理平台，实现了在科学数据应用环境下，科研活动中与数据生命周期相匹配的信息化环境。”——从科学数据管理平台获取原始数据、集成信息化资源，利用超级计算机、软件、算法，进行数据处理和分析，开展科学实验，然后将作为科研实践结果的数据存储到科学数据管理平台，又可以作为下一步研究的原始数据，深入开展另一个科研过程，使整个科研活动体现一个有序、螺旋上升的过程。

e-Science，IT＋Science

很早以前阎保平就在不断思考：e-Science，到底该是怎么样的一种科研活动？难道可以用一个简单的等式“e-Science＝IT＋Science”来描述么？

随着青海湖项目以及其他科研项目的深入，阎保平和参与到这个项目中的科研人员逐步有了一个比较深入的认识：e-Science不是一个简单的叠加关系，而是IT技术和科研活动的融合。

青海湖项目科研活动的不同生命周期，都体现了一种典型的e-Science应用模式。对此深有感触的郭杉认为，青海湖区域的复杂、多样性使得唯有从多视角、采取交叉思维的方式、进行跨学科研究，才可能对其形成正确完整的认识。

“就像一棵大树，e-Science是构建大树的主干，各个学科构成这棵树的分枝，它们是一个综合的有机体。”阎保平说。

“不好打发的科学家”

侯元生他们对中科院这些科学家“打心眼里钦佩”，原因很简单，“以前也有不少科学家来到青海湖，我们帮他们采几个粪样、捡几只死鸟，很好打发的。他们回去做做实验、写几篇文章，就再也没有踪影了，给我们留不下什么东西”。侯元生说：“但他们，可没有那么好打发！”

中科院这些人不仅是“不请自来”，还“自带干粮”，在这里建起一个联合科研基地，他们打算把工作在这里长久进行下去。

2006年7月，青海省林业局局长李三旦不失时机，提出进一步拓展双方合作内容与方式的想法；中科院领导也认为，在青海湖地区生物、生态、资源环境等方面进行全面合作的时机已经成熟，应建立一种长期稳定的合作模式。

说起长期扎根的最初考虑，阎保平十分坦诚。中科院7个科研院所投入到青海湖联合科考中，但由于管理体系造成的部门之间的壁垒，他们在这里缺乏稳定、安全、长期的科研环境。“如何冲破现有科研体制的束缚，建立一个新型的科研模式，为科研人员在该地区长期稳定的科研环境提供保证，同时为西部生态环境发展作贡献？如何真正满足国家和地方对科研的迫切需求？比如说青海湖野生鸟禽流感、生态环境保护等需求。中科院应给保护区、给青海、给西部留下些什么？”这些，都成为萦绕脑海、挥之不去的追问。

3年多来，他们从青海湖保护区的实际出发，为之搭建起一套完整的监控体系，建立起一个开放的数据平台，也为保护区培养了一支基层的科研力量。

2007年10月，侯元生、孙建青和他们的同事，这些来自青海湖保护区的基层工作人员，到北京参加了一次特殊的培训。孙建青在参观了网络中心最先进的计算系统之后，还抽空到天安门前照了相。侯元生则在网络中心的实验室里泡了10天，他在与中国顶级的信息技术专家们讨论一个务实的问题：怎样才能把数据库建得既符合青海湖保护工作的实际需求，又能满足各学科科学家的需求？

对这位原有文化水平并不高的退伍军人，科学家给了一个很高的评价——郭杉指着侯元生说："现在，科学家也包括你在内了。"侯元生腼腆而开心地笑了。"我，顶多只能算是个基层的科研人员。"

侯元生这样解释他对中国科研体制的质朴认识："就科研水平说，中国科学院是国家最高的，我们则在最最底层。从整个国家科技发展的能力而言，不应该只看最高的，还应该看最为底层的。"

侯元生或许不懂得"水桶定律"，不认得美国管理学家彼得，但却指出了我国现有科技体制的一块软肋。中科院作为科研力量的国家队，无疑代表了中国最高科研水平，但仅仅"顶天"显然不够，还必须"立地"。科学家只有从"殿堂"云端走下来，走进社会、走进基层，才能真正找到既满足"国家战略需求"，同时也可能是立足"世界科学前沿"的研究课题。

值得说明的是，和阎保平一样，这些"自带经费和干粮"加入到青海湖科考的中科院科学家，面对本报记者的追问，也给出了差不多的回答："我们这些人聚在一起，都是想干一些事情的。我们都在思考同样一个问题，怎么样才能真正为国家的可持续发展、为西部的生态环境保护做出点有益的事情。"

问号已经可以拉直成感叹号

到目前为止，基于青海湖项目，已经有38篇SCI刊源论文在国内外发表；参与国际会议大会报告36人次；主办中美、中日、中泰等国际会议12次；培养博士生4名、硕士研究生11名；项目中应用到的各种IT技术正在不断完善、推陈出新。

在青海湖联合科研活动中，不仅以中国科学院为主，联合了多个单位和领域的专家学者，共同组成了一个虚拟科研组织；更在合作过程中，逐步形成了中国科学院内的所所合作、中国科学院与地方的院地合作以及国际合作等多种形式的合作方式。这种多维的合作方式使得整个青海湖的科研活动在广度和深度上都得到了进一步扩充，起到了积极有效的作用，同时也充分展示了中国科学院的雄厚实力。

为了更好地推动和支持今后中科院在青海湖地区的科研工作，2007年9月，中科院秘书长办公会正式批准中科院的计算机网络信息中心、动物研究所、武汉病毒研究所、微生物研究所、遥感所、兰州寒区旱区研究所、西北高原生物研究所等共7个科研院所，与青海省林业局和青海湖国家级自然保护区管理局共同联手，建立中科院青海湖国家级自然保护区联合科研基地。

阎保平对本报记者说，青海湖的合作得到了上至院领导，下至研究所领导和科研人员的大力支持。中科院副院长江绵恒对中科院在青海湖的 e-Science 项目一直很关心和支持，认为在青海湖开展的这项工作，是典型的需求驱动（facility-driven）的 e-Science 示范应用。中科院院长路甬祥在2008年6月听取阎保平的工作汇报时，也给予了很高的评价。中科院党组副书记方新2007年夏曾到海北州看望在那里工作的来自这几个所的 PI 们；网络中心主任黄向阳、武汉病毒所原所长胡志红、微生物所原所长高福、动物所原所长张知彬等，都对这一合作项目给予了大力的支持和肯定。

中科院将充分发挥科技和人力资源优势，全面加强与青海湖景区保护利用管理局的科研保护工作，提升青海湖的科研水平。2009年将在青海湖保护区成立实验室，开展青海湖夏候鸟生态习性分析与评价监测、野生鸟类物种鉴定、野生鸟类种群动态空间模型、湖区植被样地调查与资源监测、青海湖鸟类迁徙跟踪、生物标本数字化整理与整合等工作；继续开展网络视频监控系统、青海湖科研基础数据平台以及“迁徙的鸟”科普项目的建设。

青海湖自然保护区基层大部分的工作人员，现在对 e-Science 耳熟能详，这个原本对他们而言陌生而拗口的英文词汇，念起来也已经朗朗上口，顺溜、自然得就像在叫自己孩子的名字一样。

联合科研基地不仅是中科院建立跨学科领域合作基地的一种尝试，也是对基础领域如何开展院地科研合作的一次积极探索，对探索、推进中科院科研信息化（e-Science），实现科研创新具有重要的示范效应和引领作用。

e-Science，就是这么美妙怡人，就是这么心旷神怡！或许“咦，科学?”中的问号已经可以拉直成感叹号，在青海湖保护区这里，已经可以读成“怡，科学!”

2008年中秋节那天，阎保平又到青海湖去了，从那里，她给本报记者发来了手机短信，既有科学的严谨认真、又有风风火火工作精神的她，这次却是另一种“风格”，以诗一般的语言写道：“我昨天又到了青海湖，在青海湖赏月是第一次，不由地有感而发：初升的月亮黄黄润润，被一缕薄薄的白纱环绕，含情脉脉，而后薄纱轻撩，一轮明月当空悬挂，似银盘玉珠清澈，在低语的秋风和摇曳的树影中轻歌曼舞，好一个月色撩人又高处不胜寒的青海湖秋夜，在这里送朋友们一个祝福，愿事业和友谊天长地久！”

把论文写在长江上游坡耕地上[①]

——对国家科技支撑计划一个重点项目启动的思索

切肤之感

一江东去，从涓涓细流到万水奔腾，长江历经了冰山中坚韧的汇源旅程、通天河的肆意流淌、金沙江穿越横断山脉的开山之旅、川江在四川盆地的汇纳百川之后，终于在宜昌三峡养成了自己的性格，“水至此而夷，山至此而陵”。

长江上游长达 4500 千米，占大江全长的 2/3；流域面积 100 万平方千米，占我国陆地国土的 1/9。我国西南至东北的地理对角线斜穿长江上游流域，从人口分布的现状说，这条线是聚居密度的高低分界；从自然社会的意义上讲，这条线也是人与自然对峙相持的前线。

“我们在长江上游跑了这么多年，亲眼目睹长江源头清澈的河水，向下逐渐由清变黄，无不为此有切肤之感。”中科院成都山地灾害与环境研究所水保室的许多研究人员，几十年来跑遍了长江上游的山山水水，说起这片养育他们的土地时不免忧心忡忡。

长江上游是我国坡耕地分布最为集中的地区，坡耕地面积约 1.3 亿亩、占全国坡耕地总面积的 41%，占区内耕地面积的 72%，其中大于 25 度的坡耕地有 0.35 亿亩，占区内耕地面积的 27%。坡耕地既是当地农民赖以生存的基础，也是区域粮食自给和国家粮食安全保障的重要补充。

长期以来，我国坡耕地耕作粗放，土地产出率与劳动生产率低下，抵御干旱与洪涝等自然灾害能力不强，水土流失严重。据悉，长江上游年均土壤侵蚀

① 本文发表于 2009 年 3 月 10 日，与刘丹合作。

量为16亿吨，其中60%来自坡耕地。这不仅造成了土层变薄、土地退化、土地生产力下降、农民生活贫困和生态环境恶化，而且对中下游的水安全和三峡等水电工程安全运行造成严重威胁，严重阻滞了山区和民族地区经济社会的发展与和谐社会的构建。

2月22日，由中国科学院负责牵头，作为“十一五”国家科技支撑计划重点项目，“长江上游坡耕地整治与高效生态农业关键技术试验示范”在成都启动。项目的目标是开发出一些造价低、效益高、农民可以直接用也乐意用的技术，既能保证农业生产效益，又能实现水土保持的环境效益，科技攻关的准星直接瞄向坡耕地——在环境友好高效农田生产力维持机制上建立的技术体系。

根据长江上游区域自然地理条件、坡耕地类型、土地退化与水土流失特征、农业结构现状与生态建设目标，该项目紧密围绕关键共性技术研究和典型区域关键技术集成与示范两大主题展开。

2月22日，来自中国科学院成都山地灾害与环境研究所、中国科学院成都生物研究所、中国科学院昆明植物研究所、中国地质科学院、中国水利水电科学研究院等单位的8位课题负责人，分别就“调水保土的坡耕地微地形改造技术”、“支撑坡地高效生态农业的基础设施配套技术”、“坡地生产力保育与高效生态农业技术体系”、“三峡库区陡坡耕地整治与生态农业集成示范”、“川中丘陵区坡耕地整治与农林结构优化技术集成与示范”、“横断山民族聚居区坡耕地植物篱技术与特色生物资源开发及其示范”、“云贵高原岩溶山地石漠化坡耕地整治与高效生态农业技术与示范”、“秦巴山区坡耕地整治和生态农业技术集成与示范”等课题进行汇报。项目评审专家就如何更好地实施项目计划提出了宝贵的意见和建议。

“在这片生态环境本来就复杂而脆弱的地区，要实现经济和环境的双赢，委实很不容易。”项目评审专家、中科院水保所原所长田均良研究员说。

水土之患

在中国人的传统印象中，一碗河水半碗沙的黄河是重灾区，“但现在看来，长江的情况可能更为严重”，长江水利委员会水保局局长廖纯艳告诉《科学时报》记者。

2005年，水利部联合中国科学院、中国工程院，对我国水土流失和生态安全进行了一次大型科学考察。这是新中国成立以来，水土保持领域规模最大、范围最广、参与人员最多的一次综合性科学考察行动。在近3年的时间里，共有86个科研院所以及各流域机构、各个省（区、市）、地、县的800多名工程技术人员参加，其中两院院士28人，教授和研究员223人。现场考察途经27个省（区、市）的315个县，行程14万千米，发放的调查问卷近20万份。

这次考察的结果让所有人都感到了沉重的压力——长江上游的水土流失面积已达到53万平方千米。我国西南至东北的地理对角线以东的地区，坡耕地是水土流失的主要来源，水土流失量占水土流失总量的70%以上。

科考人员还发现，长江上游农村的一个人，至少需要1.5～3.0亩耕地才能维持生存，为了养活过度增长的人口，人们不得不开垦陡峻的山地。越垦越穷，越穷越垦，形成长期的恶性循环。更严重的是，西南石漠化岩溶山地的土地石质化是难以逆转的——水土流失可谓是触目惊心。

据此，孙鸿烈提出治理我国水土流失问题已经迫在眉睫，而重点在于长江流域。“实际上，当时‘十一五’科技支撑计划已经上报得差不多了，正是基于对这种严峻现状的反省，后面才补充进来4个水土保持的并行计划，长江上游坡耕地整治项目就是其中之一，也是重中之重。”廖纯艳说。

这4个并行的计划，覆盖了长江中上游、黄土高原、东北黑土和长江中下游红壤区4个水土流失重灾区。“它们都有水土流失的共性问题，但其主要成因、产生的危害、治理的重点又各有不同。长江上游将是治理难度最大的地区。”田均良告诉记者。

田均良干了一辈子黄土高原的水土保持研究，但今天，他对长江的忧虑却更为深切。他说，第一，黄土高原历经250万年的沉积，形成了几十米甚至上百米的厚土层，若要与之相比较，长江上游地区的土壤厚度仅有几十甚至十几公分，这些具有生产条件的土壤是岩石的风化物，从这个意义上说，长江上游水土流失造成的后果，比黄土高原更要严重得多——“黄土高原的水土流失，大不了是生产力下降和增加河流泥沙，而这里发生水土流失，干脆就没有生产条件了。”

第二，相对于黄土高原50多年的水土研究的基础积淀，对长江上游的水土研究才刚刚开始，很多基本信息没有积累，科学家和政府对于坡耕地的很多数据都是估算的，研究的基础还十分薄弱。

第三，黄土高原降雨量小，而我国西南地区降雨丰沛，降雨量将加剧水土的流失。同时，黄土高原是超渗产流，长江上游是蓄满产流，土壤侵蚀的机理也不尽相同。

第四，黄土高原从北到南都是黄土，都是风吹沉降形成的，化学性质都基本相同，只是颗粒大小不同。而长江上游地区地质构造复杂、岩石多样，成土物质的多样性造成土壤物理化学性质都不同。黄土高原从西北到东南呈现规则变化，而长江上游土壤的分布变化受气候水平、垂直地带性和岩石分布非地带性叠加控制，显得非常复杂。黄土高原的泥沙输移比接近于1，而长江的输移比却是0.3，其机理暂时也还不清楚。

“长江上游的水土流失，之所以引发我国学者的普遍忧虑，因为这里还存有太多的未知。”项目评审专家、中科院水保所副所长刘国彬研究员对《科学时报》记者说：“而这个项目承载的意义也正在于此。”

“治水之道，在于治源”，长江上游坡耕地水土流失治理，将是减少河流泥沙、削减面源污染、保障长江上游水安全和梯级水电开发长期安全运行的重要举措。

粮产之忧

“开展坡耕地整治与生态农业技术研究，对提高山区农民生活水平、保障区域和国家粮食安全具有重大意义。”这是与会专家形成的共识。

“我国东部经济发展得这么快，但西部、长江上游农民的生活却一直没有得到显著改善。我们一直在思考：这里的农业发展方向到底在哪里？这么多农民怎么办？”会间部分专家告诉《科学时报》记者，对长江上游坡耕地的整治，目的不仅仅在于生态安全，还必须解决好农业发展问题。“水土保持和农业发展是一对孪生兄弟，没了谁都不行！”

从10年前的以吃饱为目的而进行的中低产田改造，到现在以粮食安全、生态安全为主的标本兼治的治理，我国科学家对于水土保持和农业发展的认识有个发展过程。退耕还林（草）工程正面临着退耕与粮食安全的矛盾，基于粮食安全的考虑，国家不得不停止新增退耕还林面积。而“坡改梯”一直是“长治”和“中低产田改造”等工程的重点，但水平梯田造价高（每亩3000～5000元，三峡库区更高，近1万元），梯埂占地多，且需要高强度的人力物力投入，在大量劳动力外出和“两工”取消的情况下，将大部分坡耕地改造为水平梯田面临新的挑战。

坡耕地牵涉生产条件改善和粮食问题。从整个长江流域来看，坡耕地是最需要解决也是最难解决的问题。长江上游可用于耕作的土地资源紧缺，除河源区外的大部分地区人口密度高、环境压力大。曾有学者提出，最有效的解决方案就是把人都搬出来，全部变成自然保护区。“不与天争，还地于林，是灾区重建的第一步。”但在这场与耕地、生态的历史博弈中，基本的地理条件限制决定了方案的可选择性，至少现在国情不可能做到这一点。“我们要达到的目标，就是在生态良性发展的前提下，利用科学技术发展生产，提高人民生活水平。”中科院山地所研究员文安邦说。

针对以往有关水土保持的大型生态工程的技术瓶颈，承担课题的科学家在坡耕地水土流失规律和群众防治经验相结合的基础上，提出了一些切实可行的集成创新性技术，并将在项目实施过程中对这些进行深入研究，例如：

——“大横坡＋小顺坡”的整地和耕作技术。长江上游广大山区的农民，为了便于耕作和雨季土壤沥水，一直习惯于顺坡耕作；但为了防止土壤流失，他们又有横坡水平整地的习惯。专家们认真总结了群众经验，通过实地调查和科学实验，将群众的经验升华为理论认识，提出了以控制细沟侵蚀发生为理论基础的“大横坡＋小顺坡”整地和耕作技术。

——陡坡地坡式梯田整治技术。水平梯田防治水土流失和作物增产效果最好，但将长江上游 1.3 亿亩坡耕地全部整治成水平梯田，国家和群众的财力难以承受，是不现实的，而且一些土层薄的陡坡地也不适合修建水平梯田。专家们根据坡耕地坡度、土层和种植作物，以及工程经济、生态效益和国家群众的财力能力，选择了坡耕地梯田化的适宜方式，科学设计坡式梯田修建技术。

——“地埂＋植物篱”技术。植物篱是近年来国内外一些机构和专家推荐的坡耕地水土流失治理新技术，它可滞缓径流、拦截泥沙，被认为是一种很好的水土保持措施。但植物篱容易与庄稼抢水、抢肥，不便于田间行走，农民不愿意种植物篱，推广难度大。专家们注意到长江上游大部分坡耕地均有地埂，地埂两侧种植有作物或生长有野草。地埂拦截径流泥沙，植物的根系又起到了固结地埂的作用。专家们通过实地调查和科学实验，剖析了“地埂＋植物篱”结构、功能和效益，进一步完善、提高了现有“地埂＋植物篱”技术，科学设计“地埂＋植物篱”建设方案，筛选植物篱植物品种，提出了具有中国特色的“地埂＋植物篱”坡耕地水土保持技术。

此外，路沟池配套的坡地农业基础设施配套技术、水热资源高效利用的坡地作物高产技术，以及岩溶山区石漠化坡地头部作业的防护林的营造与管理，都是长江上游坡耕地整治项目中要着力研发的创新技术。

“关键在于生态安全和农业安全必须并举、水土保持和粮食安全并重，难点在于坡耕地整治需要低成本、高效益、易推广。”刘国彬说。

推广之虑

从项目设计的一开始，文安邦和其他项目的专家就提前考虑到了技术推广的难点。

除了研发集成新技术，长江上游坡耕地整治项目规划中明确提出，将要建立5个典型示范区，包括三峡库区陡坡耕地整治和生态农业、川中丘陵区坡耕地整治和农林结构优化、横断山民族聚居区坡耕地植物篱建设与特色生物资源开发、云贵高原岩溶山地石漠化坡耕地整治与高效生态农业、秦巴山区坡耕地整治和高效生态农业技术集成与示范。

示范基地面积3.5万亩，示范推广面积55万亩。坡地生产力提高10%～30%，土壤流失量减少50%以上，氮磷流失负荷减少30%；降水利用率提高10%～20%；劳动生产率提高30%；年增经济效益3010万元，成为这个项目的预期目标。

很多科研人员的经验是，一项能够在示范区开展得如火如荼的农业技术，推广起来有时却困难重重。农民长年累月在生产中已经形成了一套自己的实践经验，并不会轻易尝试改变。

8个项目的课题负责人之一、中科院昆明植物所副所长杨永平给记者讲述了他经历的一个故事：1988年，杨永平参与了一个国际合作扶贫项目，去云南江城县推广养猪技术。当地的养猪习惯是放养，不圈养，这样的猪生长慢且容易生病。专家们给当地百姓免费送去良种的猪仔，还帮他们修好了猪圈，但是这些圈养的良种猪还是没人管。“猪死了之后我给当地老百姓打电话，我对他们说：‘你的猪死了。’他们居然回答说：‘这不是我的猪。是你们的猪死了。’——他们心里压根就没有接受我们的新技术和新品种。其实，一项新技术的推广是很难的。”

“如果农民不接受，再好的技术有什么用？”项目评审专家、中科院南京土壤所研究员孙波说：“示范区可能在几年之内做得很好，但这个技术能不能用20年？示范区150亩地可能做得不错，但能不能放大到1500亩或1.5万亩？”

辐射和推广，成为摆在科研人员面前一道不得不迈过去的“坎儿”。

孙波认为，坡耕地整治的模式，不仅是要采用科学的模式，更重要的是必须让广大地区的农民能够复制、能够应用。“科技人员是少数，对广大农民不可能手把手地一一教，这个模式既要科学性高，又要容易操作，这样才能达到治理水土流失的目的。”

对付这道“坎儿”，科研人员已经有了自己明晰的设计。

首先，争取政府部门的大力配合与支持。事实上，没有政府的组织与推动，单靠技术部门搞推广难有大的作为。“对承担这个国家科技支撑项目的科学家来说，他不能仅仅把自己当成一位科学家，还应该把自己看作社会成员，了解政府需求、社会需求，和地方政策一定要融合在一起，核心就是‘扶贫’。”孙波说。

同时，推广最终是为了农民乐于接受和普遍使用。如何与农民现有的生产实践经验相衔接？治理水土流失如何与当地老百姓的受益相结合？孙波说：“现在很多农民即使是国家掏钱，都不一定有热情去做水土保持，整治工程一定要给农民带来实际收益。”

灵动之睛

莅会的科学技术部农社司农业处处长王学勤指出，长江上游坡耕地整治项目是“十一五”规划农业领域的重点项目，支撑项目应当重在产业发展的共性关键性技术的研发。

采访中，一些专家告诉记者，过去中科院比较讲究“学院式”研究，20 世纪 80 年代之后才逐渐走出了象牙塔。中科院的科学家在关键技术上的研发和创新上，往往可以做得很好，但其弱点在于对自然科学和社会科学的融合不足，特别是社会参与、反馈式的科研不足。

“我们有研究，同时也有试验、示范，这是上游到中游的工作。现在最关键的环节在下游，在技术的辐射和推广上，我们一定要依托地方和政府的各个部门。我们科学家在课题里确定试验目标、攻关关键技术，但最后的那根接力棒一定要和地方政府及广大农民的需求结合好才行。”田均良说。

对此，王学勤也持相同观点。他指出，传统上的“学院式”科研项目，其基本思路就是为了出一些好的文章。现在，我们文章当然要出，但最重要的是，在项目验收时要看到底出了几个关键的技术解决方案、有没有好的专利实施、开发了几个受欢迎的产品。“科研最终要为社会和国民经济服务，表面上看，我们做的是坡耕地的整治问题，实际上，我们做的是保障国家粮食安全、土地资源和河流湖泊环境的重要课题，和过去承担的科技项目有着很大的区别。今后，验收不能只是在会议室里进行，而是要组织专家到现场考察。”

不但要解决坡耕地的水土流失和生态农业发展问题，在出专利、论文、人才的同时，更重要的在于推广技术产品和产生社会效益，这一点已成为承担科技支撑计划项目所有科研人员的共识。

目睹专家就长江上游坡耕地问题的热烈研讨，与会的本报记者深深为之触动，更加感到：我国作为世界上的山地大国，坡耕地问题广泛而多样、复杂而严峻，迫切需要从战略层面给予高度关注，加强科技支撑，不断为安全养育中华民族而强固耕地之本。

“作为科学家，在几十年的人生里，能够为人类的科学知识库做出一点贡献是毕生不懈的追求。我们最后交卷的不是论文，而是要把论文写在长江上游的坡耕地上。”莅会的中科院资源环境局副局长冯仁国代表全体专家们画龙点睛。

长江巨龙若是起舞，就需要这一颗灵动的眼睛。

此处能起龙　腾飞逸云天[①]

——中国科学院海西研究院在筹建中蓄势发轫

引子：台湾海峡正在逐渐变窄

9年前，中国科学院院士马宗晋先生接受媒体采访时披露：由于台湾岛处于特殊的地理位置，以澎湖为不动点，其东海岸正以每年70～80毫米的速度向大陆方向移动。也就是说：基于大陆漂移学说和板块构造理论，台湾岛在不断漂移的过程中正逐渐接近大陆，台湾海峡正在逐渐变窄。

有人开始调侃：每年70～80毫米的速度毕竟太慢，如果按照这样的移动速度，台湾究竟什么时候才能靠拢大陆，回到祖国的怀抱？

台湾海峡的海水显然有点苦涩。然而，科学家思维的高度“严谨”，与海峡两岸人民盼团圆的想法不悖。福建省与台湾地区地缘相近、血缘相亲、文缘相承、商缘相连、法缘相循，随着我国大陆高层决策者的思谋和行动，海峡两岸间的“距离”，近些年来开始正在急速拉近。

6年多前，一个大胆的战略构想在福建破土而生。福建，要建设成一个“对外开放、协调发展、全面繁荣的海峡西岸经济区”！2004年1月，在福建省十届人大二次会议上，“海西”概念有了最早的雏形。

2005年中央电视台春节晚会的末尾，全国各省区都有一副体现地方特色的代表性对联，压轴的对联让海峡两岸的人们寻味：福建上联为“品铁观音，香飘两岸”；台湾下联为“拜妈祖庙，情系一家”。

2006年1月，中共中央总书记胡锦涛到福建考察，寄语福建要抓住国家鼓

① 本文发表于2010年11月15日。

励东部地区率先发展、支持海峡西岸经济发展的重大历史机遇，推动经济社会又好又快发展，此举更令海峡两岸的人们寻味。

2009 年 5 月 4 日，国务院原则通过《关于支持福建省加快建设海峡西岸经济区的若干意见》。

建设海西要“先行先试”，千百年难逢的机遇来了！

李川副省长作出的缜密推导

“从前，福建一直是台湾同胞敬而远之的‘穷亲戚’。2009 年，福建与台湾经济总量上的差距，已从改革开放初期的43 倍，缩小到了现在的2.7 倍。”中科院海西研究院建设领导小组组长、福建省副省长李川欣然接受《科学时报》记者采访，在西湖的易安居茶馆品茗，开言道出的这数据令人振奋。

海峡西岸经济区简称“海西”。李川副省长介绍说：“海西”以福建为主体，包括周边的一些地区，南北与珠三角、长三角两个经济区衔接，东与台湾岛、西与江西的广大内陆腹地贯通，是具有独特优势的地域经济综合体，也具有进一步带动全国经济走向世界的特点，更极具对台工作、统一祖国的历史意义。

“过去，一个块头 43 倍的人就站在我们身边，福建身上的压力自然很大。”李川说，“如何实现两岸统一？放在历史的进程上看，唯有尽快缩短两岸的差距。所以，从某种意义上来讲，就是海峡两岸的竞赛过程，竞赛海峡两岸制度的优越、竞赛海峡两岸经济的发展速度，竞赛海峡两岸的人心所向。台湾看祖国大陆的发展，首先要看的就是海峡西岸、福建省的发展”。

新中国成立后有相当长的一段时期，福建是作为海防前线的，国家的基础设施等投入很少，经济社会发展较慢。李川说：“我不认为海峡两岸会发生战争，相信海峡两岸一定会走到一起，最根本的就是人心的向背。原来福建省连基本的GDP 总量都没有，深感自己身躯的消瘦弱小；现在尽管福建有了 GDP 总量的进步，但和台湾相比还有一定落差，主要表现在科技的贡献度上。福建的经济总量已经达到一定程度，我们就要追求更高的经济素质，就要探讨采用什么样的经济增长方式，在两岸统一过程中充分发挥福建的作用，通过福建经济不断加速的良性发展，充分展示我们社会制度的优越性，并以此做好台湾民众的工作，产生更多的向心力。”

目前，祖国大陆已有三四个省份经济总量超过台湾，显而易见，如果有 10 个以上省份，尤其是福建省的经济总量能超过台湾，祖国大陆对台湾的感召力、凝聚力会大大改善。

“转变经济增长方式最为重要的一点，就是要依靠科技的进步，用科技解决经济社会发展中的问题。”李川以科学家一样的缜密思维，对本报记者作了进一步推导：仅仅靠福建省自身的力量孤军作战，显然道路漫长而推进缓慢。黄小晶省长指出，“海西先行，科技要先行”，我们近几年来都在不断地思考，与谁合作才是最好的方式？需要和中科院合作！需要依托中科院福建物构所开展院地合作！中科院福建物构所作为“国家队”，在过去50年的发展进程中，不但科研成果丰富，造就了大批优秀人才，对推动福建的科技进步和产业发展，已作出了巨大贡献，可以说是一个高产、高效的国立科研机构。而且物构所在中科院也是一面旗帜——中科院院长路甬祥同志去年10月来福建视察，这是他作出的高度评价。

琅岐岛上拍岸的阵阵涛声

2009年4月21日，在闽江入海口处的琅岐岛，福建物构所举行了一年一度的战略研讨会，会上洪茂椿所长用PPT报告正式提出要在研究所基础上建设海西材料研究院的设想。

“我当时考虑，材料是物质结构研究所的特色，涉及的领域也很宽，整机都可以算是材料，更不用说LED、激光、锂电、化学和材料形成的各种产业。而建立材料研究院我们有自己的优势，和台湾对话也方便。现在我们的激光晶体研究，是台湾跟着我们走。台湾企业通过福晶公司购进我们研制的新型激光晶体材料和器件，做成整机卖给大陆，现在我们也能做整机了。LED的源头则是目前我们先跟着台湾走，然后我们再来搞分装；其他的一些化工产业，我们和台湾也可以对等合作。”洪茂椿对本报记者介绍，“要与人家合作就要有自己的优势，他们能吸收我们的长处，我们也能吸收他们的长处，这样才能有所合作。所以当时定位在材料上的合作，这样的科技合作渠道就比较畅通，也是一个很好的切入抓手”。

参加战略研讨的PI们眼睛为之一亮，都觉得这是个很好的构想，事先与洪茂椿曾有过沟通的吴新涛院士也含笑称道。这一构思也在随后的所务扩大会议上获得通过，并成立了筹建小组。在琅岐岛上，人们似乎听到了浪花拍岸的阵阵涛声。

5月4日，国务院提出支持福建省加快海西建设的意见，成为了筹建海西研究院的催化剂和加速剂——这就像是5月7日，“世界首创万吨级煤制乙二醇工业化示范”新闻发布会在北京人民大会堂隆重举行，作为该技术支撑单位的物质结构研究所，对催化剂举足轻重的作用最清楚不过。

“对我们而言，选择合适的战略时机非常重要。既然中央已提出海西要‘先行先试’，我们希望科技能够首先先行先试。怎么先行？怎么先试？就要有一个相应的、更大的平台。”洪茂椿说。

“有了一个更大的平台，才能形成非常好的自主创业产业链，‘金三角’可以实现很好的互动。”洪茂椿回顾研究所知识创新近些年走过的辉煌历程时说，“过去企业和科研单位之间的脱节太厉害，这个链条要完整地连起来，肯定要有个过渡，现在国家建了很多工程中心，但能实实在在联合在一起的比较少，我们有自主知识产权投资控股的上市公司，也有自己的工程中心，与企业的结合比较容易一些，我们的煤制乙二醇工业化示范，也是和企业结合才能做到工程化，大家都尝到了成果转移转化的甜头。在这几件大事基本做完之后，我觉得物质结构研究所应该审时度势，站在更高的角度，需要更大的平台来实现‘金三角’的宏伟目标。”

双方思谋堪称异曲同工

“依托中科院福建物构所开展院地合作，特别是筹备建设中科院海西研究院，比较能够容易使得我们加快建设海西经济区，体现官、经、产、学、研、用的结合，特别是在‘研’这个重要环节，能够有效地凸显出其不可取代的作用。”李川副省长在接受采访时说，“研”在这里的位置非常好，切中了目前经济发展运行机制中非常重要的环节。面向海西经济社会发展需求，构建区域创新体系，提升自主创新能力，促进科技成果转移转化，服务战略性新兴产业发展，改造提升传统产业，转变经济发展方式，是建设海峡西岸经济区的核心与关键。中科院能提供科技支撑的‘国家队’‘研究’优势，如果我们不依靠、不发挥，那要依靠什么力量？发挥什么作用？”

李川接着阐述：“福建省和中科院加大合作的力度，共建研究机构，有两个深层次的含义：一、要解决我们自身的发展问题，需要有一个足够大的研发平台，以整合官、经、产、学、研、用各方的力量，迅速推动福建产业的迅速提升和优化，使福建省在经济发展的冲锋中，能够站在一个制高点上；二、要通过科技交流与科技进步的手段，实现海峡两岸经济社会深层次的融合。”

“我们海峡对面的台湾工研院，已在台湾的经济发展中发挥并正在发挥着很大作用。如果我们没有一个很强的力量，和台湾相互交流，相互作用，最后达到真正意义上的融合，两岸产业与经济的融合就只能是我们的一厢情愿，始终只能处在很低的位置上，谈不上真正的合作伙伴关系。”李川副省长的思谋，与洪茂椿堪称异曲同工。

福建省建设海峡西岸研究院的想法，和中科院完全一致，可谓是一拍即合。早些年，福建省也想建设海西工研院，也酝酿了较长一段时间，但由于种种原因，进展并不如预期理想。“一、福建自身没有块头健硕的科研院所，暂时还不具备足够的实力；二、没有来自中央的历史性战略抉择，我们推出的时机也不到。”李川副省长作这样的“检讨”之后说，“国务院支持福建省加快海西建设意见的出台，就像是一场及时雨，福建省和中科院相关领导马上进行了实质性的高层磋商，海西研究院的概念一经提出，就得到了福建省、中科院双方的高度认同，海西研究院也由此应运而生，终究将理想变成了现实”。

跨入先行先试研究所行列

2009 年 6 月 30 日，中科院院长路甬祥以战略科学家的前瞻性，同时对中科院副院长詹文龙和福建物质结构研究所所长洪茂椿作出了批示，对詹文龙的批示说：依托福建物构所筹建海西研究院的工程已经启动，“要同时启动物构所的学科结构调整，加强基础前沿研究这一头，使之形成新的优势和潜力。”“‘创新 2020’是一项综合的系统工程，旨在全面提升我院的科学原创能力，技术创新和支持新兴产业发展的能力，以及支持我国经济社会科学可持续发展能力，福建物构所在基础学科发展上也要有新的布局和拓展！”

同日，詹文龙也批示中科院基础局刘鸣华局长：“提出几个典型示范项目，并拿出实施方案和措施。需要院里支持的事也可提出。这实际上是基础片第一个实施‘创新 2020’的单位，必须认真做好，并上报路甬祥院长。”

2009 年 10 月 16 日，全国人大常委会副委员长、中科院院长路甬祥到福建视察，在物质结构研究所发表的讲话，也可以看出他对建设中科院海西研究院的无比关切：“我们就是要择优支持那些自主积极地开拓创新的单位，使他们有更好的发展机遇，所以，我在这里也向同志们承诺，在未来的发展当中，中科院一定全心全意地支持物构所的发展，支持海峡西岸经济区建设的发展，支持海西研究院的工作！”

路甬祥除了关切，在讲话中还对物构所作了这样的鼓励：“最近院里正在搞‘创新 2020’的发展规划，我们就是要鼓励一些有创新意识的研究所，先行先试，再带动全院的发展，你们要抓住这个机会，在现有的条件和基础上，保持过去基础研究的扎实功底，坚持大胆地走创新之路，争取跨入先行先试研究所行列!”

1998年，党中央、国务院作出了建设国家创新体系的重大决策，决定由中科院开展知识创新工程试点。中科院高层2009年初就未雨绸缪，开始前瞻性地思考和谋划：现在，试点的目标任务已基本完成，带动了国家创新体系的建设，到2010年，原定的知识创新工程即将结束，应对国际金融危机，迎接新科技革命挑战，促进经济社会可持续发展，中科院作为科技事业的“国家队”和“火车头”，将如何在未来的2011～2020年，继续更好地发挥自己应有的作用？故此，一个“创新2020”的战略发展规划已在酝酿之中。

路甬祥院长激动人心的讲话，其间透露的关于“创新2020”的思谋，让福建物构所的人们耳目一新，而“争取跨入先行先试的研究所行列”的鼓励，更让他们看到了海西研究院美好的未来!

龙吟天下正步步啸风

说起知识创新工程，已连任三届所长的洪茂椿深有体会：“如果说我2000年6月开始任常务副所长，2001年7月研究所进入了知识创新工程序列，我对知识创新工程的方向多少还有点生疏，还需要‘摸着石头过河’，到2005年知识创新工程二期结束，我就完全明白知识创新工程的意义了。将进入知识创新工程三期时，我们的目标已经非常明确，基础研究不但需要面向世界科学前沿，更需要面向国家战略需求。所以我们就能前瞻性地作出许多相关部署，厚积薄发，在知识创新工程三期出了些一流的科研成果。”

“研究所既不在大城市，又远离北京的院部，要走出一条与众不同的路子，才有自己的生存与发展之地。”洪茂椿诠释说：“我们的基础研究决不放松，基础研究如若不跟上，立足世界科学前沿阵地就没有后劲。部署基础占50%，做好了基础再往前走，一有苗头，赶紧作高新技术创新，再有苗头，就赶紧和企业合作。如果我们满足于‘庭院深深’，地方上即便知道你很厉害，却不知道到底是哪方面厉害，也对海西的经济社会发展无益。所以，我们要拿出很大一块力量，尽可能满足海西的地方需求，大家从技术转移转化中也有收益，做到舒筋活脉，形成科技价值链上的良性循环。”

“2001年7月研究所通过答辩，要进入知识创新工程序列，洪茂椿所长带领7个人去北京，就在院部附近的贵阳饭店作准备。我因为2001年8月才到所工作，无缘目睹这一历史性的场景，但我过后也知道了竞争的激烈。”海西研究院建设工作组常务副组长、中科院物质结构研究所副所长兰国政对记者回首往事，

“他们在条件简陋的房间里紧张地备战，提出进入知识创新工程序列的方案。方案由最初的10条压缩到8条，洪茂椿所长集思广益，最后合并成了7条，并在院长办公会上答辩通过”。

“2008年，进入知识创新优秀研究所的行列，准备在院长办公会上答辩，我们也同样选择了贵阳饭店。”已是亲历者的兰国政深有感触，“对我们而言，贵阳饭店是个吉祥的地方，它也见证了我们这些年的迅速成长”。

从早年步履蹒跚，甚至某种程度上是趺趺撞撞，总算跨入了知识创新工程序列，到7年后健步跨进知识创新工程的优秀研究所行列，如今，物质结构研究所正踌躇满志，准备建设海西研究院，争取早日跨入“创新2020”的研究所，可谓龙吟天下，正步步啸风！

做什么？如何做？先调研！

2009年6月17日，福建省政府宴请参加“6·18”的嘉宾，席间，中科院副院长詹文龙和福建省省长黄小晶、副省长李川讨论了院、省共建研究院一事。6月18日，李川召开院士座谈会，詹文龙院士及国家基金委副主任姚建年院士畅所欲言，系统提出了院、省共建研究院的具体方案，建议院、省合作平台可称作“中科院海西物质科学与技术研究院”。

2010年1月18日，中科院分管院地合作的副院长施尔畏作出批示：“先作些调研，搞清楚双方设想的海西研究院是什么性质与功能的组织，它将如何运行管理，如何实现可持续发展。”“关键是具体做什么，如何做，做的人在哪里。这项工作的实施必须按照‘三个满意’的标准！”

根据“做什么、如何做”的精神，2010年3月18日至26日，中科院院地合作局和福建省科技厅会同中科院基础局、福建物构所以及有关部门，对福建省的重点产业科技需求进行了调研。

“通过这次调研，我们知道了福建的高新技术需求在哪里，我们服务海西建设的着力点应该在哪里。”物构所光电子晶体材料工程技术研究中心副主任叶宁说，“比如我们到了龙岩的长汀县，才知道那里的稀土资源非常丰富。全世界70%的稀土在中国，其中福建省占全国的30%，主要在长汀，而且长汀的稀土主要为离子吸附型中重稀土矿，具有配分全、品位高、易提取、放射性低等特点，是发展新材料产业的优质资源”。

“所以我们调研回来之后，作为即将成立的海西材料研究所，就专门为此开辟了稀土的方向，也就是除了原来就在做的晶体材料，还针对海西经济区的需求，开辟了高分子材料、新能源材料（锂电池、光伏电池）、有色金属和稀土材料五个方向。其中，高分子材料我们当时是点对点的联系，找上了莆田的三棵树涂料股份有限公司。”叶宁认为，科学家走出深深的“庭院”，可谓不虚此行。

调研组此行得到的数据也显示，福建省从事科技活动的企业数量明显偏低，传统产业以劳动和资金密集型为主，新兴产业多为承接台湾等地区的产业转移，资源型加工企业多处于产业链初段，加工度不高，产品附加值偏低，竞争能力不强。

调研组的理性结论是：共建海西研究院，符合国家的海西发展战略要求，对支撑和引领海西提升自主创新能力，发展战略性新兴产业，改造和提升传统产业具有重要的现实意义；海西研究院必须面向产业前沿技术，面向海西经济社会发展的重大需求，加强产业源头技术创新，加强系统集成创新，加强工程化研发和科技成果转移转化，实现技术立院、应用牵引和创新驱动。

面海、背山，是与福建密切相关的两大特征。面海，曾一度让福建“准备打仗”；背山，曾一度让福建山地阻隔。

如今，面海，海西建设要“先行先试”，使福建重领200年前的开放风气之先；背山，海西建设有了中科院的“靠山”，强大的科技后援将使之焕发青春活力！

福建“6·18”的最大亮点

2010年3月22日，福建省省长办公会的纪要意见提出后，商请中科院同意，将酝酿中的“中科院海西物质科学与技术研究院”更名，直截了当地称为“中科院海西研究院”。

2010年6月18日，第八届中国海峡项目成果交易会在福州市举行，由中科院、福建省人民政府、福州市人民政府共建中科院海西研究院，举行了隆重的签约和奠基仪式。海西研究院正式闪亮登场，见诸报端，这也成了该届“6·18”的最大亮点。

共建的中国科学院海西研究院，将以中科院福建物构所为基础和法人依托，新建海西材料工程研究所、海西先进制造技术集成研究所、海西动力工程研究所3个非法人研究所，以及海峡两岸科技合作交流中心。

海西研究院坐落在福州海西高新技术产业园，由福州市无偿连片划拨200亩地。建设期规划地上建筑面积66 800平方米，后来通过进一步论证拓展到10

万平方米；总投资约为6.36亿元，到2015年，海西研究院人员总体规模将达到2000人左右。至2013年年底海西研究院验收时，人员到位率将超过70%，届时，除了完成福建物构所的内部组织结构与布局调整，还将完成海西材料所、海西制造所和海西动力所3个非法人研究所，以及海峡两岸科技合作交流中心的建设。

作为海西研究院建设工作组的组长，洪茂椿向本报记者侧重介绍，今后海峡两岸科技合作交流中心应有的作用是："以该中心为窗口和平台，加强与台湾工业技术研究院、台湾'中央研究院'等研究机构的交流与合作，实现两岸科技资源优势互补。""重点将围绕海西区域半导体、激光彩色显示、新能源、新材料及先进制造等高端产业技术领域，联合开展技术研发与成果转移转化，实现两岸产业间的优势互补。"

与台湾共建产业技术联盟，根据海西研究院发布的建设方案，将"利用台湾半导体等产业的技术优势，围绕LED、绿色能源、平面显示、移动储存等领域，共建产业技术联盟，推动两岸制订共同标准，为两岸企业提供科技咨询、人才培训和创业辅导等服务；创造条件促进台湾科研机构和科技人员到海西设立咨询、研发、技术转移机构；共建海峡两岸知识产权交流与合作平台，促进两岸知识产权人才、学术的交流与合作"。

此外，筹建中的中科院海西研究院雄心勃勃，还将以福州市的总体布局为核心，建设覆盖福建省乃至海西区域的网格型研发体系。如在福州建设电子信息研发中心、光电功能材料与器件研发中心；在莆田部署精细化工材料研发中心、LED技术研发中心；在泉州建立先进制造技术与集成研发中心；新能源材料研发中心设在宁德、锂电材料研发中心设在厦门；稀土材料研发中心设在龙岩；环保材料与设备研发中心设在南平，等等。

"推行矩阵式、网格化的创新模式，既是科技管理与组织的一种创新，又能呼应、覆盖海西各个地市的强烈科技需求，我们必须加以积极的探索和尝试。"洪茂椿如是说。

对海西的带动肯定不可或缺

多年来实施科技成果转移转化的实践，福建物构所已取得了诸多经验。如，研究所技术入股的福晶科技股份有限公司，已于2008年3月19日在深圳成功上市；"煤制乙二醇"技术与社会资源进行优化组合，2009年12月7日，20万吨工业示范装置生产出合格的乙二醇产品，在世界上率先实现了成套技术的工业化应用；研究所控股的创鑫科技公司，从事锂离子电池电解液添加剂研究、开发和生产，独创的各种添加剂产品被美、加、韩、日等世界知名锂离子电池厂商所采用，为提高锂离子电池的使用寿命和安全性能作出了贡献。

梳理并总结过去多年的经验，联系建设海西经济区的实际，海西研究院敢为天下先，还将完善和推广如下成果转移转化的模式。

（1）“福晶”模式：以工程技术研究中心为主体，通过与市场、资本、管理等社会优势资源结合，把“自主知识产权、人才和研发平台”整体转移，创建高新技术企业。通过公司化运作，实现产业化，并依托研究院人才队伍和持续的创新供给，由企业提供资金和工程化条件，对新一代的专利成果进行工程化研究，持续创新、持续转化、持续实现产业化。

（2）“煤制乙二醇”模式：以源头创新的专利技术为基础，通过与企业合作开展中试放大，共享新的知识产权，提供完整、系统的工程化技术解决方案，再与社会优势资源结合，实现规模产业化。

（3）“技术公司”模式：对技术成熟度较高、成果转化风险较小、不需要较大资金投入的成果项目，通过“专利实施许可”组建技术公司，占有技术公司股权，在实现技术规模转化的同时，确保合作伙伴的收益权。

我国现在的一些产业，虽然看起来规模已经很大，但获得的利润却非常有限。生产的每一部手机，售价的30%要交专利费；生产的每一台电脑，售价的40%也要交专利费。分管着福建工业的李川副省长，在与记者的交谈中带着深深的切肤之痛：“我们再也不能用自己超时的劳动，获得非常低廉的报酬，支撑西方等发达国家的富裕，以及他们的休闲。我们的当务之急不是扩大生产规模，而是要提升产业的科技含量。这不仅是海西的当务之急，也是中华民族的当务之急。我们必须站在世界经济分工的较高端，通过自身发明创造，拥有自主知识产权，跻身于国际制造和创造的先进行列。”

“对海西研究院我们寄予什么样的希望？海西研究院瞄准海西未来产业的发展，现在筹建的是一院四所，将来可能还会形成五所、六所。”李川对本报记者强调，“海西研究院对海西今后的发展，应该是起至关重要作用的一个科研机构，或者是一个核心科研机构。但无论如何，对海西产业的带动肯定不可或缺”。

“同行共试”中期待“混编”机构

当然，正像中国内地过去在思想上不够解放，如一些人士所调侃的那样：

“连自己的思想都不解放，何以能够‘解放’台湾?”现在，台湾也有一个思想解放的过程。

“台湾地区的一些同仁思想还不够解放，一些人至今还认识不到，海峡两岸的战争不可能发生。”李川说，“海西研究院的发展规划里明确提出，要以海峡两岸科技合作交流中心为窗口和平台，加强与中国台湾工业技术研究院、中国台湾中央研究院等研究机构的交流与合作，实现两岸科技资源优势互补。故此，海西研究院今后必将是对台开放的龙头”。

2010年8月30日，海西研究院建设领导小组副组长洪茂椿院士，在福州会见了来访的台湾工研院董事长蔡清彦博士一行，洪茂椿向蔡清彦介绍了海西研究院总体架构和进展，希望今后海西研究院与台湾工研院加强交流与合作，共同推动闽台科技发展。蔡清彦介绍了台湾工研院的成功经验，认为围绕具有产业价值的项目进行前瞻性的研发等做法，可资海西研究院的建设借鉴。以“先行先试，同行共试”为理念，双方还就海峡两岸科技合作交流中心的合作事宜进行了磋商。

两岸亲缘的血不仅浓于水，也不能像海峡的海水那样苦涩。2009年11月26日，在福州举行的海西高科技产业发展论坛上，闽台两地的代表就已提出：除了“先行先试”，还要“同行共试”。

福建省副省长李川莅会说：闽台两地应先行先试、同行共试，开展科技发展的前瞻性研究，联手制订科技合作规划；创新两岸科技产业合作模式，组建“混编”机构，共同研究推进LCD、LED等合作专案；共建两岸交流合作的区域创新体系；加强科技人才交流和创业投资合作；完善协会交流平台，建立日常化交流机制；营造闽台科技交流合作的良好环境，促进两岸产学研携手合作，共同应对全球竞争。

中国台湾中华经济研究院顾问、台湾大学教授蔡清彦作了《台湾科技产业发展与两岸合作展望》的主题演讲，认为闽台高科技产业合作潜力巨大，并提出了“闽台一体，不分主客”的主张，强调当前闽台应加强LCD、LED两大产业的互补性合作，共同把握合作发展的先机。

“海西研究院要面朝广阔大海，和台湾研究机构建立密切的合作关系，通过现在一些专项的、单项的合作，今后走向更全面、更系统的合作。”福建省副省长李川对《科学时报》记者披露：“和台湾实质性的合作研究将从LED展开，我们双方优势互补，台湾在材料上是弱项，而这正是我们的长项。现在海峡两岸都在紧锣密鼓地准备，合作成果也已呼之欲出。”

助力“福建制造”突围

2006年12月，福建中科万邦董事长何文铭第一次见到了洪茂椿，这位他闻名已久的院士儒雅精干，给他的第一印象是“平易近人”。中科院与莆田市的人才科技项目对接会一年一度召开，在此，万邦公司“对接”上了中科院福建物构所。

“我是搞技术出身，不太擅长搞人际关系，能够得到洪院士他们的指点和支持，我真是无比荣幸!”何文铭说。

何文铭对中科院和洪茂椿或许有“盲目崇拜”的倾向，但从他现在说的这句话，人们至少可以看出，他当时作出的基本判断并未走眼：有中科院物构所作的全力技术支持，万邦公司的发展后劲十足!

“研究所2006年LED正部署研发，我在莆田见到了何文铭。他所提及的科技需求我们都能做，他自己也一直在作研究，我觉得这个公司很特别，就开始一直关注。”洪茂椿对记者介绍说：“过后我带了福晶公司的领导、研究所的科技人员去万邦公司，凝练出一些科学问题。这样的基础应用研究有明确的目标导向，很适合我们的定位，特别是今后海西研究院的定位。不仅可以将我们的研究体系建立起来，也扶持帮助了万邦公司。”

莆田这片血脉中流淌着经商基因的土地，四处都闪烁着民营资本的星星之火。早在20世纪七八十年代，莆田的许多家庭作坊式企业就开始生产电光源。何文铭觉得自己进入这一行，是件再自然不过的事。但在屡创辉煌的同时，何文铭也屡感自身研究后劲的匮乏，曾一度离开创业的莆田10余年而转战深圳。

这次与中科院物构所的“无缝对接”，促使何文铭下定决心“班师回乡”。

2009年4月，万邦公司与中科院物构所达成了长期战略合作协议，这相当于给万邦公司这枚蓄势待发的火箭注入了推进剂。中科院物构所控股的福晶科技公司，与后来更名的福建中科万邦光电公司在原有技术合作的基础上，共同申报成功2009年度福建省重点科技项目，推进大功率LED路灯关键技术开发与产业化，凭借强大的技术支持力量，中科万邦跃上了新的发展空间。如今，中科万邦的LED照明产品以外销为主，出口价格为普通节能灯的4～5倍。

“我们未来的科技成果应用目标中，包括新一代激光显示、信息通信关键器件、白光LED节能照明、新一代的大尺寸LED背光源等。”中科院物构所研究员、正在筹建海西先进制造技术集成研究所的林文雄对记者介绍：“这些应用目标的课题选择，许多都是直接来自海西的区域经济需求，来自中科万邦这样的企业的需求。就台湾方面而言，有了海峡两岸科技合作交流中心这个窗口和平台，很多高新技术和产业也都可以向大陆转移，中科万邦的具体实践就是一个很好的例证，接下来，我们还要和中科万邦成立一个联合实体。”

何文铭对中科院、对物构所的深刻认识，走在了一些“好龙”的“叶公”前面。他正在试图创造并全力推进“万邦模式”：对地方而言，引进一个企业、带动一个技术、形成一个产业，打造一个良好的投资环境，激活各种生产要素，从而形成国际上各种资源的集聚，催生一个城市新兴支柱产业的诞生和发展。

莆田是福建、也是海西的一个缩影，背负着工业化初期原始积累的创伤，多年来始终甩不掉制造业中“技术含量低、高污染、低利润”的沉重包袱。现在，中科院物构所和中科万邦共同创造的“万邦模式”，正在助“莆田制造”突围，我们也拭目以待，海西研究院助“福建制造”突围。

领军人才和“未来之星”

在接受本报记者采访时，福建物构所分管人才工作的副所长曹荣说：“无论是海西还是海西研究院，都要做到‘先行先试’，怎么行？怎么试？我们最近一直在深入探讨。人才资源是第一要素，海西研究院的布局，有相当一部分是工程技术和产业化，需要优秀的工程技术人才，不能按搞基础研究的人才加以引进。我们必须采取分类的考核，对不同类型的人才，考核的机制不一样。”

“我们现在引进的人才，必须瞄准海西研究院的未来发展，而对引进来的优秀人才，我们也要制定相应的人才政策，解决引进人才过程中存在的一些实际问题。”曹荣说：“海西研究院要引进的工程化、产业化人才，要让市场评价，让市场认同。中科院引进优秀人才有自己的标准，和市场认同的人才标准存在一定差异，所以，我们在‘先行先试’的过程中，就要探索一些自己的机制和标准，争取在薪酬等机制上有所突破。能够真正引进一批不同类型的高素质人才，海西研究院才能做得风生水起。”

福建省第一个引进人才计划方案的出台，要追溯到 1992 年。2010 年年初制定出台的《福建省引进高层次创业创新人才暂行办法》等 3 个文件，拨出每年 2 亿元的专项资金。李川对记者说：这每年 2 亿元的专项资金，现在是在等着人来花，处在一时花不出去的阶段。为此我们还批评了一些地方单位，为什么有这样的人才吸引奖励政策，你们却还拿不到手？

“人才计划不仅要考虑引进的力度，还要考虑人才队伍今后的稳定。如果在引进来的人才中，他的一些困难和问题没有得到解决，导致这个人才最终跑掉，那就是我们福建省的一个事故。”李川与本报记者探讨说：“优秀人才怎么合理评估？既不能用物理的方法称一下，又不能用化学的方法测一下。所以，我们对人才成长要采取宽容的态度，根据实际情况制定考核标准，不能苛求今天刚种下一棵树，明天就让它长出可食用的水果。”

“我们的事业发展，需要不拘一格引进领军人才”，洪茂椿透露，中清能发动机公司的总经理吴明辉，作为海西研究院引进的一位领军人才，拟参与筹建海西研究院动力工程研究所，并出任该所的所长。

而就在日前，据中共福建省委人才工作领导小组公布，在今年的引进高层次创业创新人才名单中，福建物构所的郑庆东、何长振两位研究员通过最终答辩入选。

一批“70后”年轻研究员异军突起，成为海西研究院的“未来之星”。叶宁1998年在物构所博士毕业，1999年去新加坡做博士后，2000年之后在美国工作4年，2004年9月底入选“百人计划”回国。现在，叶宁配合牵头的物构所副所长黄忆东，正在参与筹建海西材料工程研究所。

叶宁对本报记者介绍：我们1993级在物构所一共有12个研究生，毕业后到国外深造和工作、现在已经回到物构所的有6个。最初是黄丰、林璋夫妇，他俩2003年年底从美国回到物构所，就像是先行播下的种子，也像是“内应”的榜样，大家从国外回来都通过他们先取得联系。接着从国外回来的依次是我、陈学元、苏伟平、苏辉，其中有5人是“百人计划”的入选者。

“我们1993级研究生从国外回来的6个人，虽然搞的学科方向不太一样，但都可以进行学科的交叉与合作，在项目上也有一些配合，如福建省的一个重大科技项目，由搞纳米的黄丰牵头大家一起做，现在正在组织一个创新群体。”

“再比如我和苏伟平的合作。我做晶体生长，他做化学，从事金属配合物催化的新一代交叉偶联反应研究。福晶公司最近想重点发展的一个晶体，阻碍之一是原料的制备和提纯，国内晶体因为原料长不好，往往需要高成本进口高纯原料。苏伟平自然而然地就想到与我合作，我们基本上把研究的一个‘瓶颈’突破了。”叶宁等6位青年才俊回国后的“抱团”效应也由此可见一斑。

承载海西加速腾飞诸多梦想

中科院福建物构所即将迎来建所50周年，又适逢中科院历史上的第三任院长、已故的卢嘉锡先生诞辰95周年，吴新涛院士“缅怀之心复炽，庆贺之情潮涌”，写下了《西河畔吟草》一诗。“惟此寄意笔端，并与同事共勉”，或可代表福建物构所老中青三代人的心声。

“滨江一清境，绰约两丘山。景幽傍啼鸟，林茂栖鸣蝉。怡然逢盛世，谈笑忆当年。沫若赋诗捷，嘉锡创业难。”福建物构所由我国著名的化学家、教育家卢嘉锡院士创建于1960年，经过50年的发展和几代人的艰苦奋斗，目前已经发展成为国内外有特色、有影响的结构化学和新晶体材料的重要综合研究基地之一。

“壮志探赜隐，硕果苦奇寒。”吴新涛在诗中自注：“‘硕果苦奇寒’引自卢嘉锡《咏志》诗：‘香花争吐艳，硕果苦奇寒，岂为根不深，枝欠壮？劲草傲疾风，险峰迎闯将，竞相坚远志，庆新功。’‘硕果苦奇寒’句，喻‘文革’时物构所的科研工作遭受重创。”

“门敞广纳贤”。自2001年进入中科院知识创新工程以来，福建物构所聚集众多贤才，围绕“基础研究和高技术创新为主，大力促进高技术产业化”的战略定位，进行了学科凝练和科技创新，创建了4个科技创新平台，以及10个研究室的研发体系，构筑了具有福建物构所特色的科技创新价值体系，“知识创新—技术创新—工程产业化”三者的衔接与互动，被全国人大常委会副委员长、中科院院长路甬祥誉为“金三角”。

“楼高宜望远”。福建物构所眼界高远，50年来成果迭出，先后荣获国家和省部级科技成果奖220余项，其中获省部（院）级科技奖一等奖以上重大成果24项，并在此基础上获国家科技三大奖及中科院科技进步奖特等奖11项；中国发明专利金奖2项、第三世界科学院化学奖1项、美国光电子工业技术成就奖1项、何梁何利基金科学与技术成就奖1项、何梁何利基金科学与技术进步奖1项、首届陈嘉庚物质科学奖1项。

“精思谋创新，乐之出灵感。”吴新涛在诗中自注：“子曰：‘知之者不如好之者，好之者不如乐之者’，意思是：知道做学问的人不如爱好做学问的人，爱好做学问的人不如以做学问为乐趣的人。”50年来励精图治，福建物构所服务区域经济与社会发展，正是因为有了这众多“以做学问为乐趣的人”，研发出一系列具有自主知识产权、对国民经济建设具有重要意义的高科技成果，如“LBO”、“BBO”、“煤制乙二醇”等，成功实现了科技成果转移转化，产生了显著的经济和社会效益。李川曾由衷地对本报记者说：“中科院海西研究院任重道远，在它的身上，承载着海西加速腾飞等诸多梦想！”

“为海西加快发展提供科技支撑，就是海西研究院的使命。它不但要成为自身科技成果产出和转移转化的平台，还要集聚中科院全院，尤其是上海地区研究所的科研成果，到福建和海西来转移转化，从这方面说，在大思路上还要作进一步调整。”2010 年 10 月 29 日，在海西研究院建设领导小组召开的第三次会议上，领导小组组长、中科院副院长施尔畏似乎是在回应李川：“让历史来检验我们的这项行动吧！”

昔日“门中虫”，谜底便是“闽”；一朝化成龙，希冀当是谁？为福建和海西，乃至全中国的经济社会发展，中科院海西研究院势必要竭尽全力、会竭尽全力，率先蹚出一条科技进步的漫漫长路。吴新涛诗的末尾，赞曰：“此处能起龙，腾飞邈云天”，可看做大家对中科院海西研究院未来的憧憬和期待，本报记者这里采取“拿来主义”，用做这一长篇通讯的题目也再贴切不过。

山区振兴关乎中华民族伟大复兴[①]

——可持续发展呼唤制定山区发展振兴规划

从小布什总统酷爱骑山地车谈起

美国前总统小布什酷爱骑山地车，这位山地车的铁杆“粉丝”，2008 年在接受记者采访谈及要参加即将开幕的北京奥运会时甚至表示，他期待并希望能在北京的山间小道上骑山地车。

山地车是为在丘陵及砂土碎石道上越野而设计的自行车，1977 年诞生后迅速风靡全球，并作为体育比赛中的新项目崭露头角。

山地车为我国众多年轻人和健身者所钟爱，但是若问那些骑山地车的帅哥靓妹何谓“山地”，他们中的大多数人可能不甚明了。

山地（mountain），指有一定海拔、相对高度和坡度的陆地，一般为海拔在 500 米以上的高地，坡度陡峻，沟谷幽深。我国是山地大国，约有山地面积 666 万平方千米（含高原），占国土总面积的 69.4%。

一位对国土颇有研究的年轻记者曾在《人民日报》上撰文，形象地说“如果将中国版图看作一只大公鸡的话，那么它的骨架就是由众多高大雄伟、不同走向的山脉构成的。这或许是感受中国是一个山地大国的最直观办法”，并写下了“不了解山地就等于不了解国土”的醒目标题。

遗憾的是，若围绕“山地”以上这样的基本国情和概念设问，不仅我国的年轻一代知之甚少，恐怕党政机关中的一些官员也会瞠目结舌，一头雾水。

① 本文发表于 2009 年 8 月 26 日。

描绘未来山区可持续发展的路线图

从未来国家发展战略上看，中国作为世界瞩目的山地大国，迄今还没有制定出专门针对山区这一特殊区域板块的发展战略，山区（山地）发展研究亟待加强系统性和整体性。

国家自然科学基金委主任、中国科学院院士陈宜瑜早在2004年就曾撰文指出："山地是中国平原和城市的重要生态屏障；是河流发源地和水源涵养区；是生物多样性、生态系统多样性和景观多样性的汇集区；是著名风光景观名胜荟萃区；同时，山地也是全球变化的敏感区，是生态脆弱区。"

无论山区（山地）巨大的资源环境承载力本身，还是面向世界科学前沿的山地科学基础研究水平，都必须有力地支撑着国家经济社会的建设与发展。"山地的重要不仅体现在生态屏障功能上，更体现在它对社会经济发展的影响上。"中科院成都山地灾害与环境研究所所长邓伟指出。但非常遗憾的是，上述这两个"支撑"，无论力度还是广度，在我国全面建设小康社会的今天，都显得困顿疲乏，极其的力不从心。所以，"关注山区、支撑未来"这个严峻的命题，毫无疑问地必须而且应当尽快地成为国家的战略思想。

早在2008年9月27～28日，中国科学院及国务院发展研究中心就携手在北京联合举行了"中国山区发展战略研讨会"。全国人大常委会副委员长、中科院院长路甬祥明确指出：实现山区可持续发展与国家整体发展的统筹与协调，是贯彻落实科学发展观、全面建设小康社会的必然要求，是全面实现现代化建设目标的重要方面。这就需要我们以科学发展观为指导，以更加开阔和长远的战略视野，分析和把握好山区与国家协调可持续发展的大局。希望通过专家们的研讨，进一步理清山区发展战略，推动研究工作走向深入，为我国21世纪新山区建设和发展提供正确的战略思路和有力的科技支撑。

国务院发展研究中心主任张玉台与会，就如何推动山区经济社会发展研究提出四点建议：一要把山区发展放到全国区域发展的大格局中加以审视；二要深入研究山区经济社会发展的长期目标和阶段性任务；三要重点研究山区资源开发和生态保护之间的关系；四要积极学习借鉴国际经验。

中科院副院长丁仲礼在讲话中就山区发展战略研究提出五点建议：一要认识山区地质地理环境的独特性、复杂性；二要认识山区特殊的人文社会历史背景；三要认识山区的科学发展及其与国家整体现代化的重要关系；四要认识教育与科技在山区发展中的地位和作用；五要紧密结合国家重大战略需求，有的放矢地开展山区发展战略研究。

在会议主题的引导下，与会专家就中国山区发展现状、问题和未来挑战进行了深入研讨，在山区将成为奠定我国资源环境与社会安全基石方面取得了诸多共识。

路甬祥是浙江慈溪人，张玉台是山东郯城人，陈宜瑜是福建仙游人，丁仲礼是浙江嵊州人。他们的出生、成长都是在东南沿海的平原地带，但这四位中国科教界举足轻重的领军人物，都站在了一个科学思想的高地，不约而同地把敏锐的视线投向了山地。

历史的时针行走到2009年。面对突如其来的全球金融风暴，党中央率领全国人民沉着应对。年初，国务院会议指出，要加快制定和实施重点产业调整振兴规划。目前，钢铁、汽车、纺织、装备制造、船舶工业、轻工业、石化产业、电子信息业、有色金属和物流业的振兴规划已经全部获得国务院原则通过，新鲜出炉，并且相对应的规划细则也已紧锣密鼓地陆续发布。这些刺激经济的"炮弹"，对刺激经济、提振市场信心所起的作用毋庸置疑，而且产生的积极作用也已经显现。

中国科学院及国务院发展研究中心组织调研的专家们，正殚精竭虑地思谋我国山地的未来可持续发展，这十个行业振兴规划的酝酿及出台，无形中也给了他们诸多启示：践行科学发展观，规划描绘未来我国山区可持续发展的路线图，是否也应该站在国家的战略高度考虑，尽快制定并实施我国的山区发展振兴规划？是否应以科技创新作为纵身一跃的支撑，及早制定并启动中国山地科学重大长期研究计划？

我国大约一半的人生活在山区，这其中，比较贫困的相当一部分人生活在西部的山区。中科院成都山地研究所研究员陈国阶认为：从某种意义上说，我国的"西部大开发"就是西部山区的大开发。

国家自然科学基金委地学部主任程国栋院士认为，我国山地特别是西部的山地，"上风，上水，上位"，位置非常重要。沙尘暴、黄河断流、水土流失等都与之有关，山地的生态屏障作用意义特别重大，"我国绝大多数的贫困人口恰好也都在山地。发展山地经济，保障和改善山地的民生，不管是修路还是其他工程，难度都要大于平地和沿海"。

若不从系统工程的角度上"治标更要治本"地科学解决问题，实现我国山区的可持续发展不但很困难，甚至一时无从谈起。

苏明娟“渴望”的“大眼睛”在期待

话题回到美国前总统小布什酷爱的山地车。

小布什的山地车在同类运动器材中堪称一流：它用太空碳纤维材料制成，在比较严重的碰撞中能够起到良好的缓冲作用。车的报价为3100美元，相当于2.5万元人民币。“不过市面上难以见到，因为它是小布什根据自己的意愿向华盛顿一个自行车供货商订做的。”新华社编译的消息这样报道。

专家通过深入的科学调查得出结论：我国山区发展两极分化也很严重。个别发达的山区县人均GDP是欠发达的山区县人均GDP的30倍以上。2006年全国有6个山区县人均GDP低于2000元，有56个山区县人均GDP少于3000元，且大部分集中于西部山区，重点是贵州、云南、甘肃、宁夏等省区。

专家的调查分析数据也表明，从我国经济发展的阶段来看，大部分山区仍处于传统农业和工业化初期阶段。按照钱纳里的人均GDP划分标准，从2006年的统计结果看，53.62%的山区县还处于工业化初期和传统农业阶段，完全可以认为，山地（山区）的工业化是全国最薄弱的区域，是全国工业化过程推进的难点区、低谷区，更是全国工业化战略推进的最大阻力区。

就国土面积而言，我国绝对堪称山地大国；就勃兴的制造业而言，我国可谓是自行车、山地车的制造大国。但生活在贫困山区的人们，尤其是生活在西部贫困山区的人们，他们劳碌终生，虽然望眼欲穿，又有多少人能够买得起价格一般在近千元甚至数千元人民币的山地车？更遑论买得起像小布什总统那样的奢华山地车！

1991年5月，《中国青年报》记者在采访中拍摄到了7岁的苏明娟——她是安徽金寨县桃岭乡张湾村小学的学生。一双特别能代表贫困山区孩子“渴望读书的大眼睛”被摄入镜头。题为《我要上学》的这张照片发表后，成为中国希望工程的宣传标志，苏明娟也随之成为希望工程的形象代表。近20年过去，中国的希望工程、扶贫攻坚虽然已经取得了显著的成效。但毋庸置疑，在中国的一些山区，还有苏明娟们“渴望”的“大眼睛”在期待着“读书”、期待着属于自己的“山地车”！

毫无疑问，含高原666万平方千米、面积如此之大的中国山地（山区），是国家现代化进程的攻坚区域，瞄准国际山区发展战略，结合我国基本国情和未来战略走向，制定中国山区发展战略，明确中国山区在全国发展战略中的定位，推进中国山区全面发展是国家现代化发展的迫切需要，也是进一步增强国家凝聚力的迫切需要。

中科院及国务院发展研究中心组织调研的专家们认为：必须通过制定中国山区发展振兴规划，明确中国山区未来发展的方向、路线，明确山区发展如何与全国发展相协调，正确处理山区生存、资源开发（无偿或低价）和经济社会发展之间的制约关系。科学进行全国山区区划，创新山区文化和山区发展理念，合理进行山区开发的空间布局，有步骤地建设中国山地生态屏障，依靠制定山区发展的扶持政策，加大对全国山区发展的支持力度。

专家认为，通过实施中国山区发展振兴规划，其一可以解决中国山区工业化发展问题（世界不少山地国家靠工业化变成发达国家），使山区工业化发展不是谋求建立完整的工业体系，而是谋求有特色的工业系统，确保山区工业化充分体现现代工业文明、物质文明、精神文明和生态文明。

在党的十七大工作报告里，第一次提到了“生态文明”这个概念。程国栋院士在2008年初期召开的中国山地科学发展研讨会上发言指出：有别于物质文明、政治文明等人类圈子的文明，生态文明是涉及人与自然能够和谐相处的更高层次的文明。我们应该以科学研究的敏锐眼光，深刻认识生态文明与经济发展的关系。有了国家很好的顶层设计及区域总体功能规划，才能够更好地解决生态与经济的关系。

其二是中科院及国务院发展研究中心组织调研的专家们还认为，通过制定中国山区发展振兴规划，可以解决中国山区贫困问题，为整体构建和谐社会奠定坚实基础，这也是消除贫富两极分化的重要工作，是解决“三农”问题的具体体现，也是城乡统筹的重要内容，更是各民族团结的社会基础、增强国家凝聚力的重要方面。

其三是解决中国山区聚落重构与移民问题，确定中国山区人口容量，重点解决因山区聚落分散而导致社会经济资源浪费，不利于基础设施建设与效益发挥，不利于建设现代农村社会服务体系、社会保障体系、现代生产体系，以及不利于防灾减灾和生态建设等问题。

其四是解决山区生态补偿问题，这是维护山区生态功能的重要经济手段，是一种生态经济行为，是山区与受益区的公平交易，有利于推动山区发展。

专家们强调说，通过中央政府补偿、区域补偿、企业补偿，对山区生态环境服务功能、公共资源（如水资源等）、山区维护其他地区生态安全而牺牲发展的补偿等，可以全面推动山区的发展和小康社会建设，加速山区现代化发展，支持中国走向大国崛起，为全面实现国家现代化强国目标奠定重要基础。

我国山区发展战略制定和实施的缺失，将严重制约全面实现小康社会建设目标的历史进程；我国的山区发展战略必须优先关注民生；山区的资源开发必须强化可持续管理能力；山区抵御自然灾害风险的应对能力薄弱；山区的发展研究亟待加强系统性和整体性；山区体制观念滞后性明显制约新山区、新农村的创新发展……这是中科院及国务院发展研究中心组织的专家们调研的结论。

山区里受教育不多的苏明娟们，或许不懂得“山地”的英文是“mountain”，但纯朴善良的他们内心深处懂得感恩；中科院及国务院发展研究中心组织调研的专家们，或许不见得都对《我要上学》的这张照片耳熟能详，但他们的赤子之心懂得：只有山区的经济和社会可持续发展，才能有共和国的社会和谐以及中华民族的伟大复兴！

以科技创新作为纵身一跃的支撑

我国山地的保护、山区的发展需要科学支撑，山地科学将为此发挥重要的作用。中科院及国务院发展研究中心组织调研的专家们希望，国家应尽快从科技发展的战略层面，将山地科学研究纳入国家科技专项研究计划。

推进中国山地科学重大研究计划，专家们强调其重要性与必要性在于：

(1) 新山区建设关乎国家大局，山地科学研究亟待加强。

我国人口与经济快速增长，凸显山区土地利用、水资源、矿产资源、森林资源等开发强度日益增加与山区脆弱的生态环境难以承受的尖锐矛盾，频发的山地灾害对国家重大工程的影响和对山区城镇的威胁，将严重影响未来经济和生态环境安全保障的国家根基。新山区的建设关乎国家全面小康建设总体目标的实现，山区生态建设与保育关乎国家发展的生态环境安全持久保障的基础。因此，必须要全面加强山地科学综合研究，不断破解山地开发和山区发展面临的重大基础性、应用性科学问题，建立可持续发展的山区人—地关系协调机制，推动山区发展理论与技术的创新和重大突破，为新山区建设提供强有力的科技支撑，确保山区发展得又好又快。

(2) 着力发展山地科学体系，支撑山区发展。

在全球变化和人类活动影响下，山地系统演化已经深刻影响了现代陆地表层过程，山地对全球变化的响应与影响都具有放大作用。因而，国外一些重大的研究计划（如 IGBP、IHDP、GTOS）都非常关注山地重大科学问题的探索，山地研究已经成为国际热点和科学前沿。

全球 65%的高山分布在中国，迫切需要加强“全球变化与中国山地”、“山地科学研究与国家持续发展”和“中国山地与国家生态环境安全”等基础性、应用性研究，不断深入认知山地形成、演化规律和山地格局、过程与功能机制，促进山地科学体系建设，服务和支撑山区的可持续发展。这对系统地发展有中国特色的山地科学理论和技术，具有特殊的科学价值和重要的实际意义，对提高我国在国际山地科学研究领域的科技影响力和引领作用，也具有非凡的重大意义。

“5·12”汶川特大地震给国人带来的灾难和警示，无疑是沉痛而又巨大的。据初步的调查与统计，汶川大地震至少引发了1.8万多处的次生山地灾害点，这种危害将会长期影响灾区的恢复与重建。

2008年10月9日至10月11日，中日两国科学家就地震减灾防灾论剑成都，中科院山地所研究员韦方强在会议上指出，山地灾害预警将成为震后山地灾害减灾的重要手段，亦是避免震后山地灾害造成重大人员伤亡的最经济有效的手段。

韦方强提到的山地灾害预警，只是山地科学研究的一部分。如何在大地震造成的“天灾”与“人祸”中警醒，加强我国的山地科学研究、着力发展山地科学体系，是科学家应尽的“匹夫之责”。

山地多泥石流，山地多滚石、滑坡，山地复杂的生态及其环境经常是险象环生。虽然说“亡羊补牢犹未晚”，但若能在未有亡羊之时，妥善地“补牢”、“筑堡”，做到依靠科技实现未雨绸缪，岂不是更好？

2009年2月22日，由中科院负责牵头，作为“十一五”国家科技支撑计划重点项目，“长江上游坡耕地整治与高效生态农业关键技术试验示范”在成都启动。

中国的经济和社会可持续发展需要“跨越”，科技创新当是在“跨越”中最好的支撑。我国山地的保护、山区的发展，同样寄希望于以科技创新为手段，作为健儿在世界高度上纵身一跃。

山势高峻方称山地

2009年7月22日，国务院总理温家宝主持召开国务院常务会议，讨论并原则通过《文化产业振兴规划》。我国在重视发展公益性文化的同时，加快振兴文化产业，对于满足人民群众多样化、多层次、多方面精神文化需求，扩大内需特别是居民消费，推动经济结构调整，确实具有重要意义。

有鉴于此，科学家中的有识之士指出：我国幅员辽阔、占全国总人口很大多数的山区（山地），是支撑国家未来发展不可替代的战略资源基地；山地、山区是生物多样性、文化多元性的极其重要的家园，是国家生态环境重要的安全屏障；山区的发展内需极其巨大，是中国应对全球化危机的战略后方；山区具有后现代经济的许多潜在优势，应该成为国家科技发展优先领域；山区的灾害频繁，是公共安全与和谐社会建设的焦点。

联合国粮农组织也曾在早些年提出：山地包容了最多的少数民族，包含了不同的传统文化遗迹和环境知识，以及人类栖息地适应性变化的信息。山地展示的巨大而多姿多彩的地貌景观和传统文化，使其在旅游业——世界上最大的行业之一——具有极大的吸引力。这些宝贵的山区资源和旅游服务，对人类的未来具有十分重要的意义。

从国家公共安全和国际竞争的角度来看，山区的国家地位越来越显要，越来越受到全球广泛关注。当前，我国科技和知识的创新能力已经充分体现在了海洋和太空的技术竞争中，而山地（山区）仍是目前没有引起足够重视的空间区域。如何能够从国家战略层面思考和认识这个大问题，是国家前瞻性思考布局之关键所在。

制定并实施山区发展振兴规划，其重要意义不仅是“产业”和“行业”的——国家业已出台的十个行业的振兴规划，不能涵盖并囊括与山地经济发展有关的那些“产业”和“行业”，但是，山区（山地）的经济和社会可持续发展，却直接关联国家业已出台的十个行业的振兴规划，形成与这十个行业振兴规划的“复合函数”，特别是与纺织、装备制造、轻工业、石化产业、电子信息业、有色金属和物流业等行业的振兴规划密不可分。

制定并实施山区发展振兴规划，其重要意义也不仅是“文化”的——这从我国的山高林密的山地（山区）里，聚居了少数民族人口的绝大多数，包容了最多的世界文化遗产以及非物质文化遗产，其“文化”的丰富多彩以及“文化”最大程度的多元性、多样性，也可管窥一斑。

科学家中的有识之士甚至提出：只有做到我国广大山区的振兴，才能做到实现中华民族的伟大复兴。在国家层面上制定出山区发展振兴规划，已经迫在眉睫、势在必行，是国运所牵、国脉所系！

山势高峻方称山地。山地见嵯峨，历史荡回声，那是可持续发展呼唤山区发展振兴规划的回声。面对 2020 年我国要实现全面建设小康社会奋斗目标雄伟的“态势”，面对知识创新时不我待的高峻“山势”，我们将吸一口新鲜的氧气，从业已安营扎寨的“大本营”出发，勇敢无畏地再作攀登！

“我们应注重自己培养未来的大师”[①]

——记中国科学技术大学创建“英才班”的教育探索

诞生于1978年的中国科学技术大学（简称中科大）少年班，故事颇多，2009年3月份以来，中科大的英才教育又添上“英才班”这一抹亮色。迄今为止，中科大已经与中国科学院数学与系统科学研究院、物理研究所、力学研究所等研究所签署协议，共同创办数学、物理、应用物理、力学、生物、光电工程、材料科学等7个“科技英才班”，旨在通过科教紧密结合的创新模式，培养科学与工程领域的高层次拔尖人才。

大国和强国需要科学大师的支撑

“中国的大学生基础知识比较扎实，但是在新中国，我国本土还没有培养出世界级的大师，搞教育的人们要思考这个问题。我们不能只从国外引进世界一流科学家，也应该注重自己培养大师。我们的培养目标是10年后、20年后国际相关领域的领军人物。”中科大校长侯建国院士在接受本报采访时，这样介绍中科大兴办英才班的缘由。

“实现中华民族的伟大复兴，需要世界级的科学家，需要高水平的科技人才。2020年科技发展规划已经出台，中科大的专业设置如何适应新的形势、进一步发挥中科大的英才教育特色?”中科大副校长陈初升的这段话，表明中科大的校领导班子已经对科技英才的培养进行了深层次的思考。

每年的诺贝尔奖颁发，都会在国内引发争论和反思：为什么本土中国人一直难以问鼎诺贝尔奖?

---

① 本文发表于2009年10月13日，与易蓉蓉合作。

2009 年 7 月底至 8 月初，中科大的几位校领导对英国剑桥大学、帝国理工大学、爱丁堡大学等名牌大学进行了深入考察。剑桥大学一位学院教务长介绍的情况，给侯建国留下了深刻印象：该学院教学以归纳式教学为主，不但学生的负担非常重，且不允许补考，淘汰率极高，但他们充满了对本校学生素质和教育品牌的自信。该学院负责东亚事务的官员也是剑桥的毕业生，他说那几年属于地狱式的魔鬼训练，very terrible（非常可怕），但是经过那一阶段之后，学生从基础训练到心理素质都没问题。

不仅剑桥大学如此，世界上其他著名高校也是这样：美国加州理工大学的学生每天要学习十来个小时，每周 6～7 天；培养了很多著名工程师的法国工程师学院，一二年级的学生也要接受非常严格的训练。

中科大学生在基础课时学习数学、物理的课程量，是其他学校学生的两倍。中科大较早就进行了拔尖人才培养的探索与实践。1977～1999 年，少年班毕业了 810 位学生，在学术界、工业界、金融界整体表现良好。如 1991 届少年班毕业生庄小威，就是哈佛历史上最年轻的正教授，几乎获得了她这个年龄所能获得的所有奖项。"填鸭式教育，学生的负担很轻。而越是探究性的学习、启发性的学习，学生付出的代价就越大，要接受高强度训练。但只要学生天资是够的，只要意志力够，就可以培养出来。"陈初升说。

考察归来后，陈初升大为感慨："许多世界著名学府，都要求学生要有国际化的经历，我们也要国际化办学，学生要胸怀祖国、放眼世界。我在学校校务会上说：全世界的一流研究型大学，对精英的培养无一例外都是剑走偏锋。"

发扬"所系结合"优良传统

"中科大的教育是所系结合，这也是在中科院这个大家庭中的好处。我们这个优良传统从建校就开始了。"陈初升说。

中科大历来注重结合国家战略需求设置学科专业。1958 年开学不久，力学系系主任钱学森在全系大会上开心地说："我给大家请来了几门'重型大炮'。"他所说的"重型大炮"是指他为系里请来上基础课的科学大师：讲普通物理的严济慈，讲高等数学的吴文俊……

1959 年 5 月，中科大建校不到一年，就被列为 16 所全国重点大学之一，排名第四，成为这批重点高校中最年轻的大学。1963 年，中科大有了第一批毕业生，此后几年，中科大每年 80％以上的毕业生，被分配到了国防科技领域和中科院研究机构中。由于中科院相关研究所在一定时期内毕业生需求趋于饱和，中科大适时调整了培养方案，更明确强调打好学生的基础，宽口径培养，使得学生毕业后可以有更强的后劲，可以根据科学发展的趋势及时调整和选择自己的研究方向。

2003年后，中科大再次高举“所系结合”大旗，在中科院的大力支持下，与全院各研究院所相继签署了全面合作协议，积极探索在人才培养、科学研究、实验室建设、资源共享等多方面的合作模式。

“探索所系结合的新内容和新形式，是中科大提出的‘135’创新发展思路中的五大工作重点之一。科教结合的过程中，让学生在科研式学习中处理好演绎式教学和归纳式教学的关系。中科大最应该在这方面作一些探索。演绎式教学，主要是灌输式，让学生背诵基本概念、用公式演绎方程式、做题目。这样虽然基础概念较扎实，但学生只会沿着既定的思路思考。而归纳式教学、启发式教学、互动式教学、讨论式教学，国内相对做得较少，这样做，老师和学生都需要花很多时间思考和准备，对老师的要求更高，对自己的教学要有所改进。”侯建国强调说，“归纳式教学对中科大老师提出了更高的要求”。

侯建国介绍，“科技英才班”采取本、硕、博的长周期培养，以及“两段式”培养新模式。本科生阶段在中科大完成两年半的基础课，在中科大和研究所完成一年的专业基础课，在研究所完成半年实习；研究生阶段在中科大和研究所完成半年基础课，在研究所从事三年半左右的科研工作。英才班的学生是从高考优秀学生中录取，或从大学二年级学生中选拔，实行灵活的动态管理模式。

比如光电工程专业，中科院有七大光机所，跟国际前沿的差距很小，但是从社会上找到的满足它需求的学生非常少。如果所系能够结合起来，就可以实现双赢。陈初升介绍：“长春光机所所长得知第一批所系结合的名单中没有他们，专程赶到北京找中科院常务副院长白春礼游说，总算挤进来了。”

中科大华罗庚班（数学班）30个学生已经完成选拔，经过了面试、开小班、导师指导；严济慈班（物理班）的第一批学生也已经到位。

材料科学英才班则与中科院沈阳金属材料所合作。国家在大飞机、航天器、新一代发电机上有重大需求，但以前中科大只有无机非金属、高分子材料专业，没有金属材料专业，与金属所一拍即合。在本科生的第五学期末，沈阳金属所到中科大力学系、化学系、物理系宣传，二次招生，第六学期组班上课，开金属材料的课程，再带学生去研究所做实验。学生也慢慢进入研究生教育的学习，有的本科生阶段就能写出好论文。

“我们以英才班为牵引，引起对教育教学的全面改进和思考，带动人才培养质量的提高，针对所有学生，提高所有学生的素质。”侯建国强调说，所系结合是中科大的优势，在新的形势下，要研究和发现新的培养模式，两段式、长周期、三结合。对优秀学生因材施教，进行个性化指导。学生有专业选择的自由，有学习进度的自由，尤其是接受能力快的、有能力多学的，要多参加一些科研活动。

基础宽、厚、实，专业精、新、活

中科大目前正在展开本科教育教学工作的研讨，持续一个学期，英才教育是主要研讨内容之一。侯建国介绍说："这个会已经筹备了很长时间，过去两年才开一次，每次开一两天，这次要开 3 个月。我们既然提出了创建世界一流研究型大学的目标，如何搞好中科大的本科教育，就必须进行深度思考，并出台一个纲领性文件。"

"要培养学生基础宽、厚、实，专业精、新、活。英才班学生前两年的数学和物理课都相同，打下了很好的基础。我们的实施步骤都要做到符合科技自身发展的需求，随时进行动态调整。中科院的研究所都活跃在当代世界科研前沿，对前沿需求掌握敏锐，我们可灵活设置专业。"陈初升介绍。

中科大建校之初，就要求学生在 5 年里完成 7 年的学业，基础课选用最深、最难的教材，专业课教材吸收最新科技成果自编。高年级学生进入研究所实习，接受科研训练。学生毕业后，择优分配到中科院有关研究所工作。"中科大要打好'全院办校，所系结合'这张牌。我们不仅要有自己的特色，而且要更加扎实。"侯建国说。

学生的兴趣和热情最重要

2004～2008 年，陈卿曾经担任少年班管委会主任，全程参与了少年班学生的招生、管理、培养工作，2009 年又参与到华罗庚班的招生培养工作中。他对英才教育的培养有自己的看法，就是学生对科学的兴趣和热情最重要。

"一个年轻学生如何成长为有建树的科学工作者，我们认为对某学科的兴趣和热情很重要，毅力和平常心也很重要。如果说兴趣爱好是鼓舞前进的动力、是帆，那么毅力和平常心就是舵，能使人们在追求科学的漫长人生历程中保持方向，不受到其他诱惑的影响。"陈卿说，鼓励和引导喜欢数学的学生学数学，开"小灶"是通常的做法，但针对不同学生应该采用不同的做法，才能真正做到个性化培养。

一位来自边疆小城的学生，2008 年获得了省级数学竞赛一等奖。在面试中得知他是凭着兴趣自学数学，思考了很多问题。进入中科大后，他成了全年级学习上最活跃的学生之一，他的提问给每位任课老师都留下了深刻印象。2009 年夏天，尽管除数学以外的科目成绩并不突出，他还是如愿入选第一期华罗庚班。

“我们经常提醒他要注意劳逸结合，多参加体育锻炼，告诉他学习数学、追求真理是一个漫长的路程，不必在乎眼前的一点点成绩，保持平常心很重要。我们希望他一年级圆满完成正常的课程学习就可以，但这不能满足他的求知欲，因此我们推荐他阅读一些介绍数学历史和数学进展的课外书籍，让他自己寻找答案，并定期与老师讨论，交换学习心得，进一步培养他对数学的兴趣。从二年级开始，我们有计划地指导他阅读一些课外书籍。现在，我们欣慰地看到他正在健康地成长。”陈卿介绍。

少年班学院执行院长陈旸娓娓道来，讲述了一名破格录取到严济慈班的学生的故事：那天早上 8 点开始面试，计划根据数学、物理成绩挑 60 个人。一早就有个学生在那里等着，辗转找到陈旸，问能否给一个面试机会。“我看他非常渴望来英才班，而且资质也的确不错，就给了面试的机会。”陈旸笑曰，“那孩子说话的节奏很快，希望他如愿以偿，今后在少年班学院的进步也不慢”。

少年班学生绝不是神童

2008 年 11 月成立的中科大少年班学院，类似于书院，有 15 个专门负责学生管理的老师。

“我们学院的办学特点是专门化、交叉化、灵活多样。”陈旸介绍说，英才班实行滚动机制，有两次滚动的机会。“两年后，只有‘滚’出来的，没有‘滚’进去的。”

“之前的一些报道认为，少年班的学生年龄小，是一些‘神童’，这有些片面。我认为，他们勤奋、创新思维比较好。到了大二之后，比起普通班的学生，少年班学生的后劲就凸显出来，学习普遍要轻松得多。”陈旸说，“我们的教育应该尽力抢救、最大限度地提倡学生的创新能力，尽力把应试教育的烙印搞得浅一点”。

“非形式教育在学生成长过程中，是一个重要的因素。我们在培养学生的过程中，除了课程培养、科研活动，还注重非形式教育，把学科的融合延伸到学生的宿舍中去。宿舍里有自习室、阅览室、交流室，每个宿舍 4 个人，可能各个专业的学生都有，大家的知识就可以交叉，讨论问题思路很开阔。如果有条件，我们想设数学、物理、化学的讨论室，选出一位学生当擂主，其他人来打擂台。”陈旸介绍说，“这些孩子都很可爱，求知欲和自主性都很强，少年班整体也是正面向上的。这得益于早期少年班毕业生优异表现的带动作用，榜样的力量无穷。”

据悉，为了保护学生的学习不受打扰，中科大有一条不成文的规定，拒绝记者采访在读的少年班大学生。

此前陈旸一直从事物理化学研究，2008年年底，侯建国请陈旸做少年班学院执行院长。陈旸对记者直抒胸臆：“侯建国校长‘游说’我：‘教育和培养人才是大学的主要任务之一。’所以我就服从了中科大的教学需要。”

英才教育绝对不能“圈养”

“若圈一个班的学生像圈羊一样，这思路肯定错误。不一定这群羊就比那群羊好。好与不好完全取决于培养的方式。人才要‘PK’，不要千篇一律吃干草，这不利于羊的成长。吃干草还是新鲜草，要让羊自己选择。”中科大物理学院副院长叶邦角教授认为，我国现在的教育是继承很多，批判很少；灌输很多，启发很少，鲜有教师能做好在批判和启发中教育，让学生独立思考、挑战权威，许多老师还是“满堂灌”。用最短时间把现有知识传授给学生，这没错，但“满堂灌”会使学生产生依赖性。

“严济慈班要打破传统的授课方式，更多地让学生自己去学习。因材施教，才能做好英才的培养。”叶邦角说，严济慈班可以把量子力学的课程从三年级提到二年级上，让学生尽快地进入科研状态。稳妥是一个方面，但也要打破常规。教师要把课堂教学更艺术化、生动化，不能把应试教育从高中延续到大学。一门课程80个课时，老师可以留一小半的时间给学生讨论、调研、查资料，这样学生会对学到的知识更加记忆深刻。

叶邦角的想法是：中科大的英才教育，要选拔最好的学生，要用最好的老师和最新的教学方法。一二年级是学生的基础课，不单是老师授课，学生也参与进来，开展DIY式学习，把研究融入到学习中，结合所学的知识及现代科技进展，写一些学生自己感兴趣的小论文、小报告，有自己的想法。哪些有创新性的，可以挑出来在班级演讲，再到全校范围内评比。“我们的《电磁学》课程已经在这方面作了十多年的尝试，学生的积极性很高。过去那些在小论文演讲中获奖的学生，思维都很活跃，成绩都很好，大部分一毕业就被世界著名大学录取。”叶邦角说。

“纳米”纳博大百川 “若水”若上善伊人[①]

——写在中国科学院苏州纳米技术与纳米仿生研究所验收之际

2008 年 5 月 9 日，中共中央政治局委员、国务委员刘延东在江苏省委书记梁保华、省长罗志军陪同下视察苏州纳米所。

2009 年 6 月 17 日，全国人大常委会副委员长、中国科学院院长路甬祥视察苏州纳米所。

请让我们记住这个崭新的地址——苏州工业园区独墅湖科教创新区若水路 398 号。中国科学院苏州纳米技术与纳米仿生研究所就坐落于此。

这里，2006 年 9 月 18 日之前尚是娄葑镇一片农民的宅基地和菜田，现已完全不同，取而代之的，是一片占地面积 100 亩优雅整洁的科研园区，是一座建筑面积 48 900 平方米的巍峨端庄大楼。

“边建设，边招聘，边科研”，三年多过去了，如今，中国科学院苏州纳米技术与纳米仿生研究所正要接受洗礼——她迎来了国家组织的新建研究所验收。

“应用需求牵引学科建设，学科建设支撑应用发展”，中科院的一面旗帜正在江南姑苏的蓝天里迎风飘扬；正像海纳博大百川，一支副高职称以上科研和支撑人员 90%具有海外留学经历，职工年纪轻、学历高的劲旅，正在科技创新的高地上吹响进军集结号。

“若水”浑若伊人上善风采。我们一起走进若水路 398 号，去感受创新者攀登的探幽索微，去聆听创业者回归的心路历程吧！

把研究所的管理当做重大课题

父亲蹲着，手里拿着“滑石猴”，一笔一笔地在地上画着，不时作着解说；

① 本文发表于 2009 年 12 月 4 日，与刘丹合作。

上小学五年级的他也是蹲着，聚精会神地边听边看——那是一幅半导体收音机的电路图。30 多年一晃过去了，杨辉直到现在都还清晰地记得这一幕。

父亲对杨辉日后成长的影响很大。要自己动手做半导体收音机，就要弄懂其基本原理，就要提前学好中学物理和数学，数理基础扎实的杨辉在 1978 年读高一时，就以优秀的学习成绩提前参加高考，进入北大无线电系。

童年就迷恋半导体收音机的杨辉，后来考上了中科院半导体所的研究生。在 2006 年的春天，已经当了四年半导体所副所长的杨辉，突然接到中科院的通知，要他到苏州的大地上画一张别开生面的“电路图”——中科院和江苏省、苏州市以及苏州工业园区要共建纳米研究所，他是筹建工作组的负责人。

面对这张“电路图”，杨辉不由地陷入沉思，也不能不殚精竭虑：中科院和地方政府共建的新型研究所，以“合作企业满意、当地老百姓满意、地方政府满意、科技界认同”为评价标准和原则。

过去自己独立搞科研课题，杨辉显然轻车熟路。他曾做出国际上第一支立方相氮化镓发光二极管；他领导下的团队曾实现了蓝光发光二极管工艺技术的转移；曾成功研制出我国第一只 GaN 基激光器。但是筹建和管理苏州纳米所，杨辉面临着更多的艰巨挑战。“我把筹建并管理好苏州纳米所当成自己一个重大的课题来做，和我过去搞科研一样，都是为了挑战未知。正像中科院院长路甬祥为苏州纳米所题词寄语的那样，需要‘创新观念、创新体制、创新管理、创新科技、创新产业、创新人才’。人们为何要去蹦极？为何要去攀岩？就是因为挑战中有无穷的乐趣。”杨辉说。同样积极面对人生挑战的，还有与杨辉搭档负责筹建苏州纳米所、从中科院基础研究局调来的刘佩华。

作为一位年过 50 的知识女性，刘佩华为筹建苏州纳米所付出了许多。她的丈夫至今还在北京待岗，她却无暇援手和助力；自己长期工作过于劳累，2009 年年初患突发急性心绞痛而住院。更让刘佩华内心充满内疚的是，年迈的母亲曾来苏州看望她，她却几个月里都抽不出一天的时间好好陪伴母亲到苏州的风景名胜游览。直至 2007 年 1 月，母亲因感冒发烧引发了交叉感染，她才在接到母亲病危的消息后，匆匆忙忙赶回家与母亲见了一面。第二天母亲就撒手人寰。

“女儿曾这样评价我：‘你无论什么事情都要争取做到第一，争取第一之后还要保住第一，你这不是难为自己啊？’我认为这首先是自己的性格使然，二是挑战和竞争带来的压力，促使我们苏州纳米所的所有人员只能义无反顾地快步前行。”刘佩华快人快语，“要致力于纳米科技创新，抢占纳米技术及其产业的制高点，我们身上的担子很重，筹建新的研究所这样一个重大工程，比完成一个重大项目、解决一个科学问题有更多的内涵和更大的责任，容不得片刻的松弛和丝毫的懈怠!"

"个人的付出是肯定的,但是在筹建的过程中,如果没有完成各级政府交给的任务,没有把筹建经费的管理和使用做好,那就会砸中科院的牌子,更对不起纳税人的血汗钱。中科院常务副院长白春礼早在2007年的春天就对我们苏州纳米所提出'促进纳米科技创新发展,培育纳米科技一流人才'的要求,我们在完成筹建工作的同时,还要建立一支能够完成科技创新和产业化的科技队伍,我们要带领这支队伍活跃在中国的纳米科技领域,让大家努力拼搏,快速发展才是我们要做的事情。"刘佩华说。

在苏州工业园区中有三个流行语:"5+2",亦即创新和创业者们经常忘我工作,除了正常的5个工作日,还会再加上周末2天;"非常6+1",亦即星期六保证不休息,星期天休息不保证;"白加黑",是白天工作,晚上都在加班。杨辉说:"这体现工业园区里的人们全力以赴、不分白天黑夜都在工作的精神。我们在苏州筹建、共建纳米所,同时也学习和吸纳了园区的精神,与整个园区的精神风貌融为一体。"

搭建平台好打擂 一个好汉三个帮

记者采访纳米所的科学家,他们几乎毫无例外地都谈到,愿意加盟纳米所是看好这里建立的平台。

按照"应用需求牵引学科建设,学科建设支撑应用发展"的原则,苏州纳米所建所之初,就围绕能源、环境、信息、生命与医学等领域开展研发工作,布局了纳米器件及相关材料、纳米生物技术与纳米医学、纳米仿生技术和纳米安全技术四大研究方向。

工欲善其事,必先利其器。也像英雄要比武,就得挑选一个"擂台"。确定了纳米所未来的研究和发展方向,筹建领导小组首先考虑到的就是要建立平台。

杨辉诚心相向,对正在香港科技大学工作的张宝顺发出了友好呼唤。张宝顺参加过国家的"934"工程重大项目"高功率半导体激光关键技术",持有国家发明专利2项,他心灵手巧,具有很强的仪器设备研发能力。

杨辉早年在半导体所的硕士论文就是做仪器设备,后来张宝顺的博士论文也是在杨辉的研究组里做的。"当时从国外进口带有在线监测的设备需要100多万美元。我们当时生长材料的MOCVD设备比较陈旧,没有在线监测的功能,只能凭借已有的一些经验进行探索。2002年秋天,杨辉说,我们为何不自己做个在线监测装置呢?他果断让我们停下手头的实验,自己动手给老设备添加具有在线监测功能的装置。几个月之后，杨辉居然就将设备做好，我们使用发现，原来10次才能做出的半导体材料，现在只要做2次就能取得成功。这个成功的实践给我留下了终身难以忘怀的印象，从那时候一直到现在，尽可能自己动手做设备成为我的一大嗜好，这也是苏州纳米所至今的一大特色。”张宝顺说。

“我把纳米加工平台的建设也看成自己事业上的新平台，另外，我和杨辉共事一向也很投缘。”张宝顺这中年东北汉子显得很豪爽。

投身纳米加工平台建设，和张宝顺一样无怨无悔的，还有张永红、蔡勇和王荣新。

2007年10月张宝顺在北京偶遇张永红，与其聊天中谈到了纳米所，张永红听完后突然提出：那我干脆就到你们那儿工作吧！这使张宝顺感到既意外又惊喜，“我压根没想到他愿意放弃原来公司的职位，而且他妻子的工作很稳定，待遇也很高。和我一样，张永红也是看好纳米所的发展前景。他现在是纳米加工平台的副主任，已经为纳米所开发了3台科研用关键设备”。

蔡勇2003年在北大获得博士学位后，在香港工作5年多，曾任香港应用科技研究院研发经理。“蔡勇在香港工作的年薪接近40万元，在我们这里收入不到香港的1/4。我请他来这里实地考察了解环境后，他就决定来这里工作。他的目标是利用平台与企业联合，把科研成果转化成产品。短短一年时间里，已完成了大功率LED器件产品的研发工作。”张宝顺说。

王荣新博士是纳米加工平台的总工程师，她在香港大学获得博士学位前，就已在半导体晶体管生产线上工作长达十多年，从技术员一直做到生产线技术负责人。在微纳加工工艺、薄膜材料制备、第三代半导体器件制备，以及相关材料缺陷分析的研究方面有独到的研究成果。在香港工作期间，2006年她在国际上首次报道了ITO-GaN界面处缺陷对肖特基结型器件电特性影响的实验结果，这一研究成果在国际上产生了较大的影响。加入苏州纳米所后，她负责将平台作为“江苏省级微纳加工公共平台和苏州市特色产业基地公共平台”，在基础设施、制度管理、工艺标准化、规范化，以及质量控制等多种管理机制的建设方面，为加快该平台的运行和开放作出了突出贡献。

如今，院、地几方总共投资近1亿元人民币的纳米加工、测试分析和计算平台，已经在苏州纳米所建成并投入使用。

纳米加工平台具备从微米到纳米量级的加工精度，覆盖实验室到中试的加工能力，满足纳米电子器件、纳米光电子器件、光机电系统、生物芯片和纳米制造等领域的需求；测试分析平台建成并具备了针对成分、结构、光、电、热、力、磁的全面分析测试能力。建立了单精度计算峰值达每秒200万亿次的超级计算中心，在材料和器件特性等方面形成了完备的纳米尺度下单分子和纳米结构的表征、测试分析和模拟计算手段。“要吸引、凝聚一批优秀人才到纳米所工作，我们建所之初就规划了平台建设的内容，三年建设中着力打造装备精良的平台，实践证明我们走的这段路很对，平台也是我们今后能够‘镇宅’的法宝和利器。”刘佩华如数家珍、自豪地说。

“这事实上是一种资源的优化配置，为我们自己的科研以及吸引诸多高科技企业到周边落户，提升企业的创新能力、实现新产品开发起到了一定作用。我们对使用设备的人员进行培训，让他们自己操作纳米所平台上的设备，研发新产品；企业也可以拿自己的设备放到纳米所开辟了空间的平台里，构成企业自己的研发线。同时，我们也能更方便地了解市场的需求，能更好地解决科学问题。”张宝顺介绍。

敏芯微电子公司的总经理李刚回国创业，后来企业入驻苏州工业园区，他把公司整个研发线建在纳米所的平台中。“我们在平台上给了敏芯微电子一个空间。经过一年多的合作，双方建立了很好的信任关系。”张宝顺介绍说，“在共建平台的过程中，他们随时给我们提出合理化的建议。我们加工平台定的价格标准比大学低，比加工厂高，这样在同类平台中就具有竞争力。现在敏芯微电子公司有十几人在这个平台上工作，我们双方还联合申请了苏州市的一些纳米技术研发项目。”

平台好客如棋盘　广交良缘谋共赢

苏州工业园区面对经济转型，招商引资的重点逐步向高科技企业转移。对那些新入驻的高科技公司而言，苏州纳米所的平台对它们的吸引力度非常大。一些高科技企业要自己研发产品，但却没有经费和能力做出同样的一套设备，之所以要入驻工业园区，很大程度上就是奔纳米所的平台而来。

纳米所的两个平台经过认定，目前已纳入中科院首批科研仪器所级公共技术服务中心，得到中科院运行经费的支持；同时，两个平台也被纳入苏州工业园区和苏州市的科技公共服务平台，面向社会开放服务，吸引了众多大学、科研机构和企业进驻，开展科学研究和产品研发，已经累计提供服务近万小时机时，培训人员一千余人次。

纳米所的这两个平台，就像一块磁铁形成的巨大磁场，吸引和集聚了一批创业领军人才，以及高新技术企业落户园区。为应对国际金融危机，纳米所还主动承诺向企业免费开放平台服务1年，受到了企业的积极响应和支持。

纳米所经过一段时间的对外开放服务，已经有了较高的知名度。一些外地企业和苏州当地企业一聊开，当地企业就会建议："你们应该落户到苏州，我们现在用的就是纳米所的平台，功能基本齐全，服务方便周到，何乐而不为呢?"这样一现身说法，又一个外地企业就落户到苏州了。

"我们建设的是一个功能较强、较有特色的平台。这样高水平的平台目前在国内也屈指可数，特别是在长三角经济发达地区，对这样的平台需求非常旺盛，有大量的科研机构、院校和企业提出使用申请，用户非常之多。"杨辉说，"平台上的设备基本上都达到80%以上的使用率，其中差不多2/3都是企业用户。因为平台设备的机时非常紧张，所以基本上是白天由企业用，晚上研究所自己用。有的服务需要提前一周预定，做到尽可能满足企业用户的需求"。

"我们最初的目的和动因，是要反哺地方，为企业提供应有的平台服务，对区域经济的发展起到提升和带动作用，但现在通过我们为企业在平台上预留的空间，有更多企业的测试线和更多的设备进来，我们平台的功能也得到了不断的提升。"杨辉介绍说，与时俱进，未来纳米所的三个平台肯定不会一成不变，而会不断完善、不断升级。根据发展的需要，研究所与企业形成良性互动。

纳米所的纳米加工、测试分析平台在服务地方经济建设取得诸多成果的同时，也获得了省、市和园区政府的肯定和支持。其中，纳米加工平台2008年已被批准为"苏州市微纳米光电技术与特色产业基地"，2009年被批准为"中科院纳米器件平台"。测试分析平台2007年被批准为"苏州市纳米测试分析中心"，2008年被批准为"苏州市纳米测试分析创新服务平台"。

杨辉说到以上这些，两眼闪闪发亮，兴致盎然。杨辉童年时，看着姥爷在院子里下象棋长大，这既是对童年杨辉的一种智力开发与锻炼，也令他从中学会了像姥爷那样以棋会友、广结人缘。

如今，杨辉在苏州纳米所摆下的"棋盘"，显然比姥爷在自家院子里摆放的棋盘更大，可交的朋友更广，可做的事情更多，他能不为此心潮澎湃吗?

程国胜：我很喜欢这里的"味道"

人才队伍建设一直是苏州纳米所筹建工作的重点。筹建之初，即着手制定了人力资源规划，总体把握，整体推进，放眼全球，广纳贤才。

2006年7月，身处美国的程国胜正在家里浏览中科院院网，无意中看到苏州纳米所的人才招聘信息，他的瞳孔瞬间似乎放大了：纳米所未来的研究方向明确，与他在耶鲁大学工程学院所做的方向一致，与国际上正在形成的潮流也十分吻合！

招聘信息中有杨辉的手机号码，程国胜第二天就给从未谋面的杨辉打了电话，仔细询问了一些招聘的细节。杨辉在电话里耐心地逐一作答，并欢迎他近期内到苏州实地看看。

“在第一次通话的 10 分钟内，我就做出了回国的重大决定。”程国胜说，“对我这个 10 分钟内就做好的决定，家人也都比较理解、支持，尽管那时孩子刚出生三个月。纳米所的办事效率极高。第二天，我就确定了回国的机票。”

当时 34 岁的程国胜已经旅美 6 年，正在寻觅回国的合适机会。“我向杨辉了解苏州纳米所，对纳米加工与表征的公共平台建设印象深刻，硬条件和软环境对我而言都十分具有吸引力。我一直在关注国内外的纳米科学研究情况，如果说中国纳米科技的发展尚有一定差距，很大程度上就在于纳米器件研究与纳米技术产业化发展的滞后，我回国恰逢其时，能赶上国家难得的发展机遇，尽早参加纳米所的筹建与服务”。

1999 年在中科院固体物理研究所获得博士学位的程国胜，之前从未到过苏州。“2006 年 8 月 8 日就要参加‘百人计划’答辩，我 7 月底再次与杨辉通话，确认了日程安排。杨辉平时虽然话语不多，但只要他点头答应做的事情从未落空，确实是一诺千金。”

程国胜成为纳米所第二个“百人计划”入选者，“进行的答辩很有难度，专家的提问严肃认真，甚至可以说是有些苛刻。口头报告了半个小时后，专家们轮番轰炸，考倒为止，对我提问了至少五十分钟”。

程国胜正式回国前 3 个月，纳米所通知他，希望他不要错过当年的国家自然科学基金委项目申请。程国胜没有国内项目申请的经验，更不会写中文本子，只好找国内的师兄帮忙，拿师兄的一个范本格式照着葫芦画瓢。

当时身在美国的程国胜完成中文申请十分费劲，因为美国的计算机装的是英文系统，基金委申请书的中文表格无法正确显示，他只得把相关文字在 Word 里转化为图片格式，再发给纳米所的工作人员，请他们帮助逐一填写表格。

“我当时参照师兄的本子申报了 28 万元。并在提交前请专家帮助把关，专家在看了本子后，既肯定了我选题的新颖性，也提出了一些中肯的修改意见，特别是建议修正经费额度，增加 10 万元，总额达 38 万元。”程国胜介绍时开心地笑了，“想不到最后我的申请书获得通过，这也成为纳米所拿到的最早一批国家基金委项目”。

初次参加国家基金委重点项目答辩，程国胜心里多少有点打鼓。热心的副所长刘佩华看出他的忐忑，主动帮他牵线联系，介绍了几位同行专家，还专门让他到中科院物理所做一次试答辩，先是25分钟的项目试讲，而后物理所专家花了近一个下午的时间评判、“审问”、“挑刺”，毫不留情，对项目创新点、工作基础提出了深刻的意见和建议。

过后，程国胜对刘佩华发自肺腑地说：“即便是这个项目最终没能拿下来，收获也是巨大的，让我深刻学习到国家的相关科技政策导向，也全方位了解到国内科研机构中同行的实力，知道了自己存在的不足之处，这对我是最好的练兵和培训!”有了精心的准备与志在必得的勇气，第二天进行的正式答辩，程国胜在竞争中顺利过关，为纳米所争取到了第一个国家基金委重点项目。

程国胜特别喜欢纳米所及其周边环境，“这里有美国加州硅谷科技园的‘味道’，我很喜欢这里的‘味道’。工业园区拥有先进的管理模式和服务理念，创业环境很不错，就我们的科研装备条件而言，丝毫不逊色于北美前30的大学”。大概正是因为程国胜喜欢纳米所周边环境的“味道”，爱屋及乌，他在这里的工作确实干得有滋有味。

程国胜曾参加过中科院专门为“百人计划”入选者办的国情培训班。直到如今，他都还清楚地记得中科院院长路甬祥在培训班上所说的“我们正处于下一个科技革命的前夜”；记得中科院党组副书记方新所说的“一个人的胸怀有多大，他的事业就有多大!”

如今，像程国胜这样的“百人计划”入选者，苏州纳米所一共有14人，其中7人是苏州工业园区“匹配”给予的名额。他们都已成为纳米所名副其实的“顶梁柱”。

徐科：三个电话受请加盟　氮化镓衬底“一大步”

2006年4月，徐科接到杨辉的电话，说自己正在苏州筹建纳米所。徐科过去就和杨辉有相当友好的交往，三言两语的交流，立即使他对即将新建的纳米所产生了兴趣。杨辉问他要不要先到苏州看一看，徐科在电话里嚷道：“你都已经到苏州工作了，我还看什么看?我处理完手头的事情，马上就到苏州干活去!”

今年39岁的徐科，从1995年开始做氮化镓衬底，曾任日本千叶大学、日本科技振兴事业团项目特聘研究员，2004年他回国在北京工作后，一段时间正因工作上不着天、下不着地，处于两难选择中。苏州纳米所的定位，是要实现从应用基础研究到产业化的完整价值链，这也正合徐科本人此时的心愿。

“杨辉第二次给我打电话，让我筹建纳米所的测试分析平台，我很痛快地答应了；他第三次给我电话，是建议我参加应聘纳米所'百人计划'。"徐科说。

与杨辉的三次通话后，徐科来到苏州纳米所工作，他的夫人也从北京调到了苏州大学。"我们纳米所和苏州大学的合作紧密，我的孩子现在苏州读小学三年级。"徐科对三年多前的选择显然很满意。

"我负责搭建测试分析公共平台，但自己的科研也没有放下。"徐科对本报记者介绍说，他在2006年10月正式加盟后，曾同杨辉用了两三个月时间讨论自己的研究方向和切入点。"氮化镓被称为第三代半导体，我俩讨论之后认为，氮化镓一平方厘米是一亿个缺陷，如果能将缺陷密度降低，半导体的性能将极大提高。'HVPE系统及氮化镓衬底外延生长'应是我课题很好的切入方向，瞄准了未来的产业化方向。"

杨辉对徐科说："这是纳米所启动的第一个面向产业化的项目，只能做好不能做坏。兵马未动、粮草先行。要助手，你自己随便挑；至于经费，你要多少呢?"徐科在纳米所挑选了3个人，杨辉也说服自己北京课题组的骨干到苏州给徐科当助手。算算经费，徐科咬了咬牙，只敢要50万元。杨辉当即说："那我给你60万元启动费吧!"

随着项目的进展，杨辉为徐科的领域前沿项目课题又追加了39万元，"我们只花了不到三个月，就把HVPE设备自行研制成功，又花了一个月，就出了很好的样品。半年多时间，我们已实现了设备的稳定运行"。

2008年7月，徐科等赴日本宫崎参加第二届国际氮化物材料生长学术会议交流，台湾同行只是评价说："做得还不错，我们两三年前也只能做到这个结果。"在从日本宫崎一起回国的飞机上，平时讷于言而敏于行的杨辉，显然是经过深思熟虑后对徐科说："我们中国对第三代半导体材料的贡献，最为可能的一个重要机会，就是做氮化镓衬底了！这也是今后我国半导体材料发展的基石。"

"杨辉说的这句话对我触动很大。我们从日本回来之后就开足了马力，每天工作到晚上一两点，周末也不休息。我们用了一年时间，现在已经进入了国际前沿，制备材料的质量也排名在国际前列。"回顾当初的果断决策，徐科不由感叹。

在2009年在第八届氮化物半导体国际会议上，徐科的工作被选为大会特邀报告，标志着他们在氮化镓衬底的研究工作已经走到了国际前沿。2009年10月，当徐科到我国台湾地区进行学术访问和交流时，台湾工研院的同行都说："真没有想到，你们的进展会这么快!"

氮化镓衬底是做所有氮化物半导体器件的基础，目前虽然做氮化镓材料的研发机构越来越多，但能做出2英寸的高质量氮化镓衬底晶片的，全球数遍也超不过10家，苏州纳米所通过徐科等人的努力，现在已经名列其中。纳米和氮化镓乍看似乎无关，搞氮化镓对纳米所的意义到底在哪里？徐科说："实际上，氮化镓是第三代半导体材料的代表，通过组分调节，可以发出所有的可见光，这种材料将是纳米技术的重要平台。"

"科研需要前瞻性的战略眼光，远见卓识才能成大事！"徐科向记者介绍，杨辉经常对我们"洗脑"说，纳米所的科研必须"顶天立地"，不要满足于"自娱自乐"，该放弃的就要学会放弃，不能将摊子铺得太开太长。当初杨辉帮我确定的选题无疑很正确。

两年前由徐科领衔，苏州纳米所的氮化镓衬底项目得到了江苏省的重大科技成果转化专项支持，评审专家由衷地说："这可是一块难啃的硬骨头啊！你们未来任重道远！"

氮化镓衬底的研发已经迈出坚实的一大步。徐科说，下一步关键在于产业化，我们的干劲很足！

李清文：执碳纳米管纤维之手

李清文2001年博士毕业后在北京大学从事博士后研究，开始进入碳纳米管的研究领域。之后她在剑桥大学师从英国皇家科学院院士Alan Windle，从事碳纳米管合成与湿法组装的研究。接近工作聘期的尾声，她想去美国看看相关领域的研究水平，很快就取得了Los Alamos国家实验室的资助。

李清文到美国后，家人都曾认为她会在海外定居。李清文的丈夫在中科院长期从事新疆地区荒漠群落生态研究。作为科研工作者，他俩都非常热爱自己从事的研究，支持彼此对科学的探索。但现实和理想往往不能协调统一。在近5年的时间里，他们不得不忍受两地分居的痛苦。

李清文说："我去Los Alamos，就是想看这个世界上高水平的实验室。在我学到我所需要的东西后，一定会尽快回国的。"在美期间，李清文从没有去申请绿卡。尽管对在Los Alamos从事研究的外国人来说，获得绿卡是轻而易举的事。

"来纳米所应聘'百人计划'前，我甚至从未踏上过苏州的土地。"李清文向本报记者介绍，她过去与纳米所从未有任何接触，却有着难得的一见如故。

李清文清晰地记得，2007年12月刚到苏州那天的夜里，正下着绵绵的细雨，恰似在为她洗尘。晚餐安排在"豪友来"饭店，人教处的同志请她和先生吃了小圆子、西湖藕，"很有苏州特色，也很好吃"。第二天早上看清周边的环境，觉得这里很安静，空气也很清新。人教处逄解平处长和豆瑞玲不辞劳苦，陪着李清文夫妻俩到了苏州市区，帮着他们解决了国内通信问题。

"纳米所热情的接待和安置，让我感觉很亲切。虽然眼前还是临时的办公场所，但两位所长的创业决心和敬业精神让我释然。"李清文娓娓道来，"其实我在国外的待遇一直不错，研究氛围也不错，但实在不甘于中国人的研究成果被他人享用和控制。我到苏州之前，并没有打听工资待遇的问题。我回国的梦想之一，就是要将碳纳米管纤维技术不断优化"。

李清文加盟苏州纳米所，除了中科院"百人计划"的经费支持，很快还得到了江苏省高层次创新人才、苏州市紧缺高层次人才的经费支持，科研的主攻方向是超轻、超强的碳纳米管纤维。

李清文带领自己的20余人团队，不但主持了科技部的国际合作项目"高性能、多功能纳/微杂化碳纤维复合材料"、中科院知识创新工程重要方向性项目、江苏省科技支撑计划，还主持了企业委托项目"轻质、高强度铝合金新型材料"等多项课题，并做得有滋有味、风生水起。

"这几年在国外，我一个很深的体会是科研创新靠的是思想，而不是设备的堆砌。兴趣爱好和主动性是做好科研的基本条件。"李清文说，我在剑桥大学的导师Alan Windle是位六十多岁的老先生，他实验室里的设备很老旧，整体装备甚至没有我们中国很多教授的实验室好。他经常会在茶歇时间同我们探讨科学问题。在他的研究组里，我们的每一个新实验发现都得被他反复质问，要讨论和深化好几轮才能过关。他领导的研究组之所以成果层出不穷，靠的是跨学科的大胆思考和对科学问题的深入挖掘。这种研究境界值得我们借鉴。李清文激励团队成员不要拘泥已有的实验报道，大胆进行设备改装。目前她所领导的团队在碳纳米管生长、纺丝与分离方面已经取得了可喜的成绩。

尽管回到了国内，但由于彼此所从事研究的限制，李清文和她的家人目前还不得不暂时面对两地分居的现状。理想和现实依然在不停地冲撞与交织。

在金鸡湖畔的湖滨大道上，经常可以看到情侣在漫步。一边是湖光潋滟，一边是绿草无际。我们仿佛看见，在不远的未来，李清文会与多年来聚少离多的爱人在此执手漫步，直到永远。

张智军：回国的事业和生活"佳怡"

2006年秋天，在加拿大国家研究院工业材料研究所工作的张智军，看到中科院网站上苏州纳米所的人才招聘消息，促使他最后下决心回国。"我属于从小接受国家奖学金和助学金资助上学的一代。在国外虽然已有了一定的生活基础，并已在加拿大买了房子，节假日可以在房前屋后种花种草，生活平静安逸，但我并不甘心于这种生活，有挥之不去的中国情结在心头。所以就说服了在加拿大当幼教的妻子，带着小女儿一起到苏州。"

张智军与合作导师 Teodor Veres 教授推心置腹地说："魁北克招公职人员有法语的要求，要通过严格的法语考试，从长远来看，我在加拿大的发展空间不大。"他得到了 Veres 教授的理解和支持。前不久，Veres 教授在电话里对张智军说，你回国的选择是对的，这两年里的工作有很大成绩。希望今后加强合作，包括共同申请国际合作项目，互派科研人员和学生到对方实验室学习、工作。

张智军刚入所时，纳米安全研究部只有一个粗线条的规划，万事开头难，"国际上有关纳米安全方面的研究也是 2000 年以后才开展的。2004 年，美国环保署启动国际上第一个纳米安全方面的科研项目。我当时在加拿大麦吉尔大学做研究助理，在参与了其中的一些工作后，认识到纳米安全研究的重要意义"。

张智军说："前几年国际上才开展纳米材料生物毒性的研究，与纳米材料制备及纳米器件的研究相比，尚属于起步阶段。所获的研究结果很少、很片面，研究数据非常有限。选择纳米安全研究其难度和挑战之大可想而知。当时生物医学部、纳米器件部等已有了一定规模，而纳米安全部还没有一个课题组。考虑到需要开拓这个领域的研究，而我本人比较喜欢挑战，所以当所领导征求我的工作意愿时，我就选择了纳米安全部。"

两年时间里，张智军参与制定了纳米安全研究部的规划，确定了重点发展方向和研究队伍布局设置，也建立了自己 10 余人的研究团队。课题组主持或参与了国家、省部级科研项目多项。在国内率先开展了新型二维纳米材料石墨烯衍生物等纳米材料的生物毒性、可控载药和靶向输运的研究。最近已有一篇文章被国际学术刊物 Small 接受，并申请了 5 个中国专利。

2009 年春天，在苏州工业园区管委会开会，座谈科研院所与地方单位和企业的技术对接，张智军介绍了苏州纳米所的情况，这成了他的纳米安全研究部与苏州出入境检验检疫局合作的最初契机。

"地方政府给予了纳米所巨大的支持，我们如果不搞一些能产业化应用的技术研发，对地方经济就没有直接的贡献。虽然纳米安全更偏向于基础研究，但如果我们做个有心人，总是能在应用方面有所作为。我们最近和苏州出入境检验检疫局达成协议，建立了一个联合实验室，10 月 28 日举行了挂牌仪式。苏州出入境检验检疫局做的是比较偏向一线的工作，优势互补，我们可以从技术开发的角度为他们提供服务，对进出口产品质量进行把关。"

刚要回国时，张智军的女儿已在加拿大上小学一年级，"起初她在苏州的小学读了 2 个月的一年级，因为语言困难学习跟不上，只好到幼儿园的大班回炉了几个月，但现在她的汉语已经说得很顺溜，甚至有时候还能蹦跶出一些苏州话，英语却忘得差不多了"。谈起爱女来，他的脸上充满了笑意。

为了给女儿在苏州落户，张智军回国前一星期，给女儿起了中文名字张佳怡。

张佳怡问父亲："经常听你说到纳米，纳米到底是什么？有什么用呀？"张智军说："纳米是很小、很小的一个长度单位，用我们的眼睛看不到。你的动画光盘，现在里面只能存放一个动画片，如果用了纳米技术，同样这么大小的一个光盘，里面就能放几千个动画片。"

即便在 12 月份，苏州的天气也还不错，张佳怡穿着薄薄的毛衣，在阳光灿烂的草地上撒欢。加拿大的老师和同学看了照片，感受到苏州"人间天堂"的旖旎风光，对她羡慕不已——此时加拿大的气候已经很冷，孩子们很少能够穿单衣在户外玩。

记者问张佳怡喜欢中国还是加拿大，她开心地回答，"无论是中国还是加拿大，我都喜欢"。张智军回国选择了苏州纳米所，无论是事业还是家庭生活，则都算得上"佳怡"。

杨培东：古老萨瑟塔钟声悠远

纳米所在建所之初，就将吸引国际领军人才作为一件大事。

杨培东是美国加州大学伯克利分校的终身教授，半导体纳米导线领域的创始人之一，是当之无愧的国际"纳米牛人"。纳米所将招聘领军人才的目标锁定在杨培东身上。

通过杨培东当年的大学老师、现任纳米所办公室主任的张明杰的"穿针引线"，杨培东于 2006 年的夏天第一次踏入纳米所的工作场所。当时纳米所租了独墅湖图书馆的空间做临时办公室，"给我的第一印象是，这里一切都在紧张而有序的进行当中。三年以后再来看，我想我只能用'中国速度'来形容。纳米所在很短时间内在基础建设、人才招聘、科研方向定位等方面都做到了高速而极有成效"。杨培东说。

2007 年春天，杨辉同中科院新建所的成员一起到美国招聘，他顾不上在伯克利这美丽的校园里徜徉，而是在杨培东的实验室里逗留了整整一天。杨培东"栽种"的氮化镓和氧化锌纳米线，未来会长成大片的"森林"，它们能发射紫外线，有助于"芯片上的实验室"迅速而廉价地分析医学、环境和其他取样，另外，半导体纳米导线在可再生能源材料应用上也大有前途。

鉴于杨培东的现实情况，目前暂时无法全时回国工作，杨辉这次到伯克利访问，对杨培东道出了自己盘桓于心的想法："你能否考虑到家乡苏州工作，建立一个杨培东实验室呢？就建在我们筹建中的苏州纳米所！"

对杨辉的提议杨培东也很感兴趣，希望他在伯克利所从事的科研工作，能在中国找到一个新的根据地，并能和苏州纳米所起到互补的作用。但杨培东为人谦虚而低调，认为不宜用他的名字为实验室命名。杨辉说，那就考虑叫"国际实验室"好了，你每年能在纳米所工作多少时间，也根据你的具体情况商定，我们请你当实验室的主任，在这个实验室再设立一位执行主任！

两人很快就达成了共识：杨培东每年用一到两个月的时间在苏州纳米所工作，帮助建立国际实验室，苏州纳米所提供2000万元的研究启动经费，如何使用这笔经费，全部由杨培东自主决策。

这个国际实验室的定位，在于组建一个高端的基础科学研究团队。近期的主要工作在于关键科研人员的招聘和配备。已经到位的科研人员在生物纳米界面、纳米材料在能源和环境方面的应用方向上已取得一定成绩。

"杨培东不仅是一位高水平的纳米科学家，在科研管理上也有自己的一些独到之处。我们给了杨培东以完全的自主权，他对国际实验室的工作也十分认真负责，亲自物色各个方向的带头人，对人员的招聘和培养亲力亲为。杨培东还经常在美国通过视频网络与纳米所的国际实验室开会，指导科研，就实际工作时间而言，他参与国内实验室的工作平均一年远不止两个月。现在国际实验室的发展势头很稳健。"杨辉对记者介绍，"纳米所给杨培东在中国的工作开辟一个特区，而纳米所的科研目标是国际一流，这里也是一个很好的样板"。

伯克利校园里的标志性建筑是萨瑟塔，塔上报时的钟声悠扬，也诱发人们思乡的情怀。在离苏州纳米所咫尺之遥的金鸡湖上，如今每逢节假日的晚上八点，湖面上的音乐喷泉迸射、水幕电影闪现，能让人领略到壮观而又完美的视听盛宴。

对杨培东这样的国际领军人才而言，到家乡的纳米所工作，显然是个相当不错的选择，刘佩华介绍说："主观上，是我们在积极创造研究所的创新文化氛围；客观上，苏州市、工业园区打造并提供的良好环境，宜居的城市建设和怡人的科研条件，对我们吸引人才也至关重要。"

像杨培东这样，以不同方式为纳米所工作的国际领军人才，还有国际著名半导体光电子科学家、加拿大皇家科学院院士刘惠春，国际著名电子显微镜科学家、美国西北大学教授张锦平等一批国际一流科学家。

使杨培东颇为遗憾的是，他每次回苏州都很匆忙，没有一次闲适的机会看看音乐喷泉，即便是开车路过金鸡湖。

陈立桅：志存高远当“立桅”

陈立桅的父亲去世之后，孤单的母亲自己生活很不习惯，2008 年初夏，母亲独自去美国看望陈立桅，从纽约转飞机到俄亥俄州，因为飞机提前到达，一点也不懂英语的母亲提前从机场出来，陈立桅在大厅中找了个把小时，寻求机场人员的帮助，费尽周折最后才找到了母亲。这事给了陈立桅很深的触动，他认为：事业也好，家庭也好，留在美国并不是自己最好的选择。

陈立桅决定尽快回国工作，他向加州大学伯克利分校教授杨培东咨询，这位他在中国科大本科时的同年级校友、哈佛大学同门导师的师兄直截了当地说：“中科院筹建的苏州纳米所，我在那里兼职当国际实验室的主任，我 7 月份可能也要到那里一段时间，你若回国可以考虑到纳米所工作呀！”

陈立桅 2008 年 7 月回国，到几个科研机构转了一圈，也在苏州纳米所见到了杨培东，认为这里能够提供自己未来发展的较好条件。实验室需要找一位执行主任，杨培东觉得陈立桅是位合适的人选。

2008 年 8 月，陈立桅经过“百人计划”答辩后，继续为俄亥俄大学教完了秋季的大一化学课程，安排了组里研究生的出路，12 月就从美国来到了纳米所工作。“我的家乡在浙江，与苏州的心理距离比较近，所以后来无论是北京还是香港，我都没有再去考虑。”

陈立桅向俄亥俄大学的系主任提出了辞职请求，系主任问他是否已正式决定回中国，如果还没有完全决定，系里可以考虑接受他提出的继续留下来的条件。但如果真的去意已决，也支持他回到祖国工作的决定。陈立桅的回答是“Sure”（确定要回国）。

陈立桅从美国带回来许多的资料、书籍和仪器设备。“除了一台我原来用的原子力显微镜没带回来，其他该带、能带的我都带回来了，为此纳米所支付了 5 万多美元，我装了大半个集装箱。所里上至刘佩华副所长，下至资产处、人事处，包括工业园区的书记都在关心帮助我，终于解决了海关报批的问题，使我一回来就能很快上手搞科研。”

陈立桅认为，纳米所正处在文化氛围的形成阶段，自己有幸在这个阶段加盟，参与这个过程。目前在国际实验室的运行上，陈立桅坚持为大家服务的理念，坚持透明、公开的方式，尽己所能提供条件，让国际实验室的研究人员能获得成功。他说："大家的成功和快乐才是整个实验室的成功。"

对自己课题组的管理，陈立桅尽力培养年轻人独立思考的能力，培养学生对科研的兴趣、洞察能力，授之以科研方法。"我也很强调合作，教他们怎么在组内互相合作，鼓励他们学会信任他人，与课题组以外的国内外同行合作。"

陈立桅近期的科研工作主要集中在太阳能利用的纳米材料和器件，制备各种具有高比界面的复合纳米材料，将它们应用于太阳能光伏电池和氢燃料制备，并且用课题组比较擅长的扫描探针技术来研究这些器件的工作机理。

回国短短的10个月里，陈立桅靠自己的努力工作和业绩，取得了纳米所同事的信任，在前不久的所领导班子民主推荐中，他经过推举和考评等严格的程序，现在已经被中科院党组公示为纳米所副所长人选。

对此陈立桅自感责任重大。"这并不是我的'comfort zone'，将会是难度很大的一个挑战。虽然在这之前我已经担任所学术委员会的副主任，学术委员会日常工作不多，但是在工作过程中我已经发现，研究所层面上的组织和协调，要比一个国际实验室复杂和困难得多。不过从另一方面看，我要尽我之所能协助所长，这才是大实话！"

"陈立桅和我既是多年的老朋友，也是一位国际知名的纳米科学工作者，他出任苏州纳米所国际实验室的执行主任，应该说是一件水到渠成、很自然的事情。"杨培东教授说。

"由于我在国外的工作关系，我在纳米所的时间有限。他出任国际实验室的执行主任后，在实验室科研方向、部署和具体运作方面起到了关键作用。"杨培东评价说，"现在国际实验室在生物纳米界面、纳米材料在能源和环境方面的应用方向也已取得一定成绩，相信以我们的共同努力能够建立一支国际一流的实验团队。"

"'立桅'这名字是父亲给我起的，我姐姐叫'立楹'，'桅'和'楹'都从木字边。给我和姐姐取名的其中寓意，我并未和父亲正式交流过，我猜测大概是指男儿当志向高远，女儿要撑得起家庭。"陈立桅风趣地说，"不过我在国外兜了一圈，现在又回到离家不远的地方了"。

王守觉：喜唱《青藏高原》的84岁"年轻人"

很难想象这是一位84岁的老者，不但身体非常硬朗，且声音恰若洪钟，不但面色白皙光润，且思路清晰畅达。更有意思的是，他还喜欢到歌厅唱歌，而且唱的是《青藏高原》、《天路》、《天堂》。

"我喜欢唱高亢的歌，研究养生之道。为什么人不知道如何健康长寿？那是因为每人都只有一次生命，无法进行实验。思想训练在身体保健中的作用也无法定量。"84 岁的王守觉院士说着朗声笑了，"我唱卡拉 OK 已经唱了快 10 年，自我的感觉良好，唱歌特别是唱激昂高亢的歌，对锻炼身体大有裨益。"

王守觉院士近 10 多年来别开生面，致力于半导体神经网络、智能信息处理领域的研究工作，曾承担国家科技攻关项目"神经网络的实现和应用技术"；首创了网络模型实时灵活可变的神经计算机；研制了我国最早可商品化的神经计算机 CASSANN-I、CASSANN-II 等；在神经网络技术及其应用方面，获得了 5 项经鉴定为是国际先进水平的首创性成果。

王守觉自诩他真正意义上的原创性研究自 25 年前才开始：他提出的高维形象几何仿生信息学理论，为智能信息技术的发展提供了全新思路；提出的"仿生（拓扑）模式识别"理论和"高维空间复杂几何形体覆盖"识别方法，为模式识别开辟了一个崭新的理论与实现的新途径。"在信息科学研究领域，我发展了一种全新的思想方法，利用人形象思维的能力，将之加入到逻辑运算中，从而解决了计算机原来很难解决的问题。这就是我们说的高维仿生信息学。"王守觉介绍说。

王守觉提出的这一新思想既远离了原单位的主要方向，又因为太冷僻、太"旁门左道"，而没有完全得到学术界研究主流的重视，但王守觉却认为"实践是检验真理的唯一标准"，这在科技领域也十分关键。实践效果好就有重要的科研意义。"我为做好这个方向的研究，不得不把研究工作移往中科院与地方共建的新所——苏州纳米所，纳米所的战略发展与定位包含信息科学中的仿生。纳米所领导对我也非常支持。"

2008 年 7 月，王守觉打报告给中科院院长路甬祥，提出自己科研的新方向既然与半导体所主流方向较远，希望在耄耋之年能够把科研工作与团队移到苏州纳米所，这个新建单位十分重视科学技术的创新，而且方向包含了"仿生"，自己的新方向能够做到名副其实。路甬祥院长为此批示："尊重意愿、支持发展、支援新所"，支持他科研工作调动的意愿。

王守觉提出的高维空间点分布分析方法，不仅应用于模式识别是开创性的，据此而研究出的"人面仿生模式识别"等技术，还获得了多项国家发明专利，已经可以将人脸识别的数据压缩到 48 个字节放在各种卡上。该成果已被深圳企业采用。

"我干了 60 年的科学研究，能寻找到一个好的创新环境和方向很不容易，可遇而不可求。今年 11 月 3 日听温家宝总理报告，要科研工作引领产业发展，更为我们指明了方向。"王守觉侃侃而谈，"现在可以比较清晰地看到我们的研究成果在应用方面的前景，我们希望能够沿着这个方向继续发展下去。苏州工业园区支持技术研发面向市场，对我的研究给予了面向产业化的支持。中科院、纳米所、苏州工业园区三方共同给予经费支持，可以很好地做一些创新的事情了”。

正是出于对科技创新“那久久不能忘怀的眷恋”，王守觉才乐而不疲。原单位的团队成员目前还有部分留在北京，现在他的时间一半对一半，要两边兼顾地来回跑。在苏州纳米所的团队成员有 11 个人。

“我经常出差，大部分时间不带助手，自己一个人就可以了。”王守觉院士笑曰。实验室的同事都说他心态很年轻，是大家学习的楷模。

应用高维仿生信息的理论成果，王守觉带领的团队锁定目标和竞争对手，在纳米所和苏州工业园区领导的大力支持下，正在把高维仿生信息学理论用于动漫自动化的技术研发。“这是一个很大的、具有广阔前景的产业，我们打算 3 年内完成技术研发。如果动漫自动化技术研发领先，市场也得到全面的开拓，我今后的服务对象主要就是孩子了。”已是耄耋之年的王守觉说这话时，脸上阳光灿烂，笑得如顽童一般。

崔铮：杨辉新年最好的“礼物”

本报记者电话采访崔铮，刚好是他在杨辉所长等人的专门陪伴下，到中科院南京分院以及江苏省科技厅报到的路上。

此前，崔铮是英国卢瑟福国家实验室微结构中心首席科学家、微系统技术中心主任。1993 年崔铮刚到卢瑟福国家实验室时，首先是感觉到了实验室这个大舞台的震撼力，良好的实验条件和工作氛围将为他的成长提供广阔的空间。他说道：“1993 年整个卢瑟福国家实验室除我之外没有一位中国人，而当我 2009 年 9 月底正式离开时，这里已经有 20 多位中国人在工作，可见我国这几年出国留学、工作的人数之多，交流力度之大。”崔铮说，“相信随着中国国力的不断增强，今后像我这样学有所长，愿意回国工作的人也会越来越多”。

包括刚到国外的前 4 年在剑桥实验室的工作，1989～2009 年，崔铮在微纳米加工领域已经工作了 20 年，具有丰富的学识经验。他认为，苏州纳米所目前和发达国家的研究所及实验室相比，无论在技术成熟度以及设备条件上，其实已经基本没有明显的差别，他曾说：“我很乐意将我所知的海外先进管理理念带回来，奉献给纳米所，此外，我将带领一个新的研究方向回国，目前我正在抓紧团队人员的招聘。”

“千人计划”除了国家的政策支持，也有地方的配套政策支持。崔铮坦言，

“苏州工业园区管委会对这一国家人才计划的支持力度很大，多支持了一倍的启动资金。这一点对于我也有很大吸引力”。

“我到纳米所全时工作，磨合过程并不会很长。因为从1994年以来，我虽然人在海外工作，但经常回国讲学，和国内同行的合作与交流始终没有间断过。”崔铮说，“比如我与中科院成都光电所的合作、参加了中科院物理所的海外合作团队等。特别是在最近10年里，我每年至少都回国2～3次，多则5～6次。我在卢瑟福国家实验室的16年中，国内的3～4个科研机构前后派遣了十几个人在我的实验室学习工作过。我对国内的科研体制已经有了一定了解”。

崔铮2003年曾到中科院半导体所访问，当时的半导体所副所长杨辉接待了崔铮，彼此留下良好的印象。2008年4月，崔铮受邀到上海交大讲学时，听说中科院在苏州新建了一个纳米所，便主动给杨辉打电话说：“我想过来看看，参观参观!”杨辉当即高兴地邀请崔铮，只要他方便，随即可以到纳米所来作学术报告，同时聘请他为纳米所客座研究员，“这也是我第一次到纳米所，我对这里的印象很好，无论是纳米所的管理理念还是园区的硬件环境设施等，都已经与欧美相差无几”。

2008年年底，中科院人教局热忱邀请崔铮回国，参加海外留学人员创业周的活动。“这次活动中，中组部一位副部长专门介绍了‘千人计划’。同时，我们在人民大会堂受到中组部部长李源潮会见，他也介绍了‘千人计划’。‘千人计划’的确很吸引我、打动我，感到中央领导层对吸引海外人才回归是要动真格的了!”

2008年12月31日，崔铮主动给杨辉打电话，说自己刚在北京参加了“千人计划”的系列活动，希望自己能在纳米所申报“千人计划”，到纳米所工作。杨辉接到崔铮的电话非常高兴，当时就说：“我们非常欢迎！你的这个电话也是我们最好的新年礼物!”

“我之所以选择纳米所，主要是认为这样一个新的朝气蓬勃的所，更需要像我这样的人来加盟，老研究所的队伍一般比较齐全，科研工作比较有基础，新所一切都从零开始，大家来自五湖四海，前景更加无限。”“当然，我1977年上东南大学后，曾在南京生活了10年，我和太太都很喜欢苏州。同时苏州工业园区的理念、政策等都比较到位。”

作为“千人计划”入选者，崔铮很荣幸自己参加了今年的天安门国庆观礼，深感中国今日的地位与他早年刚到国外时已不可同日而语。自己能够归国工作正逢其时，是报效祖国的一个很好机会。

"湍流"正在这里蔚为壮观地形成①

——记中国科学技术大学的人才队伍建设

2009年10月底，中国科学技术大学代表团赴美，在哥伦比亚大学、纽约大学、普林斯顿大学、宾州大学和天普大学等高校召开数场人才招聘会。众多中国科大校友和华人学者参加了招聘会，他们听取了代表团的全面介绍，并有多人与代表团成员进行了充分深入的沟通，表达出到中国科大工作的热切期望。

《科学时报》记者最近赴中国科大采访，听到该校高层领导说得最多的一句话是："人才，是我们一流大学建设的关键！"

钱学森早年曾出任中国科大力学系主任，在前些时候悼念钱学森的日子里，中国科大的师生们不由地追思起这位科学大师的精神风范，提到钱老曾殷切期望的"湍流，应由中国的科学家来解决"的战略远见。让记者深刻感受到的却是：如今，中国科大作为我国知名的高等学府，人才队伍建设风云际会的行动裹挟的一股"湍流"，正在这里蔚为壮观地形成。

"千人计划"招贤引能

2008年年底，赵政国将女儿暂时留在美国当律师，自己和夫人回到合肥定居，尽管这个决定很艰难，而且他把美国的房子卖了也损失不菲。从2001年出国，作为国际知名的高能物理、实验粒子物理学家，赵政国在高能物理领域颇有建树：他在美国密歇根大学物理系担任高级研究员，2006年在国际高能物理大会上作题为"Diboson production and triple gauge coupling at LHC"的报告。

① 本文发表于2009年12月10日，与易蓉蓉合作。

赵政国是作为中国科大引进的"千人计划"学者回国工作的，他自我解嘲说，这次回国工作已经是"二进宫"了。

1995年，赵政国第一个入选中国科学院高能物理所的"百人计划"，1997年到位工作。当时女儿也跟着他回国读高中，"水土不服"，不适应国内的应试教育，心理压力非常大，所以赵政国和夫人只得决定带女儿出去。赵政国去了密歇根大学做高能物理，搞强子对撞机。后来虽然也一直想回国工作，但因为诸多原因，延搁了再度回国的计划。

中国科大第一批"千人计划"学者共5人：罗毅、张振宇、陆亚林、潘建伟、赵政国。他们分别在凝聚态物理、材料工程、量子信息和纳米器件以及高能物理等学科取得了国际公认的学术成就，将与现有人才形成金字塔形的人才梯队。现在，第二批"千人计划"3位高端人才的引进，也在中国科大紧锣密鼓地进行着。

除此，中国科大高端人才引进还包括长江学者讲座教授、特聘教授，中科院"百人计划"和国家"杰青"等。中国科大人事师资处处长褚家如强调说："我们还有自己的配套政策。"比如"百人计划"入选者，有200万元的科研启动经费，学校还为其配备70万元，270万元的资助可以帮助引进人才很快开展科研。目前，中国科大"百人计划"入选者已达到107人、国家"杰青"63人、长江学者25人，形成国家自然科学基金委创新研究群体8个、中科院创新团队4个、教育部创新团队6个。

中国科大培养和引进的高端人才队伍，已呈现良好的学历结构、学缘结构和专业技术职务结构。

赵政国说，在美国时，经常自己会坐在那儿想半天，到底回不回国工作呢？早些年他曾回国两三次，开始帮着带几个学生，同时对国内的气候有所了解。夫人尽管有工作，更难放弃，但非常支持他。

"国内某高校给的启动经费更多，工资要高一半，对我太太的工作也安排得很好。但因为我是中国科大毕业的，对中国科大有感情。我在这里学习时就很喜欢它的氛围。大家都说，要做学问最好还是到中国科大，中国需要一批安心做学问的人。中国科大的校风好，有特殊的、尊崇学术的文化，学术环境非常民主，校领导能够听取大家的意见，我心里踏实。"

赵政国在引进之前，就被聘为中国科大的"赵忠尧大师讲席"教授，每年来学校进行讲座并指导学生。

赵政国的经历，既有出国深造、工作，也有下乡插队，可谓丰富。他是"文化大革命"后第一批大学生。高中毕业后，他到湖南农村插队劳动。"文化大革命”后恢复高考制度，他顺利考入中国科大近代物理系，从此与中国科大结下了不解之缘。

曾经回国工作过的赵政国当然明白，工作和生活条件与国外比肯定有差距，但国内学生比较多，在科研上也有更大自主性。回到中国科大后，没有谈任何个人条件的他带着几个副教授和七八个学生，加入到北京谱仪的科研和建设当中。他很自信，说自己的队伍很强大，要好好合作，好好干活。他还打算结合理论和实践，在中国科大建立一个粒子物理和技术中心。

就在《科学时报》记者采访赵政国之前，他刚和几位学生讨论完问题，“很兴奋，带了一批好学生”。

“中国科大要办一流研究型大学，希望在各领域有一些有影响力的学者，引进一些海外科技领军人才，这也是我们过去几年的着力点。中国科大作为国家第一批‘海外高层次人才创新创业基地’，已汇聚了一批国外领军人才，通过他们可以集聚一批学术队伍，形成群体效应，让高层次人才的作用得到最大限度的发挥。”中国科大校长侯建国说。

“高端人才的引进，往往更需要相互间较长时间、较为深入的了解。我们现在引进的‘千人计划’人选中，有的是中国科大的校友，有的在学术研究上和中国科大一直有联系，对中国科大的学术氛围非常了解。他们更看重中国科大的学术环境。”褚家如说。

引进“女婿”，“儿子”也花血本培养

在引进海外人才的同时，如何调节海外引进人才和本土人才之间的冲突，不要“请来了女婿气走了儿子”，中国科大也着实下了一番工夫。

“引进了‘女婿’，也要花血本培养‘儿子’，让他们看到希望!”褚家如说。为了培养和提高现有青年教师的水平，中国科大聘请国际上的著名学者来校授课、讲学和指导，目前已经有25位。

与此同时，2008年，中国科大启动了“青年教师出国研修计划”，每年拿出500万元经费送30位青年教师出国进修。由杰出校友和学术权威组成青年教师导师小组，在全校范围内挑选青年教师，利用他们在国外的学术人脉，联系一流的科研机构进修，让他们直接接触国际学术的最前沿，提高他们的学术水平和国际化视野。对青年教师去哪个实验室、选择哪个导师都有很详细的计划，青年教师学成回国后再对其评估，给予科研启动经费。这些年轻人进修回国后，将与高端人才一起组成高水平团队。

大多数刚刚进校、35岁以下的青年教师已显示出学术上的冲劲，但资历尚不能担任终身教授、终身副教授。针对这一群体，中国科大为他们设立了“特任讲师”这个流动岗位，为他们提供较高的岗位津贴，如果他们两年内做出出色的工作，就可以转为终身教职岗位。这样做一来可以提高准入门槛，同时也把新进青年教师放到激励的环境中，为他们创造上升的通道，让他们看到希望。同时，中国科大为青年教师提供了自由探索的空间和平台，以及公平竞争的机制，让他们有可能逐步建立自己的研究团队和实验室。

2009年10月，中国科大召开了全校青年教师大会，把学校发展远景和发展规划告诉教师，为青年教师、技术支撑人员和管理人才这三支队伍设计了发展空间，让他们尽早制定自己的职业生涯计划，也有利于他们的学术和职业生涯选择。暑假期间，中国科大已进行了行政管理人员的培训，下一步要开展技术支撑人员的培训。

“办大学，人才是第一位的。”侯建国说：“我们尊重学术的内在规律，不以行政命令等代替学术规律，尊重广大教授、老师的意见。比如院系调整这样的问题，我们开了很多座谈会，更多地听取教授和老师们的意见，而不是采用简单的行政命令。”

稳打稳干，本土教师创出一片新天地

曹垒是中国科大生命科学学院的一位年轻副教授，近年主要从事水鸟和湿地生态研究。在学校的支持下，她将个人的未来发展和中国科大生态学学科建设紧紧结合在了一起。

曹垒在湘江边长大，从小十分喜爱动植物，珍·古道尔的故事让她选择了生物专业。2000年寒假，她独自去皖南旅行，与当地人同吃同住，感受徽州古老的文化氛围，了解农村、旅游区的现状。一趟走下来，曹垒感到自己的知识贫乏，对国情也缺乏了解，而当地秀丽的景色，更唤起了深埋在她心中的童年梦想。回到学校后，她便和同事一起倡导成立了中国科大学生自然保护协会，协会的宗旨是“保护环境，净化生存空间，建立人与自然的和谐”。

曹垒踏上了漫长的求索之途。受中国科大青年基金资助，她开始研究在校园繁殖的绿鹭，从此与水鸟结缘。之后，她在兰州大学攻读在职博士，并赴遥远的西沙群岛开展红脚鲣鸟繁殖生态学研究。中国科大生命科学学院支持她开展研究所需的仪器，而当时还是副校长的侯建国亲自写信给西沙水警区领导，请当地驻军对她的研究给予支持。在西沙驻军大力协助下，曹垒顺利完成了博士论文的野外研究，并持续得到了国家自然科学基金的资助，她开创性的工作也受到了专家好评，被誉为“开启了中国研究远洋海鸟的先河”，2006 年获得“郑作新鸟类科学青年奖”。

2004 年，曹垒参加长江中下游越冬水鸟调查后，与湿地国际鸻鹬类专家 Mark Barter 合作，将调查的范围扩大到中国东部的其他重要湿地，以掌握越冬水鸟的现状。在中国科大外事办公室和一些国际组织的资助下，之后几年每到冬天，她和课题组便纵横几万公里，追随这些迁徙的鸟类，从长江到淮河，从渤海湾到珠江口，最终发现长江中下游的湿地是我国水鸟最重要的越冬地。因此，她将工作的重心聚焦在该区域的水鸟和湿地上。她认为，如何维持长江中下游湿地丰富而独特的生物多样性，以便其继续为当地人的生存和发展提供基础和保障，是国家生态安全面临的重大挑战。

为了支持曹垒课题组的工作，同时顺应国家需求发展湿地应用生态学，中国科大和安徽省金湖国家级自然保护区携手，共同建立了水鸟和湿地生态教学科研基地，以及研究生创新基地。基地工作受到国际同行的高度关注，最近几年，丹麦国家环境研究中心、荷兰 Wageningen 大学和湿地国际等机构的著名专家每年都会定期来访，一起开展野外研究和研究生教学。今年 7 月，《自然》杂志刊登了曹垒和合作方关于水鸟和湿地研究的重要成果。最近，曹垒还参加了在瑞典举行的“第 12 届湿地国际雁类专家组会议”，并在大会邀请报告中介绍了课题组最新的研究进展。

但求慈航心中渡[①]

——记中国科学院上海神经科学研究所所长蒲慕明（上篇）

出生于大陆，成长于我国台湾地区，求学和工作在美国，数个轮回之后，蒲慕明重新踏上了祖国大陆的土地……诸多故事串起一位华人科学家的人生脚印，变成一个时代的镜像。

1999 年，世纪之交。中国科学院迎来了 50 年历史上的第一位外籍所长——上海生命科学研究院神经科学研究所所长蒲慕明教授。当蒲慕明出任神经科学研究所的首任所长时，杜克大学的马克·卡伦教授对美国《科学》杂志说："他是科学界的一位'super star'（超级明星）。"

此言不虚，蒲慕明是一位国际著名的神经生物学家和生物物理学家。2000 年任美国加州大学伯克利分校分子与细胞生物学系讲座教授。而从 1999 年 11 月 27 日起，他还是中国科学院上海生命科学研究院神经科学研究所的首任及现任所长、神经可塑性研究组组长。他是台湾"中央研究院"的院士，也是美国国家科学院院士。在世界华人科学家中，能够有如此荣誉者，委实是屈指可数。

10 年只是弹指一挥间。蒲慕明注定会被写进中国科学院建院 60 周年的历史，成为其中一位不可或缺的重量级人物。接受《科学时报》专访时，蒲慕明由衷地说："我受过中国传统文化和西方先进科技的教育，能够较深刻地了解这两方，我的价值就是做跨越中西方的桥梁，发挥自己最大的作用。30 年前我就开始朝着这个方向走，走到今天这一步，完全是合情合理的。"

为创立上海神经科学研究所做着不懈的努力，蒲慕明外表貌似淡定而内心坚毅，虽然生性平和却行动执著。

上海神经科学研究所党委书记王燕说得好："要全面地了解蒲慕明，一个鲜

① 本文发表于 2010 年 1 月 22 日。

活无比的蒲先生其人，就不能只靠嘴巴，而要靠眼睛和心灵。"

本报记者写到这里，则想起当代著名中医王琦教授的《五台莲界》诗，"佛光梵音绕五台，无边清凉远尘埃，但求慈航心中渡，不著袈衣亦如来"。

一拍即合：与神经研究所从此结缘

蒲慕明出任中科院上海神经研究所所长一职，按中国科学院院士吴建屏的话说，几乎可以称得上是"临危受命"。

"我们当时正处于困境。"时任中科院脑研究所所长的吴建屏如是说。由于传统的管理机制缺陷，上海脑研究所运行一直不甚理想，当时优秀的科研人员纷纷选择了离开，整个脑研究所仅剩下 3 个研究组在开展工作。

此时恰逢中国科学院启动知识创新工程试点、为国家创新体系建设探路——1999 年中国科学院党组决定整合上海地区从事生物学研究的 8 个研究所，成立"中国科学院上海生命科学研究院"。

这一次体制创新几乎涉及迄今为止研究所改革的所有类型：撤销、合并、转制、搬迁、新建……首任院长吴建屏领导的班子推进了最初的改革，奠定了基础。一个重要的切入点，就是将脑研究所撤销，创立神经研究所。

而蒲慕明与神经所结缘的故事，早在 20 世纪 90 年代初就已埋下伏笔。当时，美国国立卫生研究院的鲁白、弗吉尼亚大学的梅林、华盛顿大学的饶毅这三位海外华人学者联袂在脑研究所建立了联合实验室。1997 年夏天，鲁白在美国戈登会议上见到蒲慕明时，谈起他们在上海脑研究所联合实验室的工作。蒲慕明听后十分高兴："很好啊，将来有机会我也可以去帮帮忙！"

鲁白回到国内后，向吴建屏转达了蒲慕明的意愿。吴建屏当即给蒲慕明发了一封 E-mail，邀请其回国，为脑研究所作一份"定位报告"。

在引进蒲慕明的故事背后，还有一位科学家发挥了重要的作用，他就是中科院院长路甬祥。1998 年春天，路甬祥率团访问美国，刚在旧金山机场落地，鞍马劳顿的他便在机场的咖啡屋里会见了"赴约"的蒲慕明。

与蒲慕明的会谈，是路甬祥此次访美"行程表"的内容之一。一个多小时的会谈，从中国的国情现状谈到中科院知识创新工程的设想。"我对他谈了神经科学研究的重要性，他谈到中国科技体制改革宏观层面的情况，鼓励我回国来看看，有机会帮帮忙。"蒲慕明对本报记者回忆，"这完全是一拍即合，多为祖国做点贡献是我多年来的意愿，时机一到，我就可以着手进行了"。

就这样，1998 年夏天，蒲慕明来到上海，参观了几个与神经科学有关的研究所，并受吴建屏委托，撰写脑研究所的定位报告。当时的脑研究所人几乎已走空。在传统体制束缚下，要从海外招聘人才很困难，几乎没有人愿意回来。

“如何在这种情况下给脑研究所的未来定位？我实在没有什么好办法。”30年在西方先进的科研体制下成长的蒲慕明有着自己的判断：只有建立一个拥有全新的现代科研体制的研究所，用一个新的体制和机制，配合知识创新工程的支持，才能吸引人才。

对蒲慕明的这一建议，吴建屏不由得击节赞赏：“这是一个 good idea（好主意）!”由此，蒲慕明、吴建屏、鲁白、梅林、饶毅五人“联名上书”中科院，建议成立一个全新的研究所。“要大力推行改革，在一个已存在的研究所会比较困难，建一个新的研究所是最佳途径。”蒲慕明如是说。

1999年春天，这个报告送交了中科院高层领导。当时中科院在上海的数个研究所急剧动荡，正面临着大刀阔斧的调整和整合，这个犹如“及时雨”一般的建议，很快就得到了正在推行“知识创新工程”的中科院的积极回应，科技部、上海市等也表示支持。时任国务院副总理的李岚清也承诺，在今后10年，新的研究所将获得稳定的经费支持，并由科学家自己制定自己的“游戏规则”。

1999年11月，隶属于中科院上海生命科学院的神经研究所正式成立。“尽管当时在岳阳路320号大院里的震荡很大，神经研究所的开张也意味着脑研究所的结束，据说有些人甚至酝酿举行一场游行示威。”蒲慕明回忆说。但即便是困难重重，也并不挫蒲慕明矢志改革创新之锐气。

一流之人：吸引凝集一流之善

Recruit the best people and keep them happy（招募最顶尖的人才，并使他们快乐），这也是世界著名大学具有共性的、最基本的管理之道。这样才能吸引有才能、有眼光、有胸怀的优秀人才。

研究组的选人和筹建，成为蒲慕明最初工作的重中之重。“我最初的计划是，从国内的研究所中先挑选几个已有的研究组，组建核心力量。这几个组必须在几年之内做出令人瞩目的成绩，然后才能吸引更多的人才加盟。”

根据吴建屏建议，神经研究所聘了六位组长，包括郭爱克、李朝义、张旭、何士刚、周专、冯林音，再加上吴建屏和他本人联合带领的小组。蒲慕明也亲自去落实周专和郭爱克两位组长加入神经研究所。

“许多人是因为有了蒲先生这样的所长而来。”王燕告诉本报记者，“他是个真正‘做’科学的人，线条很简洁，是非、黑白也很分明，不仅对待科学是这样，对任何人和事也都是这样”。

正如郭爱克院士对蒲慕明的评价：“他是一位理想主义者。”

蒲慕明所期待的，在中国尝试建立一个可持续发展的科学研究机制的机缘终于在蹒跚中来临。“我不希望神经研究所成为一个与世隔绝的孤岛。”蒲慕明壮怀激烈，“我们可能影响到的，或许将是中国的整个科学界”。

一流之人吸引一流之善。随着杰出学者的联袂而来，蒲慕明将建设中的神经研究所打理得有条有理、有声有色、士气高涨。

神经研究所从1999年年底提枪上马，在而后的短短4年里，就已连续突破了中国生命科学发表论文的纪录。2003年11月29日，在神经研究所建所4周年暨年会上，蒲慕明的语音铿锵，信心溢于言表：“今天非常高兴地在我们新的礼堂看到，神经科学研究所现在人数已经大增，研究组由最初的7个已经发展到目前的13个。我想，再过几年，楼上肯定也要座无虚席了！”

紧接着，蒲慕明谈到了未来的“路线图”（road map），亦即神经研究所的前程。蒲慕明认为，神经研究所的发展可以分三个阶段。第一阶段是“起步期”，“今天可以视为‘起步期’的结束。在这头4年里，神经所初步把应有的设备和机制建立起来，下面的6年，将是其‘成长期’”，“再过6年，到神经所10周年时，我们要有30个研究组，那时就是‘收获期’的开始”。

“目前这个‘成长期’，将是一个最为‘critical’的时期。”蒲慕明一语双关，将生命科学领域的专业术语导入了研究所的未来路线图。他说：“我们是从事神经系统研究的，大家肯定都知道，神经系统的发育有一个‘critical period’，换句话说，‘成长期’的‘activity’，是神经系统结构形成最为重要的因素。这个‘成长期’，将是我们神经研究所发展最为重要的时期！”

“critical period”既可以翻译为“转型期”，也包含着“批评”、“责难”的意思；而“activity”的语义，兼有“活力”、“活跃”的深刻表达。

文化反思：神经所绝非“发神经”

自从蒲慕明出任神经科学研究所所长，研究所推行的种种改革创新举措，尽管岳阳路320号看似不动声色，但却都像有股无形的飓风在将之裹挟席卷，而无论是蒲慕明本人还是神经科学研究所，也自然而然地被抛向了风口浪尖。

中国科学界在瞩目神经科学研究所发生的一切。关爱有加者有之，呵护备至者有之，骑墙观望者亦有之，当然，也不乏冷嘲热讽者。个别人甚至有点酸酸地说：“神经研究所都在干些啥？纯粹是在那里‘发神经’嘛！”

更不消说在神经科学研究所内部的“自激震荡”了。最初的自激震荡是在研究所的初建阶段，蒲慕明要求每个研究小组，每过半年都要做一次“review”。

“review”，从英文的字面上翻译，可以说是“回顾”、“复习”、“检讨”、“温习”、“校阅”，等等。其中，除了“检讨”的这一含义有点负面，其他的含义都是正面的或者中性的。但凡科研机构与组织，每过一段时间就要进行 review，这在国际上已是一件司空见惯、大有裨益的事情。

但就是这样的 review，最初在神经科学研究所内部推行，却引起了一阵不小的反弹和骚乱，“可见一项新的改革制度的推出之难，要推而广之更是难上加难”，蒲慕明说。

在神经科学研究所成立的第二年，蒲慕明首次郑重其事地提出，只要是本所的 PI（课题组长），都应参加研究所学术委员会的 review，“三位年轻的 PI 竟然拒绝出席，他们的理由很简单：你是 PI，我也是 PI，我做的研究不需要你来指导。我当时感到很意外，也很吃惊，因为在国外，年轻的科学家都希望那些有经验的科学家给他们提些批评建议、出点主意。可是我们这几位年轻的 PI，怎么就偏偏不能理解我的一片好心？我大老远地从美国过来帮助他们，他们却这么不领情”。

如果是年轻的 PI 不懂“review”的内涵，尚且可以理解，但这三位 PI 都是货真价实的“海归”，都有在国外科研机构学习和工作的经历，如果不是他们聪明的脑袋已经“进水”，难道真是像个别喜欢蜚短流长的人所说的那样，蒲慕明是异想天开、乱出主意，要“micromanage”（事无巨细、微观管理）神经所？

在反省、检讨了自己提出的 review 语境之后，蒲慕明认为，自己工作的方法方式虽然有待商榷，但必须坚持推行 review 是毋庸置疑的，“一些人在开始的时候，的确不愿意做诸如 review 这样的学术讨论。但我们顶住种种压力，最终实行并坚持了下来。几年之后，包括 review 在内的一些学术讨论风气，也就逐渐地养成习惯，变作顺理成章的事情了。现在无论是组长还是其他研究人员，都很乐意接受并参加 review。上面每个人在介绍、回顾自己半年的工作，下面每个人都可以提意见、批评，每个科学家都自觉地养成了接受批评的习惯”。

“虽然当初我推行的所内 review，以及国外专家学术评审的做法得罪了不少人，与一些组长的关系也因此受到影响，但我没有别的选择。”蒲慕明坦荡地对本报记者敞露心扉，“一位资深研究员因为不肯接受国际专家的学术评估，我们不得不终止他的聘书”。

蒲慕明说到这里，声音不由得低沉下去，多少有点伤感地摇了摇头，“为了这件事情，他跟我红了脸到最后翻了脸，但我实在是想不出两全之策”。

蒲慕明推行的review，坚持至今已有10年之久。今天的中国，如此这般的review，在诸多科研机构已是家常便饭，而一些政府部门也已经在开始尝试。他们做这样的review，不就是在做《述职报告》吗？但如果把坐标中的时间轴迁移到10年前，那显然就是另外一番景象。

在前些年，蒲慕明在《中国的科技创新——文化的反思》的文章里，旗帜鲜明而又一语中的地指出："有一个曾引起很多中国文明史学家兴趣的问题，就是为什么现代科学是在欧洲得到发展而不是在中国，尽管在早期中国文明中已经清晰地出现了科学和技术的源头。经过几十年对中国科学和技术史的研究，李约瑟得出的结论，是中国形式的'官僚封建制度'阻碍了现代科学的发展。在新世纪，中国面临的挑战，就是怎样克服一些残余旧文化的约束，使科研机构能得到飞跃的发展。"

"克服一些残余旧文化的约束"，就是蒲慕明本人所要面临的挑战——推行国际评审也是如此。

国际评审：需要"严苛到近乎残酷"

绝顶聪明，做事果断，是非分明。这在神经研究所，几乎是认识蒲慕明的人们的集体记忆。

"他凡事考虑得当后，说干就干，从不疏忽，从不苟且；如果他对事情有不同意见，就会立刻直截了当、坦率清晰地讲出来，从来不会拖泥带水。"王燕对蒲慕明有这样的评价。

蒲慕明到神经研究所推行的改革之一，就是曾经引起过不小的震动和争议的、邀请国际学术同行进行评价的"学术评审制度"。

神经研究所开展的这一学术评审，在许多学者看来，可以用"严苛到近乎残酷"来形容。在这里，每个研究组都必须经过严格的、由国际权威学术同行进行的定期评审。其中，研究员每四年要接受一次评审，高级研究员每六年一次。这种制度的实行和建立，对中国科研机构传统体制中的评价体系不啻是一种挑战。这一评审包括进行实地评审前半年就进行的国际同行通信评审，每位被评者有六份国际同行匿名评审意见。实地评审由神经所国际顾问委员会和其他国际著名神经生物学家组成的专家评审小组进行实地考评。每位被评者有两个主评的专家。实地考察内容包括：被评者工作报告，答疑，参观实验室，与被评实验室全体学生的会谈，此时研究组长和实验室的工作人员被要求回避。

这项制度在神经所开始推行时，遇到的阻力可想而知。一些研究人员因此而选择了离开神经研究所。一时间，神经研究所风声鹤唳，当时还是所长秘书的王燕甚至也因此有过隐隐约约的担心：“这么严格的评审再继续做下去，会不会影响到神经研究所的正常发展?”

怀疑、担忧、非议甚至是嘲笑和责难，蒲慕明都可以坦然面对，加以克服。唯有人为制造的阻碍，为蒲慕明深恶痛绝。他认为，严格的国际学术评审制度，是必须毫不动摇地坚持下去的“游戏规则”，只有这样，才能保证神经研究所的健康发展。

“蒲先生不留情面，没有一点含糊，他不会考虑话讲出去之后对方是否喜欢。”在王燕看来，不管对象是谁，蒲慕明从来都是有话就说，不怕得罪人，“他从来就不是那种只会‘和稀泥’的人，而神经研究所的确也需要蒲先生这样的人”。

在研究所的创建初期，有很多事情不好处理。王燕深知其中的困难和艰辛：“当年在神经研究所内部有好多争论，蒲慕明都能超脱于个人的恩怨之上，才终于有了今天的成果。这实属不易。”

2004 年 3 月，世界著名的《自然》杂志眼光独到，推出了名为《中国：来自西方的观点》的“中国特刊”，以一些知名学者的评论性文章为引，剖析了中国科研多个领域的发展现状和潜力，将世界的目光引向崛起的中国科技。蒲慕明在为之撰写的文章中明确说道：“科学家之间缺少公开的批评性的学术交流在中国是一个普遍的问题。公开、坦诚的交流将使许多学术研讨会不仅仅是友谊性的聚会，而是使人受益的学术活动。对学术批评的正面态度将有助于建立这样一种科学文化，即科学的真实性比‘顾面子’重要得多，而且负面的评语不总被认为是人身攻击。过度的礼貌和虚伪，可能在一个传统的中国家庭维持儒家式规范是必要的，但对于一个研究单位是有害的。”

“成功地建立以业绩为准的考核体系，首先需要能对科研业绩进行客观评估，且对评审者的身份能够保密。除了各学术领域中合格的评审专家不足外，‘保密’在中国的科研机构是一个非常生疏的概念。缺乏保密性会使得客观的评审非常困难。广泛地聘请国际同行评议，是目前国际主要研究机构普遍采用的方法，这对解决客观评估的困难会有些帮助。”外表温文尔雅的蒲慕明，这里犀利的剑锋指向却既不含糊，亦不躲闪。

在目前国内的科研机构中，能真正坚持做到严格执行国际学术评审制度，而且不徇私情、不讲情面的，委实是凤毛麟角，神经研究所或许算得上是做得最坚决、最彻底的一个。蒲慕明对神经研究所持续坚持至今的现状，有着自己清醒的认识和明确的态度，他说：“国际同行学术评审制度，我们一定要不走样地继续做下去，还要做得更好!”

越是激流和漩涡，越是要闯关和抢滩。也就是在蒲慕明的掌舵下，神经研究所建立了很好的人才流动和退出机制。

在神经研究所，允许研究员名下的学生、仪器设备带到其要去的新单位。这样，就建立和推动了一个良性循环的人才流动机制。

按照过去国内的惯例，所有的仪器设备都应属于原来的研究所，要离开的研究人员只能“净身出户”，这对离开的研究人员重新建立实验室、日后继续开展研究工作有很大阻碍，对国家的资源也是一种浪费——因为留下来的仪器设备中的相当部分，很可能其他研究小组根本用不上，“所以我们制定出一个公正合理的退出机制，我们经过很多的努力才做到了，这也是我们建所过程中，对国家科技体制和机制改革的一个很重要的贡献”。对此，蒲慕明既毫不含糊，也无须过谦。

“神经研究所真正的竞争力核心，不仅仅在于引进了一些科学家，发表了高水平的论文，在学术水平上有所拔高，而是在于真正引进了一个全新的、富有竞争力的机制，这种机制是极富生产力的。”王燕说，“蒲慕明为神经研究所带来的，是一条比较完整的‘生产线’，受其影响的是一大批人的思想和观念”。

年会报告：一道足可饕餮的心灵“盛宴”

蒲慕明领导、建设着神经科学研究所，在不断地进行深层次的反思：中国科技创新的文化土壤究竟是什么？如何才能将这一文化的土壤改造得更为肥沃？他把神经科学研究所当成实验田苦心经营，而每年一度研究所在年底召开的年会，他都要精心准备，拿出一份有纲要、有观点、有数据、有分析、有结论的报告。

在2003年的年会上，蒲慕明说：“可以保证在未来的10年、20年之内，我们研究所能够达到有重大科学发现的那个目标。怎样达到这个目标？在未来的‘成长期’里，我觉得最重要的一个工作，不只是招人才、不是争资源，是建立一个一流的科学文化。没有科学文化，不管有多少人才、多少经费都没用。我们不缺人才、不缺钱，我们缺的是一个文化。什么是科学文化？很简单，第一个就是要有严谨的科学态度。”

“现在的科学发展这么快、竞争这么强，过去的卡文迪许实验室的宽松环境，让Max Perutz用20年去解决一个蛋白的结构，那个世纪已一去不复返了。现在在加州大学伯克利分校、麻省理工学院、普林斯顿大学的结构生物学实验室，只要有好的结晶体，有人甚至提出‘one protein a day’（一天分析一个蛋白质的结构）的口号。这就是现在发展的速率。”蒲慕明作如是阐述，“我们就是要努力创造有‘必要的紧迫’环境，使得大家能够发挥最大的创造力。国外对中国科学家的勤奋、聪慧、基本训练有很高的评价，很多人在国内没有这样的成果，一出去到人家的研究机构里就变成最好的研究人员，为什么？这就是国内的研究机构缺乏必要的紧迫感，没有这个，我们就达不到这个最高的、一流的研究所的目标”。

在2004年的年会上，蒲慕明几乎是在疾呼：几十年社会运动遗留下来的浮夸风在科学界里仍然盛行。我们就是要做一个榜样，把不浮夸、脚踏实地、严谨地做科学的态度在中国神经科学界好好建立起来。

“我们有些科学家动不动就向国家要几亿的钱，举个大旗就要几亿，为他们自己的项目要国家投资大笔的经费，就没有想想，做这种研究到底是否真正能解决问题？在目前的情况下，在一些基本功还没有建立的实验室投入大量资金，这对社会是多大的浪费。我想提醒这些科学家，去看看我们社会现在的情况，看看农村的情况。我们现在有些农村还很穷，你买个大仪器放在实验室却不能好好用，应该想想这些钱可以养活多少困苦的农民？所以我觉得现在不浮夸，谨慎地使用科研资金，好好做科学，是我们做科研人员的基本的社会良心。”

“有些人批评我到神经所做的事情，就是把美国那一套带回来，‘不合国情、要安定团结’。这样的说法，是中国社会腐败现象、科学界虚假浮夸、人事关系主导一切等各种弊端的最好挡箭牌。我们科学界甚至整个社会改革目前最大的阻力，就是来自这种所谓的要安定团结、要合国情、要讲人情的做事方式。”蒲慕明直截了当地指出，“这些，不仅是我个人，也希望神经科学研究所的同学和老师们要坚决抵制。虽然我们所这5年在科学研究上有一个好的开端，但我希望我们的意义不止在这里。我们要在神经科学界乃至整个学术界做一个榜样”。

在2005年的年会上，蒲慕明又提到了英国的卡文迪许实验室：这也是DNA双螺旋发现的地方。在20世纪的前50年，这里是世界科学的主要中心，物理学和结构生物学发展的许多重大成果都出自这个实验室。“在这里工作的年轻人，一个个变成大科学家，许多成了诺贝尔奖得主。难道那些年轻人都是天才吗？卡文迪许实验室选人都选得那么准吗？为什么那些年轻人进去之后就都变成一流的科学家？卡文迪许实验室那个环境到底有什么特别？”

连续的几个设问之后，蒲慕明自问自答：“我觉得，并不是那里的仪器设备特别好，也不是那里的大师特别聪明、出的题目特别好。最重要的一点就是，那里的环境给了所有进入实验室的年轻人信心。只要自己建立了信心，持之以恒，就肯定会有重大发现。还有大师对年轻人的期盼，年轻人对自己的期盼。正是信心和期盼，成就了该实验室辉煌的历史。”

年会报告末了，蒲慕明自我“爆料”：“最近有很多人都在问我，说我的所长职务是不是马上要被解了？”在满场笑声中，蒲慕明也笑了：“我可以告诉大家，建立神经所是我这辈子最重要的一件事，我什么都可放弃，神经所决不会放弃，赶我走还真是不容易呢！”

蒲慕明接着说：“大家都知道，我们在国内的科学研究做得很好，若真有什么人想要赶我走，绝不是件容易的事情。能够赶走我的是谁？是我们神经所的老师和同学！只要你们认为我应该留在所里，那我就留在所里，即便不当所长，我也会留在所里！”

全场的掌声雷动，给了蒲慕明报告完美的谢幕，而热烈的掌声，也验证了研究所全体人员的信心和期盼——就像是卡文迪许实验室那样的信心和期盼。

2006年的年会上，蒲慕明透露了一个“小秘密”：自神经所成立以来的7年中，除了得到与其他研究所一样的正常运行费，中科院每年向神经所只是多提供了200万～300万元的所长基金，作为支持一个新的研究所用以引进人才的专项经费。倾尽全所的一切经费，包括各个研究组从其他部门得到的科研经费，每年的总额还不足2800万元，这相当于美国一个几十人的实验室的经费。但是我们还是得到了快速发展，离国际一流科研机构的目标已越来越近。

“但是我为什么有信心呢？”蒲慕明说：“神经所至今所取得的一切研究成果，靠的不是从政府那里得到大量资源，靠的是新的科研管理机制，靠的是神经所的老师和学生没日没夜地在实验室工作，靠的是我们坚守建设世界一流科研机构的理想，坚持抵制旧体制旧观念的影响。如果从科研资源角度来看，神经所业已取得的诸多科研进展，在中国许多其他科研机构同样可以实现。这才是神经所的经验对中国科技发展的真正意义。世界上还没有任何一个国家，可以只靠巨额投资到少数精英单位就能成功地发展科学事业，并且引以为豪。中国科技的长远健康发展，需要的是许多科研机构普遍提升它们的科研水平。”

“困境孕育创造力！”蒲慕明为莅会的老师和同学们鼓劲。

在2007年的年会上，蒲慕明直击穴位，针砭时弊：“每个人的科研能力都是训练出来的，没有哪个人天生就有非常强的科研能力。只有通过接受别人的批评，好好地改进自己，能力才会越来越强。”“时下，一些对科学研究的真谛进行扭曲的观点，正在威胁着传统的科学精神。如果这些扭曲的观点得以盛行，本来应是圣洁的科学研究，将不再是在座的你们和我值得骄傲的职业。”

蒲慕明在这次年会讲话中，导入“灰色地带的不端行为”的概念加以抨击：

“我认为最严重的科研不端行为，就是现在日益蔓延的灰色地带的不端行为，这些行为正严重威胁着科学的核心精神，也就是对追寻自然界真理有共同兴趣的科学家之间的自由交流的精神。因为许多灰色地带的不端行为的存在，科学交流变得日益困难，因为科学家必须小心自己的想法可能被‘偷窃’。”“现在许多人有这样的倾向，就是不恰当地强调自己的贡献而淡化别人的贡献。严格来说也属于灰色地带的不端行为。”

“今天我所谈的这些，是在所有年会讲话中最严肃的话题。现在是我们必须认真思考科研诚信问题的时候了。”蒲慕明最后再次掷地有声，为自己所作的年会报告破题：“为了我们的科学生涯，为了神经科学研究所的未来，为了国际科学界关注的中国科学的未来，我们必须坚守最高标准的科学诚信和道德!”

蒲慕明每年所作的年会报告，经过录音后稍加整理，往往会挂在神经科学研究所的网站上。正应了中国“好酒不怕巷子深”的老话，这些思想深刻、言辞隽永的讲话，在中国的科技教育界不胫而走，也在国际科学同行中广为流传。许多圈内人士已经知道，这个年会报告如“品牌”一般的精彩。

当然，蒲慕明的诱惑力和鼓动性还不仅仅在于此。深谙现代互联网及其传播之道的蒲慕明，也把互联网、电子邮件的好处应用、发挥得淋漓尽致。

仅仅举出本报记者信手拈来的一例为证。那是在 2009 年秋天，蒲慕明给研究所所有 PI 群发的一份电子邮件：“请不要购买近期用不着的东西。请注意，我十分严肃地反对那种赶在年底之前把今年未用完的经费全部花出去的观念。如果我们不能用完这些钱，说明我们并不需要它，我们必须把它还给中科院或者其他来源之处。这才是一个有社会责任感的科学家的正确态度。神经所不允许浪费资源的事情存在。”

言之凿凿且义正词严，一如蒲慕明的率性风格。如果有什么能让蒲慕明更疾恶如仇、义愤填膺的事情，他在惯常的渠道上已经不能一吐心中之块垒，谁敢保证他不到互联网上去大声疾呼呢?

不著袈衣亦如来[1]

——记中国科学院上海神经科学研究所所长蒲慕明（下篇）

魂牵梦萦：还一个多年的心愿

蒲慕明是美籍华裔科学家，但他有一颗纯正的中国心。这位美国科学院院士、中国科学院上海神经科学研究所的首任和现任所长，多年来一直兢兢业业、孜孜以求，为中国科学的发展，做了最真诚、最实质、也是最为具体的工作。

大陆出生，台湾长大，美国留学，又回到中国来，这是蒲慕明的特殊经历，他不管在什么地方，始终对中华民族的状况深深关切，而且如果能够做一点事情就尽量去做，在两岸三地用自己的力量促进交流，加深彼此的理解。

“打从年轻时代起，我就有比较关心社会的倾向。我走到今天的这一步，也是自然而然的。”蒲慕明说。

蒲慕明1948年在南京出生。还在襁褓之中，他便随父母远渡台湾。

蒲慕明的父亲蒲良梢先生，1938年毕业于上海交大，是机械系航空工程组的第一届毕业生。那一届的毕业生全部投笔从戎，加入抗战成为空军后勤人员。后来国民党政府要造飞机，蒲良梢不久便被派往美国，学习螺旋桨发动机制造技术，他学成回国之后，成为南京发动机制造厂的第一批技术人员。

1949年，母亲带着蒲慕明和他的姐姐，从南京的下关乘船到武汉，然后到了广州，再从广州坐船到台湾。当时被母亲抱在怀中的蒲慕明还没有记忆。但蒲慕明在后来知道，中国航空工业的先驱们大多都是父亲的同学，而父亲的毕

① 本文发表于2010年1月25日，与刘丹合作。

生志愿，就是想制造出一架中国自己的飞机。

蒲良梢先生60多岁时，任台湾航空工业发展中心主任，终于造出了“经国号”飞机。蒲良梢先生退休之后，在其事业的最后10年里再创辉煌，在逢甲大学创办了台湾最好的航空工程系。“父亲的人生经历对我的影响很大，他的一些好朋友都成为了我的师长。”蒲慕明对本报记者回忆。

蒲慕明家中的墙上挂着一幅诗作：“忘却离乡今几年，水隔青山天外天。旧时欢笑浑为梦，新来思绪总难眠。海外飞传无限意，天涯相赠有诗篇。相知一世知何事，长留肝胆照人间。”这是蒲慕明的父亲与其同学、曾任铁道部总工程师的邹孝标的唱和之作。父亲作诗，由邹孝标书写，时空阻隔不了父辈归根的心愿。

1999年回到中国大陆，年逾50岁的蒲慕明已经是世界知名科学家，他最重要的是还一个心愿。

因为蒲慕明决定到上海工作的缘故，蒲慕明的父亲也希望来上海常住，不幸的是，2000年的冬天老人家在从浦东机场到市区的路上遭到车祸，他所乘坐的出租车被一辆环保卡车冲撞，造成头部、肺部、眼睛多处挫伤，在医院住了两个多月。因为这次车祸，此后老人家一直伴有失眠、哮喘、失明、行动不便等，身体就此每况愈下。

蒲慕明父亲遭受的车祸，其实是开卡车的那位环保工人的全责。

但老人家在住院治疗期间，当工人带着一串香蕉去看望他，老人家自己反而过意不去。因为手头没有现金支付，老人家就向来探视的王燕借了50元钱，感叹地对王燕说：“这位工人给我送来了香蕉，冬天里的香蕉很贵，他的妻子已经下岗，小孩还在上学，他的家很穷困、真是很不容易呐!”等那位工人下次再来医院看望，老人家当即就给了这位工人50元作为补偿。后来，老人家又给了那位工人100元钱。

2007年12月5日，接到父亲不幸在美国去世的噩耗，红着两眼的蒲慕明早上一走进办公室，就对王燕哽咽地说：“我的父亲已过世了。”王燕说：“那您就赶紧回家料理丧事吧。”蒲慕明却说：“不用了，即便是我现在就回去，也已经见不到他的最后一面，还是把我在上海的工作忙完再说吧!”

一个小时之后，处理好当日电子邮件的蒲慕明从办公室出来，又郑重其事地对王燕说：“父亲逝世纯属我的私事，请你不要告诉任何人，更不要影响研究所的正常工作。”

但是蒲慕明内心一直存有遗憾：当父亲去世时，自己不能守候陪伴在身边，给父亲以些许的慰藉。蒲慕明记得自己小时候，有一次父亲送他去上学，而后在霞光中匆匆离去的背影。那正像是自己少时熟读过的、朱自清先生写他父亲的《背影》。

立志报国：一份延续至今的浓情厚爱

蒲慕明从小接受的是中国传统教育，中国的历史和地理他了然于胸。“我虽然学的是自然科学，但是我始终对文学历史很有兴趣。台湾毕竟地方很小，大家一窝蜂都认为理工科好，学理工有前途，台湾流行的理念是，出国一定要学理工。所以我在大学时学的是物理。但我对中国内地的关切是从小一直延续至今的。”蒲慕明说。

蒲慕明认为，20世纪70年代初期的“保钓”运动，是对在美国的华裔留学生的一场教育。“教会了我们如何关心国家大事，学生不应该只关心自己的实验室工作。这个‘保钓’运动影响了很多学生，也影响了我的心态。”

“保钓”运动之后，许多台湾学者放弃了自己原有的专业，加入联合国等各种国际组织，从事社会公益事业活动。

1976年，蒲慕明在美国普渡大学完成了博士后研究之后，他申请的第一份工作，便是联合国教科文组织的一个职位。“我想为世界的科学文化教育作点贡献，但是很可惜，我连面试的机会都没有得到。”

蒲慕明申请的第二个职位，是回到他的母校——中国台湾清华大学。蒲慕明给徐贤修校长写了一封信，信中言辞恳切，希望回台教书。徐贤修校长用毛笔回信说，“年轻人立志报国是好事，此事交由沈君山院长办理”。尽管后来蒲慕明并没有能够如愿以偿回到台湾任教，但徐贤修校长的毛笔字他至今仍然清晰在目。

也许是命中注定蒲慕明要走学术之路，最终，他申请第三个职位，美国加州大学埃文分校助理教授被录用，从此开始了他真正的学术人生。

蒲慕明第一次回到中国大陆，是他32年前在襁褓中离开故土之后的1981年。当时，北京医学院和美国加州大学埃文分校交流项目，合作开办了一个讲习班，加州大学派遣蒲慕明赴中国讲课。

蒲慕明对这次回国的情景依旧历历在目：“当时我住在北京医学院的外国学生宿舍，到晚间肚子饿了，想出去找点东西吃，但街上的饭馆基本上都已经关门，回来时连学校的大门都已经关闭，我只好爬门回宿舍。”这一年蒲慕明虽然才33岁，但已是加州大学埃文分校生理系副教授，第一次回到改革开放不久的中国内地，北京留给他的印象是“到处的灯光都很暗”。

尽管如此，蒲慕明对这片古老的土地并没有感到丝毫的陌生。他依然记得一次在长安街上的饭馆吃刀削面，与其同桌吃饭的一位老师傅问他：“老弟，你是从上海来吧?”老师傅不经意的一句话，蒲慕明竟永久性地记下了，“我听了这话很高兴。虽然我是从海外回来的，但这里的人们还是把我当成自家人”。

毕竟，中美两国关系的坚冰已经打破，毕竟，枯树已经开始绽放绿芽。当时，全国30几个医学院都派教师来北京医学院学习，暑假一个月的时间，蒲慕明讲授神经生理学与细胞生物学课程。每天的课程分上午2个小时、下午2个小时，上午授课，下午介绍在美国开展的科学研究。

“记得我在讲课时，下面听课的学生年纪都比我大，最大的都已经超过50岁了，甚至有来自新疆医学院的老师，大老远赶来北京听课。”蒲慕明回忆，“两个班，每个班三四十人，每个学生尤其是那些高龄的学生，都在很认真地做笔记，他们虽然不太提问——当时还没有形成这种风气，但我依旧很感动”。

那是中国科学的春天，“大家重新捡起丢掉了10多年的东西，这种发奋努力的精神委实让我钦佩，肃然起敬”。说到这里，蒲慕明的目光依旧闪闪发亮。

“清华”情愫：更是“亲我中华”情结

蒲慕明的名字，曾几度与“清华”二字相连。

蒲慕明1970年毕业于中国台湾清华大学物理系。14年后，1984年北京的清华大学复建生物系，时任美国加州大学埃文分校生理系教授的蒲慕明，冲破大洋的万里波涛阻隔，欣然受聘兼任该系的主任。

不知蒲慕明者，认为他是因为母校的缘故，才有解不开的“清华”情结；知蒲慕明者，便晓得让他真正魂牵梦萦的，是那终身的“亲我中华”情结。

起初，蒲慕明为清华大学生物系定名为“生物科学和技术系”，一直到最近，清华大学才将其改为“生命科学院”。

蒲慕明不是“怀才不遇”，但在北京清华大学工作的那段时光，的确是荣光与艰辛纠葛交织、梦想与现实冲击碰撞。当时的中国教育科学界，教育科研等经费捉襟见肘，没有足够的能力支持基础研究；而对以基础研究为本的蒲慕明来说，当时刚打开“改革开放”门户的中国，也不具备让他拳打脚踢施展才华的环境。

清华大学生物系尽管有着全国最为优秀的学生和教师，但经费支撑严重不足，仅有的一点经费几乎全部用于教学工作。更有甚者，补助生物系老师们工资的奖金，还要从蒲慕明这位外籍系主任的机票补贴中发出。而最令蒲慕明先生感到无奈的是，世界银行的贷款全部用于购买大型仪器，而会使用这些仪器的人员却少之又少。

“当时国内的大型仪器设备虽然多，而我们却没有生物系最常用的电子显微镜，形成了资源的极大浪费和耗散。”蒲先生回忆：“我在清华大学之所以没有继续做下去，原因在于，一是我当时还很年轻，显然力不从心，二是国内科研的大气候还没有形成，我也很无奈，无力更多地改变什么，所以我 2 年后只能选择了离开。”

虽然是在做一件正确的事情，但选择了一个错误的时间，蒲慕明此时应有的结局可想而知。

但这时的离开并不意味着遁逃。在清华生物系复系 10 周年时，蒲慕明专门从美国哥伦比亚大学发来了他的一篇感言，说：“1984 年我以兼职身份参与了清华生物系复系初期的筹划工作，10 年来看到了生物系步步茁壮成长，培育了许多优秀的本科生和研究生，为国内的生物科研和教育都做出了重要的贡献。对我个人来说，与清华生物系的联系是我学术生涯中极为珍贵的一段经历。”

清华大学生物系创建 20 周年时，当孙自荣老师邀请蒲慕明为此写几句话，最先映入蒲慕明眼帘的情景，是 20 年前在清华生物系草创初期，“南明兄提着他的黑皮包为复建生物系馆奔走的情景，和在简陋平房的小教室里与清华大学第一届本科生一起上论文选读课的生动场面”。

由此，蒲慕明还说：“20 年来随着中国经济蓬勃的发展、科研环境不断的改善，清华生物系取得了很好的成就，在国内已处于领先地位。但清华生物系作为国内一流学府清华大学的一个院系，还有更艰巨的路要走，要使中国生物科学在国际上取得应有的地位。”

蒲慕明先生也曾为《自然》杂志撰文，现身说其感悟：“基于过去 20 年在中国参与建立一些科研机构的经历，我越来越认识到，中国研究机构在国际上取得卓越地位的障碍也许不是经济因素，而是文化因素。”

尽管命运多舛，最后在 1986 年蒲慕明不得不选择了离开清华大学，但在该校生物系重建的最初 2 年中，他还是为生物科学与技术学科的发展打下了坚实基础。基于他从最初创建清华大学生物系，到后来领导上海神经科学研究所的工作，蒲慕明在 2005 年获得了“中华人民共和国国际科学技术合作奖”殊荣，他这段弥足珍贵而又特殊难忘的人生经历，无疑也是值得浓墨重彩抒写的重要一笔。

科学书香：创新氛围浓郁的阅览室

2009 年春节过后，由中科院武汉分院等研究院所发起，和武汉的高校共同举行了一个联合报告会，蒲慕明先生欣然应邀在会上作了演讲，讲“科学研究的 ABC”，鼓励学生多阅读一些科学家的传记，多了解科学探索和发现的过程。

报告会即兴提问，许多学生请求蒲慕明先生推荐并开列出一个书单，蒲慕明当场就爽快地回答：“只要谁对此有兴趣，回去后我完全可以把书单和书评用电子邮件寄出。”

蒲慕明留下了自己的电子邮箱。过后，他收到了许多学生的电子邮件，也如约给学生们发送了开列的书单和收集的书评，其中有许多书评就是他亲自为神经科学研究所的学生而写下的。

“我为武汉的学生们开列的 12 本书，其中的第一本，是《创世界的第八天》（*The Eighth Day of Creation*），讲的是分子生物学革命的历史故事，作者是一位美国的科学记者，名叫 Judson，他在 20 世纪的 50～60 年代，访问了近 100 位科学家，写出了从 1940 年至 1960 年分子生物学革命性发展的过程中，生物科学家的生动故事。”蒲慕明对本报记者说：“了解科学发现所经历的过程，对研究人员掌握方法论无疑是至关重要的，如科学家要如何做实验、在实验出现问题时要如何寻找办法克服。”

“‘科学八股文’现在已成为写论文的标准模式，并没有真实反映科研工作的整个过程，需要花很多力气才能找出来龙去脉。”蒲慕明谈及要认真阅读科学家传记的初衷，甚至不无尖锐地说：“一些 20 世纪初期的科学论文不是这样。作者会诚实地告诉人们，他为什么做这个工作，原先可能希望得到其他结果，但是没有发现他想要的结果，可是在偶然之中得到了现在的发现，整个来龙去脉都讲得一清二楚。但为了简化或者修饰，现在的论文把真实的来龙去脉都修改了。”

《创世界的第八天》是蒲慕明竭力向学生们推荐的第一本书。这本书刚出版的时候，他还只是美国加州大学的年轻教授，当时他就要求自己所有的学生都仔细读这本书。“想了解重要创新工作的来龙去脉，就要读科学史、科学家传记，要读科学家写的东西。20 世纪生物界最重要的就是分子生物学革命，这是怎样发生的？是谁做的？他们为什么能作出这样的工作？”

蒲慕明常常说，了解分子生物学革命的历史，甚至远比上一门分子生物学课重要，比读 100 篇最新的分子生物学论文重要。在神经科学研究所的阅览室里，放了 3 本蒲慕明从美国带回来的 *The Eighth Day of Creation*，他希望所有的学生有空都去读读，哪怕每天只读几页也可以，读多少是多少，总会有些许收益。大概是为了本报记者能在书香中潜移默化，更好地写出科学新闻，蒲慕明先生还赠送了记者一本《创世界的第八天》。

蒲慕明喜欢读，也常常介绍一些著名科学家的传记和科学家撰写的通俗文章。早在中国台湾清华大学读书期间，他就曾在老师李怡严的鼓励下，翻译了 G. Gamow 的《汤普金梦游记——近代物理探奇》，交由徐氏基金会出版。这本科普读物，一直到 30 年后还在台湾出版，版权页标明的是“1970 年，清华大学物理系学士蒲慕明译，1993 年再版”，在台湾许多书店的书架上都可以找到。

蒲慕明坦陈，过去在美国，凡是由他负责指导的研究生刚进实验室时，若是学生问他需要看一些什么书、如何准备进入科学生涯，他首先不是指导学生看生物学方面的专业书籍，而是要他们看一些自然科学史方面的书籍，了解世界自然科学史上取得的一些重大成就。如推荐学生看有关卢瑞亚（S. Luria）的《吃角子老虎与破试管》，以及介绍沃森（J. Watson）的《双螺旋——DNA 结构发现者的告白》，介绍克里克（F. Crick）的《狂热的追求》等有很好看头的科学传记，“在熟读这些科学家传记书籍之后，学生方可了解科学大问题是如何得以解决”。

蒲慕明认为诺贝尔奖得主 Peter Medawar 所写的“*Advice to a Young Scientist*”是一本很好的书。这本书有对年轻科学家的忠告，开卷有益，所以他在 20 年前还自己动手翻译了其中一章，交与国内的一家出版社，建议完成翻译后出版，但因种种原因终于搁浅。

“在我们的阅览室里，还有许多其他不同领域的类似的书，我希望无论是老师还是学生，都能抽出间隙的时间离开实验室，暂时抛开手头繁重的实验工作，花点时间到阅览室去读那些书。”

从某种程度上或也可以说，神经科学研究所这个阅览室的创建历史，就是蒲慕明上任所长之后，将科学方法与思想不断传播、渗透的一个缩影。该阅览室是一个自发组织的系统，主要由其使用者、在学研究生负责维护。在过去的近 10 年里，许多研究生为阅览室的管理做了很多工作。现在阅览室由学生管理员负责，由学生志愿者值周进行维护。有学生称，该阅览室是“一把通往未来的钥匙”。

自 2000 年阅览室建立以来，其中大部分的书籍，都是来自蒲慕明本人的慷慨捐赠。建立属于神经科学研究所自己的阅览室，其深层次的原因，自然也可以追溯到蒲慕明作为一名年轻学子孜孜追求科学真理的时候。

“蒲先生认为，读那些由大科学家写成的书籍可以激发对科学的兴趣，知道如何分辨科学的问题，以及如何解决问题。更加重要的是，读一本好书，就相当于听一场来自大科学家的报告。因此蒲先生向阅览室捐赠了很多由一流科学家写就的书籍，希望神经科学研究所的学生能与他一起分享其中的故事。”阅览室的一位学生志愿者这样写道。而神经研究所的管理人员也给予阅览室人力物力的支持，使阅览室有一个舒适的阅读环境。

同行吃惊：“Really? You can do it?”

如今，海内外科学界广泛认为，在中科院，蒲慕明领导的上海生命科学研究院神经科学研究所，是中国科学界一个令人瞩目的典范。

蒲慕明面对本报记者的采访，回顾自己带领研究所走过的10年历程，和盘托出的问题之一是：我目前对神经科学研究所最大的担忧，就是对学生的教育不够扎实，如何教育他们踏实做事，不走所谓的“捷径”，不急功近利，培养优秀的品格。我现在常常与学生交谈的，就是严谨、诚信问题。

“在研究所初期的几年里，我们的人才招聘速度和进展都比较慢，主要精力用于扎实工作、出成果、出文章。我们做出一些成绩之后，国外同行吃惊的成分大于赞赏的成分。其实我内心里很明白，我们的工作没有比他们做得好多少，但是他们就是不相信我们能做出这样的成就。当然，他们也看到了中国的巨大潜力，看到了中国在未来科学发展之路上是个不可忽视的力量。”

“美国同行对我回国这10年的工作评价很高，也很羡慕我在中国开展的工作，最初往往还会吃惊地问我：‘Really? You can do it?’因为我除了能做出他们能做的科研工作，我还能做他们不太可能做得了的事情——架设东西方文化交流的桥梁，探索并推行科研机构的改革——这实在是件很有意义、很值得竭尽全力去认真做的大事。”蒲慕明笑道，“我非常幸运能有机会将我的部分‘才干’，投入自己科研工作以外的工作。我在上海的工作机会可以说是天时、地利、人和。如果不是发生在上海，也可能发生在台北或香港，这些地方都是我所熟悉的，我能更好地发挥自己的潜力”。

蒲慕明鞭辟入里地分析道：“现在美国的科学界有两种观点。第一种观点认为，科学中心依然在美国，但他们对中国怀有浓厚的兴趣，他们看到了中国学生的优秀潜质，他们认为中国有很好的学生，能出很好的成果。但是他们并不认为，中国也有能力引领一个学科或者领域的发展。现在年轻的中国科学家还没有达到这种层次。第二种观点认为，将来世界科学发展的重心有可能转移到亚洲，而中国又是亚洲的重心之一，所以，能与中国的科研机构早日合作，到中国的科研机构做事，实在是一件具备战略眼光的事情。”

美国冷泉港实验室（Cold Spring Harbor Laboratory）的诺贝尔奖生理学或医学奖获得者沃森认为，将来的科学中心将会转移到亚洲，沃森走过了亚洲的中、日等几个国家后，最后决定在中国的苏州建立亚洲冷泉港会议中心，因为中国是亚洲的中心。

蒲慕明对本报记者披露：不久前，沃森又提出建议，希望冷泉港实验室与上海神经研究所建立姐妹关系，开展紧密的科学合作。

面对神经研究所的崛起，蒲慕明的态度依旧谦虚而清醒。他对本报记者说，要想成为国际一流的科研所，必须具备三个条件：

“第一，要能在几个神经科学的重要领域持续地出一流的研究成果，并能引起国际同行的注意。”蒲慕明认为，神经科学所已初步具备了第一个条件。

“第二，多数研究组组长在他的研究领域具有一定的国际声誉。国际同行谈起这个领域的工作时，都能想到他这个人。”蒲慕明特别强调，是否能够由重要的国际会议邀请作报告是个重要的标志。仅提交会议论文并不能算是有国际影响，国际最重要的会议能邀请你去作大会报告，这才表明你工作的重要性。

蒲慕明也承认，第二个条件现在神经研究所暂时还不具备。“在我们的 20 几个研究组中，也就只有一、两个组长曾被国际重要学术会议邀请作报告。如果我们有 1/3 的研究组长能常常被重要的国际会议邀请，才算是具备了第二个条件。”

“第三，也是最难的一个条件，就是研究所要能在某些研究领域中，出现做出具有开创性工作的人物。他的工作不但是领域里做得最好的，而且还必须能开创出新的研究领域，或者有非常重大的突破性发现。他也就是我们常说的大师级的人物，我们若能培养出像这样的领袖人物，就是真正成功了。”

飞人所长：“我现在的工作是服务”

无论身在美国还是在中国，蒲慕明每周的工作都是 7 天，每天工作 12～14 个小时，基本上都没有休假。10 年来，蒲慕明平均每月来国内工作一周，人称“飞人所长”。

即便是在美国的时间里，蒲慕明同样也牵挂着神经研究所。党委书记王燕介绍说，蒲先生通常是利用晚上的“时间差”，及时处理研究所事务和回复发给他的电子邮件，有时甚至工作到凌晨一两点。

蒲慕明对工作殚精竭虑，身体状况也就并非十分理想。2005 年，王燕和神经研究所的几位同事凑了 8000 元钱，购置了一台跑步机，放在蒲慕明的办公室里，但几个月过去，却从来也不见蒲慕明使用。王燕着急了故意拿话激他：“蒲先生，您怎么就这么懒啊？跑步机都买了有这么一些日子，我们怎么也没见到您运动一下啊!”蒲慕明的回答是：“楼下就是电生理实验室，他们需要安静。”

后来，蒲慕明希望把跑步机送给学生会。但他的一位学生却对王燕说：“蒲先生的跑步机不能动，等我们的新大楼落成之后，一定要给他找个地方，专门放这台跑步机。”

神经研究所的很多业余活动，蒲慕明慷慨地掏自己腰包，而不用研究所的钱开销。仅以 2009 年神经所组织、包括上海生命科学院其他研究所学生参加的科学夏令营为例，组织了十几位学生去四川，蒲慕明用自己在美国领取的工资，支付了其中的 3 万元学生机票钱，王燕则负担了学生们的生活开销。迄今为止的 10 年里，尽管蒲慕明一身同时跨两边工作，领取的却只有美国加州大学伯克利分校的工资，而在神经研究所的工作，他只领取差旅费和生活补贴。

神经研究所的许多学生说，虽然我们都很崇拜蒲先生，但我们却不会过像蒲先生那样的生活——在学生和大多数人看来，那的确是苦行僧一般的生活。

蒲慕明这样一位科学大家，每天的饮食生活却简单到了极点。

只要是身在上海，几乎是每一天的早晨，蒲慕明都会在岳阳路的一个小超市里出现，很快就买回两三个菜包子。

午饭要么是食堂里的盒饭，要么依旧是菜包子。在蒲慕明办公室的冰箱里，总是会冷藏好几个菜包子，饿了他就用微波炉热一热再吃。

蒲慕明的晚饭，一般是从 6 点半开始，最常见的“食谱”是神经研究所附近快餐馆里的一碗面条。一个小时后，他准时回来继续上班。而如果他的太太刚好也在上海——这是一位在美国当生物学教授、却同样在为神经研究所“做义工”的华裔——则会与蒲慕明相伴，出双入对地吃这一顿“正餐”。

“他们夫妻俩堪称是一对绝配，不仅对工作是同样的认真和投入，甚至他们俩的性格也十分相似。”一位充满钦佩之情的知情者这样描述、评价蒲慕明和他的太太。

“也许今后我会全时回来工作，但我认为，即便我‘全时’回国了，和现在的工作基本上也不会有太大差别。”蒲慕明对本报记者坦陈，“我还有许多国际科学界的事情要做”。

蒲慕明兼任很多国际科研单位的学术顾问，同时担任着许多学术刊物编委的职务，“现在我为国际科学界的服务工作，要远大于我自己实验室的科研”。的确，对蒲慕明而言，自己的科研工作已经不是重心，虽然他的实验室仍不断有论文发表。他到国内工作的时间越来越多。他最近每次回国的时间已达十余天，日程表里总都是排得满满当当。

3 年前，蒲慕明在美国的学生（包括博士后）有 20 多人，现在只剩下 5 人，

“今年起我在美国已再没有研究生了。在美国这是很小的一个组”。

“我现在所做的工作就是服务。当然，这样的服务对我个人而言，不可能带来别的什么‘好处’，即便我做再多这样的服务，也不可能帮助我自己获得更大的科学成果。”蒲慕明笑着说，“我只是希望真的能在中国创造一个环境，使许多中国神经科学的学者能在此做出世界一流的工作”。

2009年11月27日，神经科学研究所迎来了10岁生日，但并没有举行任何庆祝仪式。在神经科学研究所的网站上，出现了不足300字的一段简洁文字：我们的宗旨，是建立一个现代化研究所的机制，提供一个有助于严谨科研工作、高效科研产出、良性科研合作的环境，实现以业绩为准的激励和资助评估系统，以及为研究生和博士后提供高质量的专业训练。

这段简洁的文字，显然是出自蒲慕明的手笔。就像是他为神经科学研究所、也为本人作的一幅素描自画像。

集中科院综合优势发展我国电动汽车[①]

——中国科学院电动汽车研发中心发展态势掠影

高屋建瓴：我们要力争走在前列

作为未来绿色交通的必然发展趋势，纯电动汽车的研发和产业化之战，虽然看不到弥漫的硝烟，但在许多国家却已经悄然拉开序幕。

中国科学院高层领导敲响紧锣擂起密鼓：2008 年 12 月 23 日，经中科院院长办公会通过，及时启动“电动车整车及关键技术开发”重大项目，并投入经费筹建中科院电动汽车研发中心，意在举中科院全院之力，整合相关领域资源，抓住汽车行业产业结构升级的创新机遇，致力于电动汽车自有知识产权核心技术的研发和产业化。

中科院高层领导亲自部署，中科院深圳先进技术研究院、电工研究所、物理研究所等联合建立了中科院电动汽车研发中心。研发中心成立之初，中科院领导及能源基地的领导就高屋建瓴，明白无误地确定：纯电动汽车为研发方向，绝不走混合动力的弯路！

经过 10 个月的筹备，两块牌子同一套人马，2009 年 8 月 8 日，中科院电动汽车研发中心和上海中科深江电动车辆有限公司揭牌，在上海市嘉定区成立。这标志着：中科院推动我国电动汽车整车及动力系统集成关键技术研究，就此迈出了关键性的第一步。

该中心自成立伊始，各项目就神化般地全面快速推进，创造出了诸多惊人奇迹，立即引起社会各界及政府的关注。

① 本文发表于 2010 年 2 月 9 日，与彭颢舒合作。

2009年9月12日，上海市委书记俞正声、市长韩正等上海市领导视察该中心，了解项目进展。

2009年11月28日，温家宝总理亲临上海嘉定园区，视察了该中心的电动汽车项目。深圳先进院院长、中心主任樊建平深入浅出地向温家宝详细介绍中心碳纤维概念电动车、纯电动国民车、电动警用车、电动环卫车，以及关键零部件等的研发情况。温家宝仔细询问每种车型的性能后表示，电动汽车领域竞争十分激烈，我们起步比较早，技术基础好，要力争走在前列！

中科院的这一电动汽车项目部署，以独具一格的商业模式为主轴，推进研发、生产和配套厂商三类产业基地的建设，做好整车、零部件、元器件和新材料等各项研发工作，力争建成国际一流的电动车辆研发基地。

根据地域特点和项目人员的结构，深圳先进研究院为项目牵头机构，深圳分中心总体负责项目的技术研究和协调，上海分中心则作为项目的产业化基地，正在形成“南研（究）北（开）发，通力合作”的态势。

研发思路：发挥学科综合优势

“电动汽车是一种集社会交通工具、移动储能装置和移动信息终端为一体的绿色交通工具，未来基于电动汽车的交通管理系统，将能够通过宽带网络通信系统、智能充电站及其网络系统和车载控制系统，从基于传统汽车的被动交通管理变为主动的智能交通管理，这些研发工作需要集成信息、能源和材料等学科领域的工作。”中科深江常务副总经理孙江明向《科学时报》记者介绍。

作为我国科研队伍最为重要的战略方面军之一，中科院过去无疑已在电机、电池、控制、电子、材料以及整车集成等方面积累了雄厚的研究基础，并业已建立了相关领域的产业化基地，与国内汽车企业和擅长单项技术研发的企业相比，中科院若能与社会资源要素优化组合，无疑有足够的竞争爆发力和市场冲击力，能进一步研发出具有我国自主知识产权的关键技术，并形成促进产业化的比较优势。

在嘉定，记者参观了电动汽车研发中心上海分中心，了解到相关院所为电动汽车的研发贡献自身的力量，初步形成了一批自主知识产权的新技术和新产品，到2009年10月止，在成立不到3个月的时间内，就已经申请了电动车用电控机械自动变速器P挡执行机构及控制系统、电动作业车供电系统及其切换控制方法、电动作业车动力系统机器驱动控制方法等3项专利。

在研发中心厂房里，记者看到正在紧张装配的几部样车。这里，既有来自长春应化所的镁合金车用变速箱壳体、微电子所的IGBT模块，也有宁波材料所、上海有机所和山西煤化所共同研制的轻型碳纤维树脂车身覆盖件。同时，电工所承担着电动汽车控制和电子方面的研发任务，深圳先进院承担着机电和整车集成方面的研发任务。

中科院在电动汽车的研发方面，具有其他研发机构和汽车企业无法比拟的综合学科优势。然而，如何在将来的研发和产业化过程中更好地协调各方的利益与合作，是关系到该项目成败的重要问题。

资源整合：招之即来，来之能战

产业化是电动汽车项目的最终出路。与市场脉动和气息紧密结合，成为中心项目启动以来一项重要的工作。

这一电动汽车项目，不仅技术要求复杂，而且人员协调繁琐，中科院先期投入的1980万元启动经费，可以说不过是九牛一毛，要既好又快地研发和生产出能被市场接受的电动汽车，唯一的办法就是产业合作。然而，大汽车企业由于自身产业发展和潜在的技术风险，不愿意出钱合作，国内那些还略显弱小的企业，往往又缺乏资金和抗风险能力，所以中科深江公司在寻找市场合作伙伴之初，并没有少吃闭门羹。

孙江明接受采访时对此表现出了一丝无奈："我们在和国内一些汽车公司的接触过程中，碰到了许多难以想象的困难，各大品牌汽车公司都有自己的研发团队和硬资产，以及新能源汽车以混合动力为重心的固有观点，最难的问题，就在于各自发展技术路线上的差异。虽然国家在2009年3月出台了汽车产业政策，加大了对电动汽车的支持力度，但在车型方面，各大厂商仍然存在理解偏差，即是否需要从现有的汽车过渡到混合动力车，或是直接开发纯电动车。"

"后来我们找到了重庆力帆，有了情投意合的合作。"说到这里，孙江明脸上露出了些许欣喜，"第一次去力帆是2009年2月12日，我们见到了关锋金副总裁，以及汽车研究院的许南绍副院长，表达了合作意愿。次日中午我们就接到了许南绍的电话，表示尹明善董事长在听取了他们的汇报后，支持双方进行深入合作。2月25日，我们很快启动了合作开发LF620的计划。在合作过程中，我们最大的感受就是，力帆的市场反应和合作发展速度比较快"。

力帆作为汽车行业中的民族企业，不仅有着与中科深江同样的产业判断，更有着对中科院科研能力的信任，以及走电动汽车自主研发之路的坚定信念。2009年8月8日，中科院电动汽车研发中心成立，力帆董事长尹明善在致辞中，用一句“招之即来，来之能战”淋漓尽致地表达了力帆与中科深江合作的决心与魄力。

为了在电动汽车产业中起到引领作用，研发中心最急需的是把研发和工程化做扎实，通过不断深化合作，实现核心技术的产业化表达。目前，深江公司已与力帆、江淮等汽车企业和零部件供应商携手，在电动乘用车和电动商务车等领域进行深入合作，其中电动 LF620 和电动高压清洗车已经启动公告申请工作，预计在 2010 年年底前可以获得国家主管部门的批准。

市场开拓：探索“官转民用”模式

以市场化为导向的电动车项目，由于技术尚待摸索，短期内市场价格较高，探索一种适合电动汽车产业特性的商业推广模式，是其成功实现产业化的最重要一环。以政府采购带动市场需求，是中科深江打出的第一张牌，并已收到初步实效。

在嘉定区叶城路的中科深江厂房中，记者参观了中科深江改装的 5 款电动车辆，并兴致勃勃地试驾了电动 LF320，以及将被嘉定区公安系统试用的 LF620 电动警务车。记者亲身体会到，由于没有离合器，也不用换挡，电动车辆操作非常简便。

截止到目前，在整车开发方面，中心已完成了电动 LF620 和电动 LF320 的研发，也完成了电动中巴车与电动高压清洗车的研发。这些车辆已经吸引了公安部门、市容部门和机场管理部门的采购兴趣。在关键零部件方面，也完成了电池管理系统、整车控制系统、车用电驱系统、传动系统（减速器）等的研发，控制器和电机生产线建设已基本完成。

电动乘用车和电动商务车并重的市场开拓模式，将不仅满足现有政府采购对电动车辆的市场需求，也有利于未来民用市场的开发。

人才吸引：不用“薪”而用“心”

尽管得到了中科院相关院所的鼎力支持，电动汽车在国际上时不我待的研发态势，仍然急切需要组建自己的核心技术和管理团队。

中科院深圳先进院院长、中科深江董事长兼总经理樊建平在国内外寻寻觅觅，项目总设计师徐国卿教授等领军人才群贤毕至。中科院电动汽车研发中心在短短半年内，建立起了一支专注于整车控制和电机控制与工程化的核心专家团队。

徐国卿曾任同济大学教授、电气工程系主任，后来为香港中文大学的教授。前几年，徐国卿加盟深圳先进院，成为集成技术研究所副所长。他的前沿研究领域包括车辆电力牵引技术中的电动车组牵引电机、牵引动力控制系统等，以及混合动力轿车能源变换与控制技术等。

在第九届高交会的深圳先进院展位上，一辆码头用牵引车（集装箱拖头）引来一批批参会者驻足观看。这辆混合动力码头用环保牵引车，是由蛇口集装箱码头和深圳先进院联合开发试验成功的。它在高交会上甫一亮相，就吸引了业内人士的眼球，徐国卿是该项目研发团队负责人。而中科院电动汽车研发中心由深圳先进院牵头组织，在某种程度上也是得益于该牵引车的“牵引”。

在研发中心采访，记者见到了中科深江副总经理、电机工程化专家罗建博士。1984 年从清华大学机电系电机专业毕业的罗建，先后在航天工业部就读研究生和工作，1992 年到美国威斯康星大学读博士，之后到底特律伊顿公司工作了 6 年，先做车辆电机，后来从事飞机电机方面的研发。2001 年年底，他来到 Johnson Electric 公司，从事电机研发和工程化生产，完成了从研发人员到产业经营管理人员的转变。

谈起加盟中科深江之事，罗建显得踌躇满志。最早是中科院电工所的研究员、清华大学的同学温旭辉博士，向罗建谈起中科院电动汽车研发项目并邀请他加盟。随后，樊建平与深圳先进院人事处的负责人冯伟也邀请罗建会面，向罗建表达了真诚的愿望：我们吸引人才，不是靠“薪”而是用“心”！

罗建在 2009 年 8 月 12 日，即中心成立 4 天后，就正式加盟上海中科深江电动车辆有限公司。

真正打动罗建的，显然并非高薪厚禄。实际上，比起他在国外公司的薪水，中科深江的薪酬并不多，“我早在在 Johnson Electric 工作时，就看好了电动汽车研发。而从专业和个人的发展上想要撑起一片天，搞电动汽车也极具前景。不过电池若从电动机用到电动车上，还需要一定的科技适应期。特别重要的是，该项目在中科院高层的亲自关心下，能得到政府的支持与拉动，而且任务非常饱满！”

铆足全力：应有的引领与示范

核心团队的另一名成员袁一卿加入中科深江，也颇有喜剧色彩。

袁一卿早年从美国弗吉尼亚理工大学博士毕业，是一位在底特律颇为知名的汽车工程专家，拥有 9 年在戴克/克莱斯勒从事汽车动力总成研发和工程设计的经验，精通汽车工程多学科知识。电动汽车项目启动之后，樊建平决定前往美国，诚挚邀请袁一卿加盟，由于没有拿到美国的签证，樊建平只得“曲线”飞往加拿大。袁一卿为樊建平及深圳先进院渴求人才的诚意所打动，随即自己驾车从美国的底特律出发，赶到加拿大与樊建平会面。随后，袁一卿很快成为了电动汽车项目的核心成员。

得益于中科院对电动汽车项目的支持，也得益于一心想为国家做事的赤子情怀，现在，罗建等3人已经在申请加入“百人计划”，并将继续在海内外为项目所设的30个创新岗位寻求人才。

“电动汽车作为一种新型能源汽车，对传统产业具有颠覆性。虽然，日本由于资源问题，电动车的发展比我们较早也较成熟，但我国在电机方面的研究生教育质量相当不错，人才的基础较好，而且中国的工业体系中电动机和电机的使用率相当高。”罗建对记者说：“我对这个项目很有信心！”

“我们最为紧要的，就是要抓紧在全球范围内‘抢人’！”谈及人才队伍建设的思路，樊建平对《科学时报》记者强调，“除了继续寻找顶尖的技术人才，对中层和基础的专业人才我们主要立足于国内培养，相信能够组成一支不错的团队”。

有了人才、技术、市场，也有了一定数量的资金，可以说是具备了天时、地利、人和。中科院电动汽车研发中心正铆足全力，为抓住继联想集团公司之后的又一次产业创新的重大机遇而奋斗，正如樊建平对记者所说：“我们就是要举中科院全院之力，发展我国电动汽车！中科院既有基础，也有优势，一定能在我国电动汽车产业发展进程中，起到应有的引领与示范作用！”

“金三角”的叙事与启示①

——记中国科学院福建物质结构所煤制乙二醇技术工业化

翻阅闪光的历史篇章

2007年夏天，内蒙古科尔沁草原腹地，通辽经济技术开发区，一场非同寻常的典礼正在举行。中国国内生产能力最大的120万吨煤制乙二醇生产基地落地西辽河畔。

中国科学院副院长李静海院士在为其剪彩奠基时说：“用褐煤替代石油生产乙二醇，符合我国以煤为主的资源特点，特别适合内蒙古亟待开发利用褐煤的实际情况。”

中科院福建物构所所长洪茂椿接受现场记者采访，为人们描绘了这样一幅雄伟的蓝图：未来，通辽将成为世界最大的煤制乙二醇生产基地。这个总投资达100亿元、年生产能力为120万吨乙二醇的项目，将成为煤制乙二醇工业中的“巨无霸”。

2009年3月18日，是另一个重要的时间节点。在该成套技术的实施地江苏省丹阳，中国科学院召开了“万吨级CO气相催化合成草酸酯和草酸酯催化加氢合成乙二醇成套工艺技术”（简称“煤制乙二醇”）成果鉴定会，鉴定委员会专家一致认为，该项成果标志着我国在世界上率先实现了全套“煤制乙二醇”技术路线和工业化应用，是一项拥有我国自主知识产权的世界首创技术。

2009年5月7日，中科院“世界首创万吨级煤制乙二醇工业化示范”新闻发布会在北京人民大会堂隆重举行，全国人大常委会副委员长、中科院院长路

① 本文发表于2010年3月9日，与刘丹合作。

甬祥亲自出席并发表了讲话。

路甬祥在谈及乙二醇项目的合作模式时强调：在学习实践科学发展观、建设创新型国家的进程中，中科院物构所实施创新工程，构建了知识创新、技术创新和工程产业化的“金三角”，并发挥三者互动的科技创新体系，在推动科技创新、科技成果转移转化与产业化、创建高新技术企业等方面谋划了独具特色的创新机制。在应对国际金融危机的新形势下，它将为企业通过科技成果转移转化提升自主创新能力提供一些宝贵的经验，为实现我国国民经济的平稳快速发展，探索出一条合作共赢的创新之路。

路甬祥提出的“金三角”这一概念，无疑也是该新闻发布会的点睛之笔。

从2007年8月开始，在通辽市建成120万吨煤制乙二醇生产基地，其产品可望实现部分替代进口，该项目也是我国煤化工的五大重点示范工程之一。

2009年12月7日，20万吨工业示范装置打通了全流程，并成功生产出合格的乙二醇产品，标志着我国在世界上率先实现了煤制乙二醇成套技术的工业化应用。

2010年1月20日，500多位两院院士的投票结果揭晓，该项目被评为2009年度中国十大科技进展之一；接着，福建物构所煤制乙二醇研究集体被中科院授予2009年度杰出科技成就奖。

叙事之一：何谓“煤制乙二醇”

“煤制乙二醇”对于一般公众而言，可能还是个颇为陌生的名词。

乙二醇是国家重要的化工原料和战略物资，用于制造聚酯（可进一步生产涤纶、PET瓶子、薄膜）、炸药、乙二醛，并可作为防冻剂、增塑剂、水力流体和溶剂等，目前国际上主要采用石油路线制备。我国乙二醇年需求量超过700万吨，过去由于自身的产能较低，每年的进口量达500多万吨。

“煤制乙二醇项目的一大特点，就是可以利用我国相对富产的煤炭资源作为原材料制备乙二醇。”洪茂椿介绍说，“这项技术的优势，主要表现在经济效益高和节省石油资源两个方面”。

洪茂椿为记者算了一笔账：以20万吨煤制乙二醇项目为例，在褐煤产地内蒙古通辽的生产成本为每吨2625元，需消耗褐煤5.66吨（相当于2.83吨标准煤），而按照2009年12月的市场价格，每吨乙二醇的售价为7500元，毛利润约65％。

“传统的石油路线制备乙二醇的能耗、水耗和原材料成本，均比煤制乙二醇技术要高得多。”洪茂椿说，“我国是个多煤少油的国家，煤炭价格和石油相比相对平稳。以目前的石油价格估算，用煤炭，特别是用内蒙古等地的廉价低热值褐煤替代石油，生产制备出的乙二醇可降低生产成本30%以上，市场潜力巨大”。

的确，乙二醇项目之所以如此引人关注，一方面因其实现了以煤代替石油乙烯生产乙二醇，适应中国富煤少油的能源结构；另一方面，这个项目也将有力提升我国乙二醇的自给能力。

目前这项技术已被列入《2009～2011年石化产业调整和振兴规划》和《关于发挥科技支撑作用，促进经济平稳较快发展的意见》中的关键产业技术之一。据专家测算，用石油乙烯路线每生产一吨乙二醇约耗2.5吨石油。目前全世界用石油乙烯生产的2000多万吨乙二醇，若都以煤为原料进行生产，节省下来的石油，相当于新开发一个年产5000万吨石油的大庆油田。煤制乙二醇的推广应用，将有效缓解中国乙二醇产品供需矛盾，对中国的能源和化工产业产生重要影响，具有重要的科学意义、突出的技术创新性和显著的社会经济效益。

叙事之二：卅载风雨寻觅产业路

一项具有如此重大意义的工程，从最初的技术研究开始，到如今年产20万吨乙二醇示范项目的开工，这段艰难曲折的路程，中国走了将近30年。

福建物构所是我国最早进行乙二醇基础研究的单位之一。

早在20世纪80年代初，福建物构所的实验室里就立足未来，开始了工艺和相关催化剂的研究开发。1993年，时任所长的黄锦顺亲自担任项目组长，承担了国家计委“一氧化碳合成草酸酯和乙二醇新工艺”科技攻关项目，1993年，通过国家“八五”攻关项目200毫升催化剂规模、1000多小时催化剂寿命考察的模式工作。打通了新工艺路线全过程，催化剂寿命达标。

为了使工艺技术更切合工业生产实际，福建物构所在国内的多家企业，如福建省南靖合成氨厂、福州第二化工厂、江苏如东黄海化工厂等，用合成氨铜洗回收工业CO气体作为原料进行试验，取得了成功。

“但是由于技术、经费和合作机制等方面的一些原因，几个关于中试的项目没有真正圆满完成。”洪茂椿介绍。

在从1993年到2003年的时间里，物构所始终在与有关企业商谈，希望开展联合中试的工作。他们先后与多家煤化工大企业进行了联络，但都是“剃头挑子一头热”，没有真正寻找到能够成功合作的伙伴。

“分歧经常表现在研发经费、投资、成果归属、合作形式、技术保密等环节上。”回忆走过的一路坎坷，洪茂椿所长感慨良多。

叙事之三：敢吞“大象”的小企业

与江苏丹阳化工集团的合作，用福建物构所煤制乙二醇技术攻关组组长姚元根研究员的话来说，“机缘来自于一个电话”。

姚元根和后来的兰国政副所长一起，一直在跟进乙二醇的合作项目。他清楚地记得，2005年4月的一天，时任研究所副所长的他，在办公室接到一个来自江苏丹阳化工集团的电话。电话是从物构所的科技处转接过来的。对方自报家门之后，开门见山地表达了来意：“我们比较了国内有这个技术的几家单位，就你们的技术好一些。我们希望能够和你们合作，上马中试项目。”

从1995年开始，福建物构所就一直在为乙二醇技术寻找企业合作者。10年来的寻寻觅觅，姚元根接触过的企业很多，多数是国有大型化工企业。接到“丹化集团”的电话，他的第一反应是：丹化集团凭什么想吞下乙二醇这头“大象”?

作为江苏常熟人，姚元根对同处苏南的丹阳市有些了解，一个苏南县级市属企业找上门来，这的确有些意外。

2005年6月1日，姚元根同项目组的陈贻盾、李兆基两位研究员在出差，“顺道”从安徽乘火车到了丹阳。

接待物构所一行的，是丹阳化工的两位技术管理人员：总经理王斌和技术开发部主任李国方。在参观了丹化集团具有自主知识产权的5万吨醋酐工程装置后，姚元根和两位老同志都感到：我们这一趟是来对了!

回到福建后的第二天，姚元根接到了丹阳集团董事长曾晓宁的电话：“我们马上就会带上团队，到福州登门拜访!”

6月7日，在姚元根丹阳之行的一周后，在福建物构所的会议室里，福建物构所和丹阳化工集团签署了一份厚重的合作协议。徘徊在产业化大门之外将近30年的煤制乙二醇技术，终于看到了落地生根的希望。

在后来的合作过程中，王斌还常常和姚元根打趣：“一开始你还瞧不起我们嘞!”姚元根总是会哈哈大笑。给了福建物构所所长洪茂椿及其领导班子决策信心的，正是丹阳化工集团不容小觑的工程化力量，以及他们相对灵活的体制机制。

叙事之四："事非经过不知难"

"发展才是硬道理，毕竟，自进入中科院的知识创新工程之后，福建物构所奋起直追，科技成果转化的能力已今非昔比，我们研究所名声在外，成为诸多企业追逐的'明星'也无可厚非。"曾在福建的地方企业摸爬滚打了多年、在产业化方面有着较多历练和经验的兰国政副所长说。

福建物构所与丹阳化工集团一拍即合后，很快也找到了风险投资方。2005年6月，福建物构所与上海金煤化工新技术有限公司（简称金煤公司）联合，由金煤公司投资1000万元，建成了"CO气相催化合成草酸二甲酯、草酸和乙二醇"连续工艺的中试装置，这套中试装置可以实现每年生产草酸二甲酯300吨、乙二醇100吨的规模。同时，金煤公司向福建物构所提供100万元的研发经费，支持中试过程中的研发工作。次年12月，中试完成，各项指标达到了预定目标，为万吨级乙二醇工业试验装置提供了建厂设计工艺软件包。

2006年下半年开始，在中试成功的基础上，由金煤公司投资1.5亿元，福建物构所与金煤公司共同组织，开展了1万吨/年乙二醇的工业试验。按合同规定，合作双方以上述中试技术成果进行工业化生产时，将对中试技术成果进行资产评估，根据无形资产评估值确定技术入股股份，按福建物构所占51%、上海金煤公司占49%的比例分享。催化剂技术归福建物构所独家所有。

福建物构所作为技术的源头，负责向万吨级工业示范装置提供催化剂技术和产品，并组织专用催化剂的生产和后期研发。

通过和上海金煤公司的成功合作，煤制乙二醇项目犹如枯木逢春，终于在短短3年的时间内，在江苏丹阳完成了中试和万吨级乙二醇的工业试验。20万吨的工业示范项目也蓄势发力，不久后也在内蒙古的通辽经济技术开发区开工上马。

如今，走过这段路程的福建物构所的人们回头看，依旧会产生出许多感慨。这也正如路甬祥院长2009年10月在视察福建物构所时，讲话中所引述的江泽民同志的一句话："事非经过不知难。"开启产业化紧锁幽闭的大门，的确是一段沉甸甸的、厚积薄发的历程。

启示之一：基础研究是创新之源

在接受《科学时报》专访时，洪茂椿所长这样总结："与其说这是我们一项技术的成功，不如说是一个创新模式的成功。”

福建物构所多年打磨和锤炼，构筑了一条特色鲜明的知识和技术创新链——“基础研究的源头创新—应用高技术研究—产业化辐射”，在基础研究和高技术创新相互促进的科技创新体系中，这里正不断上演着一幕幕令人振奋的“好戏”。

“只要我们的基础研究做得好，就等于抓住了科技创新的源头；无论今后国家需要做什么，我们都可以很好地加以满足。”洪茂椿的这番自信，来自于福建物构所多年扎扎实实的基础研究功底。

前一两年，洪茂椿所长飞赴大洋彼岸，参加了美国化学会组织的有关学术活动。归来之日，他不无兴奋地告诉记者：“没想到，美国人对物构所竟那么熟悉!”

洪茂椿说，20年前他曾在美国做过访问学者，但此次在美国见到的都是一些生疏面孔，很少遇上当年的老朋友。然而当人们从他递给的英文名片中，读到“中国科学院福建物质结构研究所”，却表现出一见如故的亲切和热情。很显然，福建物构所良好文化的积淀，已在美国学术界产生了很好的“名片效应”。不过外国朋友提起这个研究所的名称，似乎更简略——“Fujian Institute”（福建所）。

福建物构所扬鞭奋蹄，不断推出前沿基础研究的学术成果，使自己的国际影响力不断得到增强。2005年新年，洪茂椿、吴新涛、曹荣等，曾陆续收到美国Thomson科学信息研究所发来的特制明信片，信中就他们的有关论文“被引用数达到相关领域ESI顶级引用率的1%”表示了祝贺和赞赏。

据中国科学技术信息研究所发布的2008年度中国科技论文统计结果，福建物构所2008年SCI收录论文数为322篇，位居全国科研机构第9位；SCI收录论文被引用650篇2276次，位居全国科研机构第8位；1999～2008年SCI收录的论文，累计被引用1660篇16 717次，位居全国科研机构第10位。其SCI收录论文数连续6年、SCI收录论文被引用篇数连续5年，都位居全国科研机构前10位。

但仅仅会写一些高影响因子的论文，显然不是福建物构所的目标，把论文落到实实在在的成果和专利上，才是他们建所的方向。

“我们的基础研究不只是传统意义上的象牙塔，也是科技支撑非常明确的一项工作，它既着眼于研究工作的原创性、前瞻性，又注重解决关乎国计民生的关键技术发展过程中的重大科学问题。”福建物构所副所长曹荣如是说。

煤制乙二醇项目中，核心技术为催化剂的研发。如何研发高选择性、高转化率以及低成本的催化剂，是整个煤制乙二醇技术的关键所在。这个问题的解决就需要从基础研究入手。福建物构所在国家"973"计划项目的支持下，通过结构化学的手段探索制备新型的催化剂。

"通过基础研究的源头创新，为产业技术的发展提供了坚强的支撑，也为我们今后发展新技术做好了储备。"曹荣副所长说。

启示之二：国家需求引领航线

"如何真正发挥技术的先进性、有效地促进知识转移和成果转化，变技术优势为产业优势，是我们研究所多年来上下求索的问题。"福建物构所分管科研与产业化的副所长兰国政对《科学时报》记者表示。

在产业界的多年淬炼，福建物构所不断在总结着"金玉良言"。"国家的战略需求，是我们成果转移转化和产业化的第一驱动力。"这是福建物构所常常提到的一点经验。

煤制乙二醇项目的重新启动，就得益于福建物构所领航者的高瞻远瞩、对国家战略需求的准确把握。

实际上，由于多年来产业化道路一直不顺畅，福建物构所开发的煤制乙二醇项目，在世纪之交进入了队伍青黄不接的时期，许多富有经验的老研究人员退休，年轻骨干大多数转入其他研究领域。从1993年到2005年，这个极具潜力的技术，停了12年。

在科研力量衰退的同时，传统的石油制乙二醇技术路线进退维谷，一方面我国乙二醇需求的缺口日益扩大，另一方面，随着国际油价的大幅上涨，石油制乙二醇出现亏损。

福建物构所所长洪茂椿未雨绸缪，在当时研究所开发队伍力量不济的状况下，重新组织了"煤制乙二醇"项目攻关组。人员采用新老结合的办法，由当时的副所长姚元根任组长，并将该项目列为全所化学领域未来发展的重点学科方向，视为知识创新三期的重要研究内容。正是这一果断的决策，使福建物构所终于占领先机，敲开了世界洁净乙二醇生产工业的一扇大门。

"是基于什么样的原因和考虑，促使你们把以前搁浅了的项目重新捡起来？"记者这样问洪茂椿。

"我觉得最大的原因，应该是从知识创新工程以来，我们的理念创新和技术创新。"洪茂椿告诉《科学时报》，"路甬祥院长前些年就明确提出，科技工作要实现'九个转变'。我们以前搞科研，确实就是写篇文章、报个奖励就很知足了。实施知识创新工程以来，在思想观念创新的指导下，我们才开始将视野上升到国家战略层面，将自己的科学研究与国家的重大需求相结合”。

“当时的石油价格已经很贵了，而我们国家乙二醇每年的需求量为700万吨，需要每年进口乙二醇500万吨。而煤这方面我们还有一定资源优势。”洪茂椿道出了国家层面的燃眉之急，“不但是价格高的问题，还有在供应上受制于人的问题，这么大量的进口对我国的聚酯产业很不利”。

“我们的考虑和企业不谋而合，于是就积极组织力量开展攻关。”洪茂椿介绍说，“原来搞研究的一些人都退休了，我们聘他们回来当顾问，把原来的技术拿出来再改进、再创新，花了很多精力财力。现在的团队成员则大多是三四十岁的年轻人，很有活力。”

重新捡起12年前的项目，并不是一件容易的事。在洪茂椿看来，直接促使“煤制乙二醇”项目成功的原因有四：一是原来的技术不是特别成熟，通过十几年各方面的积累，技术才逐渐成熟起来；二是这项成果里有几十个小技术，需要进行攻关和集成；三是与企业有很大关系，企业如果没有创新能力，这事也不好办；第四就是机制，这是最重要的。如何形成机制，让参与进来的各方都赢，以及如何调动机制的形成，都是很重要的。

“我们正好这四个条件都具备了。”洪茂椿说，“看准国家目标，服务国家目标，一步一步地从基础研究开始做起，研究所才能获得真正意义上的成功”。

启示之三：带土移植的合作理念

如果把可以转化的科技成果比作良种，再好的良种，也需要适宜的阳光、水土、养料和精心的养护，才能生根发芽、茁壮成长。把这些“良种”从实验室移植到生产线上，福建物构所花费了很多心思。

回顾煤制乙二醇项目走过的30年转化历程，福建物构所副所长兰国政说：“科技成果、工程化技术和资本的有效联合，是我们项目成功的关键，而合作的理念吻合是成果顺利转化的前提。”

企业是技术创新的主体，不可否认的事实是，大部分企业的终极目标是获得经济效益，追求利润最大化。众所周知，成果转化具有相当的风险和不确定性，往往存在意外的成功或难以预料的失败，要承担技术成熟度、市场变化和资金回报等方面的风险。特别是，中试的地位在成果转化过程中比较尴尬，研究所没有中试能力，企业怕担风险一般不愿投资，于是“中试难”成了成果转化的瓶颈。

煤制乙二醇项目在20世纪90年代中期已完成了模式，并取得了预期结果。在随后的10年多时间里，福建物构所也积极与多家企业进行了协商合作，由于种种原因，合作没有成功。直到2005年，找到了技术和成果嫁接的好婆家，合作各方密切配合、努力攻关，在短短的3年多时间里，完成了百吨级工业中试和万吨级工业试验工作，20万吨级工业示范工程项目也已启动建设。

总结研究所走过的近30年坎坷历程，洪茂椿说：“从产业化的社会投资渠道来讲，这么大的投资不是谁都愿意投的，换一句话说，很少人敢冒这么大的投资风险。为煤制乙二醇早日实现产业化应用，我们曾主动登门找过很多家单位，把成果的可行性程度介绍给企业，让他们有了深刻的认识。因为对企业而言，他们一方面要瞄准市场需求，一方面要有经济效益，只有让他们真正心动了，才会舍得花类似于工业化中试这样的巨额投资。如果仅仅依靠我们本身的积极性去做肯定做不成。我们在源头创新上虽然是强项，但后面的产业化工作就必须靠企业。后来为了乙二醇的工业化试验，还专门成立了一家投资公司，我们用了将近两年时间才磨合好。”

关于福建物构所实践的大胆探索，兰国政总结出了一套与企业合作的理念和经验：一定要选择有技术自身需求的、注重提升技术创新能力的、对成果转化风险有足够认识的企业作为合作伙伴，不能因为自己的急于求成，一味地“拉郎配”。尽管成果转化存在风险，但一旦转化成功，其投入产出比完全能够打消投资风险的相关疑虑，保证企业成果转化成功以后的切实回报率。促进科研成果的拥有者和应用者之间对风险的统一认识，是提高成果转化成功率的前提。

从实验室小试成果走向中试、产业化的过程中，不可避免地，需要开展工程化和规模化关键技术研究，需要解决放大生产过程中引起的一系列技术问题。只有保护主要研发人员的权益、体现知识价值，才能最大化发挥人才、技术与资本效益。

福建物构所在激励机制上尝试的创新，是将科技人员与企业、科技成果与产品紧密地联系起来，使一批高新技术成果真正做到了“带土移植”。由科技人员“披挂上阵”的企业，相继亮出了自己科技含金量的“身价”，成为“技术资本化、资本人格化”的生动写照。

“注重知识产权的保护，建立健全维权机制，变无形知识资产为有形资本资产，最大限度地保证对成果有贡献的科研人员权益，这样才能充分调动科研人员的积极性。”洪茂椿这样解释物构所“科技致富”的动因。

“实现成果转化和产业化，是科研院所贡献国家、服务社会、构筑创新价值链的重要体现，通过与企业合作，可以获取更多科技需求信息，从中选择新的科研课题或技术研发方向，使其不断适应社会和经济发展需要，为研究所不断注入新的动力和活力，实现研究所的良性发展。”洪茂椿说。

启示之四：不拘一格的模式创新

总结福建物构所在成果转化和产业化上的经验，也可以说，在内蒙古通辽市乙二醇项目的成功实施，代表了一种新的成果转化模式。

乙二醇项目没有走传统成果转化的老路。它对企业工程化水平和资金能力要求较高，物构所灵活应对，用“专利实施许可＋合作中试＋新知识产权共享”的模式，与上海金煤化工新技术有限公司合作，在丹阳成功完成了“煤制乙二醇”百吨级中试实验和万吨级工业试验。根据合作协议，中试取得的所有技术成果和权益归双方共有，大大提高成果提供方和接受方的积极性，保证了双方的权益。

另外，对于一些具有关键核心技术的成果项目，福建物构所选择采用专利和技术秘密实施许可使用的方式，这样的项目通常技术成熟度较高、成果转化风险较小、不需要大宗的资金，既可保证企业的利益，又可保护知识产权，让科研人员获取一定的经济回报，可谓一举数得。

“科技成果转化有多种模式，根据成果的性质、技术含量和操作难度，企业的工程化水平、自主创新能力和资金实力等，选择不同的成果转化途径和模式，而不能千篇一律，将自己束缚在固有的思维方式上。”洪茂椿所长如此评点。

在人民大会堂举行的新闻发布会上，路甬祥对乙二醇项目有这样的高度评价：“煤制乙二醇”工业化示范取得成功，是中科院积极构筑知识创新、技术创新和工程产业化创新价值链的创新成果，为中科院研究所实施科研成果产业化提供了一种思路和模式，很有借鉴意义。

路甬祥院长还说：“有效推动科研成果产业化，关键是理念，中国科学院党组明确提出要实现 9 个转变，其中的一个转变，就是要从注重科技创新向同时重视转移转化转变。我们要摒弃轻视和忽视高新技术成果产业化的错误思想，必须从根本上转变重科学、轻技术，重发现、轻发明，重技术、轻管理，重水平、轻效益的观念，树立完整的科学价值观。”

这也正是物构所乙二醇项目的成功之道，同时，也给予了我们该如何构建“金三角”以应有的启示。

金星在中国科技版图上闪耀[①]

——记中国科学院五个新建研究所的诞生

接过筹建新研究所的“帅印”

2005年12月27日晚上，时任中国科学院人事教育局局长刘毅打电话到白建原家里——前一天，正好是白建原49岁生日，这位中科院院地合作局的局长助理，担任现有职位已经有些年头了。

刘毅当时在北京杏林山庄开中科院冬季党组扩大会，“起初他问了我家庭的一些情况，我就觉得找我一定有要紧的事情，不然不会在大晚上问我这些，时间和地点都不对”。过了4年之后，已是中科院深圳先进研究院党委书记的白建原，原原本本地对《科学时报》记者聊起她最初接到的电话通知。

刘毅在电话里对白建原说，中科院要和深圳市、香港中文大学合作，共同在深圳市筹建深圳先进研究院，中科院党组决定派出两位得力干部，她是首选的干部之一，去了就做筹建组副组长。当时白建原感觉非常意外与突然。这又不是去组建幼儿园！她问派出的另外一位干部是谁，刘毅说中科院领导正在挑选，他暂时也不知道，但肯定是有一定科研背景的人。

过后几天白建原才知道，这个“有一定科研背景的人”，是中科院计算所副所长樊建平。

此时樊建平刚去了一趟银川，会见了宁夏自治区党委书记陈建国等人，就协助建设宁夏数字图书馆等事到处奔波，力图将数字图书馆建成投资少、水平高、服务面广的“数字桥梁”，探索出一条信息化建设的新路。同样，樊建平对

① 本文发表于2010年5月11日，与祝魏玮合作。

中科院党组决定让自己南下深圳，负责新建研究所之事也颇感突然。

中科院负责新建研究所工作的是副院长施尔畏。施尔畏经过反复比较与思考，最后向中科院党组提出，要把筹建几个新研究所的“帅印”，交给中科院现任的所处级干部，他的建议得到了中科院党组的批准。正如施尔畏几年后所说：“我在本人不知情的情况下，分别把同志们约来，告诉他们院党组已决定让他们承担某个新建所的筹建重任，要求他们立即到某个城市去开展筹建工作。”选派出的这些干部都在重要的岗位上，承担着繁重的工作，都有着完美的家庭生活，但获悉中科院党组的决定后，没有一个人提出过哪怕半点的异议或保留，他们告别了繁华的大都市，就像战士冲上战场那样，义无反顾地奔赴各个指定区位。无论是樊建平、白建原，还是比他俩稍迟一两个月被中科院通知去参加苏州纳米技术与纳米仿生研究所筹建工作的杨辉、刘佩华等干部，他们当时可能都没有意识到，中科院正在进行科技布局调整，在随后的3年多时间里新建5个研究所，如一场壮美和谐的交响乐曲，正在徐徐拉开大幕。包括后来到任的（厦门）城市环境研究所的赵景柱、朱永官，青岛生物能源与过程所的王利生、赵汐潮，烟台海岸带研究所的施平、高玲瑜，中科院党组选派这十位干部领衔，打赢了新建所筹建这场重大战役，带出了一支支年轻齐整的队伍，在一张张白纸上描绘出了壮美的画卷，创造了作为研究所必须具备的基础与条件。如施尔畏所说的，“他们的智慧与辛劳、心血与汗水，已化为新建所大楼下的一块块基石，化为园区中一株株树木，永远见证着这些研究所的进步与发展”。

布局顺应天时地利人和

2006年年初，根据国家战略需求和区域经济社会发展的需要，经过对世界科技发展态势的详尽分析、对我国经济社会发展需求及科技布局现状的认真研究，中国科学院党组审时度势，按照国家科教领导小组批准的知识创新工程三期实施方案，把面向国家战略需求、面向世界科学前沿，把知识创新工程与国家技术创新体系、区域创新体系建设紧密结合起来，布阵连营，开始有条不紊、持续有序地整体推进科技布局的调整。

中国科学院顺应历史潮流，采取与地方政府合作共建的形式，选择环渤海、长三角和珠三角地区，高起点新建5个高水平的研究机构。其中，包括与山东省、青岛市共建青岛生物能源与过程研究所；与山东省、烟台市共建烟台海岸带研究所；与厦门市共建城市环境研究所；与江苏省、苏州市共建苏州纳米技术与纳米仿生研究所；与深圳市、香港中文大学共建深圳先进技术研究院。

金星在中国科技版图上闪耀
——记中国科学院五个新建研究所的诞生

在共和国的科技发展史上，必将铭记这些日子：2006年9月17日至9月23日，在全国人大常委会副委员长、中科院院长路甬祥的带领下，中科院的相关领导一路风尘仆仆，到达济南、苏州、深圳和厦门，与有关省、市政府就成立5个科研院所，分别签订了共建协议。

路甬祥率队到达的地方，都反复强调了这样一个基本理念：中国科学院此次抢抓机遇、乘势而上，以新建研究院所的形式，把科技布局调整继续向深层次推进，是为了更好地在国家创新体系中发挥骨干、引领作用，在国家科技体制改革进程中充分发挥示范推动作用。

中国科学院进行的这一重大科技布局调整，既顺应了"天时"、"地利"，更顺应了"人和"，与我国经济社会发展的格局也更加协调、更加和谐。

这里的"天时"是，我国深化改革、扩大开放的天时。特别是在2006年1月份，中共中央、国务院召开全国科学技术大会，部署实施《国家中长期科学和技术发展规划纲要（2006～2020年）》。同时，中共中央、国务院还作出了《关于实施科技规划纲要，增强自主创新能力的决定》。全国科技界的有识有志之士都为之欢欣鼓舞，如沐春风。

这里的"地利"是，无论青岛、烟台，也无论苏州、深圳、厦门，都处在我国东南沿海一带的经济发达地区。这些地区和城市的未来可持续发展，既对科技提升传统产业有着强烈的需求，经过改革开放将近30年的实践与积累，也有足够的经济实力吸纳科学的营养成分、吸纳高新技术的甘露以慧泽民生。无一例外，这些合作共建的新研究所，都得到了其所在省、市、区各级领导、人民群众的关爱，地方政府也给予了财政、土地、政策等各方面的大力支持。

这里的"人和"是，合作共建5个新科研院所签约刚好一个月，即2006年的10月，中共十六届六中全会召开，全会通过的《关于构建社会主义和谐社会若干重大问题的决定》指出："构建社会主义和谐社会，体现了全党全国各族人民的共同愿望。"把构建社会主义和谐社会摆在更加突出的地位，我国的发展由此站在了一个新的历史起点上，中国科学院与各省、市、自治区合作，在"和谐"这面旗帜下，多层次合作更如鱼得水，相得益彰。而随着我国近些年国力的逐渐增强、人心的不断凝聚，有诸多留学海外或在海外工作的优秀科技人才愿意回归，为建设祖国的美好明天效力。

随着从1998年开始实施的知识创新工程的不断推进，中国科学院原有的近百个研究所，无论观念、体制、结构等，经过近10年的改革与创新，都有了明显的改善与变化，但要真正走出一条符合当代科技创新规律、符合中国当代经济社会发展的科技需求、符合我国国情的科技创新道路，以及建立一套与之相适应的体制机制，布局创立若干个新的研究所，完全按照新的理念、新的机制、新的结构来建设，而且放在一个全新的环境、全新的边界当中，哺育并促进其健康成长，就样板和示范的作用而言，也显得意义非常。

5个新院所在筹备建设、呱呱落地嗷嗷待哺之初，就以“地方政府满意、合作企业满意、老百姓满意、科技界同行认同”为评价标准和原则。经过合作共建双方历时3年多的努力，现已取得了初步成功，正在向世人展示它应有的绚丽风采。它“边建设、边招聘、边科研”的发展策略，业已取得了诸多骄人的业绩。

将牛顿与乔布斯的“苹果”交换

诚如中共中央政治局委员、国务委员刘延东在视察深圳先进技术研究院时所言：先进技术研究院的发展体现了体制与机制的创新，体现了动态科学管理与资源的优化整合。通过基础科学、应用科学的有机结合实现了产业化；在聚合优秀人才、发挥港澳优势方面成绩突出。

“中科院在历史上搞基础研究就是强项，除此之外，还必须在国民经济建设的主战场上有所表达。”追昔抚今，深圳先进技术研究院院长樊建平对《科学时报》记者说：“虽然深圳先进技术研究院完全可以不搞3个研究所，搞一个研究所就完全可以交账，但我们拼着命在3年里搞了3个研究所，就是要给党中央和全国人民看，只花1亿多元钱，我们3年里就能初见成效，就能做出我们另外给自己压的一副担子、亦即边产业化的这么多事情。”

短短3年多时间里，深圳先进技术研究院异军突起，建立了面向智能系统与制造装备的“深圳先进集成技术研究所”、面向低成本健康的“生物医学与健康工程研究所”、面向快速城市化和工业信息化的“先进计算与数字工程研究所”，努力打造自主创新的科技高地，形成了多学科交叉、集成创新的特色与优势。

深圳先进技术研究院选择新型战略领域产业，引领其不断发展，迄今已孵化出公司4大类21家。其中，连续3届在高交会承办机器人专展，引起了巨大的社会反响。深圳先进技术研究院作为理事长单位成立的深圳市机器人协会，不仅起到了“火车头”的带动作用，也标志着我国机器人新兴战略性产业的发展步入了快车道。

深圳先进技术研究院携手银星智能公司，对其生产的清洁机器人升级换代，研制出了低噪音的“智耀星”，不但实现了30万台的年销量，产品还打入了日本等国外市场，成为清洁机器人的世界第二大制造厂商。银星智能公司总经理张建中以其切身感受，在接受《科学时报》记者采访时说："深圳先进技术研究院与区域经济发展联动，开展卓有成效的工程化、产业化工作，已经真正切入了企业的发展之中。"

面对席卷全球的经济寒流，为了帮助企业提升"御寒"能力，2009 年 1 月，深圳先进技术研究院作为深圳市 CAE 技术公共服务平台，免费向深圳市及华南地区企业推出了计算机辅助工程分析的应用基础培训，参加培训的有华为、中兴、比亚迪、格力、美的、创维、银星智能等企业的技术人员。

2009 年 4 月，深圳先进技术研究院与美的集团仿真技术联合实验室挂牌成立。该院的 CAE 技术能力和超级计算机资源，帮助美的集团各事业部系统性地解决结构及跌落仿真、包装设计及优化等问题。联合实验室采用管理委员会领导下的主任负责制，双方均常设办公室，深圳先进技术研究院派出几位资深工程师，常驻美的集团开展相关项目的拓展、支持与服务。美的集团每年向联合实验室投入 100 万元以上的运营资金。

美的集团中央研究院院长邓奕威对《科学时报》记者介绍说，在深圳先进技术研究院筹建初期，美的集团就与其有了很好的合作，如通过高性能电脑的仿真分析计算代替传统的物理实验，很快就为美的集团设计出一种新型的微波炉包装盒，减少了 14%的原料成本，仅此一项就为美的节省了 800 万元。随着今后双方的合作向纵深推进，预计由仿真技术联合实验室科技成果创新带来的经济效益年均将超过亿元。

"中科院 5 个新成立的科研院所，体现了中科院高层对如何建立国家科技创新体系的深思熟虑；反映了无论是空间布局还是产业布局，他们希望在调整中提高我国自主创新能力的战略思路；充分强调了国立科研院所和区域经济的结合，无论是长三角，还是珠三角，这些地区已经走到从制造到创造的阶段。"苏州工业园区管委会主任杨知评说，东南沿海地区有科技创新的动力，也有依靠科技调整产业结构的需求，中科院有源头创新的能力，也有带动地方经济发展的愿望，这样，双方的合作就相得益彰，而不是剃头挑子一头热。

苏州工业园区的生物纳米科技园和苏州纳米所就像是一对孪生兄妹。园区总经理刘毓文对记者说，他们的园区里现在集聚着几十家纳米企业，不管是敏芯微电子、百诺纳米还是华微特公司，因为纳米所建在这里，他们更愿意来此落户。不仅有公共测试平台等资源设备的共享，还可以在科研上有更多交流。一个研究所能使这么多的企业落户在它的周边，可见它吸引力的巨大。一些与纳米技术有关的企业哪里都不去，就选择在苏州。一个地方的产业群集聚得越多，节省的社会资源就越多，工作的效率也越高，就像是到了“美食一条街”。

我们既需要牛顿灵感发现的“苹果”，也需要乔布斯创造出来的“苹果”。当然，如果交换的是思想上的“苹果”，可能得到的就不仅仅是一个“苹果”，而完全有可能是两个“苹果”——中科院新建科研院所与地方企业的互惠互利作用正是如此。

在“母腹”中就开始接受“胎教”

强化科技成果转移转化和产业化，以多种方式为企业和地方经济发展提供服务，是苏州纳米所还在“母腹”中躁动时就开始接受的“胎教”。

苏州纳米所所长杨辉对记者说道，他们制定出相关政策措施，做到了“人才流动动态优化”。纳米所参股的几家公司，有关人员可以连技术带人员整建制出去。在健康、合理的流动中逐步形成一支优秀队伍，保持人员年龄峰值基本不变。实行“扶上马送一程，走出去”的政策，相关人员在科研、技术转移的不同阶段，以不同的评价体系和利益分配关系，与纳米所的发展紧密联系在了一起。

“服务企业创新，培养产业人才”，不仅是纳米所工作中一以贯之的重点，也出台了相应的鼓励政策和措施。

2009 年 4 月，苏州纳米所发出《关于科技人员服务企业的通知》，“要求副高职称以上科技人员每人每年要有 2 个月时间深入企业，为企业提供服务和咨询。鼓励以上人员到企业兼职、担任顾问、创办联合体”，“服务企业工作纳入年终团队考核范畴”。

“这个政策出台以后，得到了科研人员的积极响应，也取得了明显的效果。如李清文研究员领导的团队，其为苏州渭塘压铸公司服务，并共建了高性能金属复合材料工程技术研究中心，就是一个很好的案例。”杨辉介绍说。

“我们允许科技人员从企业拿一些额外的报酬，比如说咨询费等。对此受益的企业也很乐意，因为我们许多科技人员手里确实有‘真金白银’，可以为服务的企业排忧解难。比如我们有位科研人员，在帮企业解决了一个过去久而未决的问题以后，该企业的老板非常高兴，当即买了一辆车送给这位科技人员。这位科技人员现在每天开着车上下班，不仅干劲十足，也风光十足。”杨辉说。

纳米所以不同的资金、人员参股，目前已创办了 7 家产业化公司，总注册资本为 5000 万元人民币。其中纳维、纳晶、纳科三家公司，布局在纳米光电子 LED 产业链的三个关键环节，促进了地方产业结构的调整和优化升级。从这些公司的健康成长，也可以看出研究所在筹建的孕育之中就不断接受“胎教”训练所带来的益处。

深圳先进技术研究院为企业和地方经济发展提供服务，这一秉性似乎与生俱来，就像是终身难以泯灭的胎记。

深圳科工贸信委副主任刘锦告诉《科学时报》记者，深圳先进研究院建设的短短 3 年多时间里，为深圳乃至珠三角地区经济发展与科技创新做出了重要贡献，有效推动了深圳产业结构调整进程。与许多企业通过共建国家工程实验室、工业实验室等方式，形成了科研院所与深圳本土企业互利共赢的战略合作格局，帮助企业实现了产业结构调整和战略转型。目前已经与企业签署工业合同 100 多项，覆盖产品工业产值超过 50 亿元。在低成本健康和机器人等新兴战略性领域，拉动了深圳市的一大批高科技企业参与到打造新工业民族品牌的进程中来，加快了深圳地区新工业的培育速度，提升了深圳的科技创新实力。在低成本健康、高端医疗影像技术、机器人与智能系统、新材料、电动汽车与新能源、高性能计算与数字城市等方面，涌现出一大批具有自主知识产权和国际竞争力的成果。

与中科院新筹建的海岸带研究所合作，山东东方海洋科技股份有限公司是受益的代表之一。该公司副董事长赵玉山介绍说，当初一听说海岸带研究所要建在烟台，他们就不由得兴奋起来了。作为山东省区域海洋经济的龙头企业，他们必须借助科技的源头创新实现可持续发展。2007 年 6 月份，海岸带研究所和他们一拍即合，共建了海岸带生物资源实验室，而且这个实验室就建在企业里面，可以直接了解企业和市场的科技创新需求。到 2009 年年底，这个共建的实验室已经取得了诸多成果。

“陆海一号”便是与东方海洋公司合作的成果之一。海岸研究所的科研人员因地制宜，利用东方海洋公司鱼类加工的鱼皮等废弃物，以及在海岸带生长较多的一种菊芋植物，通过资源化学技术，将这些本来经济价值很低的动植物产品耦合在一起，变成了高价值的保健品，具有抗疲劳和抗衰老的保健作用。该技术已由东方海洋公司生产，变成产品在市场上销售，得到了消费者的切实认可。

“我们科技人员在企业的工作中发现，有些成果还可以向第三方转化，于是又与企业共建了海岸带生物资源研发中心。在此基础上，我们也与地方高校（如烟台大学等）等，建立了一些联合实验室、联合平台，共同开展面向区域经济发展的科研活动。”海岸带研究所所长施平补充介绍说。

有一个情景让施平历历在目、多次向人介绍。2006 年秋，研究所刚开始筹建，要到沿海去选址建实验台站，因为下着雨路不太好走，他们的轿车动不了，就去农民那里问路。一位青年农民听说中科院要在这里建所，他说这对当地老百姓很有好处，立即找来了他身为农民企业家的哥哥，将家里的两辆越野车开出来，兄弟俩开着车陪他们转了一大圈，中午还请他们几个人吃了一顿饭，但自始至终没问他们姓什么叫什么。

施平说，这足以证明，无论是当地的企业还是老百姓，都很欢迎我们选点落户，也很需要中科院的科技支持。我们从建所之初也就有了铭记于心的理念，今后的科研工作必须回馈反哺于地方。

“就怕科学家在园区里遛狗”

青岛生物能源与过程所的园区坐落在山清水秀的青岛崂山山脉，其规划秉承了“以人为本、生态和谐、布局合理、功能齐全”的建设理念，既体现了中科院的创新文化，符合科研建筑的功能要求，又结合了崂山风景区自然地貌，与周边环境协调统一，质量上追求“精品工程”，先后荣获“青岛市优质结构工程”等称号，在前不久的山东省建筑工程质量奖评选活动中，一期工程的 1 号楼工程又脱颖而出，荣获了 2009 年山东省建筑工程质量的最高荣誉“泰山杯”奖。

新建所的园区风景如此典雅秀丽，难怪中科院的一位领导在作了实地考察之后，不无调侃地说：“今后我不怕别的，就怕有些科学家会因此在园区里遛狗。”园区建设工程的优异质量，来自于新所筹建领导的高度责任感。

在城市环境研究所的建设工地上，所长赵景柱被参与基建的当地老百姓戏称为“中科院不穿裤子的人”——因为厦门的天气比较炎热，工地上又很脏，赵景柱经常穿着一条大裤衩就直接上了工地。只要一看到他的身影，工地上的人就说：“不穿裤子的人又来了!”厦门市科技局副局长徐平东是筹建组的成员之一，见证了城市环境研究所筹建的艰难过程，他动情地介绍说：“赵景柱为建设的百年大计呕心沥血，经常是凌晨 5 点多就去了工地，别说是像他这样的领导和科学家，就连那些负责施工的‘工头’都很难做到这一点！看到赵景柱以身作则，在施工第一线摸爬滚打，个别吊儿郎当的人都羞愧得无地自容。”

2009 年 8 月 20 日基建项目竣工验收之前，厦门正是烈日炎炎的时候，研究所的楼房虽然已经建好，但大楼内部的水、电都还没有通，为了促使施工单位尽快完成园区建设，赵景柱率先带领员工住进了大楼，“他这样‘自讨苦吃’，无疑是要起到督战队的作用啊”。徐平东感叹地说。

比起另外 4 个研究所园区的代建，深圳先进技术研究院的“自建”更显得非同寻常。樊建平等三人 2006 年年初刚到深圳时，背着 10 万元的现金作为开办费。筹建深圳先进技术研究院的旗帜一举，很快就有海内外的员工和学生到来，除了租用临时办公地点需要钱，还必须尽快解决人员的住宿问题。2006 年“五一”长假期间，时任深圳市科技局处长的徐晓东骑着自行车，来到距离临时办公地点最近的一家公寓，表示了租用的意向，不料管理处的人表示需要交定金 5000 元，否则另有人来就要租出去了。徐晓东当时一听就急了，他身上没有带那么多现金，差点用自己随身带的建设银行卡作为抵押。几经周折，这个公寓楼总算被租用下来，成了深圳先进技术研究院在蛇口地区最早的“人才驿站”。

无论是深圳科技局的徐晓东，还是苏州市科技局副局长陆丽华，虽然他们由于年龄的原因已退休，并随着研究所前不久的验收，从筹建领导小组副组长的岗位上离任，开始逐渐淡出了一些人的视野，但在中科院新建院所的创业史册上，都将永远铭记着他们的功劳与名字。

白建原从小到大都生长在北京，连个鸡窝儿都没有自己盖过，却要分管园区繁重的基建任务；北京的家先后搬了好几次她都没有动手，到深圳筹建新研究所，却要指挥大家连续搬几次临时办公地点，“看来上帝对大家都是公平的，正因为这些是自己在家里从没干过的事情，所以我就要奉命为组织干，补上以往存在的这一缺失”，白建原这样自我解嘲。

在南国的烈日之下，白建原很快就被晒得皮肤黝黑。她还得了一个“铁娘子”的雅号——这是刘锦开始叫起来的。

被聘用的第二天就去招聘人

早在 2007 年，深圳市政府就授予深圳先进技术研究院“深圳市引进海外智力示范单位”荣誉称号。深圳先进技术研究院在筹建之初就开始广揽天下英才，其聚集的海外高端人才，主要来自香港中文大学、麻省理工学院、斯坦福大学等几十所世界知名高校，很快形成了一支以高学历、高素质的中青年人才为主体的人才队伍。

2009 年 6 月，经中共中央组织部批准，深圳先进技术研究院成为“海外高层次人才创新创业基地”，它也是广东省科研教育领域的唯一入选单位。目前，深圳先进技术研究院已经是声名在外，基本构建了国家“千人计划”＋中科院“百人计划”＋“青年科研骨干”的“三层结构”人才梯队。

深圳科工贸信委副主任刘锦评价说，深圳先进技术研究院已成为深圳高端人才会聚高地，其借力深港创新圈，引入“双聘”教授等机制，坚持走国际化的高端人才路线，实施全球公开招聘，目前已经吸引近两百名海归博士，为深圳高科技产业发展储备了重要的人才资源。

苏州纳米所的人才吸引和招聘，也是在“边建设”、“边科研”的同时有条不紊地展开的。其“人尽其才”的方略如海纳百川，加快了各类优秀人才的聚集。在所长杨辉的呼唤下，张宝顺毅然辞去香港科技大学光电科技中心的职位，2006 年 11 月加盟苏州纳米所，由他领衔的纳米加工平台的建设，吸引了众多大学、科研机构和企业的进驻。现在张宝顺已成为纳米加工平台主任。最近，张宝顺光荣入选中科院 2009 年度“引进杰出技术人才”。

“当初我之所以愿意到苏州纳米所工作，其一，是我把纳米加工平台的建设也看成自己事业上的新平台，其二，是我和所长杨辉等人共事很投缘，也很遂心。”张宝顺这个东北汉子显得很豪爽，“虽然个人的利益有点损失，我工作调动到这里后，过去事业单位的养老保险等全部清零——苏州工业园区实行的是企业保险。我夫人在吉林大学是正式的国家事业单位编制，现在她调到了苏州大学，但不是正式编制。”崔铮则成为苏州纳米所的第一位“千人计划”入选者。2009 年，崔铮完全辞去英国卢瑟福国家实验室微纳米技术首席科学家的职位，全时来到苏州纳米研究所工作，负责筹建印刷电子技术中心。

青岛生物能源所咸漠应聘“百人计划”时，颇有一些戏剧性的故事。他现在是研究所所长助理、生物基材料与化学品中心主任。2007 年之前，咸漠在美国密歇根州立大学从事生物催化和生物合成研究。他在美国的工作很稳定，不一定要马上回来。但是像他这样的华人科学家，好多人都有共同的感受，在国外工作基本上已经看到了“天花板”，再继续做下去也没啥意思，同时年幼的孩子何去何从也面临着抉择，“要回来就现在回来，现在不回来就很难回来了”，咸漠说。

咸漠看到青岛生物能源所的人才招聘广告，就把简历投到了人教处，“那时研究所只有十多个人，王利生所长等人看过我的简历，马上做出了积极的回应，希望我 2 月就回来看看”。20 多天之后，咸漠事先没有通知青岛生物能源所，自己就果决地一刀了断，从美国来到了青岛，“我当时是典型的美国式风格，身上的穿着很随意，牛仔裤，运动衣，背着一个大背包。人事处处长见到我感到很突然，说你怎么也不说一声，我们好去机场接你呀”。

咸漠见王利生的第一面，感到既惊讶又佩服。当时王利生才 38 岁，咸漠看到他西服革履、身材挺拔的样子，心里想：中科院的所长就是不一样，不但这么年轻，还这么富有朝气！咸漠和王利生聊了两个小时，对新建研究所的定位有了更深刻的认识："能给我们海外回来的人这样的机遇，我们还有什么后顾之忧呢？这里就是最适合我发展的地方！"

"百人计划"还没有答辩，咸漠就开始在研究所上班，上班的第二天就出差，独自一人到了北京，为青岛生物能源研究所招聘研究生。"当时我不知道北京的那些研究所在哪里，我是查了地址告诉出租车司机，司机拉着我去找的。好在我以前在大学工作过，所以对招聘学生的步骤还比较熟悉。"

自己是初来乍到研究所的新人，却马上要为研究所招聘人才。对此，咸漠说："我的这一段奇特经历，也反映了新建研究所的'三边工程'：边建设、边招人、边科研。什么都不能耽误。"

让我们分享"边科研"的喜悦

2010 年 1 月 15 日，中共中央政治局常委、全国人大常委会委员长吴邦国到中科院苏州纳米所视察，听取科研人员对用于半导体照明的氮化镓衬底晶片、用于智能电网关键部件的氮化镓半绝缘晶片和碳纳米管纤维、超长碳纳米管阵列等纳米技术和器件的研发情况介绍，勉励他们坚持自主创新，找准主攻方向，占领技术发展制高点，加快科技成果向现实生产力的转化。

苏州纳米所在短短 3 年多的筹建过程中，已经承担了 150 多个科技项目，其中，氮化镓晶片科研成果，是纳米所在 2006 年创业的"蛮荒时期"，还在租借苏州的独墅湖图书馆作为办公场地时，就开始了"边科研"进程的结果。氮化镓晶片是第三代半导体产业发展的关键材料，但过去我国氮化镓晶片及器件的关键技术远落后于发达国家，高端应用产品完全依赖进口，而国外对我国进行技术封锁。以苏州纳米所为技术依托、以徐科博士为核心组建的纳维公司创新创业团队，联合创业投资公司共同投资，专业从事氮化镓晶片及其相关器件、设备的研发和产业化。他们攻克了氮化镓晶片的弯曲和开裂等关键难题，使产品达到实用化水平。这将提高我国半导体照明、全色显示、高功率微波器件等领域的整体研制水平，实现产业的跨越式发展，在氮化物的各个应用领域迎头赶上国际前沿水平。目前纳维公司已解决氮化镓衬底晶片关键技术，研制出相关晶片，还申请相关发明专利 6 项。得益于早年就浸润在独墅湖图书馆的"书香"，最近，苏州纳米所的半导体照明 LED 产业化也取得了可喜成绩，研制出高亮度、长寿命蓝光 LED，各项指标在国内行业中都是最好的，目前已开始批量生产。

2008 年初夏，我国黄海中部暴发浒苔，烟台海岸带研究所通过现场调查、遥感监测，不仅将研究成果发表在国际杂志上，还向政府部门提出建议，通过中科院向国务院提交了研究专报。《2008年黄海绿潮形成原因初探》的研究结果表明，浒苔与紫菜伴生，在江苏东部沿海大面积的紫菜养殖区域形成高生物量后，在一定条件下，随海流漂移并不断聚集，最终漂浮迁移到黄海北部。“海水重金属污染物的现场快速检测传感器技术研究”是烟台海岸带所从美国引进的第一位“百人计划”入选者秦伟主持的，为了满足国家在生态环境监测领域的技术需求，秦伟等科研人员因地制宜，克服建所初期创业的种种困难，研发出了现场快速检测海水中重金属浓度的新型传感器。该成果已于2009年6月5日通过了专家鉴定，产品达到国际先进水平。青岛生物能源研究所白手起家闯天下，目前已取得了秸秆纤维素生物降解关键技术研究、纤维素燃料丁醇新型发酵工艺研究、生物基抗菌高吸水材料关键技术研究等多项成果。

城市环境研究所早在建所之初，就制定出了“忠诚”、“尽职”的所训，开展的大型水生植物对重金属的吸附/吸收机制及其生理响应、垃圾渗滤液脱氮与填埋场原位除臭的集成研究、膜生物反应器膜污染层形成的微观过程及控制研究等，成果均已达到了世界同类学科的领先水平，并逐渐产生了良好的社会和经济效益。深圳先进技术研究院自建院伊始，不仅立足区域经济发展推出工业化的系列成果，还对学术建设给予高度重视，截止到2009年年底，共举办大型国际学术会议21次、学术讲座100多期。发表论文846篇，其中SCI/EI/ISTP检索601篇。其召集并发起的第346次香山科学会议，更标志着深圳先进院的学术水平已达相当高度。

能够和洋人“同唱一首歌”

2007年11月底，由城市环境研究所主办的首届厦门国际城市环境论坛在厦门召开。来自联合国亚洲及太平洋经济社会委员会、中国、美国、英国、挪威、澳大利亚等国的城市环境研究专家、管理专家就城市可持续发展相关的污染形成机制、污染治理技术、城市环境规划、城市环境管理与政策等专题开展了研讨。由于该会议所获得的巨大成功，厦门也成为国际城市环境论坛的永久性会址，今后将每3年在此举办一次这样的国际论坛。2009年10月中旬，第六届中澳科技研讨会在中国科学院城市环境研究所举行。本届研讨会以“气候变化与海岸带、三角洲可持续发展”为主题，分土地可持续利用、可持续滨海湿地生态系统、环境污染与公众健康等专题，旨在促进中澳两国科学家在气候变化与海岸带、三角洲可持续发展相关领域的深入交流。

中科院院长路甬祥、澳大利亚科学院院长科尔特·兰贝克、澳大利亚技术科学与工程院副院长彼特·拉弗尔等出席并致辞。能够短时间内就在杏林湾的荒滩之上，建设起一个初具规模的国际化研究所，这让许多外国科学家都觉得不可思议。中澳科技研讨会在城市环境所的大报告厅开幕时，许多科学家从内心深处发出了赞叹之声，澳大利亚科学院院长兰贝克在致辞中几次讲道："祝贺你们，也祝贺路甬祥院长!"对城市环境所能够把握国际科研新动向，快速并高质量地完成建设任务，做出让国际科研同行认可的成绩，许多科学家都感到由衷的钦佩。2008 年 12 月，在城市环境研究所召开的国际城市湿地生态和修复研讨会上，美国新泽西州立大学环境与自然资源学院院长触景生情，不禁带着几分羡慕的口吻，对现在已经是城市环境研究所所长的朱永官说："你们有这么好的园区环境，有这么好的科研条件，我甚至都有些担心，我手下的人来看了之后就再不想回去了!"果然在时隔一年多之后，新泽西州立大学的一位系主任 Mark Robson，得到了中科院国际人才引进与交流计划的资助，今年准备来城市环境研究所工作 4 个月。

能够站在国际科研舞台上，与洋人不分伯仲地"同唱一首歌"，在很宽厚的音域里和谐地重唱，无异于新建研究所的工作得到了世界科技界同行的认可。2008 年 9 月 10 日，荷兰皇家壳牌集团慧眼识珠，在全球范围内与包括青岛生物能源所在内的 6 家学术机构签署了生物燃料研发协议。总额 100 万欧元的两个合作项目，落在了青岛生物能源所。

2009 年 10 月 21 日，波音公司与中科院共同签署了技术合作谅解备忘录。在此框架下，10 月 28 日至 29 日，波音研究与技术中国区副总裁 AlBryant 一行赴青岛生物能源研究所考察，落实生物能源领域与该研究所的项目合作。波音对藻类能源研发链所部署的各项关键技术研究表示了强烈的兴趣，初步确定了有合作意向的项目，在此后的 3 年里，波音每年将提供 50 万美元的资助。波音与研究所的合作旨在推动生物航空燃料的研发并降低其生产成本，在谅解备忘录框架内开展的生物航空燃料技术合作具有重要意义。

青岛生物能源研究所党委书记赵汐潮说，波音在我国的研究所和大学转了很多地方，为何最终选了他们这个新建研究所？赵汐潮问 AlBryant，他的回答是："我们在反复调研中发现，无论是别的研究所还是大学，他们所有的科研做的都只是一个点，而你们却是做一个很完整的链条。微藻做成燃油中间有很多科研环节，仅一个点肯定解决不了问题，青岛生物能源所做的战略规划周到缜密，到目前为止，他们招聘的优秀人才有吕雪峰、徐健等研究员，波音对他们现有的科研工作都很满意。"

在不断改革创新的“试管”中

虽然目前新建科研院所“小荷才露尖尖角”，但却“早有蜻蜓立上头”。他们探索并创造出的一些经验，完全可能为老所、强所的改革创新与发展提供很好的借鉴，成为并驾齐驱奔向2020年全面建设小康社会、实现中华民族伟大复兴的重要推动力。地方政府在关注经济建设、社会和谐的进程中，纷纷提出要建设创新型省市、创新型园区的理念，中国科学院与山东、浙江、江苏、广东等相关地方政府自然心有灵犀，一拍即合。这是历史发展的结果，也是国家、社会、人民、时代对中科院提出的要求。

现在国家对这5个新建科研院所的验收，实际上是对这五个新建科研院所的一次检阅，也是科技界同行、当地人民群众对它的一次巡礼。它今天业已捧出的累累硕果，得到了国内外科技界同行的公认，完全可以回报于国家的期望、地方政府的期望、企业和人民群众的期望；它业已初步奠定的坚实基础，也完全可以主动策应中国科学院“三性、一攀登”的发展战略走向，积极呼应科技引领未来的时代要求。与地方合作共建，推行现代科研院所理事会制度，实现了双方乃至多方互惠互利的“共赢”，是5个新院所最大的亮点之一。采取崭新的体制与机制，在不断改革创新的“试管”中孕育，形成“新生儿”最为健康、最为优秀的“基因”，是5个新院所最大的特色。

深圳先进技术研究院是5个新院所中较早筹建的研究院所，总结其取得成绩的经验，主要源自它思想观念上的创新，对最优秀人才的吸引、集聚和创新环境的提供，以及多学科的交叉融合。该院规划部署的机器人智能系统、新能源与节能材料、低成本健康三大学科方向，都准确地瞄准了国家战略需求，同时打破了基础研究与应用研究、高技术与产业化之间人为的对立关系。把它们统一起来，既突破了一些前沿关键技术，又做了系统的集成与创新，同时积极推进了技术的转移与产业化；为企业提供尽善尽美的周到服务，既从中得到了科研选题的“灵感”，又由此赢得了技术占领市场的先机。

苏州纳米所高歌猛进，其科技队伍的整体结构富有特色：麾下的诸多人才中既有物理、化学、生物的精英，又有半导体、信息技术等方面的俊杰；开展了多学科的交叉，同时还有较强的技术支撑队伍，以及较高技术水平与服务精神的管理队伍。还逐步创新了“人才流动、动态优化”、“全员代理、全员社保”、“因岗设薪、分类薪酬”、“分段考核、分类评价”等一系列人才管理机制。

厦门城市环境研究所与时俱进，选择城市生态健康与环境安全、城市环境污染控制与资源化技术、城市环境工程与循环经济、城市生态环境规划与环境管理等领域，开展理论研究、技术研发、系统集成和工程示范，为我国城市和城市群的生态规划与建设、环境质量的改善提高、社会经济的可持续发展不断做出科技创新贡献，为人类未来城市文明建设提供理论依据和实践指南。

青岛生物能源所注重战略规划，重点面向国家能源、资源与环境等重大战略需求，面向国际生物加工与转化科技前沿，最大限度地满足地方经济社会发展需要，并以“人力资源动态化、科研组织规模化、支撑系统平台化、面向应用价值化”作为办所的核心机制，并将其渗透到研究所中长期发展规划的各个方面。

海岸带是现代海洋与陆地相互作用的地带，是人口最为密集、经济社会活动最为强烈的地带。关注海岸带的研究和开发，已成为我国迫在眉睫的一个重大科学问题，这个新学科领域的曙光初现，孕育并催生了中科院烟台海岸带研究所。该研究所虽然成立时间不长，但勇于跨越学科、地区与行业的界限，与国内外相关的高校和科研单位建立了合作共赢的关系，已经在国内外产生了一定影响。

5 个部署在我国东南沿海城市的新建科研院所，已如同 5 颗璀璨闪耀的金星，镶嵌在中国的科技版图上。它们历时 3 年多的成功兴建，不仅符合中科院知识创新工程确定的战略定位，也能够满足国家经济社会的科学发展，尤其是环渤海地区、长三角地区、珠三角地区经济的科学发展，为我国正在进行的产业结构调整和发展方式转变提供强有力的科技支撑，能够实现国家创新体系与地方区域的创新体系无缝对接，构建从知识创新到技术创新，乃至于高技术规模产业化的完整价值链。中科院与地方合作共建，5 个新科研院所落实科学发展观，在以胡锦涛总书记为核心的党中央的正确领导下，创造并推进物质文明、生态文明，下大力气改善民生，提高全民的生活质量和全民的幸福指数，2011 年至 2020 年将迈上新台阶，继续在深入实施的知识创新工程中做出更大的贡献！

在那离科学绝不遥远的地方[①]

——记青海湖自然保护区科研信息化建设项目示范及推进

听到“呼叫”迅即行动

时值2009年晚秋，作为国家级自然保护区的鄱阳湖，迎来了一批批来此地越冬的候鸟，先是白琵鹭、斑嘴鸭、凤头鸊鷉，紧接着是白鹤、小天鹅。鄱阳湖管理局的主人一如既往地热情友好，而这些候鸟一年一度的造访也像往年那样，为烟波浩渺的鄱阳湖带来了无限的生机。

中国科学院正在庆祝自己的60华诞，北京下了入冬后第一场皑皑白雪。中科院计算机网络信息中心的e-Science呼叫中心主任杨涛，还有高级工程师欧阳新、李健博士，带着准备好的网络测试设备，从北京迅即飞到了鄱阳湖畔。

三位计算机网络信息工程师此番的行动，既是受中科院计算机网络信息中心总工程师阎保平的指令，也与鄱阳湖自然保护区管理局局长纪伟涛的“呼叫”策应，试图对过去鄱阳湖对鸟类的传统保护手段改变一些什么：作为打造“数字鄱阳湖”的先行一步，除了改造鄱阳湖原有的几处视频监控室，装备和更新探头设备等，还有必要建立起车载或者船载的监控技术手段；要根据鄱阳湖保护区的实际需求，逐步建立起完善的e-Science数据库，争取今后对候鸟群可能爆发的疾病加以防控，甚至对突如其来的洪水、火灾等加以预防与警示，提供科学决策的判断和支持……

中科院动物所研究员雷富民也在“厉兵秣马”，准备春节过后动身前往鄱阳湖。看到胡锦涛总书记给中科院建院60周年的贺信，他说自己深刻感受到了

① 本文发表于2010年5月19日，与刘丹合作。

“发展是硬道理”，要时刻牢记用实际行动践行中央提出的“科学发展观”。

两年前，鄱阳湖国家级自然保护区管理局与中科院计算机网络信息中心商定，合作开展鄱阳湖候鸟迁徙和生态习性的研究。这项联合研究的内容，包括运用新一代卫星定位系统GPS开展候鸟迁徙路线研究，实时、精确、完整地掌握候鸟迁徙的相关数据；建设视频监控网络，利用中科院计算机网络信息中心的技术平台，为对湖区湿地及越冬候鸟进行视频监控以及数据传输提供网络基础；建立科研保护信息数据库，包括候鸟迁徙路线GPS、网络监控图像、巡湖、野生动物疾病等方面信息的集成；对工作人员进行候鸟行为研究、计算机网络、视频监控、GPS、数据库等方面的培训。

对比5年前，阎保平和雷富民等中科院的科技人员，策应禽流感发生局势的“呼叫”，迅即动身前往青海湖自然保护区，杨涛他们这次前往鄱阳湖保护区，车接车送、一路有专人陪同显然很“幸运”。

看到了风起于青萍之末

2005年8月9日，刚卸去中科院计算机网络信息中心主任职务、出任中心总工程师不久的阎保平，带领其学生南凯、罗泽、吴开超等人，以及中科院武汉病毒所研究员李天宪、中科院微生物所研究员马俊才，与中科院动物所研究员雷富民在西宁的宾馆会师——动物研究所因为人员和设备较多，自己从北京开车，经过3天的日夜兼程才到达。他们迅即打听好了租车的价格，雇请当地的司机开上越野车，价格是每天800元，一路风尘地扑向了青海湖。

司机只知道租车的人来自中科院，多少觉得租车人的身份有点神秘。高个子的那位叫雷富民，显然以前来过青海湖多次，一路上不停地向同车中两位年龄较大的女同志介绍情况。她俩随着车辆的一路颠簸感觉有点不适，但却与雷富民热烈交谈、话题不断。许多科学名词术语司机根本听不懂，但司机也隐约感觉到了他们的疑虑和担忧——青海湖每年自由自在地飞来飞去的鸟儿，现在好像“飞”出了一些问题，听出了他们的青海湖此行事关重大，意义非同寻常。

就在此前不久的5月3日，爆出了青海湖有上千只斑头雁因感染病毒而死亡的消息。5月7日，得知斑头雁突然死亡的中科院动物所鸟类研究组研究员雷富民，协同中国农业大学教授刘金华专程赶到青海湖“会诊”。雷富民取了斑头雁等鸟种的泄殖腔棉拭子、咽拭子、粪便以及一些病变的内脏组织带回北京。5月14日，国家禽流感参考实验室从死鸟体内正式分离出H5N1亚型禽流感病毒。5

月25日，刘金华、中科院微生物所研究员高福和雷富民等，迅即根据实验结果，把自己对青海湖携带病毒候鸟的论述文章，投寄给了国际著名学术期刊Science，6月29日被该刊正式接收并很快发表。

7月的一天，作为武汉病毒所病毒资源与生物信息中心主任的李天宪，就研究所的科技数据库建设问题，到在北京网络中心的阎保平那里做汇报。但像是早已看到了风起于青萍之末的阎保平，却更多地向李天宪了解禽流感——这正是她正在承担的一个课题。阎保平说，科技必须为人类的疾病防控和身体健康提供强有力的支撑，中科院不仅在“十五”期间提出了e-Science，而且就在今年3月，由中科院信息办、生物局支持，已经确定“禽流感预警预报系统”为e-Science的重要应用示范之一，她已经和微生物所所长高福、动物所研究员雷富民等商讨过，搞IT的和搞病毒科研的几个研究所，现在应该尽快联合起来，以禽流感的预警预报为抓手，争取近期内赶快到青海湖进行实地考察，看中科院能否在那里为国家对疾病的防控做些什么?!

早年毕业于武汉同济医科大学的李天宪，虽然2004年和高福、雷富民已在承担科技部的禽流感应急攻关项目中有些合作，但这时并不太了解阎保平所说的e-Science，她只觉得e-Science的概念很新奇，能让她的眼睛也为之一亮。“可是我原来只作过哺乳动物和家禽的病毒研究，从来没有接触过野生鸟类，麻雀和大雁勉强还能认得，但斑头雁、棕头鸥哪怕是从我眼前飞过，我一概都不认得呀!”阎保平哈哈一笑说：“这有啥关系？我们抓紧到青海湖多跑几圈，不就什么野生鸟类都认得了吗?!更何况，还有微生物所和动物所的其他同志要一起去呢!”

既是出于对阎保平这位多年担任研究所领导的大姐的崇敬，也是出于李天宪内心科技创新激情的涌动，阎保平提出的想法与李天宪的思路一拍即合。而“英雄所见略同”，当然也就有了动物所、微生物所其他科学家的积极响应和自觉加盟。

迷彩服终于发出“微笑”

四五个小时的颠簸，阎保平、李天宪一行在西宁租用的越野车，终于径自开到了青海湖自然保护区的鸟岛宾馆。但是宾馆前台的服务员却以警觉和防范的眼光，上下打量着到来的“不速之客”，就是不让已经疲惫不堪的她们入住，理由也很简单：宾馆最近一概不接待普通的游客；你们既然说自己不是普通的游客，那么是来青海湖干吗的？

正在他们和前台交涉时，一位穿着迷彩服、皮肤黝黑、身材壮实的人走了进来，他问明了“不速之客”的身份和来意，仔细地查看了递上来的证件，似乎不苟言笑的他把手一挥，同意宾馆服务员给他们安排房间，没有告知自家身份却留下一句话：“安顿好之后，明天可以来办公室聊聊，我办公室就在后面!”

第二天上午，阎保平在雷富民的引荐下，前往拜访青海湖保护区管理局领导，这才知道那位穿迷彩服的汉子正是局长张德海——当时他的办公室是在一间破旧的民房里。

张德海对青海湖上的鸟类有特殊的感情，双方的对话，就从5月份鸟岛上莫名其妙死亡了成群的候鸟开始。当张德海说到鸟岛上有个监控系统，最近却因为出了些故障不灵了，阎保平抓住时机急忙接过话题：我们就是做信息化工程的，能不能现在就去鸟岛，我们或许就能帮你们解决问题!

张德海虽然半信半疑，但还是立即就开上了车，带着阎保平一行来到鸟岛监控室。“内行看门道”，阎保平很快解决了这个纯属“小儿科”的问题。发现没有随身携带足够的数据存储硬盘，阎保平一行风风火火，驱车60千米来到刚察县县城，买了两块硬盘送给管理局，作为监控室拷贝数据之用。

投之以桃，报之以李，后来的几天里，张德海不仅带着阎保平、李天宪等参观了自然保护区的各处“领地”，还参观了许多在他们的全力救护下，得以幸免于难的各种飞禽走兽，如猫头鹰、藏獒等。“动物都是有灵性的，那些受伤的鸟一旦被救治之后，甚至都不愿意从青海湖飞走呢!”张德海坦诚地说，他在局长任上接触了很多科研单位，过去许多科研单位来保护区“考察”，往往只是“索取”而不是“给予”，在这里拿了自己需要的实验样品后就一走了事，根本没有给保护区留下什么。他凭自己的阅历和经验看得出来，中科院这次来的是一批想干实事的专家，希望能够与之建立长期的友好合作关系。

修好了计算机和两块移动硬盘，就像是最初的钥匙一般，打开了与青海湖管理局管理人员交流的心扉通道。

虽然从2002年开始，青海湖管理局就对环湖的鸟类栖息地进行调查，获取了一些统计数据。但自己无法进行数据处理。阎保平向一路如影随形陪同着她的侯元生请教管理局获得的数据怎么保存和处理。侯元生是位在管理局干了20年的复员军人，身上也总是穿着一套迷彩服，他说：“我们只是将它放在计算机Excel文档里，很多数据都已丢失、老化啦!”阎保平爽朗地笑了：“解决这个问题找我们正好，我们就是做数据系统的!”

随着与阎保平及中科院其他科学家交流的加深，青海湖管理局的那些“迷彩服”们，对他们从最初的戒备、疑虑，到绽放出了和善的微笑，变成了真诚的信任、依靠——后来阎保平他们才知道，管理局的干部和职工有许多都是复转军人，和张德海一样经常把迷彩服当工作服。

“国家队”有着发自内心的强烈愿望

青海湖保护区的上级主管部门是青海省林业局。2005 年 11 月，由青海省林业局局长李三旦带队的一行人赴京，到网络中心、动物所、微生物所、遥感所参观，并参加了视频座谈会——这时候，视频会议对来自遥远的青海省的他们，还是一个颇为新鲜的技术手段。当然，让他们大开眼界的显然还不仅是这些，而是在参观的目不暇接以及敞开心扉的交流中，真正体会到了作为科研“国家队”的中科院在知识创新工程中，科技创新能力提升带来的崭新面貌：以科技为国家未来发展提供有力的支撑，“国家队”有着发自内心的强烈愿望，也与他们脉动的心完全合拍。

藏族出身的李三旦，长期在青海果洛地区和省林业局工作，与青海湖有着不了的情缘。半年前青海湖爆发禽流感，他就对这一突发事件做出了快速反应，立即指示青海湖管理局采取相关应急措施，并于 5 月 7 日就斑头雁异常死亡的事件接受了新华社的采访，做到了信息的最大透明化。在网络中心与阎保平初次见面，他就直言不讳地说，青海省地处祖国西北，无论科技还是网络信息，比起东部地区都明显要落后得多。“你们能够到西部与我们合作，相信能够最大限度地提升今后我们应对类似突发事件的反应速度和管理水平！”

2005 年 12 月，中科院信息办与青海省林业局签署了《合作框架协议书》，中科院下属的 4 个研究所也分别与青海湖管理局签署了《合作协议》。

作为中科院信息化工作的牵头和支撑单位，中科院计算机网络信息中心重任在肩。从 2005 年 5 月开始，阎保平会同中科院几个研究所的研究员，开展基于信息化科学数据库的示范应用——“禽流感等突发疾病综合信息平台与预警预报系统”，探索在 e-Science 环境下开展跨学科研究，现在，阎保平带领的中科院的跨学科联合团队，与青海省林业局及青海湖管理局达成合作共识，中科院的科学家们得以更频繁、方便地出入青海湖，对该区域的生态环境等开展科学研究——这也正与青海省提出的“生态立省”理念契合。

青海湖保护区管理局局长张德海卸任后，新任的管理局局长星智——一位朴实憨厚的藏族干部，对中科院在青海湖展开的工作也寄予了厚望并给予支持。

2006 年 7 月，李三旦提出，要进一步拓展与中科院的合作关系，建立青海湖自然保护区联合科研基地，李三旦的这个理念与阎保平的理念完全合拍，说出了阎保平也正想提出的方案。中科院与青海湖的合作在这个理念的指导下得到提升，进入了一个新的层面。

孰为老师，孰为学生

李三旦不仅有工作有魄力，也极有责任心。在青海湖保护区派人到网络中心学习后，李三旦对阎保平说："阎老师，看来我们到中科院接受技术培训还要全面推开呀！过去我们对野鸟可能携带病毒、可能感染人群的危害性和严重性缺乏了解，甚至还会帮着兽医扯着一些死鸟进行解剖，弄得双手都是血，却没有任何保护措施，现在看起来，是要好好地拜你们为老师，补上许多功课了！"

阎保平跟着青海湖管理局的人们在野外考察，除了对保护区人们的实干精神感叹不已之外，也对西部地区基层科研条件的简陋与匮乏感叹再三，在地球俨然已成为一个小村庄的今天，如果我们还是靠传统的落后方式搞科研，"国家队"的研究工作若还是沿袭打一枪换一个地方的旧思路，必然是零零散散的不能成为系统；而"地方军"手里只有"七八条枪"，更是难以成气候，如此一成不变地按惯性走下去，中国别说是要获得诺贝尔奖，哪怕在国际高端刊物上发表一两篇像样的论文都难，更别奢谈在国计民生方面如何"满足国家战略需求"了！

先从青海湖保护区扎扎实实地做起，借助青海湖这一个支点，今后再向国家的各个自然保护区辐射和推广 e-Science，成为阎保平内心的一个远大目标。

2007 年 1 月在中科院计算机网络信息中心，召开了第一届中美野生鸟类禽流感联合研讨会。

2007 年 9 月，经中科院秘书长办公会批准，在青海湖保护区建立了"中科院青海湖国家级自然保护区联合科研基地"，确定了在生态环境、遥感、野生动物、野生动物疾病、野生动物保护、信息技术支撑等学科领域的合作。

与此同时，中科院对青海湖保护区人员各方面的技术培训也全面展开。

"我们对青海湖管理局人员进行培训，讲授与病毒防护相关的科普知识，青海湖那里的条件比较简陋，没有我们惯用的投影仪，就只能用小黑板。"李天宪说，"如病毒采样一定要严加防护，鸟类的尸体一定要加入石灰焚烧等。我们给了管理局一万元的基本费用，让他们购买防护用的手套和口罩以及消毒液等物品，他们在环湖巡护时帮我们将采样保存在冰箱中，使我们在采样分析时能方便地取用"。

对管理局人员的培训是完全免费的，相关人员到武汉接受培训时，李天宪因为胆囊炎住院治疗，专门交代自己的学生说，“除了一定要将培训人员的食宿安排好，还要注意因人施教，教会他们对样品的妥善处理和保护常识”。李天宪自己身在病房，却依然不忘对课程表的精心设计安排，时不时就要打电话给研究所，对培训的全过程加以“遥控”。

青海湖管理局的领导问李天宪，具有什么知识背景的人到武汉病毒所受训最合适，李天宪说最好是大专以上水平、学过生物的，管理局感到很为难。最后推荐来受训的三个人，一个是复转军人，一个是中专毕业，他们原来对生物学的知识基本是空白。

“保护区人员这样的知识结构，无形中给我们的培训带来了很大的难度，但也正因为此，我们越加感到培训的重要性和迫切性。”李天宪介绍说，“我专门抽出研究室的两位科技人员，加上我的学生李永东共三个人，一对一对他们进行培训，包括手套应该怎么带、怎么脱，禽流感病毒对哪些消毒水敏感，鸟粪应该如何保存，试剂盒该怎么应用，做到细致入微。他们学得也很认真，不懂的就提问。培训结束后，他们每人都给我写了一个总结，我也要求他们回去之后必须教会更多的人”。

“当然，在教会他们相关知识的同时，我们也向他们学到了很多经验，他们在科研实践第一线掌握和总结的许多经验，恰恰也是我们所不具备的。”李天宪补充说。

“我在侯元生、吴永林、孙建青等保护区人员身上，看到了一批复员转业军人的优秀素质，看到了敬业和忠诚。”阎保平介绍说，“他们学历虽然都不太高，但高原人的淳朴、憨厚、敬业、实干，对我们和学生的帮助很大，而且，他们也通过与我们的合作，已经在国内外学术刊物上发表了一些高水平的论文”。

孰为老师，孰为学生？中科院科学家和青海湖管理人员在真诚的合作中，实现了优势互补，的确是相得益彰。

2009 年 5 月底，四川活佛一行参观了青海湖蛋岛上的网络视频监控室，他们那专注的神情，就好像是在“参禅”；继而，6 月份，智利驻上海总领事夫人一行也参观了蛋岛上的网络视频监控室，对如此现代化的监测手段赞赏有加，给予了高度的评价与肯定。

青海湖因其特有的湖光山色，每年都吸引了众多来自国内外的游客，青海湖也因为中科院科学家的聚集，以及科学家和基层科技工作者的紧密合作，而愈发显示出其在国际科研舞台上的魅力。

“基地对我们学术上的意义非常重大”

“我对青海湖这里是又爱又怕。爱的是，这里是我未来的事业所在，青海湖基地对我们学术上的意义非常重大，我本人的科研可以在这里得以深入开展；怕的是，除了我早年就患有的神经性头疼，我的身体对高原环境也很不适应，缺氧会使我的智商至少下降50%，每次一来这里就要准备许多药品，如随身带着安定和止疼片。”李天宪对《科学时报》记者说出了她的心里话。

李天宪第一次来青海湖就感到缺氧带来的头疼，幸亏她吃了许多止疼片，总算勉强挺过去了。第二次来还吃止疼片，但是已经不管用，头疼欲裂，吃了4片之后已经超剂量了，学医出身的她知道不能再吃了，听说附近有个医务室，她去那里测量血压，血压竟然达到190/110！医护人员给她吃了些降压片后，她的感觉才稍微好一些。

“算起来我前后已经十几次来青海湖了，一到这里就会头疼，我已经司空见惯了，最重要的是前两天要休息好。”李天宪说，“阎保平的年纪比我大，工作也比我更劳累。有次来青海湖，李三旦局长已经约好要和我们一起晚餐。但阎保平突然胃痉挛了，脸色苍白，只能窝在被窝里，她自己吃了随身携带的救心丸等药品，但都不管用，我给她烧了些开水，因为没有热水袋，就把热水灌在矿泉水瓶子里让她焐着胃，这样才稍好了一些。怕李三旦和青海湖的同志担惊受怕，我只好打了个马虎眼说，阎保平主任的飞机可能是晚点了，现在还没有到呢”。

李天宪曾经问过阎保平：“你带着病，还整天到处跑，你家里的先生能没有意见吗?”阎保平回答说：“他有意见也扯不住我的腿呀。我们搞IT的，就是要为科研提供支撑，只有我们多往外面不停地跑，科学家才不要总是往野外台站跑。先生除了交代我要多注意身体，还能说什么呢?!”

年过半百的李天宪自己则是和家人两地分居。爱人和孩子目前都在北京工作，也都有属于自己的事业，“2004年之前我也曾经试图调动到北京，但一直没有合适的单位。2005年有了青海湖联合科研基地项目之后，我越做越投入，现在再也不想工作调动的事情了”。

“我带的几位学生，每次来青海湖都会脱一层皮，整整瘦掉一圈。从武汉一到西宁，他们常常就会赶紧到超市买食品等一些到青海湖的必需品。男学生因为在野外要干重体力活，要背仪器设备，搭建帐篷，而且在野外采样活动量大，很容易就会饿，但男生不喜欢吃巧克力等甜点，他们就买压缩饼干，说只有压缩饼干才能抗饿。我也跟着他们尝过，压缩饼干很硬，又不好消化。我很为他们这种吃苦耐劳的精神感动，感到80后的他们能做到这样的确很不容易。”李天宪说。

阎保平果洛之夜与学生的通信

2009年7月30日，阎保平来到青海省果洛藏族自治州的大武镇，这里是果洛州政府的所在地，也是“三江源”的核心地域，平均海拔4000米以上，条件要比青海湖区域艰苦得多。她是两天前参加在西宁召开的中科院西部行动计划考察组的学术交流会后，随团到达果洛地区考察的。

虽然高原缺氧让阎保平身心疲惫，而常年的胃病这时也在隐隐发作，但想到第二天要陪同中科院领导到青海湖，参加中科院青海湖联合科研基地工作汇报交流会，想到马上就要与她的几位得意门生见面，阎保平还是打开了随身携带的笔记本电脑。

阎保平打开了原来跟她读博士，现已经是网络中心副研究员，协助她指导学生，这次带学生来青海湖进行科研实践的周园春写的电子邮件：“……黄志一和常青玲两位女生到野外调查，不断发现PDA和GPS航迹的问题，逐一记录下来，以作为回北京后修改的依据；王丙林把侯元生站长的几百G的视频数据入库，并选择一些视频转换成在线的格式，使得用户可以在IE上在线看到这些视频。唐明洁在安装调试张海亭和他一起承担的数据挖掘程序……”

在信件的末尾，1975年出生的周园春有感而发，即兴点评到：“他们这几位学生都是80后，有这个时代年轻人的烙印，过去给我的印象是想到什么就说什么，做事比较随性。这次他们在青海湖的表现，让我感觉他们工作做得也真不错!”

“从7月24日到今天，我们参加了青海湖鸟类繁殖地调查、环湖鸟类数量调查、样地植被调查，在这几天的野外调查中，我们和青海湖的工作人员、清华大学的实习同学，都在试用PDA，总结我们自己的体会和其他人员的反馈，PDA采集系统基本能满足青海湖野外数据采集的需求。”接着，阎保平看学生黄志一写给她的电子邮件。

在这封邮件里，黄志一也分析了PDA录入没有纸笔记录快，以及字典库的数据不全导致无法记录数据的一些缺陷，并提出了她思考后的解决方案。想到这位来自云南、现在担任网络中心研究生会主席的活泼女生，阎保平的嘴角不由得荡开了笑意。在附件里，一群棕头鸥也正扑啦啦地飞起——这是黄志一这几天在布哈河三角洲照的棕头鸥照片。

阎保平点开学生唐明洁发来的邮件。“青海湖蓝色的湖水依稀中，我看到了自己的成长的影子：2007年的轻舞飞扬，2008年亲手触摸高原土地的感动，2009年更多的是成长的积累。”唐明洁汇报自己第三次来青海湖的体会，除了文字如散文诗一般美丽隽永，更难得的是通过在青海湖的见闻，抒发了他对理想和人生的真切感悟。

一路走来的困顿与劳累似乎都已不翼而飞，阎保平立即给唐明洁回信说：“……通过青海湖项目的接触，你们的出色表现和优秀的工作，令老师发自内心地说，你们这批80后是好样的！你们是中国实践e-Science的第一批研究生，你们用自己的行为和实践证明，学科交叉和复合型人才培养是可以做到的，而且可以做得很好。”“通过这几年的研究生学习，你们确实长大了。在业务能力上，你们参加青海湖的这批同学的学术意识大有提高，技术水平超常发挥；在思想上你们比同龄的同学更加成熟、更加深刻，已经能够深入思考一些问题；在行动上你们更加勇于实践和探索，你们更有爱心和责任感。我为你和同学们的成长和进步感到由衷的骄傲。”

“你对青海湖项目的想法能分析得如此准确，我感到很惊讶。也感谢你对老师的赞美和表扬。其实老师还有许多地方做得不够，还有许多想法可能来不及实现，我很希望能由你和你的同学们实现。”阎保平敲击着电脑键盘继续写道，“可能让你和其他同学没有想到的是，今年我在国际互联网协会（ISOC）三年的任期已到届，本来还可以申请接着做一届，但是我自己向ISOC提出了放弃，原因也是青海湖、鄱阳湖、卧龙的‘情’，或者说是‘中国情怀’，你不会为老师感到惋惜吧？当然我还有一个想法，无论做什么事都要争取做好，没有更多时间和精力投入的事情，不如就放弃。我很感谢ISOC理事会在我‘谢幕’之时，还给了我一个意想不到的表彰”。

中国实践 e-Science 的第一批研究生

由阎保平带领并指导、一起投入青海湖e-Science项目的，有张海亭、黄志一、唐明洁、王丙林、常青玲五位在读学生。他们无一例外都是本科毕业后被保送到网络中心的。这个“无一例外”的概率，既可看出网络中心导师阎保平的“门槛”，也可看出中科院研究生教育中所注重的科研实践。而他们，正像阎保平所说的，是我国实践e-Science的第一批研究生。

“在青海湖项目中，我们锻炼的不仅是自己的科研水平，更锻炼的是自己勤奋刻苦的优秀品质。在青海湖的调查活动中，经常需要徒步到达很远的地方实地调查，需要乘坐小船到很远的小岛上，对我们的监控系统进行维护，有时会很累很累，但我们都很开心。我们不仅是在锻炼自己，更多的是为青海湖的科研工作提供方便，为他们产生源源不断的科研数据，产生更多的科研成果，而这些效果都已经显见。”毕业于贵州大学、在阎保平门下读了三年研究生的王丙林对本报记者说。

唐明洁清楚地记得，2007 年他从四川大学本科毕业，9 月的北京本是秋高气爽的季节，但来北京的中科院研究生院报到，当他独自背着行李，看着西客站大厅周围潮涌般的人群，内心更多的却是一种迷茫与落寞。匆匆结束研究生第一年的专业学习，唐明洁开始进研究所，转入结合科研的高年级学习。焦急、浮躁、迷惑，他也陷入了大多数同龄人的困境。阎保平了解到唐明洁当时的状况，便将他调入青海湖项目组，让他与青海湖保护区管理局一行人员一起参加了 2008 年环湖调查。一年多时间以来，通过向阎保平、周元春的学习，师长的言行在潜移默化中影响了唐明洁，让这位帅小伙的学业不断进步，思想也更加趋于成熟。

“每一位和阎保平老师打过交道的人，都会被她身上那股独有的人格魅力所感染。不是因为别的，就是因为她对中国 e-Science 发展的执著。由于工作需要，阎老师频繁地参加国内外不同的会议，被我们学生称为‘空中女飞人’。她可能今天在俄罗斯，明天就又到了青海湖，同行的人员都还没倒过时差，她又在飞机上了。”

唐明洁在接受本报记者采访时感叹说：“多年高强度的工作严重影响了阎老师的身体，但就在这种情况下，她还坚持打着止痛针和年轻人一起跑到青海湖去抓鸟。野外蹲点，有时一待就是一天，那可是海拔 3000 米的高原地区啊！缺氧、低温、紫外线，这对一位年近 60 的女科学家来说，真的太难了！”

2009 年 4 月，病倒的阎保平不得不住进医院。但她的身体一有好转，就卧在病床上，为学生逐字逐句修改毕业论文。来探视的同事、学生都劝阎保平安心静养，她却回答：“毕业论文可能会影响学生一辈子，我这当老师的怎么能掉以轻心啊！”

2009 年 8 月中旬，唐明洁获得第五届数据挖掘与应用国际会议的最佳论文奖，深受国际同行、香港科技大学教授杨强的嘉许，对此，他在接受本报记者采访时说：“其实，我的工作就是得益于‘站在巨人的肩膀上’。有阎保平这样一位玩命工作的老师，她已身先士卒地冲在了大家的前面，作为学生的我们，对面临的一些困难还有什么可抱怨的？阎老师内心深处眷恋祖国山河，有着中国情结和中国梦想。言语中没有华丽的渲染，没有刻意的雕饰，她自身的行动早已说明了一切，她就是我们学习的最好榜样!"

云南姑娘黄志一清楚地记得，今年她硕士毕业时，让她犹豫的是一家做网络视频广告的公司允诺给她的职位，若在该公司做软件测试工作，起薪是每月1万元，做开发起薪则是1.2万元。为此黄志一咨询了很多长辈的意见，最终还是选择了留在薪酬起码要低一半的研究所工作。网络中心团队合作的精神和氛围，在她选择的天平上是关键的砝码，当然，选择留在所里还可以继续她先前做的"移动数据采集软件"。"我对此很感兴趣，而这个工作才刚开始，还有很多工作需要去做，今年4月份申请了软件著作权，7月份申请了专利，我希望把这个事情做完、做好。"

黄志一业余兴趣比较广泛，包括舞蹈、乒乓球、羽毛球、篮球、排球、篆刻等，前几项属于"动"，篆刻则比较"静"。黄志一在回答记者提问时说："我是好动还是好静？篮球、排球等集体运动，需要个人身体素质和体育技能，更需要队员之间相互默契与配合，与其说我喜欢篮球、排球等活动，不如说我喜欢和爱好打球的朋友们一起happy。篆刻是小时候父亲教我的，他还教会我'闹中取静'。'动'、'静'结合，我在科研工作中更多的是'静'，安静地coding，安静地读paper，安静地思考。"

在阎保平的带领下，在研究生时期参与青海湖科研实践，也在细微处镌刻下黄志一难忘的人生印迹，黄志一动情地对记者说："我会一直记得鸬鹚岛上密密匝匝的黑鸬鹚，记得布哈河三角洲上刚刚长出羽毛的小棕头鸥，记得我为青海湖工作人员解释设备和软件的功能及使用方法时，他们被太阳晒得黑红的脸上感谢的笑容。"

阎保平培养的另一位学生张海亭，本来做青海湖候鸟迁徙的数据挖掘软件，因为分析处理数据需要半个小时，时间过长，在离张海亭毕业答辩还有一个月时，阎保平问他，能否争取改善一下软件，缩短数据的处理时间，张海亭说能。阎保平感到吃惊："离你答辩不到一个月了，你还能来得及做吗？"张海亭毫不犹豫地说："没问题。相信我会做好的，论文答辩和软件改善的工期都不会耽误!"

张海亭放弃了团队组织的春游，不但按时做出了令人满意的软件，还成为《地理信息系统在青海湖鸟类迁徙研究中的应用》文章的第一作者。在毕业答辩的时候，张海亭向大家展示了他开发出的应用软件，参与答辩的老师交口称赞，雷富民看了更是感到兴奋，由衷地说："从你的论文答辩中我高兴地看到，投身青海湖联合基地的科研实践，包括你在内的网络中心的这些学生有了真才实学，已真正从e走向了Science!"

张耀南带领学生开辟新天地

张耀南第一次见到普氏原羚，就喜欢上了这可爱的动物。

普氏原羚也称中华对角羚，俗称滩黄羊，体长约为 1 米，雄羚长有一对具有环棱的黑色硬角，角尖相向内弯，嘴唇黑色，颌下白色。“起初，我们只是注意到，雌性普氏原羚奔跑起来，呈现出屁股的一片白色，在绿色草地的反衬下显得分外醒目、分外活泼，后来我们听管理局人员介绍才知道，这其实是出于警觉状态的它的一种肢体‘语言’，警示同伴有危险正在靠拢逼近。”张耀南说。

张耀南是中科院寒区与旱区研究所的研究员。早在 20 世纪 90 年代，他因为做科学数据库项目就久闻阎保平的大名，并和她打过交道。以 e-Science 为手段支撑青海湖的科研，张耀南与阎保平有过多次交流，到 2007 年年初他的思路已逐渐清晰成熟，并多次带学生来青海湖考察，“最初我想从斑头雁的生境上入手，后来了解到斑头雁的迁徙有很多经停点，我就想勾勒出它迁徙路径上的空中和地面生态样带，比较出这些区域和其他区域的不同。虽然当时美国科学家已把斑头雁迁徙路径的生态样带勾勒出一个大概，但既没有细化也没有实地考察，这恰恰是我们可以有所作为的”。

于是张耀南指导其硕士研究生郝美玉，着手研究斑头雁的动力学模型、斑头雁在青海湖的分布情况，以及构建斑头雁的产卵育幼换羽迁徙模型，粗略预计斑头雁在若干年后的种群数量。

真正使张耀南感到震惊的，还是他带领学生在青海湖实地考察，发现普氏原羚的生境很恶劣，它们只能在湖边一片很小的草场觅食，活动范围很小，当没有食物时它们只好冒险跨越围栏。“管理局局长星智给我看了几张照片，普氏原羚跳过围栏，后腿被围栏挂住，下半身已经被狼吃掉了，只剩上半身挂在围栏上，其状惨不忍睹。”

青海环湖 90%以上草质较好的草场目前已全部承包给牧户，各牧户都建起了纵横交错的围栏，直接限制了普氏原羚的生存与活动。特别是在牧民放牧季节，普氏原羚只能生活在生境质量更差的沙丘地带和沙化草原，同时还要受到围栏和天敌的阻隔和威胁。

此情此景，张耀南决定把自己的工作和青海湖的实际需求结合，也和阎保平带领的 e-Science 科研团队结合。

张耀南指导的博士生罗立辉，原来想作的博士论文是《黑河流域生态—水文模型在空间建模环境中的应用研究》，因为寒旱所是中科院青海湖联合基地的成员，他起初跟着张耀南参加青海湖基地的会议，只是抱着先看一看再说的想法，但当考察时独自一个人在野外帐篷里度过了三个晚上，全身心投入到观察普氏原羚的环青海湖实验中时，他不由得感叹，这是一群多么活泼可爱的生灵呀！但这全国总共才有300～500只的国家一类保护的濒危动物，仅他本人就发现，至少有5只因围栏的高度导致被铁刺刺死，由此可见人们对它的保护知之甚少！在吴永林、张耀南和阎保平的鼓励下，罗立辉毅然另起炉灶，将普氏原羚的研究当做自己的博士论文。

谈到自己科研方向的抉择，罗立辉对《科学时报》记者淡淡地说：“我只是尽到一种责任罢了。西北人民的淳朴、善良、好客，却是我感受最深的!”

张耀南指导的硕士生郝美玉，原来选择的硕士论文是关于空间插值方法的管理系统构建，相当一部分内容涉及气象，随着青海湖联合科研基地的项目开展，她很快改变了论文选题。郝美玉认为，青海湖的普氏原羚是我国高濒危动物，斑头雁是禽流感发生后死亡率较高的候鸟，但我国对这两个物种的研究较少，很多方面的研究尚属空白，自己应该借助于青海湖联合科研基地这个平台，及时切入这个自己感兴趣并能有所创新的方向。

在资料相对缺乏的情况下，郝美玉通过实地考察和科研，已经得到的阶段性研究成果表明：斑头雁喜好湿地沼泽、滩涂类生境，一般在环湖和河流周边，但不一定都是在湖泊。斑头雁的潜在生境一般来讲要比实际生境多些。并且斑头雁在苦海、鄂陵湖、扎陵湖、阿拉克湖、夯错等湖泊经过，“这些生境与青海湖相似，即都为湖泊、沼泽、滩涂类湿地生境，植被情况不是很明确”。

张耀南1986年毕业于兰州大学现代物理系，由于寒旱所工作的需要，他后来将主攻方向转到资源环境数据平台建立与分析等，现在是研究所的计算机网络室主任，他说：“学科的交叉融合的确使我本人受益匪浅，现在，借助于青海湖联合科研基地和在这里建立的e-Science平台，相信今后我带领的学生也能通过自己的科研实践，在学科交叉与融合中迅速地成长起来!”

“让我们在科学发展观的旗帜下联合”

2009年8月1日至3日，中科院青海湖联合科研基地工作汇报交流会在青海湖举行。青海省原副省长吉狄马加，中科院副院长詹文龙、秘书长李志刚，中国林科院副院长刘世荣等领导出席会议。会后，中科院资源环境局对青海湖联合科研基地工作给予了多方面的支持。

青海省原副省长吉狄马加会上的致辞指出，要按照青海“生态立省”战略和建设“高原旅游名省”战略要求，进一步加大对青海湖景区的环境整治和生态保护，进一步加强与中科院等世界一流科研院所的合作，在打造青海湖世界遗产型高原湖泊生态旅游胜地的同时，努力把青海湖建设成为高原科学研究基地。

中科院副院长詹文龙指出，青海湖科研基地是实践中科院“两个面向”战略的重要阵地，基于信息化科研平台的多个研究所、多个学科在青海湖这里合作科研，实现了学科交叉、资源共享，为推动科研信息化起到了重要的示范作用。

“我们要在科学发展观的旗帜下联合，更好地进行科学研究工作。”中科院秘书长李志刚强调，中科院的研究所不能单兵作战，而要发挥全院的综合优势，并与青海、西部地区以及全国各地开展联合科研，才能真正做出大事。中科院机关业务部门应关注青海湖联合科研基地，加强沟通和协调。

会议以中科院青海湖联合科研基地有关工作进展，以及汇报所取得的初步成果、交流经验为契机，进一步推动青海湖联合科研基地工作；通过国家自然保护区生态保护及相关科研工作等方面的学术交流，为科学研究工作者和地方生态保护专家提供一个相互促进共同发展的交流平台。这次科学家云集的会议从某种意义上说，也是对青海湖联合基地所取得的科研成果的一次检阅。

几年来，基地通过卫星跟踪、种群动态监测等技术，开展对青海湖候鸟的迁徙规律及其行为的研究；通过对病毒分离鉴定、基因组解析、分析建模等技术，开展了候鸟迁徙行为与疾病暴发、传播途径的研究，如野生飞禽、水禽类禽流感病毒的流行病学实地调查等；通过信息融合、同名控制点、遥感生态指标等技术，开展了对青海湖及其周边生态环境遥感应用研究；通过监控系统、数据库、协同工作环境、PDA 技术等，开展了 e-Science 科研基础环境的构建与关键技术研究。

其中，通过对 2006 年青海湖爆发的禽流感疫情进行研究分析，他们推测出 2006 年青海湖禽流感的病源，可能是在东欧国家经过不同候鸟群体相互传播，并作为载体进入我国青海地区的；对 3 株候鸟高致病性禽流感病毒的分子特征分析结果显示，青海湖湿地起到了“生态混合器”的作用，病毒可能对土耳其、俄罗斯产生一定威胁；通过追踪候鸟的 3 条迁徙路径，发现候鸟迁徙可能把病毒从东南亚传播到非洲和欧洲。

中科院微生物研究所得益于青海湖联合科研基地的平台，主要是借助采集到的数据，通过相关的实验进行分析探究：野生鸟类身上携带的一些病毒与禽流感的发生，两者之间到底存在什么关系？

“跟踪青海湖野生鸟类中的禽流感病毒变异很重要。从 2005 年一直跟踪到 2009 年，我们研究发现，在过去的几年里禽流感病毒没有发现变异，但今年却有了一些明显的变异。为什么今年这些病毒会发生变异？为什么病毒都发生在这些地方，而没有发生在别的一些地方？我们也在进行研究。”高福在接受《科学时报》采访时，提出了许多科学假设，他说：“我们怕就怕病毒会发生片段间的交换。如果发生了病毒的片段间的交换，那么，青海湖这些候鸟在其中起了什么作用？2005 年带病毒的候鸟死得比较多，后来几年因为病毒而死亡的野鸟越来越少，禽流感病毒是跨种间的传递，我们必须立足世界科学前沿探究，导致它们感染和死亡的分子机制是什么？”

前不久，《中国科学》出了一期禽流感的专辑，高福带领的团队发表了两篇论文：《禽流感跨种间传染的机制研究》、《禽流感的数据库》。高福介绍说，青海湖地区除了候鸟之外，其他的野生哺乳动物也可能带流感病毒，这也需要科学家更好地联合起来，在掌握大量数据的基础上，加强跟踪和分析研究。

据统计，截至 2009 年 5 月，共获得 48 万条数据，经过格式转换、排重等预处理，共获得超过 10 万条数据。

“获取的数据并不是完全有效的，需要作一些预处理，才能更加方便科学家使用。这部分工作做得很不容易，网络中心有个专门的小组，现在已经可以实现自动的预处理。”阎保平解释说，“我们应该怎样使用这 10 万条数据？我们不懈努力的目的，就是要让科学家的科研更方便、更有效。现在科学家所需要的数据挖掘是可定制的。其中包括三层数据挖掘：第一层是 15 个候鸟经常越冬聚集的地方，总共覆盖 4621 平方千米。第二层是青海湖候鸟栖息地的数据，第三层是在青海湖‘三块石’的数据。”

青海湖管理局副局长何玉邦在接受《科学时报》采访时说：“塞翁失马，焉知祸福。如果不是 2005 年禽流感的发生，或许就不会有这么多中科院的科学家来关注青海湖。感谢阎保平主任及其团队为我们所做的一切；中科院计算机与信息网络中心为我们建立了数据库，使我们的调查数据得以规范化、电子化，便于存储，极大地方便了我们的工作……在全国这么多自然保护区里，我们第一个拥有了先进的监控系统，也是第一个用数据库存储调查数据的单位，这让我们感到非常骄傲和自豪。”

已被 IT 界“开除”的阎保平

2008 年 1 月，在美国西弗吉尼亚州召开了“第二届中美野鸟和禽流感联合研讨会”。本次研讨会由美国国家地质调查局主办，参会中方代表20余人，包括阎保平带领的相关研究所专家，以及青海省林业局局长李三旦、青海湖国家级自然保护区管理局局长星智、鄱阳湖国家自然保护区管理局局长纪伟涛、副局长刘观华等一些政府官员。

开完这个学术会议之后，阎保平和几位中国科学家到纽约，参加第一次国际野生动物疾病研讨会。与会代表一部分是动物学家，一部分是IT专家。许多人都知道阎保平在做青海湖的项目，其中本杰明、斯考特是世界粮油组织的兽医专家，他们已经看到了阎保平e-Science理念的先进性。一些美国科学家和阎保平一见面就说：“你们以e-Science为支撑，围绕野生动物疾病调查做的一些科研项目，有的甚至已经走在了我们前面！”“在这样的跨学科研究领域中，美国都还没有做到，甚至今后若干年也很难做到，你们却已经做到，真是很不容易呀！”

第二天上午是分组讨论，一个是疫病和野生动物小组，一个是搞IT的小组，自己到底参加哪个小组好呢？参加IT小组本来对阎保平是顺理成章的事情，因为她在这个小组有很多老熟人，他们正想利用这个机会多听听她介绍青海湖，介绍e-Science在那里的具体应用呢！但疫病和野生动物小组的讨论对阎保平而言也同样引人入胜，在这里她可以更多地听听国际上野生动物和疫病防控有关的前沿研究介绍。阎保平苦于分身无术，正在犹豫不决之时，阎保平带去的三位学生却异口同声地说：“阎老师，你现在对野生动物和疾病防控的研究一点也不比人家少，我看你更应该上疾病组去！”阎保平说：“但IT小组的讨论会我也不能不听呀，IT才是我的老本行！”学生对阎保平调侃说：“人家都说你对野生动物和疾病防控情有独钟，关注程度远远超过了IT，今后IT界的会议你干脆就不要参加了！”

诚如斯言，如今在阎保平的办公室里，已经找不到更多IT研究领域的书籍，而更多的却是一些鸟类学的书籍，以及雷富民送给她的鸟类标本、她在青海湖边抱着鸟的照片。以至于她的学生开玩笑说：“阎老师，照这样的势头发展下去，你要担心被IT界‘开除’的！”阎保平自我解嘲地笑曰：“看来我只好选择赶紧‘跳槽’，搞野生动物保护研究去啰！”

在研讨会的野生动物与疾病小组里，阎保平认真听了各国专家的发言，觉得大开眼界，但她也听到了牢骚，一位外国生物与疾病的科学家说：“因野生动物感染和传播的一些疾病，明明就摆在了面前，还有什么必要强调建立科学数据库？究竟IT技术对我们搞疾病研究有什么用？”

“如果没有数据的积累和比对，仅仅靠为数不多的几个病例，肯定没有办法掌握疾病产生和爆发的真相。”阎保平委婉地在小组会上表达了自己的观点。

第二天下午开会，组织者根据与会代表的生日，按单双号分组讨论和交流，阎保平对学生说：“这个组别安排的创意不错，今后我们也可以采纳呀！”

参加这个会议阎保平有诸多感慨。听了疾病学家的一些报告，虽然很多专业上的问题她并不是太懂，但中间许多科学思想上的碰撞，却让她茅塞顿开，得到理念上的启悟与升华。阎保平认为，科研信息化进入一些传统的学科领域，并不能一下子让所有的科学家都接受这种变革，成为自觉的行为。这也正需要那些搞 IT 的内行，但却是其他学科领域研究的“外行”认真思考，以自己掌握的 IT 知识更好地充当科学研究的工具，让科学家的科研更加方便，提高科研效率。

“姐妹湖”因 e-Science 携手

2007 年 1 月 17 日，中美野生鸟类禽流感会议在北京召开，鄱阳湖保护区管理局局长纪伟涛带着办公室主任来京参会。整整两天的会议下来，特别是听阎保平介绍了中科院团队在青海湖保护区所开展的院地合作介绍，已经在鄱阳湖管理局工作了将近 20 年的纪伟涛深有感触：“自然保护区真是太需要和中科院的合作和交流了！过去我们甚至都不知道什么是禽流感，只是通过新闻传媒的报道才略知一二。如果出现禽流感到底应该如何防护？我们虽然在第一线接触野鸟，天天在搞监测和防控，但自己没有这方面的知识，甚至连一些最基础的防护措施都没有，也没有接受过系统的培训，现在必须赶快补上这非补不可的一课！”

会上纪伟涛对阎保平说：“鄱阳湖和青海湖的特点，若简单归纳起来是：一东一西（地理位置），一淡一咸（湖水），一夏一冬（鸟类聚集季节），虽然现在我们鄱阳湖没有发现禽流感，但不代表以后不会发生类似禽流感的疾病。鄱阳湖也有斑头雁，虽然数量没有青海湖多，但是它们是从哪里来的，是怎么样的迁徙路线，我们也不知道。中科院与青海湖管理局的合作已经有了良好的开端，鄱阳湖管理局也一定要很好地和中科院合作！”

雷富民来鄱阳湖之后，提出要与纪伟涛一同培养博士研究生，纪伟涛说：“我怎么有资格带博士生，且不说我是在基层工作的，没有高深的学术和理论造诣，何况我自己才是硕士毕业，怎么能做博士生的导师呢？”雷富民说，正因为你在基层第一线，现在的博士生往往就是缺乏在基层第一线的历练，我对鄱阳湖肯定没你那么了若指掌，与你合作互补带出来的博士生，掌握的知识才能更加全面！

2008年12月9日，鄱阳湖保护区与青海湖保护区经友好协商，缔结为姊妹保护区，阎保平参加了会议。

这次缔结的宗旨是充分发挥各自的地理、环境、资源优势，搞好鸟类及其栖息地环境的有效保护。通过这次缔结姊妹保护区，进一步提升了两个保护区之间的合作空间，加强了彼此间的资源共享，增进了相互之间的技术交流，促进自然保护区共同发展。从某种程度上也可以说，“姐妹湖”是因e-Science的牵线搭桥而携手。

2009年3月19日，阎保平、侯元生一行走访中科院自动化研究所模式识别国家重点实验室，该实验室第一任主任、科技部前副部长马颂德介绍了实验室的相关研究情况，阎保平介绍了近四年来在青海湖基地开展的科研信息化研究工作，侯元生报告了青海湖候鸟视频监控数据分析研究，介绍了青海湖鸟岛部署的网络视频监控系统所产生的候鸟监控数据，设置样方并定点监测分析的研究过程，坦陈现有人工分析视频监控图像所遇到的困难，以及对自动化视频分析处理技术的迫切需求。

马颂德认为，目前国家和地方对生态环境、野生动物保护方面非常重视，网络中心作为一个IT型的研究所，在这方面已经做了许多工作，树立了一个典范。他也表示，实验室的图像识别技术已在许多行业应用，但目前还没有涉及生态环境、野生动物保护等行业领域的应用和研究，因此开展和推进该应用和研究，十分重要而且意义非常重大，实验室现有的技术水平应该能够在青海湖候鸟视频监控这样的特定应用领域发挥作用，期待与网络中心在该领域开展后续合作。

融入记忆　构建人格

实践出真知，基于青海湖联合科研基地几年的实践和探索，阎保平的工作思路，已经从原来的“一二三”，变成了现在的“三二一”。

阎保平所说的“一二三”，其中的“一”，是阎保平最初只是要为e-Science的应用寻找到一个合适的切入点，建立一个e-Science应用的样板，基本上是出于技术层面的思考；“二”，是相关领域的科学家需要先进的科研手段和环境，网络中心必须牢靠地为之提供e-Science的支撑服务；“三”，是在青海湖自然保护区推e-Science的过程中，阎保平带领的团队注重与青海湖自然保护区的互动作用，形成合力，相得益彰。

“通过青海湖联合科研基地几年来的实践，我本人越发感受到，国家的信息化真正要产生作用和影响，一定要走向社会，走到基层去。真正需要IT技术的是地方和基层，特别是偏远落后地区的地方和基层!”阎保平说，通过几年的科研联合基地实践，现在回过头来看e-Science应用，以及青海湖自然保护区的科研环境，有了中科院研发并提供的监控系统等装备，保护区人员现在已经不需要老是实地上岛以及环湖巡查，监控系统在保护了他们人员安全的同时，也更加科学地保护了鸟类的繁衍生息。

“从青海湖保护区e-Science的应用，以及下一步在鄱阳湖保护区、卧龙保护区e-Science的推广，足可以看出阎保平的科学眼光和工作魄力，IT专家与Science专家的合作是科学技术与科学理论的双优组合。青海湖的e-Science项目体现了中科院不同专业领域专家们的强强联合，一定会出更好的成果。”雷富民恰如其分地说：“通过这种合作，我们不仅可以是‘Easy science’，而且会是‘Efficient science’!”

在接受《科学时报》采访时阎保平也强调，搞IT和科研信息化的人必须立足于满足地方与基层的需求，野外台站的建设也要立足于地方与基层的实际需求。野外台站工作要想出科研成果，首先这个科研成果就必须得到地方的认可，否则就可能与“象牙塔”无异。不能关起门来自己办野外台站。不仅仅要把技术手段递交出去，武装基层的科研工作者，也要为地方培养和造就出一批高素质的科研人才。只有双方在一起工作，实现沟通和交流，无形中才能达到不分彼此的亲密融合。

正像唐明洁在他的一篇随感里写的那样：“作为中国第一位国际互联网协会（Internet Society，ISOC）理事会的理事，阎保平获得的名誉已经够多。当别人还困惑于一位如此成功的女科学家，为何要在她行将60岁的时候，放弃别的一切，义无反顾地投入到青海湖保护中的时候，她已经带领团队踏上了新的旅途——数字鄱阳湖、数字卧龙大熊猫保护基地。在这个嘈杂、浮躁的时代，这群追寻梦想的人们，正在用他们的双手试图改变着什么，或许真的能够为子孙后代做出点什么。”

“青海的每一寸山河，早已经融入到我们年轻的记忆之中，或许这会成为我们以后构建人格的每一个分子。”为我们共和国的科技大厦建设提供强有力的支撑，唐明洁这一充满诗意的描绘，道出了在青海湖那离科学绝不遥远的地方，科研共同体携手努力奋斗、不懈追求的真谛，这不仅适合于年轻一代的唐明洁，对包括阎保平、李天宪、雷富民这些已有了丰富的人生阅历、年富力强的科学家们，又何尝不是非常生动、也非常形象的泼墨写意呢?

创新2020："脑"在清晰"成像"①

——记中国科学院生物物理研究所的发展态势及战略思考

智慧的"脑"已运转起来

6月16日至18日，中国科学院"创新2020——解放思想深化改革研讨会"召开，与会的近100位所长就像各路征战的将领般云集北京，从党和国家赋予中科院的战略定位出发，围绕事关我国科技事业长远发展和"创新2020"深入实施的一些关键性问题，进行了深入而富有成效的讨论。

"我们要选择一些具有前瞻性的关键科技问题，创新体制机制，营造创新文化，改善评估体系，鼓励求真务实、持之以恒的科学精神，给科学家腾出更多的时间，让他们聚精会神地开展科研，产出经得起历史考验的重大科研成果。"中国科学院生物物理研究所（简称生物物理所）所长徐涛说。

徐涛平时话不多，但在研讨会上却情绪激动、侃侃而谈。

不久前举行的国务院第105次常务会议，决定继续深入实施知识创新工程，着力解决关系国家长远发展的重大科技问题。肩负着重大的责任与使命，不仅中科院高层领导在思考，生物物理所的所有人也在思考如何为实施"创新2020"奠定良好的基础。

"多采访几位我们的所领导和科学家，听听他们是怎么思考'创新2020'的吧。"《科学时报》记者前些日子到生物物理所调研，研究所党委书记杨星科提议，"就算是我给他们挖了个大'坑'，借此机会也让他们梳理一下，总结前些年知识创新业已取得的成果和经验，大家集思广益，更好地展望和规划未来的

① 本文发表于2010年6月25日，与邵群合作。

蓝图"。

"创新 2020——解放思想深化改革研讨会"在京召开之际，中科院院士、生物物理所脑成像研究中心主任陈霖也正忙得不亦乐乎，连续 4 天组织脑与认知科学国家重点实验室的科学家们讨论，分析现阶段本学科领域内最具挑战性的科学问题，明辨研究室未来 10 年的主攻方向。

"创新 2020，我们研究所智慧的'脑'已运转起来，正在不断思考中清晰地'成像'。"杨星科如此点评。

"感到肩头的担子沉甸甸的"

在生物物理所主楼大厅的玻璃屏风上，一边是蛋白质的标志，另一边是脑科学的标志，许多举世瞩目的生命科学成果就从研究所里那些貌似寂静的实验室里诞生。

知识创新工程三期的 5 年来，这个研究所在 IF10 以上刊物上发表论文 68 篇，在 *Cell*、*Nature* 和 *Science* 上发表论文 13 篇，在 SCI 收录刊物上发表研究论文的总影响因子，从 2001 年的 318 迅速攀升到 2009 年的 916。"十一五"期间，生物物理所承担了"973"及重大研究计划、"863"、国家重大科技专项、国家自然科学基金重大及重点项目、中科院知识创新工程等多项重要研究任务，主持"973"(含重大研究计划) 首席项目 8 项、课题 43 项。

从流感病毒到 SARS 病毒精细的蛋白结构及其组装，从脑神经研究到乙肝防治基础理论的开拓，生物物理所的科学家们将兴趣与国家战略相结合，不断寻求并创造着重大突破，用基础研究的方式去解决国计民生重大问题，老百姓看得见、摸得着。同时积极发展技术研发队伍，孵化自主创新技术，着力促进基础研究和产业化之间的衔接，效果斐然。

知识创新工程三期，研究所以国家"十一五"科技发展规划、中科院人口健康领域战略部署及 2050 年发展路线图为指导，以提升科技自主创新能力为主线，围绕蛋白质科学和脑与认知科学的重大科学问题开展原创性研究；在学科布局调整与优化、体制机制改革和人力资源建设等方面取得显著成就，综合实力稳步提升，整体水平逐步跨入国际一流研究所行列。

"成绩和辉煌只能代表过去不能代表未来。中央已明确中科院要继续深入实施知识创新工程，以解决关系国家全局和长远发展的基础性、战略性、前瞻性的重大科技问题为着力点。我们研究所必须有忧患意识，要有所战略思考、搞好前瞻布局。"杨星科对《科学时报》记者恳切地说，"去年 12 月 28 日，全国人大常委会副委员长、中科院院长路甬祥到我们研究所调研，并为中科院蛋白质科学中心大楼正式启用揭牌，指示我们要为提升我国的蛋白质科学研究水平，为促进生物科技和生物产业的发展、保障13亿人民的健康不断做出创新贡献，我们感到肩头的担子沉甸甸的”。

打造生命科学“五环战略”

“时间过得很快，似乎做了很多的事，但又很难一一尽数。”徐涛在接受《科学时报》采访时，对研究所近年的成就匆匆一语带过。他更愿意谈研究所正在布局谋篇的工作，让我们感受到他谦虚低调、实干快跑的风格。

“我们所这几年花大力气凝练学科目标、夯实科研基础，决定研究所未来究竟要做什么，最终凝练出了‘五环战略’。”谈起这个话题徐涛颇有兴致。

生物物理所坐落在大屯路15号，离奥运村“鸟巢”仅有一箭之遥。当包括大屯路在内的北京主要路面上标志奥运“五环”的印记逐渐淡化时，生物物理所制定出的“五环”发展战略却逐步明晰。

研究所“五环”战略上面的三个环，分别为蛋白质科学、脑与认知科学和感染免疫科学，代表国际科学前沿水准的基础研究。生物物理所一方面继续发扬在蛋白质、脑与认知两大科学领域的优势，确立国际上的先进地位，另一方面要不断发展新的学科方向，因此成立了感染与免疫科学研究中心，并在此基础上成立了院重点实验室，将来要与前两个环齐头并进，成为国家重点实验室。另外的两个环，分别为蛋白质多肽药物和仪器自主创新，代表向下游延伸的产业链。

为策应国家战略需求，生物物理所特别设置了蛋白质多肽药物这一方向。同小分子药物和天然药物相比，蛋白质多肽药物目前体量还较小，但这些年在国际上的增长比率非常快，是未来重要的一个发展方向。

仪器自主创新是浓墨重彩的一笔。当今世界，生命科学正从分子水平发展到系统水平，努力“看到完整的森林”——生命的全貌，需要实验方法学的突破，以及核心研究技术与关键装备的自主创新支撑。生物物理所的“五环战略”可谓环环相扣。

谈及学科布局，蛋白质与多肽药物实验室副主任梁伟研究员表示：“我们有些PI把国际科学前沿与自己的专长结合，很快就找到了主攻方向，并有所创新和突破。如果只会简单地沿用国外套路，思路很快就会枯竭，最终被淘汰。‘创新2020’中科院的布局非常合理，我们要结合中科院的大目标，积极参与到今后要组织实施的战略性先导科技专项里去，整合研究所的力量，找到适合自己的研究方向。"

"五环"是环环相扣的，生物物理所副所长许瑞明举了个例子：感染免疫研究中心有个团队是做分子免疫的，而结构与分子生物学研究中心已经有人做过SARS、禽流感等，所里感觉到有这样一个好的基础，能够把做功能的与做结构的联合，因此成立了一个新方向，叫做结构免疫学：感染免疫那边发现了新的蛋白，结构与分子生物学这边就来做结构，发现新的结构后，再由感染免疫那边来验证。这样的学科方向激发了科学家们的兴趣，比如最近感染免疫海外团队的程根宏教授准备和他们联合申请科技部的项目。"我们不是从无到有，而是分析现有的力量和不足的地方，把分散的力量凝聚到一起，引导他们拧成一股绳。"许瑞明说。

源于多年科研实践的感悟，前些年生物物理所花大力气建设了一些核心、共性的基础性平台，发展关键性支撑技术。这些平台不是堆砌仪器的中心，也不是简单的测试中心，而是在始终不断地研究创新，发展新的技术方法。比如质谱技术平台，可以做很多别的地方做不了的分析，现在全国很多家单位上门来寻求帮助。

"基础研究是我们的根，根要扎得很深很深，大树才不会风一吹就倒。同时我们也要逐渐向创新价值链的下游延伸，深埋的根会供给大树丰富的水分及养料，这棵大树才会年复一年地生长更新、枝叶繁茂，为国家普惠健康做出新的贡献。"徐涛说。

走进病房做好转化医学

"五环"相扣，生物物理所面向人口与健康的国家需求，基础研究结合应用研究，争取"十二五"能在普惠健康的体系里发挥更大作用，特别是在某些重大疾病的早期诊断方面有创新的突破。

"未来在传染病、肿瘤、糖尿病、各种退行性疾病等重大疾病方面，我国必然要走以预防为主的道路，将研究重心和优势力量前移，争取提早发现预防疾病，而不是等发病后再去治疗，这样无疑会降低国家支出的费用，我们的科研在这方面也要有前瞻性的布局。"梁伟表示。

生物物理所近年来正在逐步加强和医院的合作，如和安贞医院共建院士工作站等，把基础研究的成果和临床实践相结合。感染与免疫重点实验室近年来异军突起，发展迅速，针对重大传染病做出不少有自己特色的成果。如通过与

302 医院全军传染病研究所合作，对肝炎临床病人做样品断层的研究，目前慢性肝炎—肝纤维化—肝硬化—肝癌都在小鼠身上模仿出来了模型，成为一个转化医学的经典例子。

谈起结合临床做研究的体会，感染与免疫实验室主任唐宏说："基础研究要做，临床也要做，没有两头只做中间不行。我们非常注意和医生充分交流，做互补性的研究，医生临床经验丰富，案例很多；而科学家有很好的理论与手段，两者结合起来，善莫大焉。很多重大科学问题如果不是临床医生发现，只在实验室里不可能做出来。感染与免疫重点实验室的思路是和北京的优势医院、中科院北京生科院的优势力量进行共建，只有这样才能找到重大问题并予以回答。"他们的实验室现在和北京的佑安、朝阳、安贞、解放军 302 等大型医院都在开展合作，找了一批有科研兴趣的医生共同来做研究，成效已初现端倪。

梁伟也强调："没有合作就没有生命力，科学家需要走到病房中去。"从去年起，梁伟开始在武汉大学人民医院做肿瘤研究，和当地的医生一起查房、制订治疗方案，并且让临床的学生过来做基础研究，做基础研究的学生去体验临床实践，以此克服实验室和临床之间的脱节。"肿瘤是自发的细胞变异，但我们实验的肿瘤模型是通过小白鼠模型的接种，必须结合临床才能把动物实验经验推广到人身上，这样才能在临床中发现问题，做好真正解决实际问题的基础性研究，仅仅看文章做科研不可能触动行业发展。"

仪器创新同样需要炽热的"光源"

生物物理所"百人计划"、"千人计划"引进的人才中，像许瑞明、吴瑛、徐涛都有高分辨成像的仪器设备需求。高分辨成像技术的两个关键点，就是激光光源和样品的三维成像操作平台。研究所需要光源，仪器创新更需要炽热的"光源"!

目前，我国亟须的高精尖生命科学仪器主要还是依靠进口，这同美国国家重点实验室明确规定——一定比例的仪器要源于国内形成了鲜明的对比。不仅如此，单纯依靠进口的仪器设备也越来越难以满足我国日新月异的科研需求。

生物物理所领导在布局谋篇时，决定把仪器自主创新体系建立起来，争取再造辉煌。在 2004 年的所务会上，徐涛等所领导就提出了研制仪器的构想。谈及成立仪器创新中心的初衷，徐涛说："我翻看了历史记录，发现在国外对我们实行技术封锁的时期，生物物理所曾经自主研制过 107 套仪器，覆盖空间、仿生、辐射、分离提纯、光谱、波谱、图像分析、医疗诊断等领域，这让我很感动。现在是我们做仪器技术创新的黄金时期，一定要把这项工作做起来，这是我们这一代人肩上的责任。"

2009 年 9 月 10 日，中科院北京生命科学研究院依托生物物理所，成立了"生命科学仪器技术创新中心"，徐涛为中心主任，仓怀兴为副主任。"那天的生命科学仪器技术创新发展战略研讨会，仅仅是专家的建议我就记了好几十页，可见各方对仪器中心的关注和希冀。"仓怀兴介绍说。

2009 年 3 月，仓怀兴刚从中科院泰州应用技术研发及产业化中心挂职期满回来，就被徐涛叫到办公室谈话，希望他能勇挑仪器创新中心的重任。"他学材料出身，经验丰富，技术扎实，参加过'921 工程'，又在地方锻炼过，对产业转化熟悉。希望他能把仪器创新做起来，为仪器产业做一些有益的贡献。"徐涛说。

除了仓怀兴，仪器中心还聚集了一批富于才干、手上有绝活的人。仪器研发涉及专业背景整合，像基础研究那样的小型团队不适合，所以体制上不采取 PI 制，而是团队工作制。目前中心有 7 人，仓怀兴、罗志勇、孟涛等人聚到一起做，仪器维修组还有 3 位退休的生物技术老专家：林波海、逯建英、王秀春，也在发挥传帮带的积极作用。

2004 年，生物物理所成为中科院技术支撑创新队伍建设试点，仓怀兴在 2004 年试点后走上技术职称路线，被评为技术正高。中科院及生物物理所的积极引导作用，极大地鼓舞了青年技术人才的士气。

该中心以北京生命科学大型仪器区域中心建设为契机，加强集成创新，加大对关键技术和实验方法学创新的投入。结合平台二期建设和科学家需求，仪器中心接下来的主要工作包括现有大型仪器设备的创新升级改造工作和技术交流与培训。除对基础设施进行修缮外，还要为大型设备改造升级，很多课题组都承担了院装备改造项目。

从 2009 年年底开始，中心在每周三的午餐时间定期开例会，每次都收获颇多。一次例会中徐涛提出一个新的成像技术——侧向照明，即扫描一个面而非一个点。"像这种崭新的、具有未来应用前景的成像技术，徐涛已经敏锐地捕捉到信息，我们原来没有意识到，所以在午餐例会上一交流，大家都感觉很有收获。"仓怀兴说，"那些日子的周末或是晚上，我们很多次看见徐涛在 7 号楼弯着腰和大家一起调试光路模块，觉得这是件快乐无比的事情，整个团队也都是以积极的态度去做这项工作"。

精密科学仪器设备既是科技创新的重要手段，又是科技创新的重要内容，也是一项高技术的产业。在未来的科研发展道路上，生物物理所还需要更多、更强的“光源”!

“千人计划”陪嫁“百人计划”

在2003年之前，生物物理所一度出现过青年人才匮乏、年龄结构不合理等问题，严重影响了研究所的创新和发展。通过不懈的努力，研究所终于扭转了这种被动局面，实现了人才队伍的代际转移。截至目前，生物物理所已引进“千人计划”4人、“百人计划”35人（含“杰出青年”12人）。

张荣光原在美国国家实验室负责线站管理工作，是这个领域的“one of the best”。我国在线站上的投入很多，目前用于结构生物学的只有一条，远远不能满足需求。线站建好了，对于生命科学家做试验具有重大意义。在2005年的一次香山科学会议上，徐涛和张荣光就有过接触，发现他做事非常认真负责，非常投入，但是在回归问题上很难下决心。

2008年徐涛专门飞到芝加哥劝说张荣光回国发展。在芝加哥湖边的一个咖啡馆里，他们恳谈了很长时间。张荣光表示自己在美国的生活很稳定，最大的顾虑是回国后是否能够充分发挥作用。徐涛想不起来当时喝的是什么咖啡，只记得自己花了很长时间说服他：从国家层面上说，国家投入2.5亿元做这么大型的线站工程，非常需要他这样有经验的世界级优秀科学家发挥作用，否则不仅是人才的浪费、更是国家资源的浪费；其次，所里在房子等问题上尽力提供支持，打消其后顾之忧。徐涛以情动人，张荣光最终还是选择了回国工作。

在傅阳心的背后，有一个“千人计划”陪嫁“百人计划”的故事。傅阳心是美国芝加哥大学“明星”教授，待遇福利都很好，但他看中了生物物理所的环境和氛围，觉得在国内做事有优势，比如临床样本数目多，之前也有与国内合作的基础，这样回国工作就水到渠成。2005年，傅阳心加入感染与免疫的海外团队后，合作发表了一批重大科研成果。

实验室来了位“千人计划”入选者，其他人会不会有压力？对此，实验室主任唐宏表现得很大气：“引进‘千人计划’人才的初衷是希望能够推动一个学科的发展。我看‘千人计划’入选者有我的标准，就是看这个人理念与重点实验室的发展思路是否一样，回来后能否做事。傅阳心是位很好的科学家，理念很清晰，做事很到位，他克服很多困难回来，并没奢望一些特殊的待遇和荣誉，他回来就一个目标：攻克肝炎。”

同傅阳心一起回来的还有朱明昭。2009年10月，傅阳心入选“千人计划”，今年4月份签合同，朱明昭则在2010年年初作为“百人计划”被引进。朱明昭在傅阳心领导的美国实验室里做了 3 年博士后，并开辟了一个新的重要方向——研究淋巴结在感染、癌症中的作用。"淋巴结里有很多故事，小到感冒发烧，大到过敏、哮喘、肿瘤以及衰老，都与胸腺、淋巴结有关，但 100 多年来的研究却没有答案，朱明昭的研究就是要解决这些问题。"唐宏说。

作为"千人计划"的"陪嫁"，带回一个"百人计划"，生物物理所有何战略性思考？徐涛的话代表了研究所的态度："若单纯按发表文章来说事，朱明昭也许算不上最优秀的。但我到美国的实验室里去考察时，行内的专家都竭力推荐朱明昭，说他在这个领域里绝对是'绩优股'，此外，他和'千人计划'的傅阳心能形成一个团队，集成合力会发挥更大的作用，因此所里破格引进了他。"

除了引进"千人计划"、"百人计划"这样的尖子人才外，生物物理所也很重视培养青年人才。"我们既要能培养人才，还要能留住人才。"杨星科表示，"人的创造力的第一个高峰是 40 岁以前，目前生物物理所年龄在 35 岁以下的职工占 53%，还有 10 年这些 35 岁的职工就 45 岁了。现在对这批中坚力量的抢夺十分激烈。我们在'十二五'期间要协调好这方面的问题，对外培养通才，对内培养专才，让更多的人才涌现。对 35 岁以下的人才，我们要在全院框架下提出特殊政策，设立青年研究员，从职称、收入上减轻青年科学家的压力"。

连接着"两条腿"的"筋骨"

就像望远镜对天文学的贡献一样，脑成像技术的不断突破促进了脑与认知科学的发展，脑与认知科学面临跨越式发展的机遇。生物物理所基于这样的判断，将脑成像列入"十二五"重点，希望能对国家做出战略性、前瞻性、基础性的贡献。

2005 年在脑与认知中心的基础上成立国家重点实验室，2008 年又把原先认知科学的一部分从脑与认知中心分离出来，成立了脑成像研究中心，生物物理所以科学发展观为统领，处处为未来的发展留下伏笔。

生物物理所抢占战略制高点，2002 年建成我国第一台研究专用的 3T MRI 系统，现在又在建设我国第一台 7T 人类 MRI 系统。脑成像设施主要有五种不同原理的设备，对大脑功能活动进行观测，其中最主要的是磁共振（MRI）。此外还包括 PET（正电子发射断层扫描）、MEG 脑磁图、脑电、光学成像等。脑成像研究的未来发展趋势是综合性成像中心，把上述这五种组合在一起，在不同成像原理间实现互补，形成 1＋1＞2 的效应。

脑成像研究中心副主任卓彦表示："我们所希望为同行提供一个和国际接轨

的平台，带动一批学科的发展，不仅仅是认知科学、神经科学，脑成像技术对经济学、教育学、法学等社会科学的渗透也很明显。”

卓彦介绍说，现在国际上已经可以用脑成像方法来研究经济学，如德国的一位教授用脑成像方法研究什么样的广告能引起大脑皮层兴奋并打动受众，这个研究的网上点击率达到一亿多次，影响很大。在教育学上，我们的一位国际合作伙伴 2004 年发表在 *Nature* 上的一项研究发现，中国人的语言区靠近运动区，而西方人是靠近听觉区，所以中国人在“写”中学，而西方人则在“听”中学，这一研究对设计教学方案意义重大。另一个重要应用是在医学方面，突破了只能发现器质性病变的局限，某些功能异常也能被观察到，如老年痴呆症的早期功能异常。

卓彦讲述了 3T 系统造机房时的一个小插曲：当时工程包给西门子公司，西门子决定等机器进来后再进行机房外的装修，陈霖知道后说，绝对不行！粉尘和震动可能威胁到机器的质量，这个险不能冒。研究所领导和各职能部门国庆节集体紧急开会，布置出昼夜施工的方案，这时离机器进场只有 18 天。结果 16 天后，机房的装修就高质量提前完成，体现了生物物理所的速度和执行力。

在 3T 到 7T 之路上，已入选“千人计划”、现已加盟生物物理所的周晓洪不得不提。周晓洪是国际上高场磁共振的先驱之一，也是脑成像技术的领军人物，在芝加哥主持研制了世界第一台 9.4T 的人类磁共振系统。周晓洪和生物物理所有很深的渊源，从最初帮助制定 3T 购置计划，到现在 7T 的建设与研发，在整个过程中出了很多力。他的加盟，使脑成像这艘承载着脑与认知科学未来的“诺亚方舟”，有了一名经验丰富的“船长”。

脑成像中心另外一个牌子——北京磁共振脑成像中心，作为国家大型科学仪器中心，向社会各领域的研究人员开放，目前已接收课题 95 项，其中来自本中心和中科院的只占四成，大部分是来自卫生系统、高教系统、企业、海外国际合作的课题，发挥了广泛的社会价值。

近年来，由陈霖团队领衔主持的“973”项目，开展以磁共振为核心方法的脑成像研究，揭示了“大范围首先的”拓扑性质知觉发生在前颞叶（IT），对经典的视觉系统的“从局部到整体”的模型提出了严重质疑。

蛋白质科学和脑与认知科学作为生物物理所的两个支柱学科，不是互不相连的“两支筷子”，而是互相支撑、协同前进的“两条腿”；连接这“两条腿”的“筋骨”，就是分子神经科学这样的交叉学科和脑成像设施这样的跨界平台。

周二，这里有免费的午餐

生物物理所的交叉科学会议中心里有个小食堂，有点类似国外的 faculty club。为给大家搭建交流合作的平台，2010 年春节过后，在这个小食堂里，每周二中午组织免费的"PI 和各部门负责人午餐会"，主要菜式有鱼香茄子、宫保鸡丁之类。大家在这里吃吃便餐、聊聊工作，感觉很好。有位科学家曾经利用这个午餐时间，在不到 5 分钟的时间内就办完 3 件事，事后连连感慨，周二来吃这顿免费的午餐收获很大，"不仅是让我们省了 10 元钱，还省了我们许多办事的时间，更重要的是在这里大家的交流，不经意间就会碰撞出一些思想和灵感的火花"。

此外，研究所还定期组织 happy hour 等活动，科学家们坐到一块聊聊大家各自在做什么，通过交流碰撞产生火花。为推进学科交叉、增进彼此交流，所里的 PI 们自发组织了 PI 论坛，大家轮流坐庄，自备红酒、饮料、茶点等，定期围绕当前生科领域的热点进行探讨，并分享彼此科研背后的心得体会和生活感悟。

美国冷泉港的学术文化是，注重自由平等的探讨，欣赏创新，分享科学探索的真正乐趣。从美国冷泉港归来的"千人计划"许瑞明，希望将冷泉港文化当做一块方糖，加入到生物物理所香浓厚重的文化氛围中。"同发多少文章相比，我认为最主要的是氛围，这个最难做也最重要。在 *Nature* 等高端杂志上发表文章有很多随机的因素，但如果有好的整体氛围，优秀的工作成绩会源源不断涌现，保持较高的整体水平。就像金字塔一样，我们现在做的是基石的工作。"许瑞明说。

研究所在招聘人才时，越来越注意团队的整体性，希望能找到有凝聚力的核心人物，起到纽带和桥梁的作用。比如最近引进的一位海外学子，曾在 *Nature* 上有 3 篇第一作者文章。像这样优秀的人才，研究所也要认真讨论几轮，然后才决定是否引进。人才进来以后不仅要自己做好，还要围绕主线互相作用，成立三四个课题组，形成一个小团队。

"团队成员虽然技术、经验不同，但研究兴趣一样，这样就容易出好的成果。如果遇到特别优秀的人才，需要新开创一个领域，研究所还可以帮他邀请别人组成一个团队。"许瑞明介绍。比如刘迎芳研究员的团队因为做晶体，在购买了全亚洲最先进的高分辨率电镜后，2009 年从美国佛罗里达州引进了做 HIV 三维电镜的朱平，使团队如虎添翼。

PI 在战略高地上集群

杨星科解读研究所团队建设的思路："我们所人才济济，'千人计划'、'百人计划'、院士、'杰青'，还有其他的 PI，构成了多元化的人才队伍，待遇上的差别较大。如果各个梯队之间不平衡，就会产生矛盾。我们尝试了一些新机制和体制，比如 2008 年 11 月全所职代会决议通过陈霖院士领导下的脑成像研究中心的团队建制，不实行 PI 制而采用研究员制。今后我们要以国家重点实验室为基本单元，以简单明了的组织架构，将 80%～90%的人员包括进来，促进大家以团队的形式做工作。"

目前生物物理所正在尝试设立 PI 集群制度，每个集群的首席 PI 手下有若干个 PI，目的就是要让 PI 们在战略高地上集群，带动学科建设以及全面推进"五环"战略。"首席科学家与'千人计划'一样待遇，这个激励机制将是动态的，每 5 年重新选拔一次。"杨星科介绍说。

唐宏带领的感染与免疫团队被很多人称道。"我们实验室的 PI 们，在组合之初就互补并且连成一体，像是组建一支足球队，有后卫、中场，就要考虑前锋、门将等。如傅阳心、王盛典是搞 T 细胞的，张立国是搞人源化小鼠的，朱明昭是搞淋巴器官的，我本人是搞天然免疫细胞的，我们就按'百人计划'引进了搞 B 细胞的侯百东。"唐宏说，"得知侯百东有意回国发展，我向他介绍了实验室的总盘子，让他向实验室的其他 PI 作了次学术报告，'卖'自己的东西给其他 PI，结果大家都很认同他。虽然国内也有其他单位向他伸出橄榄枝，但他认为在我们这里的发展空间大，彼此互补能形成合力，最后选择了加盟我们实验室"。

"中科院要经过未来 10 年努力，大幅提升创新能力，实现科技创新整体跨越，我们身上的压力的确不小。"唐宏由衷地说，"我们重点实验室通过组织国家重大项目，把 PI 们都团结、组织起来，大家在项目实施的过程中得到了锻炼，团队得到了很好的磨合"。通过 2006 年高光侠主持的感染免疫基础研究的"973"，到 2009 年唐宏主持的丙肝病毒感染与免疫的基础研究，重点实验室感染免疫的主线得以不断凝练，目标得以不断明确，战斗力得以不断加强。

谈及研究团队和创新群体，唐宏讲了三点体会：第一，学术平等，在实验室里没有领导和被领导的关系，只是由谁来牵头做事而已；第二，管理民主，共同决策，只有取得共识，才能往前走，才能出效率；第三，不断磨合，使有效的研究力量集中到有限的主题布局上，通过项目凝聚团队，聚焦研究方向。

每个人可以做自己感兴趣的东西，但都在从不同的角度服务于主线的推进。

在国际学术舞台上打擂

金发碧眼的柯莎（Sarah Perrett）已在生物物理所工作了整整10年，从最初的英国皇家学会 Research Fellow 的身份，到逐渐成为这里的副研究员和研究员。

柯莎在剑桥大学时的老师是英国皇家学会会员 Alan Fersht 教授，剑桥的学习经历为她奠定了坚实的科研基础。1997年博士毕业后，到中国度假的一次偶然机缘，柯莎被安排到生物物理所作学术报告。当时负责接待她的是时任生物物理所副所长的周筠梅研究员，因为周筠梅的研究和柯莎在剑桥的工作很接近，两人谈得非常投缘，此后一直保持着联系。2000年，柯莎在新加坡专门学习一年中文之后，来到周筠梅的实验室工作，开展与酵母类 Prion 蛋白 Ure2 折叠有关的研究。

谈起为何10年不改初衷地在生物物理所工作，柯莎以一口流利的普通话说，归纳起来原因有三：一是最初愿意和周筠梅老师合作，现在和王志珍、阎锡蕴等老师及 PI 的交流也很愉快；二是研究所能为她提供良好的科研条件，做酵母 Ure2 蛋白等科研工作的仪器设备齐全；三是这里的科学与文化氛围比较适合她。

"现在每逢星期二我都会去参加 PI 们在交叉科学会议中心的午餐会，每次都有不少收获。现在我住在研究所附近的小区，以前是王志珍院士住过的房子，这里比我在英国的住所环境还要安静。我很喜欢在中国的生活，比如中餐我最喜欢吃馄饨。"柯莎说："去年我到剑桥大学做访问学者，Alan Fersht 教授真切地对我说：'看来你这10年里在中国的科研发展，可能远比你留在剑桥工作还要好得多！'"

"目前在我们这里工作的除了柯莎，还有其他一些外籍人士。"杨星科说，"我们要进入生物物理研究的世界方阵，就要走国际合作与交流的国际化道路！"

"希望不久的将来，国际上最好的科学家打破头来生物物理所应聘，我们也好退休了。"唐宏感慨地说。

据生物物理所国际合作处处长张蕾介绍，研究所近几年来联合国内外领域专家，创建了一系列科研联合体，包括中日结构病毒学与免疫学联合实验室、中澳表型组学中心等，以及国际伙伴创新团队等，其中中澳表型组学中心还被科技部批准为我国首批国家级国际联合研究中心。

在知识创新三期，生物物理所的国际合作项目有 52 项，涉及结构病毒学、免疫学、脑成像等研究方向，涵盖美、澳、德、英、日等 15 个国家和地区。研究工作直接促进了对国际学科领域前沿的把握，强化了研究所相关学科的发展优势。

陈霖作为拓扑性质知觉理论的提出者，以其严谨的工作作风和实事求是的科学精神，赢得国际科学界的普遍认可和赞誉，2009 年 1 月当选为国际认知科学联合会主席，将主持今年 8 月在我国召开的第 7 届国际认知科学大会。

近些年来，随着生物物理所科学家国际学术声望的提高，在国际学术机构中担任重要职务的人数也迅速增长，组织和主持国际会议的频次及在国际会议宣读论文的数量逐年攀升，已成功获得国际生物物理大会等一系列高水平国际学术会议的主办权，国际影响力也得到显著提升。“这充分说明，我们的科学家活跃在国际学术舞台上，已经代表中国有了话语权！”杨星科说。

张蕾说，她小时候父亲为其取名本来是“张雷”，“但因为我是女孩儿，同学老拿我的名字取笑，只好‘雷’上加个草字头成为‘蕾’”。记者突发奇想：“创新 2020”，中国提升自主创新能力，就应该“雷厉风行”，不但应该而且能够到国际舞台上去打擂！

勤奋是最好的智慧①

——记中国科学院高能物理所研究员、纳米科学家赵宇亮

2009年9月1日，1500名来自世界各地重要的纳米技术专家聚集北京，参加论剑中国纳米科学技术会议。“我国很早就重视纳米技术和纳米安全性。纳米技术的发展，一开始就在研究尽量减少潜在污染的方法，这就是科学发展观的思想。”与会的赵宇亮如是说。谦和与儒雅——这是采访中赵宇亮给记者留下的印象。

赵宇亮是中国科学院高能物理所多学科中心的“纳米生物效应与安全性实验室”主任。2010年2月，赵宇亮应邀出席在美国休斯敦举行的第一届医学与生物纳米工程世界大会，作了题为《有望克服肿瘤治疗难题的人造纳米颗粒平台》的大会特邀报告；2010年4月，他的研究组与国家纳米中心梁兴杰研究组合作研究发现，具有高效低毒抑制肿瘤生长的一种纳米颗粒，可以促进对顺铂耐药细胞的内吞功能而有效地增加肿瘤细胞内的顺铂药物浓度；该纳米颗粒容易进入细胞并通过阻断DNA遗传物质的复制，进一步抑制耐药肿瘤细胞的繁殖，相关研究结果不久前由美国《国家科学院院刊》（*PNAS*）在线发表。

赵宇亮曾在日本留学、工作近10年。他带回国的，不仅仅是一身真才实学。他在回国后短短的9年里，不仅创建了我国第一个纳米生物效应实验室，还使它迅速蜚声海内外。但赵宇亮却对《科学时报》记者谦虚地说：“我这个人比较淡定，没有什么精彩内容值得采访。不过单位领导再三强调‘这也是工作任务’。我想，服从集体利益是第一要素，其次才是个人的愿望和想法。”

① 本文发表于2010年6月30日，与刘丹合作。

日本海边　心潮澎湃

1985年，赵宇亮从四川大学化学系毕业，进入中国核动力研究院工作。1989年，赵宇亮获得了赴日本原子力研究所任STA交流研究员的机会。很多次回顾自己的人生，赵宇亮总是以此作为起点。

20世纪90年代，日本在化学、物理方面的基础研究已具备相当的实力，甚至在一些方面超过了美国。尽管任职于中国的核心研究机构，但两国科研实力上的巨大差异，还是给赵宇亮留下了难以平抑的震撼。

当时，日本原子力研究所的很多设施已实现计算机控制下的高度自动化，而赵宇亮在国内仅接触过最简单的“单板机”，连“1+1=2”都需要人工编录程序。

有一次，赵宇亮参观了日立电视机生产线，在他眼前展示的，是从前在科幻小说中看到的情景：巨大的车间中，除了几位参观者，就是无人操纵自动装备的机器人。

“在日本东海海边，我心潮澎湃，不是因为我第一次见到了大海，而是这种情景激发了我今生做定科研的信念——原来我们的差别这么大，原来别人已经走得这么远，更要命的是我们自己甚至还不知道。”赵宇亮说。

回国效力　心底种子

几乎所有的同学都认为，赵宇亮有浓厚的中国情结。听到这种评价，他总是笑笑说：“我只是认为，一个人如果有本事，却不能为自己的国家和民族服务，那是件很遗憾的事情。”

赵宇亮和大多数在异乡的中国人一样，心底总有种永远不能抹去的想法：学成之后要回来为国家做些事情，自己的人生才更有价值。这种想法就像颗种子，当春暖花开时，它就会萌发长大。

促使赵宇亮回国的事件，他终生都不会忘却。1999年5月8日，他在电视上看到中国驻南斯拉夫大使馆被炸的消息。尽管周围的日本朋友在他面前，都能善意地回避谈论这事，但他第一次真切感受到了“祖国”两个字对一个人意味着什么。

在日本的10年里，赵宇亮发现了“原子核最大变形度的不变性”规律，提出了原子核裂变释放能量的新公式；用实验结果首次证明了，原子核裂变过程存在两条不同路径，揭示了裂变碎片质量分布和裂变核的变形度之间的相关性；此外，他在国际上成功地合成、分离出了一系列内包核燃料的碳纳米材料。

尽管心底一直有回国的愿望，但是，家庭在这里，事业在这里，所有的同学、老师和同事、朋友都在这里。回国意味着一个全新的环境，无论事业还是生活，可能都没有在日本这么顺利。因此，赵宇亮始终没有真正做好回国的准备。

纳米安全　开启魔盒

回国，在赵宇亮那里并没有成型的计划。在国内与他相熟的科学家中有两人给他发出了回国邀请：北京大学院士刘元方，中科院高能物理所院士柴之芳。得知赵宇亮的回国意愿后，两位院士几乎是同时给他发来了邀请函。

2000 年春天，柴之芳在一封信中向他介绍了高能物理所和中科院的“百人计划”。那时的赵宇亮对高能物理所的印象并不清晰，仅知道这里有已经写入中学课本的“北京正负电子对撞机”。2000 年，赵宇亮提交了“百人计划”资料，半年后，回国参加答辩；2001 年 7 月，北京申奥成功之际，赵宇亮来到高能物理所报到。

回国后的赵宇亮做了大量调研，认为纳米和生物结合是一个新的方向。2001 年他去日本开学术研讨会，会间茶歇，和一位德国学者交流，无意中聊到了转基因的话题，这位德国学者说欧洲政府现在并不支持转基因，原因是大家担心它是否安全。赵宇亮认为，转基因刚出来的时候，人类曾经认为这技术可能解决一切问题。可现在却处于进退维谷的尴尬地步。当一项新技术出现，人们还在为它欢呼雀跃的时候，有人能够考虑到它作为新技术可能存在双刃剑的另一面，这样的洞察眼光，对保障新技术的健康可持续发展意义重大。

思想的碰撞，使得赵宇亮当时就有了一个灵感：纳米技术作为一项崭新的新技术是不是也有它双刃剑的另一面？

尽管赵宇亮回国前的科研方向主要集中在超重元素的合成，以及重原子核裂变动力学研究，但由于这个方向的突破对粒子加速器的要求极高，国内暂时没有能够满足科研要求的大型设备，因此，赵宇亮毅然选择了学科转型，在纳米科学方兴未艾之时，他独辟蹊径，决定开拓纳米毒理学与安全性这个新的研究领域。

赵宇亮立即向高能物理所提交了一份报告，申请建立“纳米生物效应与安全性实验室”。他的目标是：利用高能物理所拥有的大科学平台的优势，结合先进的核分析技术，以及高能所长期开展稀土毒理、重金属毒理、有机卤素毒理学研究的丰富经验，从不同的生物层次，在个体、器官组织、细胞、分子水平上，全面开展纳米材料的生物效应包括毒性的研究。

赵宇亮的工作刚开始就遇到了阻力：有学者提出反对意见，认为纳米科技刚开始发展，就妄言其不安全，担心这可能影响政府的投入和伤害纳米科技的发展。

但是，赵宇亮说："我的理解恰恰相反，及时开展纳米安全性研究，反而是保障纳米科技的发展而不是伤害。因为，只有人们知道如何安全应用纳米科技、如何开发安全的纳米产品，才是保证纳米科技顺利发展的关键。"

的确，尽管在实验室人们已经合成的纳米物质种类繁多，但是目前已经工业化生产的纳米材料仅数十种；据国外统计，市场上的纳米产品也只有数百种。纳米科技的高速发展才刚刚开始，纳米科技的发展空间很大，前景广阔。然而，这些纳米物质具有许多与常规物质完全不同的性质，它们对人类健康、人类生存环境，甚至生命过程的各个方面将产生什么样的影响，几乎还是一个完全未知的领域。

中科院的领导层出于对前沿重要领域的高度敏感性，给予了赵宇亮极大的支持。中科院院长路甬祥到高能所视察工作的时候，详细询问赵宇亮纳米安全性研究的国内进展情况和国际动态，充分肯定了他们的前瞻性工作的引领作用。中科院常务副院长白春礼有一段话十分精辟，他说："在新的世纪，我们应该用科学发展观的思想，发展新型的前沿科技。在发展纳米技术的同时，同步开展安全性的研究，不仅是科学家的社会责任，也是对这一领域的深入研究，会更有效地促进纳米科技的健康发展。通过对这一领域的研究，不仅会为纳米技术产品的安全应用提供指导，消除不必要的恐慌，而且在这个过程中发展起来的新技术，还会用于更有效的监测、分析，乃至减少业已存在于我们生活中的纳米物质、微米物质可能造成的污染，如空气污染或水污染的消除与防治，造福于人类。要使纳米技术在其可能产生负面效应之前，就已经过认真研究，引起广泛重视，并最终能安全造福于人类。"

团队精神　全新使命

发展纳米安全性这个全新的领域，在外部，得到了如刘元方院士、朱道本院士、叶朝辉院士、张焕乔院士等一大批前辈科学家的多方支持，引起了全国人大常委会副委员长韩启德院士的关注和重视。在内部，中科院及其高能物理所利用知识创新工程给予的支持甚至超过了他自己原来的预期。高能物理所领导以及柴之芳院士支持他将纳米生物效应组和相关的其他研究组进行整合，成立了纳米生物效应实验室。

担负实验室负责人这个担子，是赵宇亮全新的使命：一方面他需要从核化学（更接近核物理）领域转向纳米领域；另一方面，他需要从以前的个人作战转向领导团队作战。

从此以后，赵宇亮又开始了每周七天、每天16～18小时的工作状态。

赵宇亮上任的第一件事，也是最棘手的一件事，就是迅速组建团队，到国内外到处招兵买马。

有两句话赵宇亮时刻铭记在心。第一句，科技部部长万钢所言："科学家单打独斗的时代已经过去。"第二句，他的日本导师中原弘道说："当个体形成一个团队的时候，个人的贡献大小和得失多少，都已经不重要。重要的是，如何发挥团队的力量。"

"团队中的个体只有不计较个人利益，团队才能尽心协力。但是这并不意味着忽略个人的贡献，关键在考评和奖励体制。日本在给发现113号元素的团队颁奖时，参加实验的数十名研究人员都一样受奖。而各个单位也不计较自己单位排在第几位，都一样做出了贡献。日本人对于团队精神的认识很有智慧。比如，就像一枚火箭，很小的螺丝钉和很大的发动机的贡献，哪个大？其实是一样的，因为缺了螺丝钉，跟缺了发动机的结果可能完全一样，火箭无法正常飞行。要想取得最终的伟大成就，离了谁的贡献可能都不行。这种维护团队的精神和智慧对一个国家和民族的凝聚力很重要。"赵宇亮说。

赵宇亮这样要求自己，也以此来建设他的团队。

广揽人才　延误航班

纳米材料生物学效应方面的研究综合性非常强，需要纳米科学、生物学、毒理学、化学、物理学等多学科的交叉与融合。由于高能物理所原有的力量集中在物理和化学领域，而生物学领域的人才很少，赵宇亮的第一个任务，就是在全球招聘生物学专家。

"最大的难处，在于生物学家一听到高能物理研究所，就摇头不愿意来，他们说，高能所做什么生物？大多愿意选择去专业的生物学实验室或研究机构。"赵宇亮说。

2007年1月，赵宇亮利用到美国国立卫生研究院（NIH）开会的机会，委托一位在此工作的朋友在 NIH 网站上发布了一则招聘信息。与其说这是招聘广告，倒更像一张请柬——他邀请在 NIH 工作学习的中国学者，在当地一家有名的中餐馆共进晚餐。用这种中国人最传统的方式拉近与海外学者们的距离。

前来赴宴的有 20 多位中国学者。赵宇亮向他们介绍了中科院的知识创新工程，以及引进国外杰出人才的"百人计划"，介绍了实验室的研究方向和情况，描绘了纳米和生物学交叉的发展前景，并热情邀请大家回国工作。这顿花费不菲的晚餐，还是帮他张罗人才招聘的朋友埋的单。赵宇亮收获了 20 多份简历。晚餐后回到饭店，他仔仔细细检索、反反复复阅读这 20 多份简历，一直看到了凌晨。

第二天赵宇亮回国，几乎通宵未眠而困顿不堪的他，居然拿着登机牌在美国达拉斯机场的登机口就睡着了，醒来之后他才发现，从华盛顿飞纽约，再从纽约转机前往北京的航班，早在一个多小时前就已起飞——他的行李竟然也随机飞走了。虽然机场不停广播就要起飞的航班信息，但他在酣睡中根本就没有听到。

这顿晚餐给他造成的麻烦，不止是误了航班和行李，"因为忙着请大家吃饭，我把太太交代的给儿子购买婴儿用品的事情给忘了。太太给我列了很长一个单子，等我进了家门才想起来这事，被狠狠地批评了。"想起当年的情景，赵宇亮呵呵一笑，"不过非常值得，就这顿饭我引进回来了两位在 NIH 工作近 10 年的生物学'百人计划'"。

高能所的人教处给赵宇亮算了算，从他 2001 年筹建实验室开始至今，赵宇亮已经引进国外杰出人才 6 位（"百人计划"）。所有经过人教处联系的国外高级人才，一共有将近 50 位。而赵宇亮自己通过各种渠道和方式接触过的人才，连他自己都数不清了。

出版专著　世人关注

目前，纳米生物效应实验室正式成立已近 6 年，已在美国和欧洲发表了一系列纳米物质生物效应的研究成果，获得了国际同行很好的评价。

2004 年年底，赵宇亮决定撰写一本英语专业书籍《纳米毒理学》，在美国出版。

在一个新的科学领域，一般是欧美学者在世界上出版第一本学术专著的。由中国学者撰写第一本专业书籍的情况，其实不多。这有两个原因，赵宇亮解释说，一是英语语言障碍，二是文化差异。欧美学者常常以"引领"世界为己任，所以，他们一有机会，就尽快收集相关数据，分析已有结果，整理形成系统，然后著书。因此，欧美学者容易抢占一个领域的领导地位。在中国我们还没有形成这种文化氛围。

2005年上半年，赵宇亮把搜集到的文献进行归类，拟好提纲，邀请国内外这个领域中最著名的学者加入写作，但最初国外的学者并没有太大的反响。“我想他们大概觉得，让一位中国科学家挑头，撰写科学前沿领域的专著，可能心理上不很习惯。后来我就决定，自己先写好全书提纲和框架，与主要框架相关的章节全部由自己写，另外一些细节的部分，我再邀请其他学者撰写。”

一年半时间，赵宇亮和实验室的同事们写完了纳米毒理学领域的世界第一本专著 *Nanotoxicology* 的初稿。

2006年后几个月，赵宇亮深居简出，反锁办公室，拔掉电话，关掉手机，逐字逐句地进行修改。全书基本成形时，纳米毒理学领域的先驱之一、英国爱丁堡大学 Donaldson 教授看完初稿之后，在书中增加了一个章节。

2007年5月，*Nanotoxicology* 一书经美国科学出版社出版后，很快告罄，几次重印。2008年，柴之芳到意大利访问，意大利学者告诉他：“这本书很畅销，出版社说一出版就脱销了。”

赵宇亮带领他的团队不仅创建了我国第一个纳米生物效应与安全性实验室，还使它迅速蜚声海内外。在国内，该实验室2008年晋升为中国科学院重点实验室。2009年年初，国家科技部以《我国人造纳米材料生物安全性研究取得一系列重要成果》为题，将该实验室的研究成果以工作简报形式上报国务院。

在国际上，根据著名的 Science Direct 网站公布的统计数据，2005年第4季度至2008年，每季度都有该实验室的论文入选毒理学领域的“最热门论文”Top 25 排行榜。同一个实验室的研究工作，连续保持在世界 Top 25 这么长时间，在国际上不多见。2008年美国哈佛大学与麻省理工学院成立了“哈佛—麻省理工纳米材料毒性研究中心”，他们从全世界55个实验室选择60篇有代表性的论文，推荐给学术界。该实验室有3篇论文入选，成为入选论文最多的实验室。2006年以来，赵宇亮应邀担任了美国和欧洲3本 SCI 杂志的副主编。

赵宇亮应邀担任了联合国发展与环境署“纳米技术与环境健康专家组”专家、欧盟科技委员会的第七框架计划（FP7）专家、加拿大科学院“纳米安全计划”的顾问专家等。同时，受科技部及国家相关部门委托，代表中国出席美国、欧盟、日本政府召开的“负责任地从事纳米技术的研究与应用国际对话会议”，以及联合国环境与发展署、世界经济合作组织（OECD）召开的与纳米安全性相关的会议或参加工作组。他不仅使中国在纳米安全领域的国际舞台上占有了一席之地，拥有了话语权，也为保护国家利益做出了积极贡献。

结束采访时，我们问赵宇亮喜欢什么样的格言，他说：“白春礼院士曾送我一幅墨宝，上书‘勤奋是最好的智慧’。”天道酬勤，勤奋是最好的智慧！是啊，以此为题来概括这位一天工作16～18小时的中国学者，恰如其分！

繁华难现？蓓蕾初绽！[1]

——中国科学院西双版纳热带植物园发展能源植物“小桐子”纪实

小桐子计划繁华难现？

“小桐子是一种可以在干旱条件下茂盛生长的灌木，其种子可以生产类似于柴油的燃油，但目前人们将其当做绿色金子的期望正在减退——许多人曾把小桐子当做边际土地上最有潜力的拯救者，一种可以使发展中国家摆脱贫穷并将其带入一个可持续的、油料供应充足的未来能源植物。”

这段话，出自2009年9月17日出版的《自然》杂志的一篇新闻，题目是《神奇的野生灌木计划繁华难现》(*Wonder weed plans fail to flourish*)。

被作者K. Sanderson称为“神奇的野生灌木”的，是近些年来名噪一时的能源植物小桐子。小桐子拉丁文名称为“Jatropha curcas”，为大戟科麻风树属半肉质小乔木或大灌木。原产热带美洲，现在亚洲尤其亚洲中南半岛诸国及我国云贵高原南部的干热河谷地区有集中分布。通常生于海拔600～1200米的平地、丘陵及荒山坡地。它具有很强的抗旱、耐贫瘠的特性，能在石砾质土、石灰岩裸露地生长。野生状态的小桐子，生长迅速，生命力强。在我国又名小油桐、膏桐、麻风树等。

K. Sanderson在文章里，援引了多个国家“小桐子”计划在几年前一度轰轰烈烈，但近年大都已踩了急刹车的例子。如伦敦D1油业公司2007年与石油巨头BP公司完成了1.6亿美元的小桐子投资交易，但在2009年7月，BP和D1宣布停止他们预定进行的交易。伦敦新能源基金（New Energy Finance）的分析

---

① 本文发表于2010年8月31日。

家哈里·博伊尔（Harry Boyle）说：迄今为止，在140个生物燃料投资项目中，仅有4、5个是投在小桐子项目上的，“小桐子已经非常安静地离开了”。

似乎还有一线希望的曙光，是《自然》杂志刊登的该文章末尾说的：“虽然小桐子可能不是一个救世主植物，但通过将大量的沙漠地转化成可赚钱的生物燃料生产基地，在某些发展中国家，小桐子很有可能可以找到属于自己的位置，作为当地的一种替代能源。”英国帝国学院伦敦环境政策中心的赫雷米·伍兹（Jeremy Woods）说：“我们需要找到更有效利用当地商业资源的途径，这样小桐子就能在那里发挥重要的作用。”

在中国西南边陲，中国科学院西双版纳热带植物园主任陈进研究员看到《自然》杂志发表的该篇文章，迅即与植物园从事小桐子研究的徐增富研究员通了电话，并用电子邮件将该文章转发给了当时正在广州出差的徐增富。

徐增富是陈进的同龄人，1965年出生于江苏兴化，他原在中山大学生命科学学院基因工程教育部重点实验室和有害生物控制与资源利用国家重点实验室工作，从事植物分子生物学和基因工程方面的研究和教学，2008年6月入选中科院“百人计划”。2008年12月，在陈进主任的倡导下，西双版纳植物园成立了能源植物科研团队，徐增富被任命为该团队的负责人。

一如既往推进能源植物科研团队建设

从2005年7月起，徐增富担任国际学术期刊 *Plant Signaling & Behavior* 的编委；2005年12月，徐增富入选教育部“新世纪优秀人才支持计划”；2006年11月入选广东省高等学校“千百十工程”省级培养对象。此前他虽然在中山大学也做过一些小桐子研究，并与深圳市东域投资发展有限公司合作在广东韶关进行了初步试验，但看好在中科院西双版纳热带植物园的发展前景，他说服在中山大学出版社工作的妻子，2007年底毅然自己来到了云南边陲，“搞小桐子研究需要有一个较大的野外试验平台，地处大都市的中山大学难以给我提供足够的试验样地”。

版纳植物园主任陈进知人善任，对徐增富伸出的橄榄枝也足够诱人，“经过我们的努力，徐增富成为中科院的‘百人计划’入选者，有了300万元启动经费的支持。他夫人担心小孩的教育问题。我就鼓动他的夫人，事业要搞好，家庭也要搞好，科学家不要将‘事业’和‘家庭’分离。他夫人的老家是江苏，我利用同乡关系去他家当说客，首先就是表扬了江苏女性的传统美德”。

做植物分子生物学，在西双版纳相对比较困难。徐增富和陈进谈“条件”，希望版纳植物园能够为他在昆明分部提供实验室。“可是昆明分部已经没有多余的房间，我只好退而求其次，说哪怕有个地下室都行。”徐增富说。

2007年12月，徐增富到位之后的第一件事情，就是招聘何慧英老师做实验室主管，在昆明分部筹建实验室，“时任研究所人教处处长的李宏伟（现在是植物园副主任）带我去地下室看，让我挑了2个房间，一共40多个平方米。地下室接收不到手机信号，这倒也让我省心，实验室工作人员可以排除一些外界不必要的干扰。地下室原来堆放杂物，没有排污系统，我们就自建了污水槽，装了排水泵”。

“版纳植物园的副主任曹敏研究员很有原则，我起初提出要在昆明分部建立自己的温室，他说按照中科院院长路甬祥的指示，版纳植物园的建设以园部为主，昆明分部不再扩展科研设施，但考虑到我做转基因植物研究的实际需要，曹敏把自己做实验的温室无偿调剂给我们研究组用，大概有20～30个平方米。”

“要鉴定分析小桐子种质资源，创制小桐子突变体，采用不同浓度的多种激素处理小桐子等，这样就需要很多试验地。陈进主任对我说：科研优先，肯定保证小桐子的用地！可以把植物园已经结了柚子的几百亩（1亩＝0.066667平方千米）地给你们科研团队，但你们也不要一下子就把柚子树都砍掉，需要多少就砍多少。2008年5～6月给了我们第一块试验地5亩，现在我们有60多亩地。可见版纳植物园的上下，对我的工作都给予了足够的支持。”徐增富说。

记者问徐增富：“毕竟中科院的文化与大学的文化有一些差异，你加盟版纳植物园之前，有没有与陈进谈过今后对你业务考核的标准?”

徐增富付之一笑：“对于未来该怎么考核，来之前我还真没有与陈进及其他领导谈过，我只是想，如果像我这么努力工作的人考核都不能过，那么恐怕80％的人都过不了。”

2008年4月，徐增富到版纳植物园工作后不久，云南省委组织部就会同云南省科技厅，推出了《云南省高端科技人才引进计划实施办法》。

陈进向记者介绍说：“徐增富本身的条件不错，但2009年申报的人选中，与他一起参与全省竞争的还有Charles Cannon Jr.，他是美国得克萨斯理工大学终身副教授，也引进到版纳园全职工作，他在《科学》杂志等国际知名科学期刊发表过多篇高水平论文，引进到版纳园后，他将重点利用基因组测序技术，对热带植物多样性进行深入广泛的研究。云南省要我对他俩的工作进行评价，我把他俩找到我家，对他俩说：‘咱们植物园要确保你们中的一位，最好争取两位都能上，但千万不能抹光头。’答辩会上，我先是把偏重基础研究的Charles

Cannon Jr. 做了介绍，然后话锋一转，说能源植物很重要，对云南省尤其重要。评委之一的云南省科协主席、院士张亚平也很支持。2009 年 10 月，我们的两位候选人都入选了‘云南省高端科技人才’，徐增富得到了 260 万元的经费支持。”

无论是《自然》杂志 2009 年 9 月发表《神奇的野生灌木计划繁华难现》文章，还是 1 个月之后云南省给予徐增富“高端科技人才”的荣誉，陈进和版纳植物园的领导班子面向国家战略需求、面向世界科学前沿，都一如既往、有条不紊地推进着版纳植物园能源植物科研团队的建设。

小桐子开花由雄性变雌性

“看到徐增富老师转发的《自然》杂志文章，我起初难免有点小小的失落感。”版纳植物园的博士研究生潘帮珍日前对本报记者坦陈，“毕竟国家对小桐子研究已经投了经费，我们的工作刚刚起步，有了一定的研究眉目和进展，难道也会像《自然》杂志提到的那些科研单位一样，就此走进了绝境?”

来自广西罗城的潘帮珍是位仫佬族姑娘，她从云南大学生态学本科毕业后，考上了版纳植物园的研究生，就在她原导师工作调动之际，徐增富从中山大学调来植物园，就转投到徐增富老师门下做硕士论文研究，一年后因学业成绩突出，成为了硕博连读的博士生，“徐老师和我见的第一面，就是和我谈小桐子，明确了我未来几年的主攻方向，我也自认为从此就走上了一条艰辛的路”。

此前的 2007 年 10 月 11 日，《自然》杂志曾发表过一篇新闻特写，题目是“*The little shrub that could maybe*”（《这个小灌木也许能行？很可能行!》)，综合分析印度等种植小桐子国家的多方面情况，认为小桐子是一种大有希望的能源植物。潘帮珍看了徐增富推荐的这篇文章，既为小桐子这一未来能替代化石能源的能源植物“也许能行”和“很可能行”欢欣不已，更为自己能师从徐增富这样一位站在科学前沿的导师而庆幸。

徐增富通过多年调查研究认为，目前在全世界范围内，作为生物柴油原料植物的小桐子，其种子产量都普遍较低，大面积亩产只有 150 千克左右，生产上缺乏优良品种和高产栽培技术措施。“产业超前，研发滞后”，因此大规模提高小桐子的产量，是亟待解决的瓶颈问题。从长远看，必须培育高产高油的优良品种。但对目前已经大规模种植的小桐子，能在短期内见效的方法，是使用植物生长调节剂和采用适宜的栽培管理措施，“小桐子是雌雄同株异花植物，其产量低的主要原因之一是雌花的数量少，大约占总花数的 3%～7%，导致结果数量少。因此，增加小桐子产量的策略之一，就是要提高其雌花比例”。

小桐子蓓蕾初绽时，在其植株上喷洒经过科学调配的植物生长调节剂，成了2009年春天时节潘帮珍每天要做的“功课”，“我每天骑自行车到版纳植物园的样地里，单程就要半个小时，为节省时间，经常午饭就在样地里吃”。

2009年5月初的一天，潘帮珍与往常一样在样地工作，当她细心拨开小桐子的花蕾时，欣喜地发现，经过前些日子喷洒植物生长调节剂，小桐子开出了以前没见过的雌雄两性花！这意味着小桐子花的性别可通过植物生长调节剂调控，为小桐子长出更多的雌花提供了可能性，而雌花数量提高就可以结出更多的、成熟后可以用来榨取燃油的果实！

冒着中午的大太阳，潘帮珍顾不上吃午饭，当即打手机把观察结果告诉了在昆明的徐增富，徐增富高兴地说：“这太好了，说明我们的路子是对的！你多拍一些照片先传给我，我过几天马上也会到样地里来看！”

第一批利用喷洒开花调节剂，发现有一个浓度的处理有两性花，徐增富指导潘帮珍调整了调节剂的浓度和处理时间，2009年5月在样地里其他的小桐子上面喷洒，6月底，所有的处理均出现两性花，更可喜的是，发现了更多的小花和雌花；7月和8月的样地实验，同样证明了他们的方案是可行的！

“赏识教育”和团队协作

实验有了明显的效果，徐增富约请陈进到植物园的样地里看。听说具体实验是潘帮珍做的，陈进让徐增富通知潘帮珍也到样地里来。这天是星期天，本来潘帮珍要去参加本研究组职工普智宇的婚礼，为他的傣族新娘当伴娘，接到徐增富的电话，正在化妆的她赶紧换下伴娘的礼服、穿上工作的迷彩服。

陈进在样地实际查看时，为穿着迷彩服的潘帮珍拍了一张照片。

说起如何在中科院培养研究生，徐增富讲了一个小故事：“潘帮珍在硕士转博士的答辩时，我说她如果没有把那么多时间用在打球上，可能学业会更出色。陈进不太同意我的观点，认为应该实行‘赏识教育’，更多地发现学生的长处并加以鼓励。陈进认为‘赏识教育’下的学生，活得比较‘舒展’、自信。陈进在样地里亲自为潘帮珍拍了一张照片，明显有着她准备去当伴娘的涂抹了口红的痕迹，也可以说是一种他的‘赏识教育’吧！”

潘帮珍在接受记者采访时说：“我刚读研究生时，如果要在版纳待这么长的时间，我会不太乐意，但是现在我的心已被小桐子牢牢拴住了，即便有时到了昆明，也惦着赶紧回到版纳。”

潘帮珍的男友也是版纳植物园的博士生，从某种程度上说，潘帮珍现在惦记小桐子的程度，已经超过了惦记男朋友，“刚接触小桐子时，我想，这种小灌木能够在贫瘠的土地上生长就已经不容易，我们却还要让它多开花、多结果！现在对小桐子的研究，可以说是‘黎明前的黑暗’，关键要看我们的决心和毅力”。

“在我来版纳植物园之前，陈进主任在他牵头的一个中科院知识创新工程重要方向项目中，已安排人员开展利用植物生长调节剂处理小桐子的研究工作。大约一年前我的博士生潘帮珍在这方面的研究取得了突破后，现在我们研究组又增加了3位研究人员和研究生，围绕此课题开展系统深入的分子机理方面的研究，获得可用于小桐子转基因育种的功能基因，为培育高产的小油桐优良品种奠定基础。现在我们这个能源植物科研团队的合作非常愉快。”徐增富向本报记者介绍。

对能源植物科研团队的另外三个研究组的组长，陈进逐个做了点评：方真1999～2007年在加拿大麦吉尔大学能源研究组工作，入选“百人计划”来到版纳植物园后，主要从事热化学转化生物质和生物柴油的研究。另外一位“百人计划”入选者刘爱忠，版纳植物园引进他的一个重要原因是，他原来的研究组是美国的向日葵分子育种中心。向日葵和小桐子产油的道理相似。他受到世界上先进的生物油料相关的训练后，加盟到这个团队，重点主攻油代谢相关的机理和途径，也为将来分子育种提供一些知识创新的贡献。杨清自1992年7月参加工作以来，一直在版纳热带植物园从事植物引种驯化与园林园艺、资源植物的遴选与开发利用等工作。杨清现在也是植物园的科技处副处长，我们希望他在能源植物诱变育种及能源植物规模种植的产业技术上能够做出贡献。

陈进曾多少带点调侃地对徐增富说：“不是说你当了‘团长’之后大家就都得听你的，这需要一个相互磨合的过程。要有一个不求索取只讲给予的良好心态。借个什么仪器，给！要些项目经费，给！能源植物科研团队的杨成源副研究员，前几年在小桐子良种选育与示范中，已取得的一些宝贵经验也值得借鉴和学习，这样大家才能形成很好的合力！”

记者再次为之怦然心动

2009年，版纳植物园试验地里，采用开花调节剂处理后，小桐子每个果序的结果量由平均3～13个，增加到平均33～58个，最多的一个果序有112个果。

“版纳植物园利用植物生长调节剂，能够显著地提高小桐子的产量，应该算是个重要的突破。在全世界有关小桐子研发的一片哀声中，我们的研究透出了一线曙光。”版纳植物园主任陈进说，“既然可以把小桐子的雄花变成雌花，诱导出小桐子原来没有的两性花，那么就可以通过读解这个过程，引导到分子育种上，最终实现不用喷洒植物生长调节剂也能开出更多的雌花和两性花，结出大量的果实。我们正在大踏步地前进，相信做到这一点完全是可能的。2009 年 11 月初，中科院副院长李家洋院士来版纳植物园视察，我们领他去看了采用植物生长调节剂处理过的小桐子试验地，他对此项工作也给予了充分重视和肯定”。

2010 年 8 月中旬，陈进邀请本报记者一起驱车数百千米，前往贵州黔西南布依族苗族自治州，实地考察贞丰、册亨两县的小桐子种植基地，与版纳植物园的合作单位黔西南康达生物能源科技有限公司进行交流。

在蜿蜒公路颠簸的汽车上，陈进对本报记者介绍说：“我们对这种科技创新成果进行了知识产权保护，已经申请了国家发明专利和国际专利。但我们深知，小桐子仅仅在版纳植物园开花结果不行，要真正接受社会的检验才行。我们想到了和企业合作，这个结合要循序渐进。原植物园副主任彭代平分管院地合作，对贵州的情况很熟，就介绍了康达生物能源这家企业，他们有一片小桐子开花、结果不太理想，希望将我们的相关技术引过去，与我们的想法一拍即合。”

本报记者深知陈进的小桐子情结。50 年前，版纳热带植物园在著名植物学家蔡希陶教授领导下创建，是目前我国最大和保存物种最多的植物园。他打心底里认为，现在版纳植物园的发展应该有一个所有员工都能认可的愿景。在全球能源面临危机的今天，搞好小桐子这个“神奇的野生灌木”的研究，应该是版纳植物园现在应该、今后也完全可能实现某些创新突破的抓手！

2006 年，由版纳热带植物园主持，中科院重要方向性项目“能源植物筛选评价与小桐子规模化种植关键技术研究”启动。

陈进当时接受记者采访就说过：我们以小桐子为研究对象，开展不同地域种质资源的收集评价、核心种质资源的确立与新种质的创制、丰产栽培与发展模式，以及关键抗逆基因和关键油脂代谢功能基因等的克隆与功能基因分析，希望能够突破产业发展上的单位面积产量低、出油率不稳定、分布区域不够广、油脂转化成生物柴油后燃点高、低温凝固和比石油产品经济效益低等一些技术瓶颈。

“西双版纳植物园目前关注油料植物的科研，如小桐子之类，希望榨出来的油今后可以替代柴油，这是一种很好的思路。”2006 年 8 月 11 日，全国人大常委会副委员长、中科院院长路甬祥来到版纳植物园，在考察了小桐子种植基地之后，与植物园的领导和科研骨干进行座谈时作如是说。2007 年 1 月下旬，路甬祥登门看望原石油部副部长侯祥麟院士，与这位著名的能源专家促膝畅谈，也通报了版纳植物园搞小桐子研究的情况。

2007 年 2 月 12 日，本报曾发表了《桐子落 童子乐——西双版纳热带植物园发展植物能源“小桐子”纪实》的长篇通讯。如今 3 年半过去，版纳植物园持之以恒的科研努力，使成果初现端倪，让受邀前行的本报记者再次为之怦然心动。

盼着版纳植物园的“米”“下锅”

在黔西南州的州府所在地兴义市，本报记者见到了黔西南康达林业（生物能源）科技有限公司的总经理李搏，他首先对陈进、徐增富及随行的本报记者说了一句话：“我们现在‘锅’已经支起来了，就盼着版纳植物园的‘米’‘下锅’!”

从 2008 年开始，版纳植物园与康达公司携手，在小桐子研发方面进行实质性合作，一直保持良好的合作关系。2008 年 9 月双方签署了《小桐子良种选育及栽培试验示范合作协议》，2009 年 3 月又签署了《生物质能源植物科技合作框架协议》。2008 年年底合作出版了专著《膏桐生物、生态学及其新品种选育技术》。2009 年经合作申请，获得一项科技部的科技人员服务企业行动项目“生物柴油原料——小桐子产业化关键技术试验示范”，项目经费 40 万元。

为了尽快推广应用版纳植物园研发的专利技术，采用小桐子专用开花调节剂提高小桐子种子产量，为康达公司生物柴油产业发展提供充足的原料，2010 年 5 月双方还签署了小桐子田间试验的协议，康达公司投资 30 万元，在其小桐子种植基地上进行 100 亩试验示范推广。

李搏是黔西南人，1989 年在贵州大学化学系本科毕业后，分配到了当地一家国有企业工作，从工人一直做到总工程师、副总经理。“2001 年之后我辞职开了一个小公司，开始自己生产石油生产催化剂。当时感觉催化剂虽然利润很高，但需求量太少。到 2005 年我看到国际油价不断上涨，所以就转过来研究生物柴油，用 1 年的时间突破关键技术，申请了专利，建了工厂。2006 年贵州发展改革委员会的一位副主任去德国考察，发现德国人在用小桐子搞生物柴油，他不知道是什么东西，带了几个种子回来，并找了贵州大学的几个教授询问，发现我就在做这个事情。”李搏对本报记者介绍。

2008 年，上海桦晖投资管理有限公司寻找科技项目，对搞生物柴油的企业做了广泛调查，找到李搏并收购了李搏 2005 年 8 月创办的公司——黔西南康达生物能源科技有限公司，“他们对我进行了‘风险投资’。我开始做生物柴油时，试用了20多种原料，如蓖麻籽、花椒子等，通过不断研究和筛选，觉得小桐子有一定优势和潜力，但我发现自己的水平远远不够，种植更是外行，必须和高水平的人合作。后来听说版纳植物园有几个人做得不错，我就到了版纳认识了杨成源老师，他从事小桐子研究多年，给了我们很多指导。同时也认识了版纳园副主任彭代平，他非常支持杨成源和我们合作。彭代平觉得我们有诚意，后来又介绍了徐增富老师。徐增富老师根据我们提出的问题，带领团队进行了专题攻关”。

“黔西南州的农民自发种了一些小桐子，但产量一直都很低，我清楚地意识到，光靠这些野生品种产业肯定发展不起来。2005～2006年，全国一度兴起种小桐子的高潮，也是因为产量问题把它卡住，乃至于曾与我们合作过的几位大学教授断言，用小桐子搞生物柴油绝对没有出路。我觉得他们目前说这话还早了些。”

李搏对本报记者由衷地说：“正因为崎岖的道路还没有走顺，才需要先行者的不断开拓。我们康达公司的自身科研能力有限，一直没有取得突破性的研究进展，需要中科院科学家的鼎力相助。现在我的母公司也满怀着期待，盼我们与版纳植物园、与徐增富老师科研团队的合作能早日奏效。”

行走在那弯弯曲曲的山道上

8月的黔西南正是烈日炎炎的时节，版纳植物园科学家及本报记者驱车，实地查看这一带小桐子的生长情况。车窗外是群山叠嶂，在路边瘠薄的山地里，农作物基本上只有一些苞谷，间或可以看到的一些农舍也比较破旧，似在提醒着我们，这里是国家级贫困地区。

第一天考察组一行去册亨县的小桐子种植基地。这里种植的小桐子有些是改良品种。李搏总经理说：我们提供给农民一些种植小桐子的信息，他们本来种的是野生的小桐子，含油量较低，值不了太多钱，我们现在以每公斤3元钱的较高价格收购，引导农民种植的积极性，以便开展下一步的推广工作，公司的亏空靠其他方面的收益来弥补，“无论是本地种子还是版纳植物园提供的种子，喷洒了徐增富老师他们研制的生长调节剂之后，现在挂的果实都要比原来的多，经过版纳园改良优选的小桐子结的果实要更多一些”。

看到这里的小桐子结果，喜上眉梢的陈进提醒说：“我们既要建好小桐子的示范基地，也要保护生态，不能乱砍树。”

“经我们研制的生长调节剂喷洒处理的小桐子，就是把‘公’的变成‘母’的，我们今后还要能把‘小孩’（不开花的小桐子）变成‘大人’（能开花的小桐子）。”陈进这样形象地做了比喻。

第二天，考察组一行去贞丰县的小桐子种植基地。在鲁容乡的公路边上，康达公司用当地修电站拉过来的废土，也种上了几亩小桐子。

“这些小桐子今年 3 月 5 号刚种上，用的是杨成源老师筛选出来的种，现在看来也长得不错。种植小桐子的最大好处，就是不争农业用地，贫瘠的地里也能长得出来。”陪同考察的康达公司种植部张可元经理，翻转挂在小桐子枝杈上记录喷洒日期的小牌子，对本报记者介绍，“这里还有农民自己撒种、自然长大的小桐子，上次我们用徐增富老师提供的药水进行喷洒，效果也非常好”。

考察组一行继续驱车前行，看到路边有一片当地农民自己种的小桐子，考察组和简陋房舍里走出的一位老农攀谈，他说他家有 10 多亩地，种的是甘蔗和玉米，同时还采收小桐子的种子卖，也能有一些收入。

李搏总经理介绍说：这里的农民没有其他更多的经济收入，种的小桐子若达到一定规模，一年增加上万元的收入应该不是难事，“我们公司追求的是规模效益。但是农民现在暂时还没有看到更多的效益，就需要政府来引导，我们和科学家来示范”。

在北盘江的一个渡口，实地考察人员在树下午餐，利用休息间隙，本报记者采访了徐增富。

“彭代平副主任、李搏总经理和刘刚副总经理一直寄予厚望，希我们尽快把已在版纳植物园成功的技术拿过来用，催我和团队的人员到黔西南。但我考虑到园里的小桐子是在平地上种植的，没经过多次重复试验，一直没答应。经过两次在平地 5 亩、山地 5 亩的重复试验成功后，才觉得可以将技术拿出去。今年我们在这里先做了 100 亩的试验地。”

2010 年 5 月 23 日，潘帮珍和他们研究组的一位技工普智宇，从昆明乘了 6 个多小时火车到兴义，在黔西南待了整 3 天，教康达公司的员工给小桐子喷洒植物调节剂。

“在版纳园做实验开始潘帮珍和技工怕花钱，用的是手动的喷雾器，后来我对她说，要改用电动喷雾器，不要怕花钱，做实验有时人是最不可靠的，机器是最可靠的。而且做实验不是搞生产，最好能机械化，排除人的力气消耗造成的喷洒不均。但后来她到了兴义，一开始也使用在昆明购买的电动喷雾器，在实地使用一会儿才发现，山坡地上每棵小桐子之间的间距太大，只要电门一开，药水就一直在喷洒，无形中浪费了许多药水，康达公司才临时购买了 8 个手动的喷雾器，又改用手工喷洒的办法。”

徐增富对本报记者说：“由此也可以看出，我们的科研的确要深入山间地头，与生产实践密切结合。”“为了保证实验效果，我们过去用的是从美国进口的最好试剂，现在实验的效果出来后，今后我们要考虑到公司和农户的生产成本，改用国产试剂，所以现在还在筛选国产的一些效好价廉的试剂。”

“收获指数”与“信心指数”

据徐增富介绍，印度、南非等国家的科学家，也和他们研究组一样，正在做小桐子喷洒相关激素的研究课题，但他们暂时还没有摸索到合适的浓度和处理时期，“我们目前正在做的，是要加速小桐子长成成年植株的过程，使其到达生殖生长的周期缩短。野生小桐子的驯化时间不够。它的经济系数，也就是可收获的果实部分、种子的生物量只占其总的生物量的很小一部分，或者叫做‘收获指数’不高”。

本报记者不久前从全国政协提案委获悉，为促进全国政协十届五次会议第2194号、第2921号有关支持加快发展贵州省小桐子生物柴油产业的提案的办理，全国政协提案委与国家发改委、财政部、国家能源办、国家林业局等有关部门，曾组成联合调研组，在提案委副主任杨振杰的带领下，于2007年7月下旬，实地考察了黔西南州兴义、安龙、册亨等市县小桐子种植和加工的情况。

全国政协提案委组织的这一联合小组，从原料资源、生产加工、综合利用、生态环境及产业的经济性和市场流通等方面，对我国生物柴油产业发展的相关问题进行了调研，2007年9月30日，其在给中共中央办公厅、国务院办公厅的一份报告中，明确提出：“贵州坚持不与人争粮、不与粮争地、不破坏生态环境的原则，进行大规模小油桐（小桐子）人工种植，发展绿色生物柴油产业，实现综合开发利用，具有良好的经济、社会和生态效益。贵州省把发展以小油桐（小桐子）为主要原料的生物柴油产业，作为一项重要的战略决策大力推进，具有较好的基础和优势，国家应积极鼓励和支持。”

本报记者随版纳植物园科学家而行，这次对黔西南州小桐子种植的实地考察，结论也与全国政协提案委的结论大体相同。

据悉，印度总理对小桐子这一能源植物高度重视，前几年也在其官邸的花园里种上了好几棵小桐子。现在，一切问题的症结所在，就是要增加小桐子的“收获指数”，而这个“收获指数”在某种程度上，则要取决于企业家对科学家的“信心指数”。

康达公司对中科院科学家的“信心指数”较高。李搏总经理数年前在创办自己的公司时，在与中科院大连化学物理所科学家的合作中，留下了深刻而又美好的印象。他对本报记者介绍说：2009年，册亨县政府无偿划拨给了康达公司9932亩地。这些是政府以前用小流域治理的专项经费造的林地，虽然对小流域植被起到作用，但管理比较粗放、松散。交给康达公司管理，既能更好地保持水土，又能让公司和农户有一定的经济效益，“徐增富教授在原来杨成源副研究员的基础上，开发出更新的小桐子培育技术，现在我们这里的示范已经看到很好的苗头。我希望能捕捉到徐增富老师成功的东西，运用到黔西南州，大面积推广”。

毋庸讳言，目前我国的小桐子种植面积虽有几百万亩之多，但其种子产量普遍难以令人乐观，经济效益更是如水中月、雾中花，根本无法满足生物柴油产业的需求。仅在贵州省黔西南州，目前种植的小桐子至少已经有8万亩，许多都是种植在石漠化的山坡地上，产量都很低。

“黔西南州政府规划发展小桐子200万亩，而贵州省发改委批准的全省60万亩的小桐子示范基地也已开始实施。”康达公司刘刚副总经理介绍说：“我们要在前期工作基础上，进一步通过1000亩的大田试验，确定小桐子专用开花调节剂的增产效果和经济效益。按每亩增产150千克种子、种子收购价2元/千克、成本50元/亩计算，仅黔西南州现有的8万亩小桐子，每年大约就可产生约2000万元的直接经济效益。”

“在2008年的春天，我就开始安排学生，对小桐子喷洒各种激素做试验。我对潘帮珍说，首先要找到调控雌雄花比例的方法，看能不能改变，怎么改变，用什么手段。以前版纳有个博士做过，做的结果反而雄花更多了。小潘对我说，我们还能够做成功吗？我对她说，我们要系统地做，充分利用国内外积累的相关知识和经验，就有可能成功。”

徐增富对本报记者作了科普介绍：小桐子是雌雄异花，本身从遗传上是不纯的。也就是说，母株好，子代不一定好。理想的办法是进行无性繁殖，传统无性繁殖最好的办法就是扦插，这样能保持与母株一致，种性好。但扦插繁殖速度有限，一棵小桐子把母株都剪了也就几百棵。小桐子的种植面积需求大，一亩地至少就要一百多棵苗，单靠扦插进行无性繁殖，无法满足大规模造林的需要。现在大面积种植的小桐子，由于大多采用种子苗，产量很不整齐。靠人工扦插太慢，现在版纳植物园正在发展组培的方法，对小桐子采取试管苗无性快繁。组培苗的特点就是后代苗木遗传上均一、整齐，“我们现已掌握了小桐子快速繁育的技术，一旦选了好的母株，就通过组培的技术快速繁育”。

徐增富带领的课题组，成功研制出小桐子专用开花调节剂，在小面积试验地上可将小桐子的种子产量提高3倍以上。“我们计划在前期工作的基础上，继续做好小桐子基因功能与分子育种的研究，同时在黔西南州进行大面积的田间试验，对小桐子专用开花调节剂的使用技术进行优化和试验推广。”

就在考察组一行赴黔西南州前不久，册亨县的一些盘山公路路段，刚刚经历了山洪之后的泥石流和滑坡，一些道路至今中断。徐增富对本报记者说：“黔西南州南北盘江流域的生态环境相当脆弱，林木稀少，存在石漠化程度加剧的趋势，从而使泥石流、滑坡等山地灾害频繁发生。通过规模化种植小桐子，还可促进山地植被的恢复，有效治理黔西南州等地的石漠化，加强生态环境建设。”

大山将会呈现怎样的神奇奥秘？

徐增富感到自己肩上担子的沉重。但可喜的是，徐增富带领的能源植物科研团队，现在正在慢慢地发展壮大，有人已开始做功能基因克隆和转基因的研究。仅徐增富本人现在带的在读研究生就有15位，实验室人员有20位，“这样我就有比较足够的时间，可以考虑一些小桐子分子育种的科学问题”。

徐增富在一处岔道与本报记者挥手再见，“我这次与大家来黔西南考察，进一步了解了公司与农户的需求，我还得应康达公司的热忱之邀，在这里逗留一两天，多看一些小桐子种植点，给他们提一些指导性意见”。

李搏总经理在一路的陪同考察中，热忱的期待溢于言表：“我想利用中科院良好的人才资源，在生物能源这一块把文章做得更深入，从单一的小桐子做到产品和产业的多元化。最好双方能建立更紧密的关系，争取今后能共同成立一个生物柴油工程中心。地处荒山僻岭的黔西南今后不仅山清水秀，生物柴油的生产供应不一定局限在贵州，但最高水平技术要从我们这里来发源。我们通过设备的研制、参股，渗透到很多国家的行业，从单纯的产品输出转变到技术输出。”

逐片看过小桐子的不同生长情况，陈进曾深有感触地对本报记者坦言心迹：“小桐子是明星植物，全球关注，一波三折，我们的技术若能真正应用到生产上，既促使农民和公司增收，也保护了自然生态环境，迈出了至关重要的关键一步，今后我们应该更加有创新的信心与勇气！”

记者不由地想起晴隆县的“24道拐”公路奇观。著名的“24道拐”离这里约100多千米，曾荣登《中国国家地理》2009年第12期的封面。这“24道拐”

盘山弯道长约 4 千米，每道拐弯仅几十米长，曾是抗日战争时期贵阳以西黔滇公路最险要的咽喉要道。

“24 道拐”如同一条巨大的“拉锁”挂在山梁之上，不禁让人浮想联翩。现在小桐子的研究一波三折，连国际上的一些专家也担忧其“繁华难现”，我们岂不是同样需要“八年抗战”坚忍不拔的精神？假如它拉开如“24 道拐”那样的“拉锁”，大山将会呈现怎样的神奇奥秘？版纳植物园对小桐子的研究目前堪称“蓓蕾初绽”，我们期待着她能得到更多的精心呵护，绽放得更加绚丽多姿！

读山：让我们眼光更深邃清澈[1]

——认识我国山地（山区）的独特与复杂性

8 月 7 日是一个黑色的不幸日子。截止到 8 月 22 日，在甘肃舟曲特大山洪泥石流灾害中，不幸遇难者已有 1435 人，失踪 330 人。而且，今年我国深受泥石流和滑坡等险情胁迫和困扰的，不仅是甘肃舟曲一地，还有四川的绵竹、汶川和云南的贡山……

九脉流殇，举国同哀，天安门前降下了半旗。众多同胞对灾区的救援情况揪心揪肺，焦灼万分。视线盯着不断攀升的遇难同胞数字的同时，也投向了中国地图，在那上面寻找甘肃、四川等受灾省份，希冀能够从中找到一些答案：为什么这些地方特别容易爆发特大山洪，形成泥石流、滑坡等自然灾害？这突如其来的灾害，与两年多前的汶川大地震到底有否关联？组织救援活动为何会这么艰难？

互联网上发表的一些文章，有的措辞相当激烈，有个别网民称，舟曲是“中国发展模式撕开的伤口”。新加坡《联合早报》的一篇文章，题目是《哀悼与哀悼以外》，相对温和地说：“有关舟曲山洪泥石流爆发的原因，目前官方与学界存在两种对立的解释。官方强调问题的根源在于地质地貌、突发暴雨等特殊自然因素；学界则指出，不能忽略 20 世纪 50 年代至 1990 年间的滥砍滥伐，以及 2000 年以来不合理的城市化开发对山区水土环境的破坏。正在山区遍地开花的城市化工程、水电站、高速公路、铁路，都是地质灾害的诱发因素。”

无可争议的基本事实是：无论是甘肃的舟曲，还是四川的绵竹、汶川和云南的贡山，都地处峰峦叠嶂、交通条件相当不便的山区。

---

① 本文发表于 2010 年 9 月 7 日。

在发生舟曲泥石流灾害前后，本报记者开展山地工作调研，奔赴隶属中国科学院寒区与旱区研究所的天山冰川观测试验站以及玉龙雪山冰川与环境试验站，两次考察了贵州的一些边远山区，也采访了中科院成都山地灾害与环境研究所。

一张特殊的中国地图摆放在本报记者面前。它，是中国的山区面积地图。

让我们来熟悉这张山区地图，让我们来“读山”。

中国山区（山地）今日识几何?

中科院成都山地与环境灾害所所做的相关研究，参考并集纳专家们的意见，认识如下几幅图。

(1) 满足以下条件之一者即为山区（未考虑行政单元的完整性）：①海拔大于1000米；②海拔大于500且小于1000米时，相对高差大于200米；③海拔大于50且小于500米时，相对高差大于50米。以此获得中国山区范围图（图1），山区占全国面积比例为69.79%。

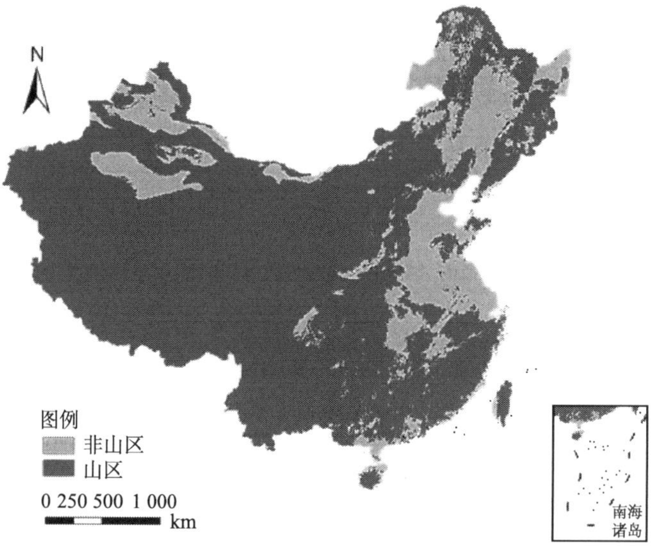

图1　中国山区范围示意图

(2) 在东部地区（图2），山区面积为45.49万平方千米，占东部总面积41.45%，占全国山区面积6.85%，占全国土地面积4.78%；东部地区有贫困县76个，贫困区总面积17.85万平方千米，其中山区面积为11.05万平方千米，山区占东部贫困区面积比例为61.89%，东部贫困区占全国贫困区面积的10.16%。

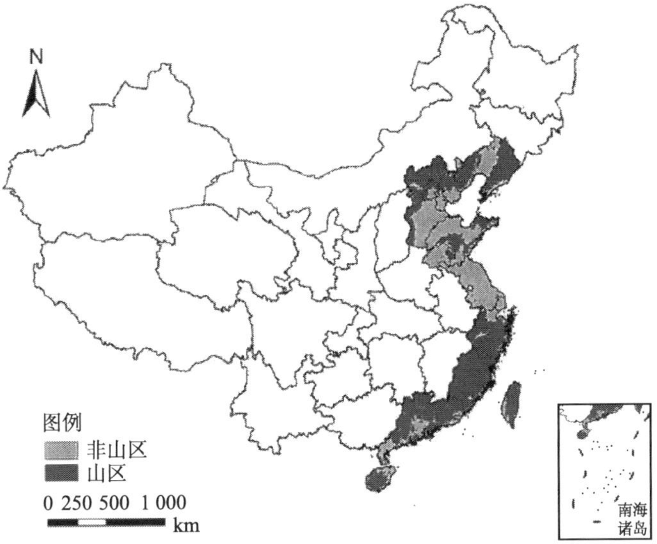

图 2　中国东部山区范围示意图

（3）在中部地区（图 3），山区面积为 66.07 万平方千米，占中部总面积的 39.55％，占全国山区面积的 9.96％，占全国土地面积的 6.95％。

中部地区有贫困县 170 个，贫困区总面积 43.58 万平方千米，其中山区面积为 22.50 万平方千米，山区占贫困区面积比例为 51.64％，中部贫困区占全国贫困区面积的 25.71％。

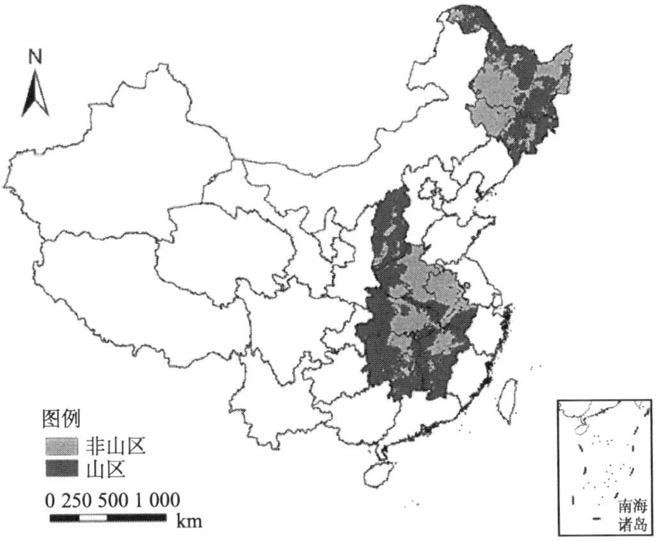

图 3　中国中部山区范围示意图

(4) 在西部地区(图4),山区面积为552.03万平方千米,占西部总面积的81.90%,占全国山区面积的83.18%,占全国土地面积的58.05%;西部地区有贫困县306个,贫困区总面积108.69万平方千米,其中山区面积为92.42万平方千米,占贫困区面积比例为85.03%,西部贫困区占全国贫困区面积的64.13%。

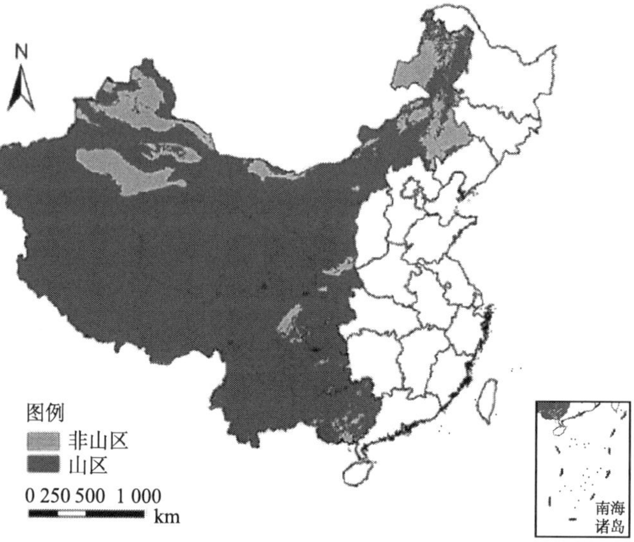

图4 中国西部山区范围示意图

读出山的凝重与庄严

这里,先得说说"山地"与"山区"的异同,亦即在汉语的表达中,什么是"山区",什么是"山地"。

钟祥浩先生原来是中科院成都山地灾害与环境研究所所长,现在是《山地学报》的主编,据他介绍,"山地"与"山区",这是两个许多人可以意会而难以言传的日常用语,也是令许多科学工作者难以严密下定义的学术用语。一般来说,"山地"一词着眼于山地的自然属性,强调地表有高低起伏之分的地势变化,是一种类型概念,自然科学工作者多使用"山地"一词;"山区"一词多从人文属性考虑,强调资源开发利用与经济社会特点及其变化,是一种区域概念,社会经济科学工作者多使用"山区"一词。"目前科学界和社会上存在'山区'与'山地'混杂使用的情况,究其原因是'山区'与'山地'的概念,迄今都没有严密的科学界定。"

“按有山的区域就是山区理解，山区应是有多个山体及其山间谷地组合而成的区域。这种区域具有自然和人文的综合属性。因此，山区（区域）具有多样复杂的自然—人文系统结构，按照人类活动与山地自然环境关系的一致性和相似性以及区域共轭性原则，可以对有山的区域做出区域的划分，划分出来的区域具有多层性和空间上连续完整性的特点。”钟祥浩在对本报记者继续阐述后指出，“当前，制定一个能统筹和指导全国山区发展的、系统科学的山区区域划分与规划，显得十分必要”。

由此看来，“读山”需要耐心。因为千山万峰太过厚重，要读懂山的巍峨、山的奇奥、山的庄严，我们一生皓首苦读也难做到。“读山”也需要睿智。要读怪石嶙峋中，一粒粒松子从鸟喙里掉落缝隙，从中破解松树赢得阳光雨露的奥秘；更要读洪荒时代层层岩石积淀，茫茫沧海如何变成桑田；历史上义军领袖登高一呼，正义如何化身为擎天一柱。

若从空中俯瞰中国大地，地势就像阶梯一样，自西向东，逐渐下降。受印度板块与欧亚板块的撞击，青藏高原不断隆起，平均海拔 4000 米以上，构成了中国地形的第一阶梯。第二阶梯由内蒙古高原、黄土高原、云贵高原和塔里木盆地、准噶尔盆地、四川盆地组成，平均海拔 1000～2000 米。跨过第二阶梯东缘的大兴安岭、太行山、巫山和雪峰山，向东直达太平洋沿岸是第三阶梯，此阶梯地势下降到 500 米至 1000 米以下，平原的边缘镶嵌着低山和丘陵。

“现在我国的贫困县一共有 998 个，其中国家级贫困县 592 个，省级贫困县 406 个，80%以上都在山区。我国山区县大概有 1500 多个，其中一半以上都是贫困县。从现在到 2020 年全国要实现小康目标，仅仅剩下 10 年时间，到 2020 年，山区贫困县有多少能够脱贫？假如一半还不能脱贫，实现全面小康目标的计划就会彻底泡汤！”最近，本报记者采访原国务院农村发展研究中心顾问石山，这位 95 岁的老者忧心忡忡地说。

石山先生早年参加革命，1950 年春调到中共中央东北局办公厅农村组，从此就未离开农业战线，未中断过对山区的研究。他用整整一个甲子“读山”，是读出山的凝重与庄严的一位智者。

“山，国家统一的基石，民族团结的家园。它既是人类活动的历史舞台，又是人类思想的宝库、情感的寄托。它贮存着人类迄今为止的全部记忆。”“山的厚度，就是人类文化积淀的厚度。”著名作家陈章武如是说。

不识庐山真面目　只缘身在此山中

据 2000 年出版的国情系列丛书《中国山情》资料表明，全世界 1/5 的陆地为山地，分布在130多个国家和地区，1/10的人口生存在山地。山区提供了人类发展50%以上的物质文化需求，世界50%的人口直接或间接依赖山区而生存。我国2300多个县级行政单位，有1500多个是山区县（市、区）。在我国的55个少数民族中，有50个都主要繁衍生息在山区。我国山区人口占全国人口的一半以上、农业人口的78%左右。

委内瑞拉全国地形可分为三个区域。一是西北部和北部山区，主要为安第斯山脉的东北分支梅里达山脉，是其境内最大的山脉，顶部终年积雪，经常发生地震。二是中部奥里诺科平原。三是东南部的圭亚那高原，海拔为500米～800米。但委内瑞拉是世界上重要的石油生产国和出口国，所以，虽然时有泥石流之类的自然灾害发生，该国却是拉美地区经济较为发达的国家之一。

世界上海拔超过8000米的山峰有14座，其中有8座可以从尼泊尔登顶。尼泊尔也号称“山地王国”，是全球登山爱好者的乐园。1983年成立的国际山地综合发展中心就设在尼泊尔首都加德满都——这是个独立的国际山地研究和知识创新的国际性政府间组织。8个成员国包括中国、尼泊尔、阿富汗、孟加拉、不丹、印度、缅甸和巴基斯坦。尼泊尔是相传中的佛祖释迦牟尼的出生地，释迦牟尼经6年苦行在菩提树下“成道”。故此如今在尼泊尔全国各地，随处可见土石围拢的千年菩提古树，人们将之作为“神林”加以保护，不准随意采伐和破坏。

瑞士是欧洲中南部的多山内陆国。全境分中南部的阿尔卑斯山脉（占总面积的60%）、西北部的汝拉山脉（占10%）、中部高原（占30%）三个自然地形区。平均海拔约1350米，最高点是杜富尔峰，海拔4634米。瑞士森林面积达12 523平方千米，占全国面积的30.3%。加上农业和绿地面积，则全国一半以上土地被绿地覆盖。瑞士是欧洲大陆三大河流发源地，故有“欧洲水塔”之称。同时，瑞士也是世界上最适宜人类居住的国度之一。

亚美尼亚境内多山，全境大部分领土在海拔1000米以上。根据《圣经》的记载，亚美尼亚也是诺亚方舟停靠的国度。诺亚一家走出了方舟后，就建立了亚美尼亚。但亚美尼亚如今的人口也只有区区350万。

谈到我国是世界上最大的山地国家，但很多人却不识“山”时，我国《山地科学学报（英文版）》原执行主编余大富说：“世界其他大山如安第斯山、阿尔卑斯山都贯穿多个国家，‘国家’将这些大山分割成许多部分，无论开发利用或管理、治理都存在巨大差异；而我国的大山在这方面则常常具有人为趋同性。”“森林覆盖率最高的是日本，约为65%。日本的山地面积占国土比例几乎和我国相当，但日本的山地管理世界有名。”“中国山地的特点是多样性丰富，包括山地类型多样性、山地生物多样性、山地文化多样性……但我们对待山地的方式和方法却显得单调，这与泰国、缅甸、尼泊尔等国有明显的区别。”

“中国是世界最大的山地国家，但并不是人均山地面积最多的国家，瑞士、尼泊尔及中亚五国等国家的人均山地面积都比中国大。我们不但未曾认识到中国‘世界山地面积最大’这个事实，更没认识到由于山地人口密度太大、山地几乎贯穿全国主要的大江大河上游，因此，山地问题是阻碍全国生态良性发展、进而阻碍社会经济发展最大的威胁和潜在的制约因素。”余大富对本报记者强调说，“中国山地的问题其实不是山本身，而是人；也不仅仅是人对山的开发，而是人对山的态度和行为。为了持续发展，我们应构建山地崇拜信仰，视山地为我们的文化图腾”。

不懂中国的“山情”，未曾意识到“人”与“山”究竟该是一种什么样的关系，难道就像是宋代诗人苏轼《题西林壁》所言，“不识庐山真面目，只缘身在此山中”？

假如毛泽东在新中国成立以后骑马

毛泽东的许多诗词都离不了写山，存世的100多首诗篇中，直接咏山的就有20多首，且许多诗篇是在骑马中吟就。《井冈山》、《十六字令·山》、《昆仑》、《六盘山》等诗篇脍炙人口，传诵至今魅力如初。这，和毛泽东对大山十分深厚的感情分不开。

1927年秋收起义过后，毛泽东炯炯的目光盯住了井冈山：“《水浒传》里有个水泊梁山，朝廷的千军万马拿他们没得办法。我们到了井冈山这样的地方，反动派也奈何不了我们，我们就是到那儿去当红色‘山大王’!”鲁迅读了毛泽东的几首诗词以后，无不激赏他有“山大王”的气概。

山与中国革命胜利休戚与共。革命军队的发展壮大要以山为怀抱，战略退却要以山为掩护。要在高山峻岭中行军作战，在敌强我弱的情况下，没有山的依托势必要打败仗。故此，毛泽东诗词中吟咏的山，都是真挚感情的抒发和写照。

山地在军事地理上有着重要价值，是决定战争胜负的因素之一。山地易守难攻，是天然的军事屏障；一些山地有洞穴分布，是储藏弹药、保存粮食的天然仓库。因此，作为屯军和聚首起义之地，许多山地成为中国历史上农民革命的必然选择。

但雄才大略的毛泽东，显然不是一般的“山大王”。在井冈山那只有一根灯芯的青油灯下，毛泽东完成了长达数万言的《宁冈调查》和《永新调查》，要求红军战士熟悉井冈山地形环境，很快开创了革命根据地斗争的新局面。

前不久，《人民日报》原副总编梁衡发表了一篇文章，叫《假如毛泽东去骑马》。因为在中共八届七中全会上，毛泽东曾说过："如有可能，我就游黄河、游长江。从黄河口子沿河而上，搞一班人，地质学家、生物学家、文学家，只准骑马"，"骑骑走走，一路往昆仑山去。然后到猪八戒去过的那个通天河，从长江上游，沿江而下，从金沙江到崇明岛。国内国际的形势，我还可以搞……搞它 4、5 年就可以完成任务。我很想学明朝的徐霞客"。

梁衡在文章里，对假如毛泽东在 20 世纪 60 年代初骑马，到全国各地搞调查研究，列举了可能要去的有三门峡水库、陕西米脂杨家沟、黄河第一弯、巴颜喀拉山、庐山等地，"试想一个最高领袖深入民间 4 年，将会有多少新东西涌入他的脑海？又该有什么新的政策出台，党史、国史将会有一个什么样的新版本"。

更妙的是这一段："还不等走完黄河全程，在晋、陕、宁、甘一线，毛泽东的心情就沉重复杂起来。在这里，当年的他曾是'六盘山上高峰，红旗漫卷西风'；'原驰蜡象，欲与天公试比高'。可现在毛泽东无论如何也高兴不起来，他立马河边，面对滔滔黄水，透过阵阵风沙，看远处那沟沟坡坡、梁梁峁峁、塄塄畔畔上俯身拉犁、弯腰点豆、背柴放羊、原始耕作的农民，不禁有一点心酸。"大跃进"、"人民公社运动"这样轰轰烈烈，怎么就没能解放出更多的生产力，改善农民的生活，改变他们的境遇呢？"

看来，战争年代会利用山地打仗的共产党人，在执政之后，更必须学会很好地利用山地，搞好经济建设和生态保护，才能实现全民奔小康的目标。

山脉遍及全国像挺拔的脊梁

中国陆地地貌类型复杂多样，基本形态类型有平原、丘陵、山地、高原等几大类。这些类型在平面排列组合上互相贯穿和镶嵌，呈现一种网格状结构，而这种网格结构的分界和骨架就是山脉，这些山脉遍及全国，像一条条挺拔的脊梁支撑着整个中国大地，组成巨大的中国地貌系统。从卫星图像上亦可清楚地看出，构成网格骨架的山脉脉络清晰，排列有序。

"中国乃多山之国。冰山，雪山，火山；石山，土山，沙山；孤峰峭拔的山，群峰林立的山；寸草不生的山，密林郁闭的山；远绝人迹的山，跻身闹市的山；随漠风飘移的山，与海涛共舞的山……其数量之多，品类之繁，分布之广，恐怕，只能以大海的波涛来比拟吧！”陈章武在他的散文《人与山的对话》里如此感叹。

中国高山巍峨连绵，古代文人写山的诗篇也汗牛充栋，如白居易《题天柱峰》言：“天柱一峰擎日月，洞门千仞锁云雷。”李白的《行路难》道：“欲渡黄河冰塞川，将登太行雪满山。”辛弃疾《咏江郎山》叹：“正直相扶无依傍，撑持天地与人看。”令人拍案叫绝。

中国山脉的走向及分布规律，明显受到大地构造行迹的控制，我国地理学家吴尚时教授早年就提出了“一带三弧”结构的理论。“一带”，是指横贯我国中部的东西走向山地，即昆仑山—秦岭山系；“三弧”，第一弧指在东西走向山系北面的蒙古弧，该弧西翼是由西西北向的阿尔泰山、天山和祁连山等山脉组成；东翼由东北走向的大兴安岭、长白山等山脉组成，弧顶为东西走向的阴山，东西两翼组成向南凸出的弧形山系。第二弧为青藏高原的西藏弧，它以喜马拉雅山山脉为主，包括了北面的冈底斯山、念青唐古拉山、横断山脉等，它们共同组成向东北突出的西藏弧山系。第三弧为华南弧，此弧为一个向西突出的弧形山系，它包括台湾地区的中央山脉，华南地区的武夷山脉、罗霄山脉、乌蒙山脉等。

“横看成岭侧成峰”，山地复杂多变的地理地貌，是否就一定意味或隐含着这个地域特定的文化特征？山地在地理地貌上表现出的闭塞、崎岖、坎坷，与它相应的文化特征难道就只是保守、落伍、顽固？

“对于人类来说，山，绝不仅仅只是可供审美的风景。每一座山，都是一部百科全书，一部卷帙浩繁的百科全书。”陈章武的评说非常到位，“与某一座山的某一次邂逅，仅仅只是瞻仰了它的封面，浏览了它的目录，信手翻阅到它某一卷、某一页中的某几行文字而已，怎么可能对全书博大精深的内容有全面而透彻的理解呢！怪不得苏东坡说过：‘看山一日，读山数载’。”

熊猫是世界自然基金会会徽

“中国生物多样性保护主要在山地。”中科院生态环境研究中心副主任、中国生态学会副理事长欧阳志云向本报记者介绍。

我国不仅国土辽阔，而且山地险峻，自然条件的复杂多样，孕育了极其丰富的植物、动物和微生物物种，是全球生物多样性大国之一。

（1）生态系统类型丰富、结构复杂。我国具有地球陆生生态系统，如森林、灌丛、草原和稀树草原、草甸、荒漠、高山冻原、海洋和淡水生态系统等所有类型。

（2）我国物种丰富，有高等植物3万余种，占世界种数的10%，仅次于世界植物最丰富的马来西亚和巴西，居世界第3位。脊椎动物6347种，占世界种数的14%。

（3）我国特有属种多，其中高等植物特有种有17 300种，占中国高等植物总种数的57%以上。脊椎动物中，特有种667种，占10.5%。

（4）我国区系起源古老，由于中生代末中国大部分地区已上升为陆地，第四纪冰期又未遭受大陆冰川的影响，许多地区都不同程度保留了白垩纪、第三纪的古老残遗部分。动物中的熊猫、白鳍豚、扬子鳄等都是古老孑遗物种。

（5）我国栽培植物、家养动物及其野生亲缘的种质资源非常丰富。不仅是水稻和大豆的原产地，品种分别达5万个和2万个以上，而且有药用植物1.1万多种。还是世界上家养动物品种和类群最丰富的国家，共有1938个品种和类群。

自1956年在广东鼎湖山建立第一个自然保护区以来，我国自然保护区经历了从无到有、从小到大、从单一到综合的过程，截至2003年年底，我国已建立起国家级自然保护区226个，省级自然保护区655个。保护了我国80%的陆地自然生态系统类型、40%的天然湿地、20%的天然林、85%的野生动植物种群、65%的高等植物群落。

“但总体来看，由于栖息地开垦、环境污染等原因，我国野生动物资源总量不足、过度消耗的状况仍十分严重。”欧阳志云说，“如栖息于长江上游各山系高山深谷的熊猫，存世的大约只有1000多只。熊猫由于其生境恶化的原因，被分离成很多小的种群，逐渐丧失了自然繁殖的能力，若不采取积极的保护措施，多年后熊猫就会走向灭亡。可喜的是现在熊猫的栖息地在扩大”。

世界自然基金会的会徽便是用大熊猫作为标志的，这也是全球自然保护运动的偶像性标志。

冰川是高山流淌的血液

中国的冰川都属于山岳冰川，主要集中分布于中国西部和北部，共计46 298条，冰川面积5.94万平方千米，冰储量5590立方千米。长江上游地区不仅冰川条数多，而且冰川分布广、面积大，储量丰富，特别是长江源区，分布着长江水系一半以上的冰川，其面积和储量分别占长江水系的67.6%和71.0%，是长江水系的主要冰川区。由于全球气候的变化，高海拔地区的冰川正在不断地退化。大量冰川的消融造成海平面的上升，可能会威胁沿海地区的安全；对于高山上的冰川来说，这意味着由冰川补给的河流水量的不稳定，在大量冰川消融时会造成水灾。

其中，位于云南丽江的玉龙雪山，既是欧亚大陆距赤道最近的海洋型冰川区，也是我国季风海洋型冰川发育最为典型的代表性地区。“玉龙雪山等海洋型冰川区冰川和气候环境具有空间上的复杂性、时间上的易变性、对全球变化的响应非常敏感等特点，其独特的地理位置和发育典型的季风温冰川，决定了玉龙雪山地区是全球变化响应的敏感区域，从而使之成为海洋型冰川及其交叉学科研究的独特区域，许多科学和现实问题有待研究和解决。”中科院寒区旱区环境与工程研究所的王世金博士生对本报记者说，“所以，我们在玉龙雪山成立了冰川与环境观测研究站，它的建立和升级对于研究全球变化背景下海洋型冰川区冰川动态变化，以及其对气候变化的响应过程和机制具有非常重要的科学意义”。

“冰川是高山流淌的血液，是生物多样性的顶端；冰川消失就意味着血液流干，失去孕育草原和森林的源泉，高山也就失去了生命，山地居民失去了最后的家园，就会沦为生态难民。特别是冰川面积不大的区域，它对气候变化承受能力就相当弱。”四川省绿色江河环境保护促进会会长杨欣在接受本报记者采访时说。

据青藏高原科考调查，依靠冰川补给的长江，在其源头地区发育有大小冰川437条，长达12.5千米的姜古迪如冰川是其中最大的一条。“冰川在流动过程中，以其巨大的力量刨蚀着地面，像推土机一样把泥沙和巨石一块夹带着流动，冰舌低于雪线后开始消融，形成河流，以另一种形式继续流动。冰清玉洁、昼夜喧响的冰川融水，一路汇合大小支流横贯中国，经6380千米东流行程浩荡入海，千万年来不息养育着中华民族的生命和文明。”乐施会北京办公室研究干事刘源多年来致力于长江源保护，她在《我所走过的长江源头》如此写到。

分野中峰变，阴晴众壑殊

唐代诗人王维《终南山》诗曰：“分野中峰变，阴晴众壑殊。”终南山是秦岭的主峰，亦可泛称秦岭。诗人从主峰着笔，总揽全山，写出了终南山雄伟磅礴的气势。“分野中峰变”是说峰峦将山南山北划分为不同的地区，“阴晴众壑殊”则以阳光的或浓或淡、或有或无，表现出千岩万壑的雄壮秀丽。

《中国国家地理》总编辑单之蔷有篇《假如没有秦岭和渭河》的博客。开篇名义："中国有许多名川大山，但陕西的秦岭和渭河最为重要和独特。"

"中国许多山虽然有名，但大多数山假如从不存在，对中国也没什么，可是假如没有秦岭，中国将不成其为中国。地理学家认为秦岭和淮河把中国分成南方与北方，但站在淮河边上，你很难看出两岸景观有南北之分，因为淮河作为分界线是中国南北过渡带之间的一条虚拟线，但秦岭就不同了，在中国的中心和中部，秦岭这座大山东西这么一横，山南山北的景观就骤然变了。"

单之蔷说："秦岭东西横亘，挡住了由东南往西北从太平洋吹来的季风带来的水汽，使秦岭以北气候干旱、黄尘飞扬，千沟万壑的黄土高原是其典型的景观，而秦岭以南则降雨丰沛形成一派江南景象。黄土高原给人以苍凉和贫瘠的感觉，但秦岭以南的汉中和四川盆地则完全享受着秦岭的庇护和恩惠，是秦岭挡住了北方频频南下的寒流，造就了汉中盆地和天府之国——四川盆地的富裕。"

2003年4月22日的"世界地球日"，世界自然基金会授予秦岭"献给地球的礼物"证书。这是秦岭的魅力所在，更是中国山地变化的诡异万千使然。

同样，玉龙雪山和哈巴雪山的两山对峙，也令人惊叹大自然的鬼斧神工、造化多端。据专家考证，金沙江本来是向南流的，在多次的地壳运动中，玉龙雪山和哈巴雪山被抬升而隆起，在隆起过程中因相对运动而发生断裂，长江顺着这个断裂带溯源侵蚀，最后把金沙江夺了过去，这才纵容了金沙江豪放不羁的性格，形成了以雄、奇、险、幽、美闻名于世的"三江并流"，以及对中国地理与经济格局都意义深远的长江第一湾。

正因为有了这长江第一湾，才有了全新的华夏文明。当代探险家、徒步旅游家余纯顺说："如果没有这第一湾，金沙江可能如怒江、澜沧江一样流到国外，那就不会有（今天的）长江，也不会有孕育中华民族的长江流域了。"

联合国教科文组织第27届世界遗产大会决定，将中国云南省西北部的"三江并流"自然景观列入联合国教科文组织的《世界遗产名录》。

美丽而又令人忧伤的喀斯特

"桂林山水甲天下"众所周知。桂林的山，似明眸浅笑；漓江的水，如长袖善舞；山多有洞，洞幽景奇；洞中怪石，琳琅满目，"山青、水秀、洞奇、石美"是桂林的"四绝"，然而或许人们不知，是特殊的喀斯特地貌，让桂林的山水赢得了"甲天下"的赞誉。

包括云南石林、四川九寨沟、贵州的黄果树，以及荔波的大、小七孔景区等，其美丽绝伦的风光景致，也是因为特殊的喀斯特地貌。

喀斯特（KARST）即岩溶。我国喀斯特地貌分布广、面积大，约为100万平方千米，绝大部分也属于“山地”之列。其中尤以广西、贵州和云南东部所占的面积为最。

“贵州地区天无三日晴，虽然降雨量丰富，可是落到地上之后都存不下来，变成了地下暗河。”《中国国家地理》杂志社社长李栓科对本报记者介绍说，“我曾经去过贵州等地的喀斯特山区，老百姓因为这里的喀斯特地貌，没有办法耕种农作物，都是走到哪里挖一个坑，撒一把小种子，自然和生活条件真是令人触目惊心”。

云南、贵州、广西虽然都属于喀斯特地区，但是它们之间差异显著。广西地区属于喀斯特老年阶段，喀斯特发育完全已经成为孤峰残丘，水和土有基本的保障。但贵州的喀斯特还处在石芽阶段，没有被溶蚀，并且因为它刚刚发育，刚开始抬升，造成地下水大幅度降低，加大了地表水与地下水的距离。这里最深的地下水有的竟深达上百米，而我们平原地区的浅水面一般才两三米。李栓科说：“这些喀斯特地区深部的地下水保持暗河的形态，很难有办法利用，甚至连植物的根系也不能深入，靠打井也很难打到水，即便打到水也抽不上来。”

虽然地表大气水分很多，降雨量丰富，但是土壤层非常稀薄，根本就留不住水。令人尤其无奈的是：地表上没有足够养育生命的水流，地下暗河却滚滚而流。贵州、云南、广西壮族自治区等省自治区的土地被喀斯特地形切割得支离破碎、犬牙交错，根本无法进行大规模的、机械化的田间耕作。

“从中国区域的均衡发展的高度考虑问题，不能不充分考虑山区的发展问题，尤其是那些喀斯特地区的发展问题。这是我们不得不正视的长久的痛。”中国科学院副院长丁仲礼院士在接受本报记者采访时说。

“在高原有时根本感觉不到山的存在，但是贵州并没有特别高的山，却处处都让人感觉到山的胁迫。这带来了一系列生产和生活问题。”“走南闯北”多年的李栓科动情地说：喀斯特地区的山民们祖祖辈辈，想了很多办法克服这种恶劣的自然条件。哪怕是巴掌大的土壤，也会想法刨一个坑、撒一把种子。那里的耕作方式甚至可以说和刀耕火种差不多。这里怎么收割呢？用剪刀！甚至镰刀都使不上劲。老百姓除了种植菌类等经济作物，就是苞谷、玉米、红薯等产量低、耐贫瘠的作物。因为水的问题没办法解决，往往只能望天吃饭。

中国喀斯特发育的特点，形成了各具特色的、千姿百态的喀斯特地貌景观，以及巧夺天工的洞穴奇景，是重要的旅游资源。但在喀斯特撩人魂魄的“美丽”中，却又透着忧伤和酸楚。

愿华夏基业之树长青

《南方周末》8月12日有篇报道，仅题目就发人深省：《还有多少个“舟曲”潜伏？大自然的报复只是时间问题》。报道说：中国地质环境监测院地质灾害调查监测室主任周平根博士，在接受采访时曾直言：“甘南地区积重难返的生态窘境，当地无计划的疯狂伐木持续了近半个世纪，不少地方森林资源逐年锐减，生态环境被超限度破坏。而等到地方政府醒悟过来大力植树造林巩固水土时，才发现山高坡陡，土地贫瘠，想种也种不活了。”

此前亦有媒体披露，国家测绘局曾在灾前公布过一份舟曲的航拍图，图中居多的是光秃秃的连绵山峰，而点点绿色只散见于沟坡间。

森林不仅是中华大地的美丽霓裳，更是稳固中华山地的根本基业。森林具有涵养水源、防止水土流失、防风固沙的能力，这是一个不争的事实。如果说中国究竟“潜伏”了多少“舟曲”这样的泥石流等自然灾害危险，或许从山区里到底“潜伏”了多少对森林滥砍滥伐的刽子手就可略见一斑。

在2007年APEC会议上，中国对世界庄严承诺，到2010年森林覆盖率达到20%。如今，这一承诺已提前实现。国务院2009年年底公布的第七次全国森林资源清查结果显示：全国森林面积达19 545.22万公顷，森林覆盖率达20.36%。其中，人工林保存面积为6168.84万公顷，人工林蓄积19.61亿立方米，人工林面积居世界首位。

“虽然目前我国的森林覆盖率已超过20%，但仍存在森林资源总量不足、质量不高的问题。森林覆盖率只有世界平均水平的2/3，人均森林面积和森林蓄积只有世界人均值的1/4和1/7。我国现有宜林地中，质量好的仅占13%，60%的宜林地分布在内蒙古和西北地区。而今后全国森林覆盖率每提高一个百分点，都需要付出更大的努力和代价，林业发展仍然任重道远。”国家林业局局长贾治邦在2009年年底这样表示。

1955年春天，植物学家钟济新和他的科学考察队，深入广西越城岭腹地，在海拔1400米人迹罕至的悬崖上，找到一棵被当地人称作“杉霸公”的老树，科学家将标本带回北京，研究后惊奇地发现，杉霸公与在欧洲出土的一种植物化石非常相似。那是2000万年前就存在于地球上的一种针叶树，在杉霸公被发现之前，科学界普遍认为，这个树种已经在冰河时期灭绝。作为“活化石”的杉霸公的“复活”轰动了世界，后来被命名为“银杉”。

编号为“00198”的杉霸公模式标本，50多年来一直保存在中科院植物研究所的标本库里。近年来，植物学家应用基因技术发现，银杉的生殖障碍主要是近亲繁殖所致。通过后来的全国森林普查，我国又陆续发现了一些银杉的小群落。在这个银杉小群落中，不同年龄段的银杉呈清晰的阶梯状分布，有助于真正揭开银杉的繁殖之谜。

1984 年 7 月，国务院环境保护委员会根据我国高等植物的濒危现状，公布了《珍稀濒危保护植物名录》，发布了第一批珍稀濒危保护植物，共 354 种。其中列为一级重点保护的 8 种，除了银杉，还有珙桐、金花茶、水杉、桫椤、望天树等。

中国植物学家为银杉起的拉丁文学名叫“*Cathaya*”，它的中文意思是“华夏树”。愿华夏基业之树长青，山地再不是光秃秃如“和尚”一般，应该有更多的森林和更多的树，才能充当护卫生态安全的屏障！

岩羊无路走猴子也发愁的“溜索”

青藏高原南部横断山脉的纵谷，区域面积达 4.1 万平方千米，是世界上罕见的高山地貌及反映其演化的代表区域，也是世界上生物物种最丰富的区域之一。该地区跨越云南省三个地州，区内汇集高山峡谷、雪峰冰川、高原湿地、森林草甸、淡水湖泊、稀有动物、珍贵植物等奇异景致。同时，它还是 16 个民族的聚居地，是世上罕见的多民族、多语言、多种宗教信仰和习俗并存的地区。长期以来，一直是科学家、探险家和旅游者的向往之地。

据中国行政区域网站介绍，怒江傈僳族自治州福贡县“鬼斧神工的石月亮、如诗如画的亚坪自然生态景区、星罗棋布的高山湖泊、飞泻奔腾的江河瀑布、万紫千红的高山草甸、迷人的原始森林和竹海、变幻莫测的峡谷云海、惊险刺激的峡谷溜索飞渡、保存完好的‘（20 世纪）70 年代边境县城遗址’原碧江县城风貌等精品景点景区，构成了一幅幅让游人流连忘返的优美画卷”。

但且慢为这里“惊险刺激的峡谷溜索飞渡”而喝彩。

怒江由北向南纵贯福贡县全境，形成一个从北向南狭长的“V”字形谷地。县内最高点是嘎拉拍山峰，海拔 4379 米，最低点在与泸水县交界处的怒江江面，海拔 1010 米，相对高差达 3369 米。在碧罗雪山和高黎贡山的重峦叠嶂之间，散落着傈僳族的村庄，奔腾的怒江把一个个村寨阻隔，七八岁的孩子只能靠极危险的“溜索飞渡”，往返于万丈悬崖之间上学。当大城市的孩子们依偎在父母的怀里看背投电视，不断对新疆“高空王子”阿迪力走钢丝发出惊呼时，当大城市的孩子们放学在父母亲的牵引之下，一边口含冰淇淋一边走过斑马线时，福贡县村落的这些傈僳族孩子们，每天都要经受着比“空中飞人”惊险百倍的生死考验。

这样的“溜索飞渡”上学，不是为“玩的就是心跳”，完全是迫不得已而为之；这样的“溜索飞渡”在怒江峡谷两边，也不仅仅是福贡县马吉乡的一处两处。怒江大峡谷及其两岸的碧罗雪山、高黎贡山危岩耸立，谷中水流湍急，“岩羊无路走，猴子也发愁”，只有几处水势稍缓的渡口有木船摆渡，其他地方既无法架桥，又不能涉渡，只有靠溜索这种古老的工具往来飞渡，保持彼此间的交往与联系。前几年根据真人真事改编而成的故事片《走路上学》，讲述的就是生活在怒江边上的两位小姐弟，为了到江对面学校去上学，不得不每天都命悬一线、溜索过江。

重新审视并认识中国的山地

“中国因众多山地的存在而丰富多彩。要是没有隆起的山峦峻岭，就不会有起伏壮丽的景观，大地会变得平淡无奇，但中国诸多山地的存在，也在时刻提示我们增强忧患意识。”中科院成都山地灾害与环境研究所所长邓伟说，“2008年的汶川地震和今年舟曲的泥石流灾害促使我们清醒，必须在认真‘读山’中，重新审视并认识中国的山地”。

就我国山地的作用和功能而言，山地在地形上是个隆起的区域，对气候具有很大的控制作用。比如青藏高原，它的隆起就改变了整个亚洲大气环流的原有运动模式，使中国的地理气候形成了三大区域：第一个是以青藏高原隆起形成的高寒地区，第二个是东部湿润半湿润地区，第三就是西北的干旱半干旱地区。因为青藏高原隆起阻止了印度洋的暖湿气流，在东南和西南季风交互作用下形成了中国的不同气候带。我们日常都关心每天的天气变化，但是并非每个人都知道天气变化受着山地的巨大影响。

山地对水系的发育也起了决定性控制作用。几乎所有河流的源头都在山地，中国的三江源就是一例。那么大的高差势能肯定很大，会造成水土的迁移。地表物质经过风化和内外应力的共同作用变得松散，水作为搬运的载体将它们搬运到低地比如河口三角洲平原，包括下游的平原都是水将固体物质从山地搬运来的，所以水对河流下游地貌的改变也会起到一定的控制作用，当然这也是个漫长的地质过程。

山地往往是当地生物多样性丰富的地区，因为山地内部的局部气候千差万别。比如山岭和谷底，降雨和温度都是不同的。就是同属河谷地形也有的湿润，有的干旱。山地内部复杂多样的生境就带来了生物的多样性，这就是为何我国西南山区的生物特别丰富多样的原因。

山地常常蕴藏着丰富的矿产资源，是一个资源的储备基地，“我国目前的找矿能力在深度和广度上都不够，资源转换价值还有很大的潜力。山区对国家长期发展的资源支撑有着不可低估的作用”。邓伟说。

山地的生态屏障作用也不能忽视。目前，国家发展改革委员会计划投资150多亿元进行西藏生态环境屏障建设，也正说明了国家对山地生态环境屏障作用的高度关注。

毫无疑问，占中国国土面积2/3的山地，不仅对自然地理分异产生着重要影响，而且广大山区所蕴藏的丰富的森林、矿藏、水能及风景资源等，也为国家经济社会发展提供了极其重要的资源保障，山区显著的生态服务功能和巨大的资源环境承载能力，必然体现出国家战略层面的安全性质。

读“山”我们应该读出：中国是一个山地大国，由于以珠穆朗玛峰为标志的世界第三极屹立在青藏高原上，也可以说，世界山地在中国。无论是山的高度，还是山的广度和复杂度，在地球系统中都可谓是首屈一指。

读“山”我们应该读出：中国正在全面建设小康社会，山区是难点区。山区长期作为资源输出区域，奉献于国家的发展。未来的资源支撑作用和环境调节功能的不可替代性，决定了山区战略地位的历史性和长期性。然而，山区的发展一直停留在低水平层次，是国家现代化进程中的障碍区，但却是拉动内需最具活力的空间，经济增长潜力非常巨大。

读“山”我们应该读出：在我国实现现代化进程中，山区肩负着战略资源贮备、生态安全屏障、经济增益配套、国防安全保障、民族和谐发展等重大战略责任。

喊山：让我们心灵更感天应地[①]

——剖示我国山地（山区）的现状及多元性

喊山：顺山横山仰山山都应该不倒

生活在大山、高原的人们，往往都有一副高亢嘹亮的好嗓子。他们多半都是在特殊的地理环境里后天练就的——地势的空旷和高海拔，就是天造地设的排练场和演习厅。

陕北姑娘王二妮早年在《星光大道》一出场，便以《山丹丹花开红艳艳》的民歌震惊四座，更别说其他陕北汉子“喊”和“吼”出的“信天游”。其他生活在大山、高原上的歌手如九寨沟的容中尔甲等，这些原生态歌唱家的后天“训练”，大体也是得益于山区空旷而又高峻的天然排练场和演习厅。

一副嘹亮高亢的嗓子，不仅仅是山民们平素进行语言交流、歌唱娱乐的最重要器官，甚至也是他们一种重要的生产“工具”，这一特殊而又美妙绝伦的“工具”，在山民的日常生产和生活中起着巨大的作用。在我国很多的深山老林中，人们世世代代至今，一直都沿袭着“喊山”的习惯和风俗。

“喊山”，就是山民与山的亲切对话，山民对山的友好呼唤。山民在山间和田野劳作时，自由地运用自己的嗓音，能使声带的发音功能发挥到极致，并以此得到大山的回声与应答——这样自由倾诉、对话、交流的效果，远比那北京天坛回音壁前游人如织、声音嘈杂的环境要好得多，更加情景交融、也更加天人合一。

山民“喊山”最初的意图，无非是为了吓唬在山中四处奔突的野兽，也借

① 本文发表于2010年10月22日。

此驱散赶山人一路攀登的寂寞和孤独。后来人们在生产实践中还发现，与“喊山”的道理如出一辙，整齐的劳动号子不仅可以激发、调动个体的能量，还可将众人的全部力量都充分凝聚起来，心往一处想，劲往一处使。

武夷山有“喊山”祭茶神的习俗。武夷山民间祭茶神、山神，元代武夷山皇家御茶园将之演绎为开山仪式，在每年惊蛰之际，当地和御茶园的官员、场工，登临“喊山台”，供祭茶神，宣读祭文，后率众人高喊“茶发芽！茶发芽！……”表示对茶的敬意，祝茶叶丰收，茶事顺利。

我国东北等林区早年有“喊山”的传统。采伐工人每逢要伐倒一棵大树，都要“喊山”。根据大树生长的态势确定大树倒下的方向，发出“顺山倒”、“横山倒”，或者“仰山倒”的呼唤，对同伴和可能路过的旁人加以明确禁示。传统的“喊山”，也是巡查山林的安全员提醒大家注意防火的呼叫声。

“喊山”，如今还成为城市“减压”一族的一种消遣和运动，以此发泄和释放内心的压力，被人们自然而然地发展成为了一种特殊的具有健身、娱乐功能与特征的文化——登山发出的兴奋而高声的呼喊，是一种最佳的、绿色的、值得提倡的有氧运动。

2010年10月13日，世界自然基金会（WWF）发布了《地球生命力报告》。调查分析指出，热带物种的种群数量正在急剧下降，人类对自然资源的需求已经超出了地球生态承载力的50%。该报告显示，自1970年以来，地球生命力指数下降了30%，这表明人类生存和发展所依赖的生态系统基础物种的健康程度下降了30%。

“地球病了！”世界自然基金会副首席代表李琳博士表示，“这个报告是在为生病的地球把脉，找出症结”。

大山是真诚的、巍峨的、裸露的；我们人类的情感也应该是坦诚的，高尚的，似乎也应该是可以对朋友赤裸地相向的。在“喊山”的过程中，我们会和大山掏心掏肺地对话，但这样的对话即便可以是情人耳鬓厮磨一般的窃窃私语，是兄弟敦促警告一般声嘶力竭地喊，却不能欲说还休，“犹抱琵琶半遮面”。

“喊山”，无论是顺山、横山还是仰山，山，都应该是不倒；地，都应该是不陷。

人，在不断地对山呼唤和喊叫，山，在从容地对人回声和应答，这一呼与一喊，不但驱赶走了山林间层层叠叠笼罩的孤独与寂寞，也抚慰了人们旅程长途跋涉疲惫不堪的身心；这一应与一答，也足以唤醒山林间带着露珠的清新早晨，或许，还能让睡眼惺忪而迷离的城市中的人们觉醒和顿悟呢！

账单：令人震惊的地质灾害背后

甘肃舟曲特大泥石流灾害之后，中国地质科学院、地质环境监测院专家发出警告："截至2009年全国共发现地质灾害隐患点20万处，威胁数千万人民群众的生命和1200多亿元财产安全，其中特大型和大型地质灾害隐患点1.6万处，威胁人口700万，威胁财产安全840亿。"也就是说我国至少还有1.6万个与舟曲类似的地质灾害隐患点。

"这个地质灾害的大账单实在令人震惊。"原国务院农村发展研究中心顾问石山先生对《科学时报》记者说："我们的生存环境到底怎么了？为什么'千年不遇'的大灾都赶在一起接二连三地出现？"

石山先生分析：建立新中国的60年来，是我国山区被砍了的"5刀"，令我国的山区生态环境遭到了严重破坏。其中，第一刀是毁林开荒；第二刀是超量砍伐木材；第三刀是大量修建水库；第四刀是不顾环境后果的开矿；第五刀是大树进城。

"这'第五刀是大树进城'的说法，其实并不是我先提出来的。"石山先生在接受采访时实事求是地说："这'第五刀'，是安徽省休宁县县委书记提出的。2007年我到休宁县调研，和县里干部聊起山区建设，我讲了上面的'4刀'，县委书记当即补充，我再加上一条，大树进城是'第五刀'。他的这一刀加得很好，虽然论及对山区生态的伤害程度，'大树进城'这一刀可能不及前面我已经提到的四刀，但他这一刀的说法却足以使人们看到，城市太不把山区当回事了，完全不懂山区的分量。我们不应忘记，许多城市的水源地都在山区，饮水为什么不思源呢?!"

谈到为何必须重新认识山区时，石山先生说到其中的两个重要原因：其一，山区是中华民族的生存保障；其二，山区是个极其复杂的大系统。

新中国成立60年来，因为各级领导的认识不到位，接连不断对山区砍下的狠狠5刀，导致我国许多山区已经千疮百孔，国家级和省级贫困县80%在山区，约占山区县的一半，这些县百姓穷、财政穷、环境穷，患了贫困综合征。石山先生说："一旦广袤山区的自然状况遭受破坏，就必然会毁坏我国的生态系统，今年全国从南到北的大旱大涝就是这60年破坏山区的恶果。"

"西南是我国水资源丰富的地区，原来的生态环境也很好，今年西南却旱到令全世界震惊，为什么？"石山先生设问后说："其他的原因姑且不讲，我们看看航拍图片，西南部那里一片红土，山都光秃秃的，别说是树，草都少见，哪有水？自己的‘山穷’了，没有水了，上游呢？专家说，今年上游流下来的水量比平时少了25%～30%，因为冰川后退、草场退化、湿地和湖泊的消失。源头和冰川之间成了荒漠，上面有点雪融化水下来，一到荒漠里就蒸发了，三江源头草原荒漠化，水少了。专家断言，今年西南旱灾的关键就在于对西藏生态环境的破坏！”

石山先生说：“‘山穷’的结果导致‘水尽’，‘水尽’的结果我们敢想吗？保命的‘中华水塔’水量锐减、全国的地表水80%被污染、我们的工业和生活用水是在靠地下水维持，全国已形成地下漏斗区100多个，面积达20万平方千米，浅层水不够用，已经用到深层地下水，那些水可能几百年都补不回去……之后我们还有水用吗?!”

古代有句成语叫做“山穷水尽”，真是精妙之至的逻辑推理，不仅说明我们老祖宗早就看破了红尘，参透了禅机，也完全符合自然辩证法的规律：“山穷”必然就会影响“水尽”，导致“水尽”；而“水尽”的恶果，又必然会影响到“山穷”，导致“山穷”。如此周而复始的恶性循环，“山穷水尽”的残局将如何收拾?! 当我们毁掉了占国土面积70%的山区，就不得不直接承受水资源枯竭的噩运，惨遭旱涝灾害连续不断的生态浩劫！

石山先生说：“过去60年亏待山区、错待山区，正是因为我们头脑发昏，没有‘山区是中华民族的生存保障’清醒的认识。”

石山先生正色道：希望这份令人震惊的地质灾害大账单、2010年这些“千年不遇”的大旱、大涝、大洪水、泥石流、崩坝、地陷……能够使更多的人，特别是各级领导干部惊醒，下大决心建设我们的山区，挽狂澜于将倒！

泥石流：横冲直撞究竟要“流”向何方？

2010年9月18日早上，本报记者一边吃饭，一边看中央电视台的新闻频道，一条重要新闻吸引了本报记者的注意力：《北川：擂禹路再次中断　12乡镇成为孤岛》。

记者差点以为是中央电视台重报（误报）的新闻——这样重报（误报）的新闻，在我国的一些媒体上不是没有发生过——由于编辑工作不慎而发生的错误，无形中时光倒流，将去年甚至前年的新闻作为今年、甚至今月、今天的新闻重新拿出来加以刊登。

但记者分明听到：连日来突降暴雨导致的泥石流，截止的时间是2010年的9月17日。

“北川”、“擂禹路中断”、“12个乡镇成为孤岛”这三个关键词，无论在2008年汶川遭受大地震重创之后的几个月，还是在2009年的雨季里，包括今年，我们已经听到得太多太多了！因为只要有连降暴雨发生，就难免会带来山区（山地）的泥石流、带来滑坡，而“泥石流”、“滑坡”这两个关键词，又始终如影随形、甚至是“永远”如鬼魂附体一般的，和山区（山地）联系在一起的！北川，就恰恰处在这样的山区（山地），而且是山势陡峭险恶、自然灾害频频发生、交通十分不便的山区（山地）！

中国科学院成都山地灾害与环境研究所副所长韦方强是泥石流研究的专家，他在接受本报记者采访时说：“我国发生的与山区相关的自然灾害，主要是泥石流、滑坡、山洪、雪崩、堰塞湖的溃决等，这是快速发生的自然灾害。还有一些缓慢发生的自然灾害，比如水土流失等。”

无论滑坡还是泥石流，常伴随着山洪的发生而发生，易形成灾害链。在我国所有的山区，几乎都会有滑坡和泥石流的发生。韦方强说：泥石流主要分布在我国的中高山区，但在低山区甚至丘陵区也有分布。如果发生雪崩，低纬度的一般发生在高山区，高纬度地区可发生在中低山区。堰塞湖则一般发生在深切割的峡谷区。

我国地貌呈阶梯状分布，每个阶梯的过渡带，都是山地灾害分布集中的地方，因为过渡带地质构造活跃，地形梯度大。韦方强说：“闽浙山地由几组平行于海岸线的山脉构成，以中山和低山为主，也存在山地灾害，虽然山地灾害的频率和规模不大，但由于这一地带经济发达，山地灾害造成的损失可能很大。”

韦方强曾在东川泥石流观测研究站工作多年，该站位于我国昆明著名的蒋家沟。韦方强介绍说：“东川的小江是金沙江的支流，全长138.2千米。两岸山坡陡峭，相对高差1000～3000米。由于江两岸岩层结构松散，加上河谷两岸植被稀疏，深切割的沟谷十分发育，因而这里极容易形成规模巨大的泥石流。沿江两岸大小分布着泥石流沟170多条，这样的分布在世界上也属高度密集。其中蒋家沟的泥石流发生频率最高，每年平均发生15场。我们观测到的最多的是一年发生28场，并且集中在雨季的3个月里，平均约3天一场。所以老一辈科学家选择这里做泥石流的观测研究站点。”

西藏自治区地质环境与灾害防治科学研究所所长多吉，是在藏区多年从事地理与地质科研工作中成长起来的第一位藏族院士，他在接受记者采访时说：西藏以及我国国民经济建设的可持续发展，要与我国的山地特征结合起来，开展长期的研究。我国现正在开展的国土开发与发展规划，对如何拟定其发展战略思路，还缺乏基础的资源调查研究和深刻认识，这样开发与发展就会比较盲目，规划起来也没有科学依据。加强山地方面的基础研究，现在有关高层决策者开始在关注，但是没有达到很重视的程度。

多吉院士说："中科院成都山地所侧重开展泥石流、滑坡等自然灾害研究，虽然已有成效，但在我国绝大多数西部地区，对于如何将山地科学与经济发展结合，大多还没有摸索到门道，停留在一些粗放型的管理和发展方式上，还没有真正把山地科学的作用发挥起来。"

古语说："庆父不死，鲁难未已"，大而言之，鉴于我国山地（山区）的独特与复杂性，江河若未能有效治理，森林植被若未能有效恢复，山区生态若未能有效保护，发生泥石流等山区自然灾害的情况，恐怕也就在所难免。前年的北川如是，今年的北川、舟曲亦如是。我们必须防患于未然，坚决采取各种有效的政策和措施，将泥石流等各种山区自然灾害造成的损失降低到最低程度。最为要紧的是：泥石流或可以横冲直撞，肆虐一时地"流"，但我们各级政府、领导干部的防范意识却不能"随波逐流"。

救赎：喀斯特要还我大好山河的悲怆

我国西南地区是喀斯特发育的地区，裸露和半裸露的碳酸盐岩山地连片出现。主要分布在贵、桂、云、川、渝、藏等地区，该区域与黄土高原干旱区域遥相对应，构成了中国一南一北最为贫困的两片区域。

刘东生院士潜心钻研黄土 60 年，2003 年获得了我国最高科学技术奖，他早在 1988 年就曾说过："中国区域性的环境地学问题，北有黄土高原，南有喀斯特，这里的山地问题都比较复杂。"

广西环江县是我国唯一的毛南族自治县，全县土地面积 4572 平方千米，人口 40 多万，其中，毛南、壮、瑶、苗、么佬等少数民族 31.3 万人。该县长期以来交通闭塞、文化落后，虽有丰富的资源却未能开发利用，社会经济发展缓慢，是全国有名的贫困县。

中国科学院亚热带农业生态研究所所长王克林回眸历史，对本报记者介绍到：桂西北喀斯特地区石山面积比重大，水土资源短缺，旱涝灾害不平衡，而资源缺乏、环境脆弱的大石山区的人口密度，远高于土地资源相对丰富的土山丘陵区，1995 年以前竟有 50 万农民群众生活在人均耕地还不足 0.3 亩（1 亩＝0.066 667 平方千米）的大石山区。但在土山丘陵区却有大量荒地资源未得到开发利用。从 1995 年开始，国务院和广西壮族自治区区政府实施"异地扶贫开发"工程，将失去基本生存条件的大石山区特困农民，迁移到土地资源较为丰富的土山丘陵区，进行异地开发建设，使他们脱贫致富。

一份研究资料表明：生态移民在减轻大石山区人口压力的同时，无疑也会增加迁入地人口压力。桂西北部地区以红壤荒丘为主的土地资源虽然较为丰富，但也存在坡度较陡、地形破碎等不利因素。印尼、巴西、埃塞俄比亚等国家，在过去进行的生态移民中，曾普遍出现把环境灾害与贫困都转移到新迁入区的现象。

为实现生态移民区域的可持续发展，中科院亚热带农业生态所协同广西科技厅、广西扶贫办公室，根据环江县中部红壤荒山丘陵土地资源丰富的优势，选择在环江县城北3千米处的肯福，从1995年开始，在这里建立异地移民的科技扶贫开发示范区，示范区土地面积为3700亩。通过研究移民环境容量，编制综合开发建设规划，重点进行技术产业培植与强化的关键技术攻关、配套技术集成。同时还探索并推行异地扶贫开发新的农村经营管理与农业持续发展运行机制，为喀斯特地区提供了异地扶贫开发示范样板与技术辐射源。

1997年10月，联合国教科文组织移民专家Robyn Iredale博士考察该示范区，她认为：发展中国家移民在迁入区域因为破坏环境，从而再度陷入贫困的问题非常普遍，环江示范项目能在短时间内取得这么大的成就，简直就是一个奇迹，为其他发展中国家环境移民提供了宝贵的创新经验。

环江县也是我国西南最大的生态移民安置县。环江县县长蒋向明对记者介绍："环江是国家扶贫工作重点县。环江人民在自身尚需扶贫的情况下，十几年来，用博大的胸怀，接纳了都安、大化、东兰等县的6万移民，为生态移民做出了巨大牺牲和贡献，靠科学技术创造出了青山常绿的奇迹！"

蒋向明并不完全顺心遂意。他在接受本报记者采访时，道出了对环江县现状的一些忧虑：我们目前还是国家级贫困县，大石山区农民百姓的生活仍然比较艰难。全县人均收入为3080元左右，低于广西人均收入，更低于全国人均水平。国家若要对我们进行生态补偿，政策该怎么落实和兑现？而我们采取异地安置搬迁的移民，目前的收入已经超过全县的人均收入，人均超过5000元，"因为搬迁出来后他们的交通方便，拥有土地面积也多，不断地变换种植品种，如种植甘蔗、中药材、水果，种桑养蚕、饲养牛猪等。劳务输出政府主要负责培训和引导，现在他们凭个人意愿去外面打工，政府不再大规模地组织了"。

"贫困地区最需要国家在产业政策上给予大力扶持。原来扶贫的模式是输血式，输血肯定也需要，但我们真正需要解决的，是要形成贫困地区自身的造血功能。"蒋向明县长直言不讳，"现在全国的产业政策若一刀切，我们落后地区永远赶不上发达地区不说，而且贫富差距还会越来越大"。

奇路：修建在茫茫九脉之中

“中国的山地多种多样，在山地上修建的公路也多姿多彩。公路有的向上伸展，也有的向下伸展。”采访《中国国家地理》杂志社社长李栓科，他对本报记者说，“比如黄土高原，路往往都修到了高原的上头，而梯田则往往在高原的下头”。

李栓科介绍说：怎么让读者理解并领略中国的山地呢？我们用“路”的视角看，为此曾专门策划出版了一期专号，叫做《奇路中国》。

在《奇路中国》中，青藏之路周边是天险，核心地带则是坦途。横断山区则是万山不许一路通：“可能世界上最为险峻的路都集中在这里。弯路多，盘山路多，灾害更多：滑坡、泥石流、塌方、洪水、地震、雪崩……”大渡河畔手掌般的公路让人瞠目结舌：“一段劈山修筑于峡谷陡坡上的公路，仿佛就挂在山体岩壁上。尤为令人叫绝的是，这段公路活脱脱是一只伸出来的大手的形状，手臂浑圆，指尖如削。”

有张川藏线的海拔高度变化图，是每隔一千米采集一个海拔高度值绘制出来的。这张图生动再现了这条路海拔变化之剧烈，从海拔 512 米的成都到海拔 3650 米的拉萨，2000 多千米的距离内，地形的起伏变化有如心电图。

从西藏的波密去墨脱，要翻越一座海拔 4000 多米的嘎隆拉雪山。李栓科对本报记者说：“过去一直说墨脱是中国唯一不通公路的县城，其实这是一种舆论的误导，实际上墨脱早已通了公路，我本人乘坐的越野车就曾通过那里的公路到过墨脱，只不过这里险峻崎岖的公路非常危险难走，特别是大宗物资的运输要分成两段，接力赛般地进行。而在每年 5 月至 11 月，墨脱一带进入雨季，一处处的路被山洪冲毁，或者被泥石流、塌方掩埋。这时节墨脱的路是北通南不通。”

《中国国家地理》杂志总编辑单之蔷说：“我外出除非赶路，要不总是要躲开高速公路，把车开向低等级的路，路的等级越低，沿途的收获就越大。”“今天高速路越来越多，我担心那些‘之’字形的盘山路，将要成为古董消失了。”

单之蔷这番话，作为职业旅行家而言合适，若对祖辈生活在山区的农民群众而言，还是希望高速公路能尽早修到自家的门口，让他们或早日能便捷地走出大山，去城里上学、打工，谋取新的生活；或早日能将自己的农副产品送到城市，以换取必要的银钱和生活的必需品，而不要饱尝“粮贱”和“果贱”的忧伤。那“之”字形的盘山公路若有朝一日成为古董消失，也就自然不足惜。

本报记者不久前在黔西南采访，领略过回昆明的高速公路的便捷。这里隧道一个紧接一个，一个隧道比一个隧道长，汽车不一会儿就要重新钻进隧道里，以至白天行驶的汽车因为老是要开顶灯，司机干脆就让顶灯一直亮着。

而记者早在1986年夏天进行的两次采访，就足以看出平原与山区、东南沿海与西部边疆公路交通的极大反差。

记者选择“中国海岸带”的话题采访，在广（州）—汕（头）路上，即便是半夜里，广汕公路线上也是车水马龙，汽车红色的尾灯亮成一片，俨然如市区的不夜之城。经过回北京一星期的休整，记者马上奔赴新疆采访我国原子弹实验基地，从乌鲁木齐前往马兰基地，在崎岖的沙石公路上，汽车翻山越岭跑了两天，除了颠簸和寂寞，且不说碰到别的车辆和路人的兴奋，若能看到一两只小鸟飞翔过头顶，都会感到无比的新鲜和有趣。因为这两次采访的时间间隔很短，而刚好又是从最繁华的改革开放前沿，到了最荒凉的西部戈壁腹地，所以，这两处交通的便捷与闭塞、顺畅与崎岖，天壤之别的反差，给记者留下了刻骨铭心的记忆。

2000年一次在新疆的采访，同样给记者留下了终生难忘的印象：在沙漠里驱车几天之后，记者一行看到荒凉的沙石路边上有位卖哈密瓜的老汉，便停车小歇片刻并与老汉搭话。这位维吾尔族的老汉很淳朴，知道记者一行从北京来，真诚而亲切地说：“你们啥时会回北京？请代我向邓小平问个好啊!”从老汉黝黑而沧桑的脸上，记者不难看出，他大概这辈子就没有走出过他所居住的山村，更谈不上走出幅员辽阔的新疆，他以为北京就像他所在的山村一样大，记者在北京随时随处都可以见到邓小平，就像他山村里生活了一辈子的乡亲那样，可以“抬头不见低头见”。

首都师范大学常务副校长、俄罗斯科学院的外籍院士宫辉力在接受本报记者采访时说：“我们要关心并注重山区农民和外界的联系，因为无论是山区农民的生产活动还是生活方式，都不可能被限制在一个极为狭小的区域、几乎与世隔绝的环境里，更多的农民需要从大山里走出来。他们如何从大山里走出来是一个重大的问题，走出来也有多种方法方式，发展山区的公路交通，让山民们方便地从深山老林里走出来，这就意味着他们能面临新的世界，有新的生存发展的机会，能共享人类的成果。”

山居：这里有我们回归自然的“笔记”

“古来名山僧占多”，在那些或道教或佛教或儒教的名山之中，无论那些遵循傍山依水、崇山敬水的建筑原则，还是那些尊崇自然、师法自然的建筑格局，都让我们感受到了古代圣哲高远的思想境界。

道、佛、儒山居的一砖一瓦、一梁一柱、一堂一室，从局部到整体，从微观到宏观，并不力图去显示人类本来不应该有的“心机”，也不是靠开挖和斧凿，去取得“巧夺天工”的所谓美名，而往往是依靠那些自然的山体与山势，凭借自然的坡度与高度，尽量削弱、淡化人工开挖和斧凿的痕迹，使得自然景观与人文景观能与建筑融为一体。无论是山，是水，都能与生活在这里的人们和睦共处，山的壮丽、水的柔美、建筑的秀雅，真正达到了既友善又和谐的交相辉映。

“各类土木工程，是地质、气象灾害的主要载体。大量人员伤亡、财产损失常常不是地震、泥石流、滑坡等造成的，而是不合理的土木工程建筑所为。”做客世博会“相约名人堂——与院士一起看世博”，中国工程院院士、地震与防灾工程专家谢礼立语出惊人，揪出了各种灾害背后的真凶——那些不合格的土木工程。

据相关媒体报道，只要设计合理、施工得当，山区一栋很普通的草房子或者砖木房子，也可以抵抗烈度为 11 的大地震。相反，土木防灾不到位，即使是钢筋混凝土，也会成为“楼歪歪”甚至“楼倒倒”。谢礼立院士说，目前，科学家已经掌握了设计建筑“不倒房屋”的各种土木工程技术。有了这样的“不倒房屋”，即使地震等山区灾害来临，也可能避免家毁人亡的惨剧。

首都师范大学教授宫辉力接受本报记者采访时说：“在 2009 年围绕山区问题举行的一次香山科学会议上，我提出了建设山地住宅的一些观点：山地住宅就是生态住宅，在国外属于新兴的住宅方式。我国需要在这方面加强基础设施的投入。山地住宅的建设在发达城市如重庆、昆明等地都解决得很好。如果我国能把城市的一些基础设施延伸到山地住宅，像水、电、气、交通，就能在某种程度上缓解目前城市的巨大压力，也可改变我国城市规划中不断“摊大饼”的趋势。”

国家林业局山区处处长陆诗雷博士是位曾留学瑞典的学者，他接受本报记者采访时说：“中国的国情和山情，我认为比较适合‘田园散居’。”如 2008 年汶川大地震造成的次生灾害，究竟是什么原因所致？因为山区人口过度集中，一些山区甚至建的是高楼、危楼。在汶川这个地震断裂带地方，非常不适合人口过度集中，也非常不适合建高楼。泥石流发生而导致的惨剧，其中有个非常重要的直接原因，就是在山体的陡坡处建立不合适的集中住房，平常若是不下大雨一般也就没事，一旦连续下起大雨，因泥石流发生而导致惨剧的三个要素就基本都具备了。

在现阶段，我国只是片面注意城市的建设与发展，从而在某种程度上忽略了山区的稳定与和谐——这本来就应该是我们高度关注、努力解决的——肯定会发生严重问题，在我国粮食没有足够保证的情况下尤其是如此。陆诗雷说："城市的周边一般都是肥沃的农地，哪怕在山区县城的周边也都是好土地，如果新建高楼大厦把这些好土地都侵占了，怎么能保证粮食的供给？如果提倡百姓自由散居、田园散居就相对好办。"

在山区百姓成片集中的地方，既要有利于居住，又要有利于生产。陆诗雷说："要用田园散居的自给自足，满足百姓的生活和生产需求，高科技日新月异的发展，恰恰也能满足田园散居的百姓的这种信息和通信需求。原来山区交通不畅、信息蔽塞、文化落后，不是因为更多别的原因，人与人之间最大的差别之一就在于对信息的占有，就是信息的实用性和有用性。今天，无论是手机还是互联网，信息和通信都已经很发达。过去山区不架上高压电线就无法解决照明，现在靠风力发电、生物质发电等就可以解决。"

山区的居民很有智慧，陆诗雷说："比如在西藏，那里的许多藏式建筑都像炮楼一样，就是很好的防震建筑、生态建筑，从建筑物里还能看到山景和石头，没有破坏山的原貌——当然，高原和山区在封建社会落后的生产力，也不足以把整座山炸掉或炸平——人家还要看山上的风景和风水，这的确是很有文化意蕴的事情。"

"采菊东篱下，悠然见南山"。让我们现代人也来到陶渊明式的山居，在那里即便是没有田园牧歌，也可以抒写心旷神怡、我们回归自然的诗作与"笔记"。

北京竟然也有70%的山地

网络上有篇文章说：今天，为了改变首都变"首堵"的塞车状况，北京人也应该与时俱进，从拥挤的城市里疏散一些人到山上居住；利用好70%以上的山区面积，是未来北京建设的重要任务。

据统计，面积16 808平方千米的北京市，山区面积占全市土地面积的70%以上，竟然不低于全国山区面积占国土面积69%的数字！乍一听到这个巨大的数字，委实让已在北京工作了近30年的本报记者吃惊不已。

而据《新京报》2010年6月15日报道，北京仍有万余农民居住在深山，2012年将全部搬迁。其中，在平谷最北、最偏僻的山村张家台村，全村百姓生活面临"五难"，正等待着搬迁下山。和张家台村一样，到2010年10月月底，北京市有6000多山区农民出山搬新家。目前，北京市共有5万山区农民已走出大山，221个村将在北京地图上消失或移位。

首善之都尚且如此，更不用说我国中西部的山区。

中国地质科学院副院长董树文对大别山的研究成果有目共睹，他接受本报记者采访时说："大别山从它在历史上形成之日起，就始终与碰撞、战争和贫穷相伴。碰撞结束了、战争熄火了，可贫穷依然延续，大别山老百姓还是生活在我国中东部的谷底。"

董树文研究员究其自然原因，说："其一，是大别山的矿产资源先天匮乏。大别山是一个'干'的地体，天生没有'油水'。由于大别山是板块碰撞带，山体80%由下地壳和超高压岩石组成，在地质上属于没有水分的干岩石，所以大别山腹地几乎没有因流体而富集的矿产，大别山所发现的矿产都出现在大别山南北两侧的边远地区。其二，人力资源后天匮乏。大别山近代的'战争'从未休停，劳动力资源付出太大，文化落后，扫盲任务艰巨，科学知识更是短板。其三，政策扶植乏力。从20世纪80年代开始，扶贫工作就从未停止过，但这里仍然是最贫穷的山区、中东部的'锅底'，直接反映出政策的失效和不力。"

多吉院士对本报记者指出：现在西藏大部分的农业都在河谷地区，用一句可能不太中听的话说，那只能算是河谷农业，在很小的河川、河谷平原上，利用一些比较稀缺的山地资源，建立起来的传统农业生产。

西藏山区的面积虽然很大，但可利用的面积却比较小。多吉院士说："西藏地区大部分山高坡陡，自然条件好一点的山地里有些植被和草木，可以适当发展一些畜牧业，但在大部分的山地里，基本上是什么植物都不生长，这样的山地环境比较严峻，极不易于人类在这里的繁衍生存及发展。所以西藏靠自然界这样的山地特征、靠河谷地区发展一些农业，基本上还是比较传统和原始的做法。"

多吉院士强调："以前我们是靠感性的认识发展山地科学，现在需要我们更多地靠理性的认识，进行社会的、经济的、人文的全面综合与交叉，来应对新世纪、新形势、新局面带来的各种挑战。尤其是现在应对全球气候变暖，所有从事山地研究的科学家，都必须向国家和人民交出令人满意和信服的答卷。"

"目前青藏高原冰川融化的速度在不断加快，长江和黄河中下游的水量在减少，青藏高原的极端气候、异常气候也比较明显。"多吉院士对记者说，"特别是青藏高原随着全球气候的变暖而变暖以后，冰川、积雪、冻土的融化，已经产生了一些与国计民生相关的问题，特别是草原退化、沙漠化的迹象在不断加剧。"

"青藏高原是我国生态安全的屏障，没有了它的长治久安，就如同新疆戈壁上的塔里木盆地和柴达木盆地，会失去很好的安全屏障，对长江和黄河中下游的影响很大，会导致长江和黄河的水量减少，粮食减产，甚至连东南亚一些国家和地区的粮食都会因此减产。”多吉院士最后对记者总结说：“如果青藏高原到处都是光秃秃的大山，这里的大风吹到四川的盆地，就会跟塔里木盆地和柴达木盆地一样，失去‘屏障’所应有的遮挡与防御功能。所以，我们对青藏高原的生态安全不能掉以轻心，一定要立即着手加强有力的保护，否则就悔之晚矣！”

教育：首先得“溜索”跨越“怒江大峡谷”

中国科学院研究生院今年编辑出版了一本书，书名《跨越考研这道坎——就这样考进中国科学院》，看到这本书，本报记者情不自禁地想：对中国绝大多数的山区孩子而言，要跨越考研这道坎，恐怕首先得“溜索”跨越“怒江大峡谷”，首先得翻越层峦叠嶂的高高的秦岭才行——如若中小学都没有地方上，何以能考上远在大山那边城市里的大学？更别说考上中科院的研究生了！

书中一篇文章吸引了记者的注意力：《抉择——我的考研历程》，副标题是《谨以此文献给我挚爱的双亲》。文章写道：“自己求学的每一阶段无不让父母操碎了心。小学时，母亲每天早上6点钟准时叫我起床，无论刮风下雨都把我送到村子那一头的学校早自习，每当临近期末考试时还要每天为我煮一个鸡蛋增加营养。初中时，晚上自习回去稍微晚一点，父亲就会到学校来接我。高中时，父母要用自行车载上百十斤的粮食，到离家十几里远的学校给我换粮票。大学时，每次假期结束返校，母亲总是尽可能地多给我几块钱，我知道这是母亲称盐买油的钱啊！”

记者不由为之动容。经过一些周折打听知道，张洪波2009年从中科院武汉病毒研究所博士毕业，现已留在研究所工作。

张洪波在接受本报记者采访时说：“我的家乡在河南焦作博爱县阳庙镇，我中小学的同学家庭贫困，很多在完成九年义务教育后，就选择了外出打工挣钱贴补家用。一些同学坚持读书，考取了师范、卫校、技校等，学得一技之长后服务社会。如果师范毕业回农村当教师，这对我的同龄人来说是非常好的出路，但师范的录取分数线非常高，能考上的凤毛麟角。”

“有些同学家里穷，无论路有多远，都用家里带来的粮食换学校食堂的饭票，有的家长为了省钱，要扛着几十斤的粮食，搭山里出来的运煤车到学校为自己的孩子换饭票，晚上还要搭进山的顺路车回去。山路本就不好走，搭这种货车或运煤的车又要冒多大的风险呢？空车还好，要是装满了煤的车，他们就要蹲在堆得高高的煤堆上，一路颠簸，一路提心吊胆。很多时候，山区的同学，周末节假日回家也是坐这种运煤的车。那一年因为大旱，山区的小麦还没有成熟就旱死在田里，农民只能将这些小麦收割回家，打下的小麦籽是青色的和秕的，一位同学的母亲扛着这样的小麦，艰难地从山里赶出来到学校食堂为孩子换饭票，学校食堂的管理员看到这样的小麦没办法收购，这位母亲急得都哭了。”

博爱县不是我国最为典型的山区县，也不是最为贫困的县，所以，张洪波少年时代同学的求学之路，在我国也不是最具典型性、最为艰难的。最近，网络上有组《中国最艰苦与最奢华学校对比》照片，通过照片看贵州等山区中小学生求学之路的艰难，与东南沿海平原中小学生上学的“贵族化”比较，既让人心酸，也让人警醒。

但博爱县山区的基础教育状况，却在我国具有一定的普遍性。中科院成都山地研究所陈国阶研究员对本报记者说：由于广大山区受地理环境、根深蒂固的传统观念以及交通闭塞等因素的影响，山区教育发展基础相对平原地区而言，极其薄弱，表现出了广大山区，尤其是西部山区教育贫困的问题很突出。而教育贫困往往与经济贫困具有紧密的亲缘关系，教育的落后与经济贫困交织在了一起，增添了广大山区教育脱贫任务的艰巨性。

陈国阶以四川凉山彝族自治州为例：一方面，凉山州山地占全州总面积的80%，平均海拔高度2500～3000米，居住分散，对当地绝大多数儿童而言，上学的路很遥远，最近的路需1小时以上，最远的要5～6小时。这导致了彝族边远山区儿童入学率低、入学年龄偏大。在如此艰苦的环境下，山区的教师奇缺，仅有的一些教师的文化程度很低，这种教育水平对教育质量的提高所起的作用可想而知。另一方面，千百年来彝族群众居住在封闭、半封闭的高寒山区和“二半山”——通常海拔为1800米左右的丘陵山区，对外部世界了解甚少，过着日出而作、日落而息的封闭生活。

而且，不少山区居民推崇“女子无才便是德”，这种观念本来就根深蒂固，随着新的“读书无用”的泛起和抬头，更让一些山区的女孩从小就失学、辍学，这种僵化和陈腐的观念若一时难以扭转，无疑会使山区已经十分落后的教育雪上加霜。

仙游：仙人结庐隐居并游览的胜地

福建省有个仙游县。福建省委原副书记何少川最近发表《仙游“仙游”》的散文，称：“占全县总面积一半的仙游北部山区，乃一方生机盎然、满目青翠的处女地。”“我流连忘返，由衷赞叹：仙游，不愧是仙人们曾经结庐隐居，并四处游览的胜地！”

我国山区的自然系统独立性和唯一性、生态系统复杂性和脆弱性，决定了我国山区生态旅游发展的战略趋向。自然保护区良好的生态环境及珍贵的旅游资源，让越来越多的自然保护区开展了生态旅游。

由中科院成都山地研究所研究员陈国阶等执笔的《中国山区发展报告（第三期）》中有如下论述：生态旅游开发是一种求知的高层次的旅游活动。首先，在开发经营上，生态旅游是科技含量很高的产业，应该在科学技术的密切参与下运作，要求旅游开发者和经营者必须对所处地区生态系统的特点非常了解，具有生态环境保护的专门知识。其次，在市场方面，真正意义上的生态旅游要求参与者具有较高的环保意识。并且生态旅游市场多在偏远、生态系统脆弱地区，这决定了生态旅游消费远远高于一般的大众旅游消费。

“目前在我国，很多生态旅游实践并没有达到生态旅游的本质要求，着重强调了生态旅游‘走进自然’的一面，而忽略了生态旅游‘保护自然’的目标，有些生态旅游产品并不是真正意义上的生态旅游产品，而是自然旅游或者是观光旅游的另一种形式。”陈国阶在接受本报记者采访时说：“我国山区目前旅游业的发展并不尽如人意，迫切需要进行科学管理，正确处理开发和保护的辩证关系。”

本报记者信手拈来，就有最近亲历的两件事。

记者采访山区一个五 A 级旅游景区，为核对该管委会负责人的名字，通过查询该景区网站，将电话从北京打到管委会办公室主任那里，对方满怀戒备地盘问了一番，没等记者说完缘由，突然就不耐烦地把电话掐断。

记者再度拨通对方电话，对方继续用甚至有些敌意的腔调盘问，说：“你有什么事情，我可以向领导转告。”记者据实说：“没有其他事情，就是核对你们负责人的姓名。”这位办公室人员竟然说：“我们领导的个人信息不能对外泄露。”

记者奇怪：“你们是景区的管委会，又不是国家安全部门或军事机构，仅仅问一下负责人的名字而已，这照理都应该在网站上公布的，况且我也不问他的手机和家庭电话，你怎么会这样如临大敌？办公室应该是景区的一个文明窗口，你要注意自己的形象啊！”这位办公室的同志才很不耐烦地报出了该负责人的名字。

负责人的名字是个多音字，记者担心弄错，又问：“他这个 xiang 字该怎么写？汉字中有好几个 xiang 呢！”对方说：“就是那个 xiang！”没等记者把话说完，再次将电话掐断。

本报记者不由扼腕叹息：且不说这是五A级旅游景区，且不说如果事情发生在景区导游的身上，都不能说是一件很愉快的事情（当然导游倒是有可能不知道管委会领导的名字）。而事情发生在管委会办公室人员身上，按照记者对景区管委会网站的查询，接电话的即便不是一位公务员，也是一位事业单位的公职人员（该管委会的领导和机关科室人员都是公务员编制，下属有些单位的人员则属事业单位编制），竟然发生这样不但对访问者没有一点起码的礼貌、而且连起码的文化素养也没有的事情，于情于理都说不过去。这样的国家机关公务员或公职人员，如何能把山区引人入胜的旅游资源盘活，如何能使山区旅游得到可持续的发展，值得人们打一个大大的问号。

在西部山区的另一个五A级旅游景区，虽然行前知情的朋友曾专门劝诫记者，千万不要跟着导游购买东西，但记者还是跟着导游下了车，走进了一家被指定的农副产品商店。

最初发现上当的不是记者，而是旅游团的一位晋江人，他买了近十斤农副产品，出了商店觉得拎在手里怎么也不够分量，把随身携带的矿泉水拿去过秤“衡量”，这才发现商店出门结账的称上，一斤东西竟能称出一斤三两多，严重的缺斤短两！

闻名于世的五A级旅游景区，导游居然能这样导购，商店居然能这样宰客，旅游区管委会是如何地科学管理，做到让旅游经营者诚信经商、旅游从业者诚信带团，维护旅游区业已初步建立的品牌的，同样值得打一个大大的问号。

何少川在散文的篇末写道：“刚进入2010年，再次畅游仙游大地。多年来仙游有着明显的变化，相对沿海一些县市发展缓慢了些。物事总有它的辩证法，或许正因为如此，现有大片北部山区依然保持较为完好的自然生态，极为可贵。”

值得我们共来探讨的是：在我国的广大的贫困山区，如何既能做到“保持较为完好的自然生态”，又能让经济和社会发展尽快加速，而不是相对缓慢、甚至严重滞后于沿海和平原？这，实在是一个困苦的两难选择，是一个凝重中多少带点尴尬的命题。

跋山：让我们前行更睿智英勇[①]

——振兴我国山地（山区）的举措和可行性

国家应尽快成立山区管理机构

2008年北京奥运会开幕式上，几百名演员扮演的活字印刷字模通过不断变幻，用不同的字体展现了同一个汉字——“和”。这个包含“和谐”、“和睦”等意义的汉字，在最近的“100个最具中华文化意义的汉字”评选中，也以最高票当选为“最中国”的汉字。

我国的山地（山区）是个极其复杂的大系统，有其独特的运行规律，就像在山地（山区）的阴坡和阳坡上，各种植物的生长都有自己的特殊规律。大大小小的几十个山系自成系统，也各自都有各自的特点。该如何体现这个“和”字？

原国务院农村发展研究中心顾问石山先生，现已95岁高龄仍为振兴我国山区呼号，他在接受《科学时报》记者采访时说，建设山区必须具有基本的概念和认识。但遗憾的是，一直到现在，我国还没有一个权威的政府部门统筹管理山区，尽管全国相关研究所和院校相继开展了许多山区问题的研究，但在国家层面的多学科（自然科学与社会科学等）综合与系统集成还有待于进一步提升，应该有一个宗旨十分明确的中国山区研究中心。

石山先生此言不虚。我们作为山区（山地）面积将近70%的大国，政府部门中统筹管理山区的机构，除了国家林业局的山区综合开发处，再无别的政府管理机构。然而，这个绝无仅有的政府管理机构设置在国家林业局，岂能统领山区建设的方方面面？

① 本文发表于2010年12月22日。

同样，全国性的山区研究机构，如中国科学院成都山地灾害与环境研究所，其在汶川大地震、舟曲泥石流的科学剖析及灾后重建中作出了突出贡献，闻名遐迩，但从其名字也能看出，它的学科发展主要侧重在山地灾害与山地环境生态，虽然近些年来也做了山区发展报告等在国内外颇具影响力的软课题研究，但主要还是从事自然科学的研究，尚不能综合涵盖山区政策研究等方面。作为我国哲学社会科学研究的最高学术机构和综合研究中心，中国社会科学院没有山区的综合性研究机构，而政府部门的国土资源部、农业部等，同样也没有这样的综合性山区研究机构。

石山先生对记者说："应该建立一个全国性山区研究机构，有计划地开展调查研究，总结各地创造的典型和经验。而作为长久之计，国家应尽快成立一个山区管理机构，把山区建设工作认真抓起来。建设山区必须以县为单位。郡县治，天下安。山区建设的内容千头万绪，都要在县一级具体落实、具体解决。"

我国的生态农业县曾达 200 多个。仙游县县长林桦向本报记者介绍说："仙游县刚好也是 70%的面积在山区，属福建沿海山区面积较多的县份。仙游抓好对山区的未来战略规划，正在大力发展立体农业、生态农业、观光农业，特别是利用仙游农业条件和台湾山区相似的特点，规划建设台湾农民创业园，大力引进台湾的水果品种，把台湾精细农业、观光农业、旅游农业引进来，引导山区的经济发展。目前，台湾地区农民创业园已列入国家级台湾农民创业园，引进了 29 家台湾的'农字号'企业，累计山地开发面积达 4 万多亩。"

石山先生归纳了我国生态农业县的一些经验：

用系统工程方法制定科学的综合发展规划，把治山、富民、富县集合起来，融为一体，保证富山、富民、富县能够同时实现。政府一届接着一届干，一张蓝图绘到底。用 10 年左右时间，一个贫困县就能改变面貌，进入良性循环。加强县一级权力，将县级各部门的人、财、物力集中使用，分工合作，有步骤地把全县的山山水水治理好，并生产财富。上级领导支持县这样做，财力、物力的保证要到位并及时。

石山先生强调说："以上几条措施哪一条都不能少，都要落实到位才行。为此，现行的一些做法，如一届政府一本经，各干各的，没有规划，县的权力太小……都必须加以克服和改变。"

制定全国山区发展规划迫在眉睫

"中国山区发展在全国总体规划中该如何定位，至今都还不太明确，可以说，这是一个悬而未决或未及思考的问题。过去我们将山区更多的只是作为扶贫、帮援的区域对象，对其发展与全国总战略的相互关系，在全国总战略中的定位，包括资源定位、产业定位、功能定位、政策定位等都不清晰；对山区未来发展的方向、目标和图景，乃至山区发展的道路、步骤，都很少有人探讨，更未系统研究。”中科院成都山地灾害与环境研究所研究员陈国阶研究山区发展多年，他在接受本报记者采访时如是说。

在国家的意志下，我国近年来已初步形成东部率先、中部崛起、西部大开发、东北振兴等几大区域发展战略。这些战略区域格局的构建，似乎都与山区的发展有关，又似乎都与山区的发展无关。说是有关，即不管是哪一种区域战略，都包含有关山区及其发展的问题；说是与它无关，是因为不管是国家战略，还是区域战略，山区既没有专章专门论述，更没有作为独立的区域和问题加以论证，把山区存在的普遍问题加以充分归纳，上升到国家战略的高度顶层设计。山区的发展始终都处于被遗忘、被边缘化、被淡化的被动地位。

陈国阶尖锐地指出：实际上，中央提出的统筹城乡发展、统筹区域发展、统筹经济与社会发展、统筹国内经济与国际经济发展、统筹人口与自然的协调，可以说这每一个“统筹”都与山区发展有关，并且可以说，山区是五个“统筹”中的“难”点与“差”端。

“西部大开发战略，尽管开启新十年后转以改善民生为核心，但过去主要关注的是基础设施建设和生态管理。而我们强调要尽快制定的国家山区发展战略，最重要的导向之一，是边远山区与沿海地区等发展的相对平衡，要尽快摆脱山区社会与经济的贫困，突出的是山区的民生问题、山区的民族和谐问题。”作为陈国阶早年培养的博士和长期的合作者之一，方一平研究员在接受采访时快人快语。

陈国阶在早年《对中国山区发展战略的若干思考》一文中，就曾形象地比喻过：中国山区地形上是隆起区，经济则属于低谷区，且基本上是海拔越高经济的谷底就越深。

方一平对本报记者说：“我国山区作为一个特殊的地域单元和研究对象，以及一个特殊的经济发展区域，至今还没有被列入国家的发展战略，这不能不说是一大遗憾。建议在国家层面上充分考虑，提出‘4＋1’的国家重大战略，亦即东部率先，中部崛起，东北振兴，西部大开发＋山区发展。”

我国的区域发展同西方国家早年一样，也经历了均衡、非均衡、均衡发展的交替和螺旋演进过程。方一平研究员深入剖析说：“不过鉴于我国的国情，长期以来非均衡理论及其实践仍占主导，试图通过社会经济较为发达的点、轴、区的增长极，辐射、牵引和带动社会经济不发达的广大地区，实际上也起到了较好的区域发展推动作用，但中国山区面广、复杂，均衡发展实践很难全面铺开，面面俱到；而非均衡发展的增长极辐射效应，又很难深入到边、远、穷、少的山区各个角落。在科学发展和统筹发展的背景下，区域发展更需要从人的尺度、人的需求、人的情感和人的知觉，以及人与人之间的相互作用等人本主义、民生导向来推进整体协调的发展理念，应该说，山区发展战略正是这一理念实践的有效工具。”

集体林权制度改革诸家评说

谈到山区，就不能不说起林业。近些年来，我国推行集体林权制度改革，为我国的山区发展增添了一道亮色。

2003年8月，李美和获得了全国第一本林权证。这让人想起了1979年6月，农民李金耀与仙游县盖尾公社莲井大队秘密签约，订了山地开发承包合同，创办了“中国第一个家庭承包林场”——福建仙游县马山林场。如今女承父业，李美和正在将自己的林场继续做大。

2010年10月10日，全国集体林权制度改革百县经验交流会在北京召开。国务院总理温家宝作出重要批示，强调集体林权制度改革极大地调动了农民的积极性，不仅推进了植树造林，而且促进了林下产业发展，使山地改变了面貌，农民增加了收入，实现了经济、社会和生态效益的统一。

据湖南省株洲市委副书记李晖介绍说：“集体林权制度改革后，炎陵县发生了深刻的变化：一是不用敲锣就有人上山打火，主动打火的积极性很高。二是不用发动就有人积极造林，每到造林季节，市场上都难买到树苗。三是不用离乡照样创业致富。通过发展种植业、林产工业、森林疗养休闲业，农民实现大幅增收，来自林业的收入占农民年均收入的60%。四是经济发展实现了转型，林业产值达15亿元，占地区总产值的66.3%。”

北京市昌平区区委书记侯君舒说：“昌平将集体林改与农村集体产权改革结合，同步推进。全区9镇154个村全面完成勘界工作，纠纷已全部解决。生态效益补偿每亩每年达61元，全区每年有6200万元用于生态补偿。北京林子有人看了，农民得到了实惠，以南口镇阳台子村的农民为例，每人每年生态补偿就可得1万元。”

浙江省临安市的林改，经历了从“砍树”到“看树”、从“卖山货”到“卖生态”的过程，产生了巨大的综合效益。临安市市委书记邵毅介绍说：“一是增加了森林资源，实现了‘一江春水出临安’。二是通过科技，提高了林地的产出，把低产林变成了摇钱树，形成了食用竹、山核桃两大支柱产业。三是通过青山绿水发展森林旅游，实现森林资源的景观价值。四是通过生态补偿，激发了林农保护生态的积极性。五是通过发展碳汇林业，使农民增收渠道进一步拓宽。”

重庆市常务副市长马其正说：“林业的生态功能巨大，碳汇不分国界，全民享用，国家应给予相应补偿，特别要大幅度提高生态公益林补偿标准。”

江西省武宁县委书记董金寿建议，要进一步加大林业支持保护力度。一是建立区域生态补偿机制，使生态区位重要地区能够持续加强生态建设。二是加大产业扶持力度，采取以奖代补的形式对农民发展产业给予支持。三是提高生态公益林补偿标准。现在国家每亩补贴 10 元，还不如农民砍一根竹子的收入，不利于保护森林资源。四是完善造林直补机制。比照农民种粮的良种补贴、农机补贴等制度，对农民造林特别是工程造林给予直补。

福建省永安市委书记江兴禄提出：要在以公共财政为主的基础上，多渠道筹集资金，逐步提高生态公益林补偿标准，减轻生态公益林管护的压力。如水源涵养林，可以从自来水水费、水力发电收入中提取部分资金用于补偿。矿山开采，可以从其收益中提取一定额度资金用于周边地区森林生态效益补偿。

我国山区森林资源恢复增长，正由“木头经济”向生态经济转型。

让喀斯特生态功能得到提升

2010 年 5 月，随着国家水利部“坡耕地水土流失综合治理试点工程”会议召开，广西环江县的坡耕地治理国家试点工程也正式启动。这是继国家发改委“西南石漠化综合治理试点工程环江毛南族自治县示范区”之后，中科院亚热带农业生态研究所环江喀斯特站依托自身人才和技术优势，利用其正在实施的喀斯特生态适应性修复研究成果积累，为环江县争取到的又一国家重大生态工程建设项目。

亚热带农业生态研究所组织科技力量，挺进广西环江县等地区，让喀斯特改变贫穷的面貌由来已久。该所所长王克林对本报记者说：“喀斯特地区因为以化学溶蚀为主，虽有水土流失，表面上看去水却是清的，但土层却一直在减薄。土壤侵蚀以地下漏失为主、地表顺坡流失为辅，这与红黄壤山地和黄土高原等其他区域的土壤顺坡流失规律完全不同，必须用特有的方法保持水土。”

2006 年王克林和研究生发表文章，发现受人类活动干扰，喀斯特峰丛洼地土壤水分和养分的空间分异出现倒置现象，坡地中下部高于坡麓洼地，没有出现洼地积累效应；未受人类活动干扰的自然保护区，则符合土壤养分水分的“洼积效应”规律，这对指导人地矛盾尖锐的峰丛洼地生态重建具有重要意义。此外，通过喀斯特站5年多的野外定位科学观测，逐渐认识到喀斯特土壤侵蚀是个缓慢的渐进过程，由于人为扰动加速的耕作土壤的快速侵蚀，可以是自然过程的几倍到十几倍。

王克林说到种植玉米的关键点：“目前在喀斯特峰丛洼地地区，90%的食物来源是玉米，在岩窝窝里种上几颗玉米，便是最主要的耕作方式和最普遍的农业活动。玉米成为当地食物的主要来源，不可否认为缓解温饱作出了巨大贡献，但玉米地的人为耕作也大大加剧了对土壤的侵蚀，种植玉米对水土保持而言，是一种极为负面的效应。这个恶性循环的链条应该切断。”

王克林说：“缓解人地矛盾，环江县20世纪90年代走的路线是‘三十六计走为上’的生态移民途径，但由于可供安置的土山丘陵十分有限，现在我们为其规划的替代途径，是农民在喀斯特石山区能就地发展，寻求一种经济和生态获得双赢，不但能脱贫致富，而且生态功能逐步提升的模式。”

科学家研究当地群众的牧草种植，引进了“桂牧1号”，把毛南山乡以种植业为主的玉米种植方式，变革成农牧耦合的以草食畜牧业为主体的模式，对坡耕地玉米进行退耕，构建木本饲料植物作为先锋群落，发展优质牧草与肉牛圈养，形成喀斯特农牧复合生态系统。当地一户农民养20多头牛，人均收入从过去每年500～600元，提高到现在每年3000～4000多元。牧草是多年生的，可以种植6年，不用翻耕，这样就保持了水土，而且种草养畜之后，农民都有了沼气池，也保护了薪炭林和水源林。

“环江县的这种做法，是对喀斯特地区传统种植方式的一种变革。”王克林向本报记者介绍说：“从生态系统服务功能提升的角度，重新思考在人口压力胁迫下的喀斯特生态恢复途径，构建农林牧耦合的替代草食畜牧业生产模式，大大减轻了耕作活动对一些坡耕地的破坏，草食畜牧业已成为农民新增收入的主要来源。”

王克林坦言，亚热带农业生态研究所从15年前开始接受中科院西南喀斯特地区扶贫开发的政治任务，到现在能够主动出击，在喀斯特地区积极寻求科研需求，有了较为丰富的科研积累，真正成为山区人民脱贫致富的科技支撑，对喀斯特的治理有了坚定的自信心，绝非一蹴而就的易事。

山区植物资源深加工绽异彩

山区植物资源的获取较为便捷，深加工后可得到效率极高的资本。这也是发展山区现代农业，增加山区农民收入，全面推进山区建设进程等方面，可以彰显其“抓手”功能，发挥“载体平台”的基础性作用所在。

“珍贵的灵芝森林里栽，美丽的翡翠深山里埋。”如今，“森林里栽”的珍贵灵芝正在走出大山，走出庄严的国门。

2009年8月，仙芝产业园项目在福建浦城开工，总投资为1.8亿元。第一期将成立福建仙芝药业有限公司，规划建设药用菌工厂化培养车间、灵芝深加工研发中心和灵芝等天然产物萃取车间等项目。第二期规划建设药用菌发酵车间和保健食品制剂车间，主要用于灵芝、虫草、薏仁等天然健康食品的生产及健康饮品的开发。

“我浦城老家往北有个五险岭，地势非常险峻。”福建仙芝楼公司董事长李晔很为他的家乡浦城自豪，说：“灵芝对种植的环境要求很严，浦城地处闽江、赣江、瓯江的三江源头，双峰有机灵芝基地海拔800多米，人工种植的灵芝质量特别好。”

李晔创建的仙芝楼公司与山共盟，致力有机原木灵芝的栽培、研发、生产和销售，在武夷山脉已建立了1000多亩灵芝栽培基地。该基地是中国最大的原木有机灵芝栽培基地，也是全球首家同时通过中国、美国、欧盟、日本等权威有机认证的灵芝基地，比野生及一般培植的灵芝效果更优。2010年，仙芝楼公司还受国家药监局委托，起草制定了灵芝保健食品系列原料标准。

仙芝产业园奠基仪式，邀请到美、加、菲等国家和地区的40多位代理商，他们觉得灵芝是很神奇的真菌，要亲眼看灵芝是怎么在山里种出来的，得知灵芝需要山区木材种，感觉比较浪费，提倡在种灵芝的同时还要种树。

李晔接受本报记者采访时说：“我们用薏苡仁秆代替木材，种植效果很好，外国朋友明年还要来参观。薏米是浦城较大的一个产业，用来种灵芝，既有薏米的特点，又不浪费木材。这是我们公司首创，现在一年收成两次，下一步要扩大实验范围，替代原木栽培灵芝，把灵芝和薏米两个产业结合起来，更好地解决山区群众的就业问题。”

由西昌明日风园艺公司承担，中科院成都山地灾害与环境研究所提供技术支撑，采用精心挑选的大马士革Ⅲ玫瑰品种，在西昌独特的气候和土壤条件下进行栽培，具有自主知识产权的玫瑰高效繁苗、优质高产生态栽培和玫瑰油提炼方法的研究，已经取得了显著的成效。2010年11月16日，在凉山彝族自治州示范的出口玫瑰油高技术产业化示范工程，通过国家发改委的评选并获得了授牌。

该项目主持人苏春江介绍说：“采用‘公司＋科研院所＋基地＋农户’的运

作方式，以基地为载体、企业为龙头、科研院所为技术支撑、农户为细胞，在四川凉山建立的试验示范点，推广示范种植玫瑰基地15 000亩，自2005年试生产以来，已吸纳了近2万户农户开展玫瑰种植，生产出合格的玫瑰油2.89吨，累计实现销售收入达1.1亿元。”

姚一建是中科院微生物研究所的研究员，10年前作为“百人计划”从英国回国，他所做的第一件事情，就是去我国西部高原考察各种菌种的生长环境。“灵芝和冬虫夏草这些珍贵的真菌，对人体健康大有裨益，但人们现在还只是停留在使用它的原体这个层面上。”姚一建告诉记者，“我们团队开展的工作，一是想办法寻找更多的菌种，用生物技术的方法提高它的产量。推广后不但农业专业户可以增加收入，价格也自然会降下来，更多的群众能够消费得起。另一方面，我们通过高技术的萃取纯化，提取真菌中不同的成分做实验，以便找出其中究竟是哪些成分在人们的医疗、保健中真正发挥作用。”

实施“西藏冬虫夏草资源可持续利用关键技术研究与示范”，姚一建不仅挑头承担了这一国家科技支撑计划，还帮助福建莆田建立了“药（食）用菌研究推广基地”，他对本报记者说：“我国广大山区的植物和微生物资源非常丰富，我们科学家有义务也有责任，为山区群众致富提供必要的科技支撑。”

返乡创业培训促使“凤还巢”

加快山区富余劳动力向非农产业的转移，要加强对劳动力的培训，同时还要做到“能人回乡、企业回迁、资金回流”，吸引更多的外出务工人员回山村二次创业。

张军是中国社科院农村发展研究所的研究员，多年来一直在关注中西部山区社会经济发展，2009年7月，张军在贵州毕节市有关部门的配合下，考察当地劳动力转移和农民工返乡创业情况，在毕节市做了200份问卷调查，举办了从东南沿海返乡的农民工座谈会。

毕节市外出务工返乡的有1万多人，他们有的外出打拼10个年头左右，手上有了几十万元的积蓄，也有了一定“闯天下”的经验，但回乡创业初试牛刀，没有受到专业管理或技能的培训，对资金的投入和配置，以及国家的相关政策不清楚，很多人还是采取家族式的管理。“所以，我们建议政府要加大投入，使这样一部分人在创业过程中接受管理、指导上的培训。”张军在接受本报记者采访时说。

毕节实施返乡农民工“爱心扶助”工程，帮助返乡农民工提升就业技能，通过劳动保障培训中心、农办“雨露计划”培训基地、总工会再就业培训基地等渠道，根据农民工就业愿望，分门别类有针对性地进行培训。对于愿意在家务农的，进行种植业、养殖业方面的农业技术培训，帮助其提高生产技术水平；对打算留下来就地就业的，进行农业产业化的培训，引导他们成为规模养殖户、科技示范户；对带回资金、技术，有返乡创业愿望的，则进行创业培训，帮助他们自主创业。

毕节帮助返乡农民工实现创业愿望，在贷款贴息资金等方面倾斜，引导他们积极发展草地畜牧业、茶叶种植、中药材等特色优势产业；提供政策咨询、创业培训等方面的免费服务，协调工商等部门开通“绿色通道”，对有返乡创业意愿的农民工，在税费减免、金融信贷等方面予以支持；在技术以及相关信息方面提供帮助，确保返乡农民工有工可打，有业可创。

巍巍乌蒙山山高坡陡，过去曾让毕节人民吃尽了苦头，陷进“越生越垦、越垦越穷、越穷越生”的泥潭。在科学发展观的昭示和不断指引下，如今这个“不适宜人类居住”的旮旯山区，比 22 年前建立“开发扶贫、生态建设”试验区前，森林覆盖率每年增一个百分点，农民年人均收入增长了 16 倍。

谈论农民工返乡创业的话题，张军说：“农民工到东南沿海打工的经历，使得他们的劳动素质有了很大的提高，而懂技术、会经营的农民工，恰恰是建设西部山区宝贵的人力资源。因此，外出农民工返乡以后，如果能够把他们掌握的资金、技术与当地优势相结合，积极进行返乡创业，会给西部山区建设带来源源不断的活力。近年来，农民工返乡创业已经有了一定的发展，但总体来讲尚处于起步和自发阶段，亟待扶持和引导。西部地区有关部门应当抓住农民工返乡潮，适时实施返乡创业“凤还巢”工程，使之成为促进山区建设的积极因素。”

关爱山区儿童教育解心结

加大全社会对山区儿童教育的扶植和支持，首先要解决山区的代课老师问题。对此，张军有独特的见解，他在接受本报记者采访时说：“应该把他们都转成正式的公办老师。因为山区交通不便，没人愿意去当老师，一般只能用代课老师，势必影响老师的收入和教学的积极性，而山区的教育如果不能跟上，在山区成长起来的未来一代，今后把握自身经济发展机遇的能力肯定也不行。”

全国人大常委、院士丁仲礼说：“解决山区发展的基础教育问题，除了加大国家投入，还要对人口进行合理布局，保持适度的集聚，这样才能发挥基础教育设施的作用和效率。还应当鼓励发展适合山区产业需求的职业教育，以期提高劳动者技能和素养，为山区发展提供智力资源保障。”

“地瘦载松柏，家贫子读书”，一直是福建省莆田市的传统，因为人多地少，莆田自古以来有走天下、闯四方、经商务工的风俗，形成了著名的莆商群体。据统计，莆田全市外出经商务工人员近 50 万人，“留守儿童”近 10 万人。莆田市“留守儿童”在成长过程中，明显出现了“五难”问题：一是亲情缺位教育难，二是管教监护难，三是缺乏督促学业难，四是保证健康安全难，五是学校家长交流难。

莆田市副市长张丽冰对本报记者介绍说：“莆田市出现以上问题后，2006 年就有些学校和单位自发组织了关爱‘留守儿童’活动，引起妇联、教育部门的注意，认为山区的教育不仅要教给孩子们以知识，还要让他们的身心也得到更好地成长，故此，2007 年年初莆田市政府发了一个通知，希望全社会都来关心‘留守儿童’问题。2007 年 12 月 25 日，福建全省农村‘留守儿童’工作现场会在莆田市召开，更起到了推广与促进作用。”

山区的老师当起了“临时爸妈”，每个老师与 4～6 个孩子结成对子，顶替小孩子父母亲的角色。许多“临时爸妈”都做得很好，学生患病时除了送医买药，还会把学生接到自己家里看护。

莆田市帮助山区“留守儿童”的经验，张丽冰介绍说：“一是建立‘留守儿童’档案和联系卡制度，二是大力开展与‘留守儿童’手拉手的结对子活动，三是建立团队干部与‘留守儿童’‘一助一’结对子的联系制度，四是健全激励机制，为‘留守儿童’树立身边的榜样，五是加强与‘留守儿童’父母和监护人的交流与沟通，六是开展丰富多彩的关爱‘留守儿童’实践体验活动，让‘留守儿童’的各种烦恼有地方倾诉，及时为他们解开心结。”

据了解，莆田市虽然没给“临时爸妈”物质方面的奖励，但有精神层面的表彰与鼓励。老师充当“临时爸妈”，不仅能更方便打开孩子的各种心结，对教学也有很大的帮助。

“成功教育出一个优秀的孩子，往往能够改变一个家庭的命运，对贫困山区孩子的教育尤其是如此。”莆田市副市长张丽冰道出了真情。

“隔沟能说话，握手走半天”，是甘肃许多山区地方的真实写照。长久以来，严酷的自然环境是制约甘肃山区社会发展的最大瓶颈，走出山村不易，在山村上学更不易，孩子们每天背着书包早出晚归，奔波在家和学校之间。“十一五”期间，新中国建立以来国家对西部教育投入最大的基建项目——“农村寄宿制学校建设工程”全面启动，其中，中央为甘肃省投资了 9 亿元，用于寄宿制校舍建设改造。如今，家居山区、距校较远的山村中小学生终于结束了早出晚归、长途走读的历史。

旅游业健康发展讲低碳

“十一五”期间，随着我国山区交通基础设施条件的改善，景区的通达性得到了很大程度提高，一些山区、特别是少数民族聚居的山区，发挥自身的旅游资源特色，正在打造精品旅游景区，实现自然景观、人文景观等要素的优化配置，旅游业健康发展讲低碳，成为山区经济发展的主导产业。

2010 年 8 月 18 日，贵阳市被国家发改委列为低碳城市试点区域。与此同时，贵州也开始启动低碳旅游规划的调研工作。

欣然接受本报记者的访问，贵州旅游局副局长李三旗说：“贵州世居的少数民族有 17 个，最大的特点之一，就是山地文化和少数民族文化的高度融合。如苗族的服饰就有 200 多种，其历史和文化都在服饰上表现得淋漓尽致，是个‘把历史和文化穿在身上的民族’，对此，国家已经进行了非物质文化遗产的保护。”

李三旗认为，发展贫困山区的旅游业，对贵州的经济发展和社会进步，能起到核心的推动作用。而旅游业相对低碳的特点，又能让贵州在山区的经济发展中，尽量少走高能源消耗的工业化道路。

“贵州并不具备发展大规模制造业的充分条件。”李三旗对本报记者坦言，尽管贵州矿产资源丰富，但是资源枯竭现象也很严重，而交通、人员和相对偏远的地理环境等，都难以形成对低成本和高能耗的制造业的支撑。

“而且，现在贵州的年轻人大量涌到外地打工，很多少数民族的文化遗产缺乏传承人，只有靠发展旅游业，才能把这些人才留住，让民族文化得到发扬光大。”李三旗一语点破。

黔东南苗族侗族自治州有千户苗寨，这里所有的房屋依山傍水而建，山民的饮食起居也都保留着古老的传统，正如其间的一首民谣那样，“歌唱远祖先，寻找好生活。造屋建村落，开田又开土。大田一坝坝，小田一坡坡。地方八百寨，九千个村落。鸡儿串满寨，鸭儿漂满河。猪儿关满圈，牛儿放满坡”。

“贵州的民族传统几千年没有被破坏，这恰恰成为日益兴起的文化旅游和深度休闲游的基础。”李三旗说。

依托自然和民族文化的资源，贵州的旅游业发展迅速，2009 年旅游业实际收入达到了 800 多亿元，已经直追旅游大省云南。

李三旗在言谈中坚信，贵州丰富的旅游资源具有低碳的特点，山区少数民族生活节俭，本来消耗的能源就很少，在此基础上发展山地旅游业，可以开发出很多低碳旅游产品。

云南丽江的玉龙雪山，是个多民族聚居区。管委会副主任梁国相向本报记者介绍说："景区每天都有《丽江印象》的演出，本着演出要原生态的理念，所有挑选来的演员都是'土著'，除了玉龙雪山社区的农民30多人，其余参演人员也是周边区县的农民。"

梁国相还侧重介绍了玉龙雪山实施生态补偿的情况：原来景区内小商小贩到处乱摆摊位，社会经营摊位有500多个。从2006年开始，景区管委会实行了旅游业反哺农业，让老百姓退出景区所有经营项目，3000多位老百姓回家从事农牧业，现在到处绿草茵茵。为保证旅游区和社区持续发展，玉龙雪山管委会每年还拿出1050万元，实施旅游业反哺农业。相应的村落发展畜牧业、种植业，管委会按市场价收购当地村民农副产品、药材等。目前，社区人均月收入已经达到6000元。

在世界"第三极"顶天立地

中国科学家立足世界"第三极"，向高原环境与气候研究发起了冲击。

2008年7月，《自然》杂志以《世界第三极》为标题，大幅报道了青藏高原气候与环境研究的最新进展。我国青藏高原研究受到了世界高度关注，国际科学研究的地位也在进一步提高。

2010年11月，《自然》杂志报道，由中国科学家率先发起了"第三极环境（TPE）计划"，科学家们正聚集一堂，准备通过开展这一国际研究计划，认识和减轻"第三极地区"的环境变化带来的影响。

"第三极地区"也被人们形容成亚洲水塔。这里的冰川正在快速消融，融水补给湖泊，导致湖泊水位上涨。然而，人们对环境变化在这里是如何演化的问题却知之甚少。"研究这一区域的科学家在做着非常重要的研究工作，目前最重要的，是将大家的研究工作综合集成在一起。"中科院青藏高原研究所所长、TPE科学委员会主席、中科院院士姚檀栋说。

姚檀栋长期在青藏高原工作，对被誉为"第三极"的青藏高原极为了解。他在接受本报记者采访时说：青藏高原研究所的科研工作也要做到"顶天立地"。"顶天"已属不易，"立地"或许更难一些。我们要做的"立地"工作，定位在青藏高原的"环境危机的潜在危险评估和应急对策"以及"环境危机管理"

等方面。

姚檀栋说："比如冰川补给导致湖泊平面的上涨，把周边地区的房子、草场都淹没了，牧民就需要搬迁，牧民搬迁对于西藏是件很重要的事情。以前发生雪灾可能就是损失几个帐篷的事情。但现在社会发展了，物质财富增加了，若发生雪灾，那损失可就比过去大多了。"

姚檀栋强调："周边地区工业排放的环境污染，对西藏的环境也会产生影响。随着南亚、东亚、西亚的工业发展，一些污染物也会通过印度季风、大气环流、西风带影响到西藏，这是涉及环境外交的具体例子，已经不是传统意义上服务社会的'立地'，更需要我们前瞻性地思考和部署，对环境问题加以必要的关注。总而言之，青藏高原环境问题涉及子孙后代，我们不能不给予高度关注。我一直都认为，'环境危机'这个词汇在这里用得非常准确。"

从 2010 年 6 月起，青藏高原研究所的研究人员进入野外，对观测研究区域的典型冰湖进行了实地考察，对具有潜在危害的冰湖进行了重点监测。先后测得了嘎瓦隆天池等湖泊的水深、水位和水温变化等基础数据，并对形成冰川堰塞湖的坝体与周围地质环境进行了初步勘查，相关的多期高分辨率遥感影像信息正在解译中。这些基础数据与勘查结果，将为进一步确定冰湖发展趋势及其危害性评价奠定科学基础，并为研究全球变暖条件下青藏高原冰川湖泊变化及其潜在风险提供依据。

藏东南地区生长的许多具有开发价值的植物，如风毛菊属、红景天属等，都是较好的藏药材，还有一些物种花色艳丽，如杜鹃花属和绿绒蒿属等，是著名的高山花卉。掌握这些物种在高山生态环境中的生长发育规律以及物候特征，不仅能揭示气候变化与物种自然繁殖更新之间的关系，也可以有效保护或合理开发这些资源。从 2009 年起，在青藏高原研究所研究员杨永平等的帮助下，科研人员选取了在该地区植物群落中有代表性意义的优势乔灌木种，包括林芝云杉等作为观测对象，目前已经初步掌握了该生长季内这些物种的生长发育时律。

关注山地　支撑未来

1999 年，为探索解决新时期"三农"问题，福建省南平市委和市政府决定，科技干部选派要创新实践，实行科技特派员制度。该制度实施并推广 11 年来，已经取得了很好的明显收效。国家科技部对南平市的这一做法给予了充分肯定，目前在全国大部分省市也开展了科技特派员的选派。

福建省副省长李川时任南平市市委书记。他最近接受本报记者采访时说：

我老家在丘陵地带的农村，从小就知道什么叫做饥饿，上中学时还打赤脚，现在我的脚都羞于示人。我出身农民，也很了解农民，知道农民心里最期盼的是什么。

“目前，在我国的区域战略和政策体系中，还没有针对山区经济社会发展的战略和政策。”国务院发展研究中心主任、党组书记张玉台说，“在系统分析山区经济的基本特征、发展条件、发展面临的机遇和挑战的基础上，科学制定山区经济社会发展的战略和相关支持政策，是有关专家学者和政策咨询工作者义不容辞的责任”。

中科院副院长、院士丁仲礼说：国家现代化的总体实现，必须要依靠平原与山区的协调与均衡发展，真正建立起山区与平原地区互动、联动发展的机制，如建立生态补偿机制。需要在认识山区的特征与差异的基础上，通过国家政策引导和扶持，统筹协调，建立起适宜当地自然资源优势与文化传统特色的产业发展体系。

中科院区域发展领域战略研究组未雨绸缪，勾勒出中国至2050年山区可持续发展路线图：系统开展山区基础性、重大科技专项计划、重点科技支撑工作，推进山区振兴法建设，完成山区发展战略规划，建立和完善山区生产力建设体系与合理布局，城镇等级与人口适宜聚落规模相适应，环境对发展的支撑能力全面提高，形成生态安全建设的战略格局，建立山区人地关系协调机制，为山区可持续发展奠定根本性基础。

国家林业局山区处处长陆诗雷对信息化耿耿于怀，他对本报记者说：“加快山区信息化步伐是大势所趋，我国要扶持山区信息基础设施建设，尽快改变山区信息不畅的状况，逐步实现‘网络到镇、信息进村’，在搞好以镇为中心的山区信息网络建设的基础上，要加强山区各行业信息应用工作，建立健全市县的综合信息服务体系。”

“中国科学家要达成共识，争取国家决策部门的支持，建立一个国家层面的大的山地综合研究规划与行动计划，让更多的研究力量联合介入山地研究，从而整合目前所有的山地研究工作，促进研究的互补，实现创新性、系统性、综合性的集成。”中科院成都山地灾害与环境研究所邓伟建议。

“关注山地，支撑未来”，中科院成都山地灾害与环境研究所身体力行，已作了诸多的努力，如在汶川大地震后不久，就在北京承办了“中国山区发展战略研讨会”；继而在同年10月，召开了中日地震减灾防灾学术研讨会，这也是汶川大地震后的第一个大型国际学术研讨会；2009年年初，由中国科学院负责牵头、该所为主承担的“十一五”国家科技支撑计划重点项目——“长江上游坡耕地整治与高效生态农业关键技术试验示范”在成都启动……

本报记者撰写的山区（山地）的系列报道，先后已采访了50多位包括自然科学和人文科学的专家、学者，以及政府官员、农业专业户等，他们都给予了极大的支持和帮助，并对此话题产生了热切的关注，体现了他们的历史责任感，展现了他们的深邃洞察力。“关注山地，支撑未来”，是他们内心深处发出的响亮呼声。

跋山，需要睿智，也需要英勇。我们还有漫长和曲折的道路要走，但我们的信念执著，将坚定不移地继续前行！

倾听花开的声音 后记

一

“你说我是悲观论者？不！我恰恰是一位达观论者。”今天，我与一位交往多年的科技界教授朋友联络，他在长途电话中的第一句话，就谈到了几天前在日本发生的9级大地震。

这突如其来的大地震、大海啸，不仅已经导致了日本众多民众的伤亡，数万人下落不明，甚至导致了核泄露及辐射污染，放射性物质正在朝周边地区上空飘逝。

有科学家发现并称，日本的本州岛为此东移2.4米，地球的地轴也产生了偏移，自转加快百万分之一秒！也就是说，这一强震从某种程度上说正在改变地球！

天体的力量远大于地球人的力量?!是的，毋庸置疑。对日本大地震中罹难的地球人同胞，我们感到无限悲痛。向这些罹难的地球人同胞默哀。

但是，我们同时要看到：能够繁衍生息至今的地球人，其实还是很顽强、很坚强。

我们同时也要看到：作为进入21世纪的地球人，如今已更加智慧、更加理性、更加合作，且更加达观。

君不见，经历过2008年的大地震，走出悲痛和酸楚的阴影，在汶川原来的废墟之上，不也已经消除了残垣断壁，绽放出春天里本来就应该积极绽放的、一簇又一簇绚丽的山花、野花吗？

逝者长已矣，生者如斯夫。教授朋友在电话里告诉我，他已推向国内外市场的现代三维成像技术，今后还要结合他最新的学术研究成果，嫁接应用在草木吐绿的园林、日臻完善在鲜花盛开的园林。肯定在不会太为久远的将来，园林的亭台楼榭、园林的花草树木，通过现代三维成像技术的画龙点睛，将更加吸引旅游休闲的地球人的目光。

一花一世界，一叶一菩提。达观不谬。

二

由此，我想到中国科学技术大学为校庆50周年出版的一本书：《花开的声音——中国科大的那些人那些事》。该书的题记言：“正是这些历史的碎片，具体而细微地折射出一个高等学府的发展历程，让我们在不经意间触摸到她跳动的脉搏，感受到她的气息。”“花开，是有声音的，只不过人们很难感受得到而已。就让我们透过中国科大的那些人那些事，去侧耳倾听那花开的声音吧。”

以上这段简洁而又有点诗意、有点哲学况味的文字，我看到它的当时，立即就怦然心动。

的确，花开是有声音的。这因为：花有生命、有颜色——哪怕是白色的花；花，既然开放——哪怕是默默地开放，也有她的诉求，她的希冀，她的寄语，她的表达，她的渴望。哪怕是姹紫嫣红、大富大贵的牡丹花，哪怕是虽然谈不上热烈奔放但略显张扬的喇叭花，甚至那些根本谈不上花的“花”——在田间地头摇曳着的狗尾巴草。

不说牡丹花。喇叭花还有俗名叫“勤娘子”，顾名思义，它是一种很勤劳的花。每当晨曦微露，它那经常绕篱萦架的枝头，就早已开放出朵朵喇叭似的花来。

狗尾巴草别名“谷莠子”，其适生性极强，耐旱耐贫瘠，在那些酸性或碱性土壤、荒地，均可活泼泼地生长——这些常识人们可能知晓，但可能并不太知晓它的“花语”，喻指“不被人了解的爱、艰难的爱”——或许那些年值花季的少男少女才能深谙此间道理。

的确，花开是有声音的。“我听见花开的声音，暖暖的你看着我灿烂的微笑。”青年歌手张靓颖在《花开的声音》中这么唱。

的确，花开是有声音的。国产故事片《花开的声音》从孩童的视角，讲述了外来务工子女获得“希望工程助学进城计划”资助，重新回到学校的温馨动人故事。“希望工程”的形象代表——“大眼睛”苏明娟也参与了《花开的声音》的拍摄，在故事片中，她已经不是一位“希望工程”的受助者，而是一位“手拉手”活动的倡议者。

的确，花开是有声音的。海勒·克诺《睡莲花开的声音》这一世界文学名篇，也给了我们很好的诠释和启迪。

三

就在今天，我还接到了科学出版社青年编辑张凡的电话，拙著《中国科学院叙事》不日即将付梓。

为此，我心存“三感”。

我感恩。毕竟，上帝、苍天也好，命数、星运也可，对茫茫宇宙中我们这绝大多数或是伟大或是渺小的地球人，还是保佑、庇护、怜惜、眷恋有加的。本应乐观、达观的人们，要学会善待自然、善待自己，学会感恩。

我感谢。感谢全国人大常委会委员、中国科学院党组副书记方新，是她为我的《中国科学院叙事》一书作序，给予了我许多殷切的鼓励。感谢全国人大常委会华侨委员会的著名书法家朱守道，是他欣然挥洒墨宝，为这本书题写了书名。感谢在科学时报社工作的我的助手王晨绯，在我收入本书的多篇文章的采访过程中，是她协助我进行记录、整理，付出了诸多的辛劳。感谢科学出版社的编辑张凡，是他从精益求精的精神出发，认真负责地工作，使我减少了文字上的一些谬误，让本书得以及时出版。

我感喟。若要倾听花开的声音，纯属草根的我充其量也就是那野地里生长的狗尾巴草罢了，但我要珍惜生命、热爱生命，好好学习、天天向上地活着，认认真真、高高兴兴地活着，在不断琢磨、不断涂鸦中活着。

生命真好。做一位地球人真好。做一位能远离灾难的地球人真幸运。做一位能腰杆挺直、秉性正直的地球人真幸运。

作　者

2011年3月14日